KB180602

17세기의 실기 문학과 문헌 탐구

저 자 신해진(申海鎭)

경북 의성 출생
고려대학교 국어국문학과 및 동대학원 석·박사과정 졸업(문학박사)
전남대학교 제23회 용봉학술상(2019)
현재 전남대학교 인문대학 국어국문학과 교수
BK21플러스 지역어 기반 문화가치 창출 인재양성 사업단장
한국언어문학회 회장

저역서 『요해단충록(1-6)』(보고사, 2019)
      『무요부초건주이추왕고소략』(역락, 2018)
      『건주기정도기』(보고사, 2017)
      『반곡난중일기(상-하)』(보고사, 2016)
      『호산만사록』(보고사, 2015)
      『쌍령순절록』(역락, 2015)
      이외 다수의 저역서와 논문

17세기의 실기 문학과 문헌 탐구

초판 인쇄 2019년 10월 25일
초판 발행 2019년 10월 31일

저 자 신해진
펴낸이 이대현
편 집 권분옥
디자인 최선주

펴낸곳 도서출판 역락
주 소 서울시 서초구 동광로 46길 6-6(반포동 문창빌딩 2F)
전 화 02-3409-2060(편집부), 2058(영업부)
팩 스 02-3409-2059
등 록 1999년 4월 19일 제303-2002-000014호
이메일 youkrack@hanmail.net

ISBN 979-11-6244-460-3 93810

＊ 이 책은 2018년도 한국연구재단 대학 인문역량 강화사업(CORE) 지원에 의해 출판되었음.

한국문학사에서 도외시한 17세기 수난기의 다양한 체험 기억 양상과 문헌

17세기의 실기 문학과 문헌 탐구

申 海 鎭

역락

머리말

　이 책은 지난 10여 년간 17세기의 실기(實記) 역주서 27권을 간행하며 그때마다 생각했던 흔적들의 글을 모아 엮은 것이다.

　아시다시피 17세기를 전후해 이민족의 침입으로 말미암아 겪은 전란기를 흔히 '민족의 수난기'라 일컫는다. 이민족의 침입에 따른 전란이란 바로 남쪽의 오랑캐라 여겼던 '왜놈'에 의한 임진왜란과 정유재란, 북쪽의 오랑캐라 여겼던 '되놈'에 의한 정묘호란과 병자호란 등을 가리킨다. 왜란은 7년 동안 계속된 일본의 침략전쟁이다. 지배층이 적절한 대응을 하지 못하는 동안 백성들의 처참한 희생을 강요하였지만, 전국 각처에서 일어난 의병과 명나라의 원군에 의해 망할 뻔한 나라를 겨우 건져낸 상처뿐인 승리였다. 반면, 호란은 두 차례 걸쳐 일어난 여진족의 침략전쟁이다. 후금(後金)을 거쳐 청(淸)이라는 강력한 국가를 건설한 여진족이 특히 병자호란 때에 이르러 그동안 난공불락의 천연요새지로 여겼던 강화도를 참혹하게 함락시켰으며, 인조 임금으로 하여금 삼전도에서 무릎 꿇고 엎디어 빌도록 하는 패배의 굴욕을 안겼다.

　무엇보다도 교화되어야 할 야만인으로 여겼던 오랑캐로부터 상처뿐인 승리와 패배의 굴욕을 감내해야 했던 당대인들의 수많은 체험과 관련된 기억과 증언은 이 시기에 새로운 다양한 방식으로 진술하는 기록물들이 나오게 되는 동인이었다. 이러한 기록물에 대해 상상이나 허구에 바탕한 것이 아니라 개인적인 생활 체험과 견문을 소재하여 한 것이라는 점에서 역사의 보조적 자료로만 보려는 편협한 시각이 없지 않았다. 그렇지만 장경남 교수가 지적한 대로, "전란 체험의 다양한 기록은 소재 선택의 폭을 넓혀 이후 문학의 소재 영역을 확대하는 결과를 빚었다. 그리고 서사문학사의 관점으로 보았을 때 실기문학은 다른 양식과 종합이나 분화의 발전을 거치면서 소설 발달에 지대한 영향을 끼쳤다고 하겠다. 또한 포로실기는 공간의식의 확대와 정확한 공간개념의 설정에 기여를 하여 임란 이전의 서사문학에서 막연하게 설정되던 공간적 배경이 임란 이후의 작품에서는 구체성을 띠게 되었다. 표현의 사실성은 근대문학의 사실주의 수법에 맞닿는 것"이라는 적극적인 평가가 필요한 분야라 할 것이다.

내가 관심을 가지기 시작하던 시기에는 17세기의 실기에 대한 제대로 된 역주서들이 거의 없었는데, 그것도 특정 작품에 한정되었을 뿐 많은 작품에는 시선조차 주지 않았었다. 공적인 기록물들에서 거두어들이지 못하고 도외시한 당대인들의 처참하고 긴박했던 것에 대한 기억과 증언들이야말로 처절했던 생존의 질박한 모습을 보여준다는 점에서 정밀하고도 적확하게 역주해야 된다고 생각했었다. 그렇게 다짐하고 시작한 것이 어느덧 10여 년의 세월이 흘렀다. 지금 이 분야는 꽤 많은 관심을 가지고 논의가 활발한 편이라 하겠다. 그렇다고 해도 아직 수많은 실기 문헌들이 번역의 손길을 기다리고 있음을 잊지 말아야 할 것이다. 호란과 관련한 문헌 가운데 영호남의 대부분 문헌은 주로 향촌 사림들의 움직임이나 의진(義陣)의 편제 등을 알 수 있을 뿐, 직접적인 전투 장면이 없다. 당연한 것임에도 많은 사람들이 이에 대해 의심하는 호기심을 보여 언급해 두는 바이다.

그간 왜란과 관련해서는 6권, 호란과 관련해서는 11권, 심양 사행과 관련해서는 3권, 명나라 문헌과 관련해서는 7권을 간행하면서 책을 소개하기 위해 간략히 쓴 글, 여러 이본들을 정리하기 위해 쓴 글, 저자를 고증하거나 특성을 밝히려는 논문으로 완성하기 위해 쓴 글 등 그 목적에 따라 글 형식도 다양하다. 다양한 글 형식을 하나의 글 형식으로 맞추고자 애쓰지 않았다. 원래의 글이 지향했던 목적과 그것이 지녔던 모습도 중요하다고 생각했기 때문이다. 다만, 필요하다고 생각되는 경우는 제목들을 붙이거나 보론(補論)이나 보주(補註)를 붙이기는 했지만 기본 논지는 변경이 없는 것도 마찬가지의 이유이다. 지난 글을 다듬고 보태었거나 수정한 경우에는 매 글마다 말미에 그 여부를 부기해두었다. 또한 단순 전재하는 경우에도 마찬가지다. 출처도 아울러 밝혀 놓았다.

이 책의 출간을 계기로 나의 지나온 행로를 돌이켜 보면, 민족적 수난으로 인하여 민초들이 각성함에 따라 그들의 역량을 인지할 수밖에 없는 지점에서 빚어진 문헌을 역주하는 과정을 통해 인간, 사회, 역사를 보는 시야를 기른 듯싶다. 텍스트의 맥락을 정확히 읽어내고 그것을 뒷받침하는 주석을 위해 온갖 노력을 다했다. 그럼에도 ≪요해단충록≫을 마저 역주해야 하고, 심양 사행일기와 조선 안의 포로일기며 영남의 임란 일기도 보충해야 하는 등 아직 미완의 도정에 있음을 고백하지 않을 수 없다. 이 단련의 과정이 언제 끝날지 모르겠으나, 그 과정이 바탕이 되어 통합인문학적 구상에 이르기를 희망할 뿐이다. 언젠가는 도달하기를 빌어 마지않는다.

끝으로 편집을 맡아 수고해 주신 역락 가족들의 노고와 따뜻한 마음에 심심한 고마움을 표한다.

2019년 9월 빛고을 용봉골에서
무등산을 바라보며 신해진

차례

17세기 실기 문학

17세기 실기 문헌

17세기 실기 문학

현전 〈향병일기〉의 선본확정과 그 편찬의 경위 및 시기

1. 들어가며

　현전 〈향병일기(鄕兵日記)〉는 임진왜란 당시 창의(倡義)하여 의병장으로 추대된 근시재(近始齋) 김해(金垓, 1555~1593)의 의병부대 활동을 기록한 필사본 일지이다. 비록 단편적으로 기록된 것이기는 하지만, 안동, 예안, 의성, 상주, 영주, 봉화 등 이른바 영남 북부지역의 의병활동 관계를 보여주는 자료인데, 전란에 대처하기 위하여 의병을 일으키고 군량을 모집하는 과정, 의병장을 선출하고 군사조직 체계를 갖추는 과정, 당교(唐橋) 등지에서 왜적과 전투하는 과정 등이 기록되어 있다. 그 당시 임진왜란이라는 국난에 처하여 영남 북부지역에서 의병을 일으켰던 향촌재지사족들의 의식과 대응을 엿볼 수 있는 귀중한 자료라 할 것이다.

　또한 임진왜란 때 경주성 전투에서 경주 부윤 박의장(朴毅長)이 이끈 조선군의 최신 무기였던 진천뢰(震天雷)[1]의 운용에 대한 기록도 있어 주

---

1) 진천뢰는 이순신 장군의 거북선과 함께 중요한 위치를 차지하는 무기로 조선 선조 때 李長孫이 발명한 것인데, 그 소리와 파괴력으로 임진왜란 당시 왜적을 격퇴하는데 크게 기여한 人馬殺傷用 화약병기이다. 이 무기에 대해, 유성룡이 그의 ≪懲毖錄≫에서 "임진년에 왜적이 경주성에 웅거하고 있을 때에 병사 박진이 군사를 거느리고서 적을 공격하였으

목되는데, 그 당시 기록 문헌들에서 이 무기의 운용 사례가 쉬 발견되지 않고 있기 때문에 더욱 그러하다. <향병일기>에 의하면, 1592년 12월 27일에는 의병대장 김해가 풍산(豊山)에 도착하여 진천뢰를 가져갔으며, 1593년 1월 1일에는 진천뢰를 쏘아 적진을 놀라게 하였을 뿐만 아니라 죽인 자가 매우 많았음을 순찰사에게 서면으로 보고했으며, 1월 2일에는 당교(唐橋) 전투에서 진천뢰를 쏘아 승리하고 진천뢰를 더 보내주도록 청하였으며, 1월 8일에는 병마사가 다른 곳에 있는 진천뢰에 화약을 쟁여서 보내겠다고 했으며, 1월 16일에는 순찰사에게 진천뢰 지급을 요청하였지만 화약이 바닥나 수송할 수가 없다고 하였으며, 2월 24일에는 진천뢰를 쏘아 적진이 우왕좌왕하는 사이에 왜장을 죽였으며, 3월 9일에는 전날 당교를 야습하였을 때 없어져 다시 보내달라는 공문을 만들었으며, 3월 15일에는 병마사가 전임 병마사가 자인현(慈仁縣)에 맡겨두었던 진천뢰 하나에 화약을 쟁여서 실어 보내겠다고 하였는데, 이 사실들은 임진왜란사에서 화약병기를 사용한 구체적 사례들인 것이다. 그리하여 <향병일기>는 1974년 경상북도 시도 유형문화재 64호로 지정되었다.

그런데 이처럼 귀중한 문헌인 현전 <향병일기>를 김해가 직접 쓴 일기로 알려져 있지만[2], 김귀현은 김해가 쓴 것을 후손이 편집한 것으로

나 패배하고 귀환했는데, 다음날 밤에 진천뢰를 성 밖 2리쯤에서 쏘았다. 적이 처음에 포성을 듣고 깜짝 놀라 일어나 어찌할 바를 모르는데, 홀연히 큰 솥 같은 물건이 날아와 적장이 있는 객사의 뜰 가운데 떨어지자, 적이 다 모여 불을 켜 들고 서로 밀치고 굴렸다. 조금 있자 포성이 천지를 뒤흔들듯 발하여 적이 맞아 죽은 자가 30여 명이고 맞지 않은 자도 모두 놀라서 자빠지고 정신을 잃었다."라고 기록하였다.

2) 김세한, 「향병일기 해제」, 『안동문화』 4, 안동대학교 안동문화연구소, 1983, 145~147면.
  김귀현, 「향병일기」, 『안동문화연구』 창간호, 안동문화연구회, 1986, 191~226면.
  최효식, 「안동의 의병 활동」, 『임진왜란기 영남의병 연구』, 국학자료원, 2003, 231~259면.
  최효식, 「안동의 의병 활동」, 『임란기 경상좌도의 의병항쟁』, 국학자료원, 2004, 204~233면. 위의 글을 중복 게재한 글이다.
  심수철, 「근시재 김해의 생애와 문학세계」, 안동대학교 석사학위논문, 2014.

추정하였고3), 김해 자신을 3인칭인 '대장'으로 적고 있을 뿐만 아니라 그의 사망 사실도 적혀 있다는 점에서 김해의 순수한 일기가 아니라는 지적도 있다.4) 이러한 상반된 견해에 대해 정치한 답을 하기 위해서는 현전 〈향병일기〉의 이본들을 꼼꼼히 살펴 선본을 확정짓고, 그 편찬 경위와 시기를 규명할 필요성이 있다.

2. ≪근시재선생문집≫을 통해 본 〈향병일기〉의 존재 여부

≪근시재선생문집≫은 4권 2책의 목판본이다. 김해의 증손자 김석윤 (金錫胤)이 이보(李簠)의 발문과 조덕린(趙德鄰)의 서문을 받아 1708년 1책으로 수집하고 편차(編次)해 놓은 것을 1783년에 후손인 김돈(金墪)과 김형(金瑩) 등이 4권 2책으로 재편하고 정범조(丁範祖)의 발문을 받아 간행한 문집이다. 김해가 생전에 쓴 글로 엮은 권1부터 권3까지에도, 김해 사후에 후인들의 추모글로 엮은 권4의 부록에도 〈향병일기〉가 수록되어 있지 않았다. 그래서 권4의 부록에 행장(行狀)·묘갈명(墓碣銘)·묘지명 (墓誌銘)·가장(家狀)·전(傳)·용사기사(龍蛇記事)·제문(祭文)·만사(輓詞)·서근시재김선생유고후(書近始齋金先生遺稿後) 등이 수록되어 있는바, 이 기록들

이 밖에도 일일이 열거할 수 없지만, 〈향병일기〉에 대해 간략하게 언급할 때면 으레 김해가 지은 것으로 간주한다.

3) 김귀현, 위의 글, 225면. "金大將의 手筆을 幕下의 軍官 金兌가 수습하여 本家에 넘긴 것을 그 後孫이 日字別로 編輯한 듯하다. 그것은 日記 中에 곳곳에 「附西行日記」 등이 있음으로 짐작이 가며, 또 그 수습의 과정에 빠졌고, 종이가 낡아져서 곳곳에 「缺」의 표시가 있다. 이것은 어떤 데는 한두 字 많은 곳은 文章의 몇 行이 빠져서 解得이 어려운 곳이 상당히 있다. 그러나 그 대강은 별로 어기지 않는다." 김귀현은 글 앞머리에 '近始齋 金垓 先生 述'이라 하고서 인용문처럼 언급하였는데, 이는 학적 엄밀성에서 벗어나 있을 뿐 아니라, 현전 〈향병일기〉가 순수하게 김해가 쓴 것이 아니라는 점을 밝히고 있는 셈이다.

4) 김병륜, 「향병일기 : 1592~93년 영남북부 의병들 전투일지」, 『국방일보』, 2008.9.3.

을 통해 어느 시기에 이르러 <향병일기>에 대한 언급이 있는지 살필
필요가 있을 것이다.

　김해의 장남 김광계(金光繼, 1580~1646)가 쓴 '가장(家狀)'에는 향병일기
에 대한 언급이 전혀 없다. 김해의 종형 김기(金圻, 1547~1603, 金富仁의 4자)
가 쓴 <전(傳)>에도 역시 향병일기에 대한 언급이 전혀 없지만 1595년
홍문관 수찬에 증직된 사실을 밝혀 놓았으며, 김해의 종제 김령(金坽,
1577~1641, 金富倫의 장남)이 지은 <용사기사(龍蛇記事)>에도 마찬가지로 향
병일기에 대한 언급이 없다. 이현일(李玄逸, 1627~1704)의 <묘지명>에는
김해의 손자 김면(金恦, 1611~1688, 김해의 3자인 金光輔의 장남)의 다음 인용
문과 같은 부탁으로 인하여 1686년에 묘지명을 지은 계기를 밝히고 있
지만, 그 어디에도 향병일기에 대한 언급이 또한 없다. 김면의 고모가
이현일의 어머니였으니, 김면과 이현일은 고종사촌과 외사촌 사이였다.

　　"우리 조부의 덕망과 선행과 행의로 당연히 묘지명이 있어야 할 것
　이네. 처음에는 국난이 평정되지 못하여 장례를 치른 직후 묘지명을
　짓지 못하고 그럭저럭 세월만 보내다가 지금까지 이르게 되었네. 그
　러나 이렇게 흐지부지하다가는 유명(幽明) 간에 죄를 지을 것 같으니,
　속히 묘지명을 지어 유택에 넣어 후손들에게 각성을 하게 하려고 하
　네. 그러나 세대가 오래되어 우리 조부의 행적을 아는 사람이 적으므
　로 묘지명을 부탁할 사람이 없네. 오직 그대가 가정에서 전해온 말 중
　에서 반드시 우리 조부의 행적에 대해 언급할 일이 있을 것이니 나를
　위하여 묘지명을 지어주기 바라네."5)

　그리고 채제공(蔡濟恭, 1720~1799)의 <묘갈명>에도 향병일기에 대한 언

---

5) 주승택 외 5인 역, 『국역 오천세고 (하)』(한국국학진흥원, 2005)의 156면. 번역문은 김면
　과 이현일이 내외형제 관계임을 고려하여 약간 손질하였다.

급이 전혀 없다.

한편, 이보(李簠, 1629~1710)가 <서근시재김선생유고후(書近始齋金先生遺稿
後)>에 "<향병일기> 2책이 있는데 1책은 의병을 일으킬 때 기록한 것이
며 1책은 남쪽 지방을 정벌할 때 기록한 것이다. 그러나 남쪽 지방을 정
벌할 때 기록한 일기도 초상이 날 때 잃어버리고 지금 남아 있는 것은
대충 그 사실이 기록되어 있다."[6]고 언급한 데서, 또 조덕린(趙德鄰,
1658~1737)이 1708년 지은 서문에 동문수학한 김석윤(金錫胤, 1661~1710)이
책 한권을 가지고 와서 보여주며 다음처럼 말했다고 밝혀놓은 데서도
향병일기의 존재를 확인할 수 있다.

"이 책은 우리 선조의 유집이네. 선조께서는 젊었을 때 학문에 뜻
을 두어 월천(月川) 조목(趙穆) 선생이 생존해 계실 때 그곳을 왕래하
면서 의심나는 것을 질문하고, 또 그 당시 여러 군자들과 들은 것을
토론하였으니 바로 서(書)나 소(疏) 그리고 품변(稟辨)에 실려 있네. 또
임진왜란을 당하여 의병을 모집하여 적을 토벌하였는데 책략과 목을
벤 것과 사로잡은 것을 자세히 실어 놓았으니, <향병일기>와 <서정록>
이 그것이네. 그러나 난리를 겪는 동안 모두 불에 타거나 손상되어 수
집을 하지 못하였고, 다행히 남아있는 것마저 사라져 선조의 행적을
증명하지 못할까 큰 걱정이네. 그대가 서문을 지어서 후세에 전해주
지 않겠는가?"[7]

김석윤은 김해의 증손자[8]인데, 그의 주도로 ≪근시재선생문집≫이
편차되던 1708년 어름의 서문과 발문에서 처음으로 <향병일기>의 존재
가 드러나고 있음을 확인할 수 있다.

---

6) 위의 책, 182면.
7) 위의 책, 24~25면.
8) 김해→3자 김광보→2자 金怡→4자 김석윤

김돈(金暾, 1714~1783)9)과 종제 김형(金瑩, 1737~1813)10) 등이 1783년경에 김석윤이 1708년 1책으로 수집하고 편차해 놓은 것을 4권 2책으로 다시 편차하여 간행하면서 정범조(丁範祖, 1723~1801)로부터 받은 발문에는 향병일기에 대한 언급이 없었던데 반해, 이상정(李象靖, 1711~1781)이 1779년에 지은 <행장>에는 <향병일기>와 <서행일기>에 대한 언급이 있다. 이상정은 김돈이 종제 김형을 자신에게 보내어 "선조의 사적이 겨우 묘지명과 전기 약간이 있으나 행장을 짓지 못하였으니 어찌 한 말씀 기록해 주지 않을 수 있겠는가?"라고 말한 사실을 밝혀 놓고는 <향병일기>와 <서행일기>에 대해 언급하였던 것이다.

이렇게 볼 때, 김해가 죽은 지 115년이 지난 1708년에 이르러서 처음으로 증손자 김석윤에 의해, 김해 사후 186년이 된 1779년 김해의 6세손인 김돈과 김형에 의해 향병일기에 대한 언급이 있었음에도 그들이 편차하고 간행한 문집에는 <향병일기>가 수록되어 있지 않았음을 확인할 수 있다. 김해의 아들과 손자 대에서는 전혀 언급되지 않던 <향병일기>가 증손자 대에 이르러서 언급되는 것이 석연치 않지만, 일단 <향병일기>의 존재는 인정하지 않을 수 없다.

그러나 이 <향병일기>가 바로 현전 <향병일기>인지, 그 여부는 좀 더 살피지 않을 수 없다. 왜냐하면, 이보의 글에서는 '남쪽 지방을 정벌할 때 기록한 일기도 초상이 날 때 잃어버리고 지금 남아 있는 것은 대충 그 사실이 기록되어 있다.'11) 하였고, 조덕린의 글에서는 김석윤이 '임진 왜란을 당하여 의병을 모집하여 적을 토벌하였는데 책략과 목을 벤 것과 사로잡은 것을 자세히 실어 놓았으니 <향병일기>와 <서정록>이 그

---

9) 김해→1자 김광계→1자 金磏→ 1자 金純義→1자 金岱→1자 金智元→1자 김돈
10) 김해→1자 김광계→1자 金磏→ 1자 金純義→1자 金岱→2자 金道元→1자 김형
11) 주승택 외 5인 역, 앞의 책, 182면.

것이나, 난리를 겪는 동안 모두 불에 타거나 손상되어 수집을 하지 못
하였고, 다행히 남아있는 것마저 사라져 선조의 행적을 증명하지 못할
까 큰 걱정이네.'12) 하였으며, 이상정의 글에서는 '<서행일기>와 <향병
일기>를 기록하여 그 용병(用兵)과 적을 막는 방법, 창의(倡義)와 사절(死
節)의 자취를 대략 기록하였다. 이것도 모두 병화에 소실되고 일기도 그
절반이 유실되었으니 애석한 일이다.'13) 하였기 때문이다. 바꾸어 말하
자면, <향병일기>는 김해 사후 100여 년이 지나는 동안 그 존재가 언급
되지 않았을 뿐만 아니라, 1708년 어름에서야 비로소 언급되기 시작하
지만 대충 기록되었다거나, 불에 타 손상되어 수집하지 못했다거나, 그
절반이 유실되었다거나 하는 등 있었다손 치더라도 완전치 못한 문헌
이었을 가능성이 농후하기 때문이다.

3. 현전 <향병일기>의 이본 및 그 선본

현전 <향병일기>는 모두 4종이 있다. 첫째, 안동대학교 안동문화연구
소가 영인한 <향병일기>이다. 이것은 김세한(金世漢)이 간략한 해제를
덧붙여서 1983년에 안동대학교 안동문화연구소의 『안동문화』 제4권을
통하여 처음으로 공개된 자료이다. 이 자료는 당시 김해의 주손(胄孫) 김
준식(金俊植)이 제공한 것이라 한다.14) 그리고 김귀현(金龜鉉)은 1986년 이
자료를 저본으로 삼아 번역하였고, 안동문화연구회의 『안동문화연구』
창간호에 그 번역문과 함께 간략한 해제15)를 덧붙여서 실었다.

---

12) 위의 책, 25면.
13) 위의 책, 149~150면.
14) 김세한, 앞의 글, 147면.
15) 김귀현, 앞의 글, 221~226면.

둘째, 국사편찬위원회 소장 마이크로필름 <향병일기>(청구기호 : MF A
지수350)이다. 광산김씨 예안파는 1970년 안동댐 공사로 500년 세거지가
수몰되자, 옛 마을의 뒷산에 새로 부지를 조성하여 '군자리'라 명명하고
수몰지에 흩어져 있던 묘우, 종택, 누정 등 건축물들을 집단적으로 옮겨
짓는 과정에 다락에서 대대로 내려오던 고문서와 전적 1천여 점이 나왔
고, 그 가운데 임진왜란 이전의 문서가 100건이 넘었다. 이 고문서와 전
적들의 일부를 1980년에 김택진(金澤鎭)은 학계에 공개한 바 있고, 1983
년에는 광산김씨 예안파 유물전시관으로서 숭원각(崇遠閣)을 지어 보존
관리해 오고 있다. <향병일기>는 1989년 국사편찬위원회의 지방 사료
조사 활동에 의하여 학계에 알려졌는데, 국사편찬위원회는 마이크로필
름으로 찍고 활자화하여 2000년에야 광산김씨 예안파 가문의 다른 일
기 자료들과 함께 한국사료총서(韓國史料叢書) 제43권으로 간행한바, 그
상권이 『향병일기·매원일기(鄕兵日記·梅園日記)』이다. 그런데 마이크로필
름 <향병일기>의 표제 뒷면에 있는 부전지(附箋紙)는 활자화되지 않았
다. 소장자 김택진은 『안동문화』 제4권의 수록 자료를 제공한 김준식의
아버지이다.

[그림 1]

이 두 이본의 실물을 소개하는 것이 [그림 1]이다. 경상북도문화재 사이트에서 구현했던 것인데,16) 지금은 어떤 연유인지 알 수 없지만 사이트에서 내린 자료이기는 하나 후조당 유물(유형문화재 제64호, 1974.12.10. 지정) 가운데 〈향병일기〉를 소개하던 사진이다. 소유자는 김택진으로 되어 있었다. [그림 1]의 왼쪽 책은 안동대학교 안동문화연구소가 영인한 자료와 동일하며, 오른쪽 책은 국사편찬위원회가 마이크로필름으로 찍은 것과 동일하다. 이로써, 첫째와 둘째의 자료는 모두가 광산김씨 예안파 문중에서 나온 것으로 짐작된다.

셋째, 이화여자대학교 도서관 소장본 〈향병일기약(鄕兵日記畧)〉이다. 이것은 김세한이 공개한 자료와 동일한 자료를 저본으로 삼아 축약한 것이다. 새로운 내용이 덧붙여진 경우는 거의 없고, '궁산(窮山)'을 '심산(深山)'으로 대체한 것처럼 어구를 바꾼 경우가 많다. 그런데 이 이본은 1545년 을사사화 때 화를 당한 인물들의 전기를 모아 엮은 〈을사전문록(乙巳傳聞錄)〉이 먼저 실리고, 그 뒤에 8장 분량으로 덧붙여진 형태이다. 표제는 ≪을사전문록≫(청구기호 : 920 을61)으로 되어 있다.

넷째, 심재덕 소장본 〈향병일기〉이다. 이것은 심수철이 자신의 석사 학위논문에서 소개한 것이다.17) 곧, "심재덕 소장본으로 경상북도 유형문화재로 지정받았고18), 일반에는 아직 공개되지 않았으며19) … 다소간

---

16) http://www.chis.go.kr/daekwan/WebContent/popsrc/07/64.html이 2019년 10월 31일 현재 시점에서 http://www.gb.go.kr/open_silguk/chis/chinfo/totalCHInfo.do로 바뀌었으나 여전히 본문에서 언급한 향병일기 관련 이미지 자료는 내려진 상태이다.

17) 심수철, 앞의 논문, 2면. 근시재 김해를 〈향병일기〉의 저자로 파악하는 데는 동의할 수가 없는바, 그 이유는 이 글에서 자연스레 밝혀질 것이다.

18) 안동시 공고 제2014-143호(경상북도 지정문화재 지정예고)를 통해 2014.1.29.~2014. 2.27 까지 공고하고, 경상북도보 제5875호(2014.10.20.)의 12~19면에 도지정 유형문화재 제483호로 지정됨.

19) 심재덕 씨와 연락이 닿았는데, 자료를 곧 공개할 예정이지만 현시점에서 공개하기는 시기상조라고 하였음. 그렇지만 심재덕 씨가 〈향병일기〉의 첫대목 1면과 마지막 3면을 보내주어 일부는 확인할 수 있었고, 자료 전문은 확인할 수가 없었다. 이 자료의 전모

의 문자 출입은 있으나[20] 내용은 大同小異하다. 글씨의 필체는 … 行草書이다. 필체와 마멸상태, 문자의 출입 상태 등으로 봤을 때 심재덕 소장본이 원본에 가까운 것으로 보인다."고 하였다. 하지만 소장자가 머지 않아 공개할 예정이라 하나 현재로서는 전문이 공개되지 않아서 그 실체를 파악하기가 어려운 실정이다.

현전 <향병일기> 이본들의 실상이 이러하다면, 그 선본(善本)을 파악하기 위해서는 안동문화연구소가 공개한 영인본과 국사편찬위원회 마이크로필름 자료를 대상으로 삼으면 될 것이다. 두 이본은 모두 서문과 발문 없이 1592년 4월 14일 왜적에 의한 동래성 침공 소식으로부터

를 확인하지 못한 것에는 상당한 아쉬움이 남는다.

20) 심수철, 앞의 논문, 78~79면 재인용. <향병일기>의 1592년 8월 9일자를 보면, 안동문화연구소 영인본과 국사편찬위원회 마이크로필름에는 "前縣監李愈, 前縣令權春蘭, 前翰林金涌及金允明·金允思·李亨男會, 裴龍吉·李應麤·辛敬立·權益亨·琴夢馴·權終允·權泰一·權德成·權重光, 會于臨河縣東耆仕里松亭, 相議擧兵, 以裴龍吉·金涌爲召募有司."로 되었고, 심재덕 소장본에는 "前縣監李愈, 前縣令權春蘭, 前翰林金涌及金允明·金允思·李亨男會, 裴龍吉·李應麤·辛敬立·權益亨·琴夢馴·權終允·權泰一·權德成·權重光, 會于臨河縣東耆仕里松亭, 相與謀曰: '日馭播越龍灣, 腥塵汚穢宗祊, 通哉通哉. 今日吾儕不死, 與犬羊同戴一天, 更擧何顔? 親上死長之義, 盖嘗聞之而講之熟矣, 身死何惜? 但鄕閭軍丁, 屬盡官簿, 白面空擧, 徒奮何爲? 國事至此, 固非臣子安坐之時. 今日之事, 爲國一死耳, 其成敗强弱, 有不暇計也. 凡我同志之人, 同心戮力, 起義討賊, 以復君讐, 於萬一, 可乎?' 咸曰: '諾.' 左右着署而誓曰: '不能忘身而討賊者, …缺…' 以裴龍吉·金涌爲召募有司, 以義字爲自衿之嫌, 獨以鄕兵之號, 盟以罷歸.('임금의 수레가 龍灣으로 피난을 떠나고 피비린내가 종묘사직을 더럽혔으니 원통하고 원통하다. 오늘 우리가 죽지 않고 개와 양 같은 무리와 한 하늘 아래 살아간다면 다시 어찌 얼굴을 들 수 있겠는가? 윗사람을 친애하고 어른을 위해 목숨을 바칠 수 있는 의리에 대해서는 일찍이 듣고 익숙히 강론하였으니 이 한 몸 죽는 것이 어찌 아깝겠는가? 다만 고을의 군정은 죄다 관청의 장부에 들어갔으니 백면서생이 빈주먹으로 떨쳐 일어난들 어찌하겠는가? 그러나 나랏일이 이에 이르렀으니 참으로 신하와 자식이 되어 편안히 앉아있을 때가 아니다. 지금 할 일은 임금을 위하여 한 번 죽을 뿐이고 성패와 강약은 따질 겨를이 없다. 우리 동지들이 한 마음으로 힘을 다해 의병을 일으켜 적을 토벌하여 나라의 원수를 만분의 일이라도 갚는 것이 옳지 않겠는가?' 그러자 모두들 '옳다.'라고 하였다. 좌우의 사람들이 더불어 서명하고 맹세하여 말하기를, '몸을 잊고 적을 토벌하지 않는다면 …(결략)…' 배용길과 김용을 召募有司로 삼고, '義'자는 스스로 뻐기는 혐의가 있으므로 다만 '鄕兵'이라 부르기로 하고 맹세한 뒤 파하고 돌아갔다.)"라 되어 있다. 이러한 출입이 몇 군데 있는 것으로 짐작되는바, 자료가 조속히 공개될 필요가 있다.

1593년 6월 19일 김해가 계림전투에서 사망하기까지 의병활동 날짜별로 기록하였는데 글자 한 자도 다르지 않으며, 맨 끝부분에 있는 '위의 몇 가지 조목들이 모두 가승에 실려 있으나 일기에는 누락되었기 때문에 추가로 여기에 덧붙인다.(上數條, 並家乘所載, 而見漏於日記中, 故追附于此.)' 는 후기(後記)까지도 똑같다. 다만, 안동문화연구소 영인본이 1면의 맨 끝 2글자와 21면의 맨 끝 1글자가 밀려 필사했었는데, 국사편찬위원회 마이크로필름 자료에 따라 다시 맞추어져 똑같게 된 것이 다른 점이라면 다른 것이다. 다시 말하건대, 이는 국사편찬위원회 마이크로필름 자료를 대본으로 삼아 다시 필사했음을 보여주는 것이다. 그렇다면 국사편찬위원회 마이크로필름 자료가 선본(先本)인 셈이다.

그리고 안동문화연구소 영인본은 35장본 69면인 반면, 국사편찬위원회 마이크로필름 자료는 거기에다 부전지(附箋紙)와 첨부자료 3면이 더 있다. 곧, 안동문화연구소 영인본은 의도적이었는지 알 수 없으나 자료의 중요 대목이 누락되었다. 결국, 이는 국사편찬위원회 마이크로필름 자료가 선본(善本)임을 나타내는 것이라 하겠다. 그 누락된 자료가 지니는 중요성은 다음 장의 논의를 보면 알게 될 것이다.

이로써, 현전 〈향병일기〉의 선본(先本)과 선본(善本)은 국사편찬위원회 마이크로필름 자료임을 확인할 수 있게 되었다.

4. 현전 〈향병일기〉 편찬의 경위와 그 시기

현전 〈향병일기〉의 선본(善本)은 국사편찬위원회 마이크로필름 자료임은 앞의 장에서 살폈다. 그러므로 국사편찬위원회 마이크로필름 자료를 대상으로 삼아 편찬 경위와 시기를 규명하고자 한다. 그 편차를 살피면 다음과 같다.

① 부전지(附箋紙)

② 萬曆壬辰四月十四日癸卯。~ 癸巳五月七日庚申。〇右當時書記所錄

③ 五月領兵, 在密陽。(右梅園錄)

④ 聞晉陽受圍, 治兵至晉州 (缺) 大將令領兵救梁山, 因往 (缺)。此後, 則追賊南下, 至於慶州, 與李山輝合勢, 大破鷄林之賊。而江左義將, 皆受府君節制時, 有南下日記, 而失於喪亂中, 設伏龍咸時, 有西征錄及別錄, 而並皆失之。六月 十九日。大將, 卒于慶州陣中。(臨卒, 有詩曰 : "百年存社計, 六月着戎衣。爲國身先死, 思親魂獨歸." 時幕下金公兌等, 自寢疾至易簀, 小不離側, 府君遺命, 多少記籍, 而皆失之, 祗存此詩, 至今傳誦.) 師散而歸。(右果軒錄)

⑤ 上數條, 並家乘所載, 而見漏於日記中, 故追附于此。

⑥ 丙子夏, 有凝州之役, 得見羽溪李涵齋希胤所撰傳習錄, ~ 其悲憤慷慨之義, 從可像想, 而但不載於家乘及鄕兵日記, 故隨聞隨錄, 以備他日採擇焉。

⑦ 出燃藜記述(完山 李肯翊所編)

위의 편차 가운데 ①은 국사편찬위원회 마이크로필름 자료에만 있는 것이며, ②에서 ⑤까지는 안동대학교 안동문화연구소가 공개한 영인 자료에도 한 글자 어김없이 그대로 있는 공통부분이며, ⑥과 ⑦은 국사편찬위원회 마이크로필름 자료에만 있는 것이다.

우선, 공통부분인 ②에서 ⑤까지를 살피면, 총 69면 가운데 ②는 67면을 차지하고 있는데다 분명히 협주를 통해 '바로 앞까지는 당시 서기가 기록한 것이다.(右當時書記所錄.)'라고 밝히고 있다.[21] 그렇다면 <향병

---

21) 아직 전문이 공개되지 않은 심재덕 씨 소장본 <향병일기>의 첫대목 1면과 마지막 대목 3면을 살펴본바, 바로 ②에 해당하는 문헌임. 그리고 4면만을 살펴도 중요 대목이 누락

일기>는 현재로서 누구인지 알 수 없지만 임진왜란 당시 의병활동을 김해와 함께한 '서기'가 기록한 것이라고 할 수밖에 없는 것이지, 어찌 김해가 기록한 것이라 할 수 있겠는가. 김해를 기록자로 보는 사람들 중에는 굳이 김해가 기록한 자료에 당시 서기가 가필한 것으로 추론하기도 하는데, 그 근거로 <서행일기(西行日記)>를 들지만 이것 역시 김해 자신을 3인칭인 '대장'22)으로 적고 있으므로 근거로서 미약하다. 그리고 ③과 ④는 김해의 후손들이 기록한 것이다. 이를 알려주는 것이 또한 협주이다. ③은 매원(梅園)이 기록한 것으로 되어 있는바, 매원은 바로 김해의 아들 김광계(金光繼, 1580~1646)의 호이다. 또 ④는 과헌(果軒)이 기록한 것으로 되어 있는바, 과헌은 바로 김광계의 손자 김순의(金純義, 1645~1714)이니 곧 김해의 증손자이다. ⑤는 ③과 ④가 김해의 기록이 아니지만 이 대목에 삽입할 수밖에 없었던 이유를 설명하는 문장이다. 곧, 전해 내려오는 가승(家乘)에는 실려 있으나23) 일기에는 누락되었기 때문에 추가로 덧붙였다는 것이다.

아무튼, 현전 <향병일기>는 안동문화연구소의 영인 자료처럼 ②에서 ⑤까지만 있다면 김순의의 생몰 연간을 고려하건대 그래도 18세기 문헌이라고 할 수 있을 것이다. 그러나 앞서 언급하였듯, 안동문화연구소의 영인 자료는 국사편찬위원회의 마이크로필름 자료를 보고 다시 필사한 것이기 때문에 18세기 문헌이라고 할 수 없는 것이다.

⑥은, ③과 ④가 '향병일기'에는 누락되어 있지만 '가승'에는 전해오

되거나 변개된 것으로 보이는데, 이 문헌이 공개되면 <향병일기>의 저자 추정에 상당한 기여를 할 것으로 여겨진다.

22) 1592년 12월 28일. "<西行日記>附, '伏兵將李選忠處, 親聞賊奇, 大將趁曉發行, 路次見右副將馳報, 軍威奇大立等, 斬倭頭, 奪倭物, 上送云.…'" 이와 같은 사례가 많이 있다.

23) 매헌의 기록은 <先考通仕郎行藝文館檢閱兼春秋館記事官, 贈承議郎弘文館修撰知製教兼經筵檢討官春秋館記事官府君家狀>의 "癸巳五月, 端人以疾歿于家. 時公領兵在密陽."을 가리키나, 과헌의 기록은 확인하지 못했음.

기 때문에 실었다고 한 반면, '가승'과 '향병일기'에 모두 실려 있지 않은 것이라 하더라도 들은 것이라서 훗날에 채택되기를 바라며 덧붙인 기록이다. 곧 '다만 가승 및 향병일기에 실려 있지 않았기 때문에 들은 대로 기록하여서 훗날의 채택에 대비한다.(但不載於家乘及鄕兵日記, 故隨聞隨錄, 以備他日採擇焉.)'고 한 데서 확인된다. 가장 문제적인 기록이다. 왜냐하면, 이희윤(李希胤)이 확인되지 않는 인물이기 때문이다. 위의 인용문을 보면 이희윤은 우계이씨(羽溪李氏)로 되어 있는바, 『우계이씨대동보』(우계이씨중앙화수회, 1990)를 확인해도 등재되어 있지 않고, 그 문중 담당자에게 문의해도 알 수 없는 인물이라고 하기 때문이다. 또 그가 지었다는 '전습록(傳習錄)'도 확인되지 않을 뿐만 아니라 '응주(凝州)'도 어느 곳을 가리키는지 확인하기에는 난제이기 때문이다. 아마도 응천(凝川: 밀양)이 아닌가 한다.

⑦은 이긍익(李肯翊, 1736~1806)이 편찬한 ≪연려실기술(練藜室記述)≫에서 나오는 기록이다. 곧, ≪연려실기술≫ 권17 '영남의병(嶺南義兵)'에 실린 기록으로 한 글자도 어긋남이 없다. 이러한 기록은 ≪연려실기술≫이 간행된 데서 기인한 것인데, ≪연려실기술≫은 1911년 광문회(光文會)에서 도합 34권으로, 1913년 조선고서간행회(朝鮮古書刊行會)에서 도합 59권으로 각각 간행되었다. 그렇다면 현전 <향병일기>는 1911년 이후에 편찬되었으리라는 추론이 가능하다.[24]

여기서 한 가지 덧붙일 것은 이화여자대학교 도서관 소장본 <향병일기약(鄕兵日記畧)>이 <을사전문록(乙巳傳聞錄)>과 함께 묶인 연유가 무엇일까에 대해서다. <을사전문록>은 '유분록(幽憤綠)'이라고도 하는데, 이

---

24) ≪연려실기술≫ 별집을 편찬할 때 인용한 책들 중에는 정조 시대 이후에 간행한 申景濬의 ≪旅菴集≫이나, ≪日得錄≫(정조 때 신하들이 정조의 어록을 편집한 책으로 1787년 간행)이 있음을 고려하면, ≪연려실기술≫은 1787년 이후에 완성되었다고 보겠지만, 일반인들이 쉽게 볼 수 있게 된 것은 적어도 광문회가 1911년에 간행한 이후일 것이다.

<을사전문록>만 ≪대동야승(大東野乘)≫ 권12에 수록되어 있고, <향병일기>는 함께 실려 있지 않다. 그런데 ≪대동야승≫은 조선 초기와 중기의 잡록들을 모은 것으로 72권 72책이 전해오던 것을 1909년과 1911년 사이에 조선고서간행회에서 13책으로 출판하였다. 결국, 이화여자대학교 도서관 소장본 ≪을사전문록≫은 적어도 1911년 이후 어느 시기인지 알 수 없으나 ≪대동야승≫에 수록된 <을사전문록>과 <향병일기>가 따로 있던 문헌을 필사해 함께 묶은 것이라 하겠다. 그렇게 묶고 난 후에 <향병일기>라는 제목 밑에다 '김해 저(金垓著)'라고 표기한 것이다.

이로써, 현전 <향병일기>의 편찬 경위를 요약해 보자면, 그 시기를 알 수 없지만 임진왜란 당시에 김해와 함께 의병 활동을 한 '서기'가 기록했던 문건을 입수하고, 그 후에 김해의 아들 김광개, 증손자 김순의가 기록한 가승 자료를 덧붙임으로써 김해가 임종하기까지 활약한 의병활동에 대한 기록이 완정한 모습을 갖추도록 하였으며, 또한 구비전승 자료라 할 수 있는 이희윤의 언급을 훗날에 채택되기 바라면서 보충하였고, ≪연려실기술≫에 기술되어 있는 부분까지 보충하였던 것이다. 결국, 임진왜란이 일어나 국난에 처했던 당시 의기를 떨쳤던 김해의 의병 활동에 대한 기록은 훼손될 여지없이 확고해졌다고 하겠다. 하지만, 현전 <향병일기>를 김해가 직접 썼다는 근거는 어디에도 없음이 확인된 것이다.

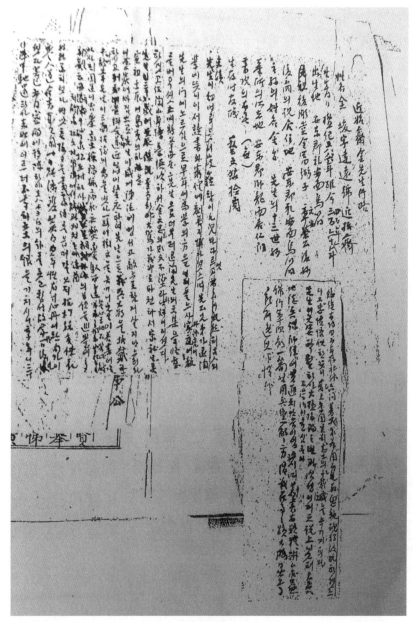

[그림 2]

이제, ⑦에서 살핀 〈향병일기〉의 편찬시기를 규명하기 위해서는 긴요한 자료가 ⑪의 부전지인바, 바로 [그림 2]이다. 이를 탈초(脫草)해 보면, 근시재 김해의 행략(行略)과 사적(事蹟)[25]이 기록되어 있다. 그 가운데 '행략'을 탈초하여 풀이하면 다음과 같다.

> 성명은 김해, 자는 달원, 호는 근시재이다.
> 생년월일은 단기 3886년, 지금으로부터 361년 전이다.
> 출생지는 안동군 예안면 오천동이다.
> 후조당 김부필의 아들이며, 문안공의 후손이다.
> 후예의 거주지는 안동면 예안면 오천동이다.
> 주손의 성명은 김공 선생의 13세손이다.
> 묘소의 소재지는 안동면 와룡면 거인동이다.
> 서원의 유무 : 없다.
> 살아있을 때의 관직은 예문관 검열이다.[26]

이 자료에서 주목되는 것은 다름이 아니라 김해의 생년월일을 밝히면서 '지금으로부터 361년 전(距今三百六十一年)이다.'라고 한 점이다. 김해의 생년인 단기 3886년은 바로 1553년이니, 지금은 거기에 361년을 더하면 되는데 바로 1914년인 셈이다. 이로써, 현전 〈향병일기〉는 1914년

---

25) 사적은 이 글의 말미에 보충하기로 하는데, 이상정의 행장을 요약한 글이라 할 수 있음.
26) 〈近始齋金先生行略〉에 대해 탈초한 원문은 다음과 같다.
　　姓名金垓, 字達遠, 號近始齋。
　　生年月日, 檀紀三八八六年, 距今三百六十一年(四百年)。
　　出生地, 安東郡 禮安面 烏川洞。
　　後彫堂金富弼 子, 文安(章榮, 삭제표시)公 後孫。
　　後裔의 設居住地, 安東郡 禮安面 烏川洞。
　　主孫의 姓名, 金公先生의 十三世孫。
　　墓所의 所在地, 安東郡 臥龍面 居仁洞。
　　書院의 有無, (無)。
　　生存時官職, 藝文館檢閱。

에 편찬된 것이라고 하지 않을 수 없다. 현전 <향병일기>가 1914년에 편찬된 것이라면 ≪연려실기술≫의 자료가 인용되어 수록될 수 있었던 것과, 이화여자대학교 도서관 소장본 ≪을사전문록≫에 <을사전문록>과 <향병일기약>이 함께 묶일 수 있었던 것이 자연스럽게 이해가 된다. 한편, 이처럼 현전 <향병일기>의 편찬 경위와 그 시기를 추정하는 데에 있어서 안동대학교 안동문화연구소 영인본의 자료 누락(①⑥⑦)은 의도했든 의도하지 않았든 심각한 문제를 야기한 것이라 할 것이다.

5. 나가며

현전 <향병일기>는 임진왜란이라는 국난에 처하여 영남 북부지역에서 의병을 일으켰던 향촌재지사족들의 의식과 대응 자세를 엿볼 수 있는 귀중한 자료라 할 것이다. 그 가운데 근시재 김해의 의병활동을 중심으로 한 역사적 사실을 기록한 현전 <향병일기>에 대해 김해가 직접 쓴 것이라는 주장은 신뢰할 수 없음이 이 글을 통해 드러났다. 곧, 김해의 의병활동을 기리고자 광산김씨 예안파 문중에서 편찬한 것임이 확인되었고, 또한 부전지(附箋紙)를 탈초함으로써 그 편찬시기도 1914년임이 확인되었으며, 그에 따라 편찬 경위도 아울러 규명되었다.

그렇다면 이 일기를 탈초하고 활자화하여 2000년에 『향병일기·매원일기』를 간행하면서 '간행사'와 '범례'에 <향병일기>를 김해가 직접 쓴 것으로 안내한 국사편찬위원회는 큰 오류를 범한 것으로 잘못된 길라잡이 노릇을 하였으니, 그 공신력을 고려하건대 좀 더 신중했어야 했던 것이 아닌가 한다.

그렇다고 해서 <향병일기>만이 아니라 다른 문헌을 통해서도 얼마든지 확인할 수 있는 김해의 의병활동이 부정되는 것은 아니다. 그것은 그것대로 존중되어야 마땅한데, 현전 〈향방일기〉와 같은 방식의 자료 구축은 아마도 한일합방에 따른 일제 초기의 시대적 상황에 있어서 임진왜란 당시 의기를 떨쳤던 김해의 의병활동에 대한 기록을 집적하고자 열망했던 결과가 아닌가 한다. 그럼에도 현전 〈향병일기〉의 대부분을 기록한 것으로 보이는 '당시의 서기'를 규명해야만 역사적 사실에 대한 신빙성이 보다 더 제고될 것으로 생각한다. 이를 위해서는 심재덕 소장본이 조속히 공개될 필요가 있다.

▌참고문헌

국사편찬위원회 마이크로필름 〈향병일기〉(청구기호 : MF A지수350)
안동대학교 안동문화연구소 영인본 〈향병일기〉(『안동문화』 4 영인본)
이화여자대학교 도서관 소장본 《을사전문록》(청구기호 : 920 을61)
저자 미상, 신해진 역, 『향병일기』, 역락, 2014.

김귀현, 「향병일기」, 『안동문화연구』 창간호, 안동문화연구회, 1986.
김병륜, 「향병일기 : 1592~93년 영남북부 의병들 전투일지」, 『국방일보』, 2008.9.3.
김세한, 「향병일기 해제」, 『안동문화』 4, 안동대학교 안동문화연구소, 193.
김종권 역주, 류성룡 저, 『징비록』, 명문당, 1987.
심수철, 「근시재 김해의 생애와 문학세계」, 안동대학교 석사학위논문, 2014.
주승택 외 5인 역, 『국역 오천세고』(하), 한국국학진흥원, 2005.
최효식, 「안동의 의병 활동」, 『임진왜란기 영남의병 연구』, 국학자료원, 2003.

이 글은 『영남학』 25(경북대학교 영남문화연구원, 2014)의 339~362면에 게재되고, 『향병일기』(저자 미상, 신해진 역, 역락, 2014)의 199~217면에 전재된 것을 일부 수정한 것이다. 다만, 이 글에 이어서 부전지의 나머지인 사적을 전재하고 심재덕 소장본의 일부 이미지 파일을 새로 보충하였다.

■ 부전지의 사적(事蹟)

선생은 어렸을 때부터 영리하고 지혜로움이 보통의 아이들과 달랐고, 점점 자람에 개연히 고인(古人)의 학문에 뜻이 있어 독서하며 이치를 궁구하면서 몸과 마음을 다하여 애쓰고 조금도 게을리 하지 않았으며, 선생의 부친 형제가 퇴도(退陶 : 이황의 호)선생의 문하에서 수학하였기 때문에 젊은 시절 학문하는 방도를 들어 가정과 향당(鄕黨)에서 가르침을 배우셨으며, 학봉(鶴峯)과 서애(西厓) 두 선생과 함께 퇴계선생의 문집을 수정하셨고 또 퇴계연보의 편차(編次)를 지어 문충공(文忠公) 김성일로부터 사문(斯文)이 실추되지 않았다는 평을 들었다.

선생이 38세 때인 선조(宣祖) 임진년(1593)에 왜란을 당하여 임금이 의주로 파천해서 종묘사직과 백성들이 도탄에 빠지자, 선생은 마음속에 깊이 사무쳐 눈물을 흘리며 "맹세코 왜적들과는 함께 살지 않겠다." 하시고 여러 고을들을 규합하시니, 원근의 인민이 메아리처럼 호응하여 선생을 의병대장으로 추대했을 때, 학봉선생이 삼남초유사(三南招諭使)로서 별명(別命)을 받아 온 도에 격문을 보냈는데, 선생이 답서에 이르기를 "국운이 막혀서 오랑캐가 창궐하자 종묘사직이 전란에 휩싸이고 임금께서 서쪽으로 파천하셨으니, 하늘과 땅에 굳게 맹세컨대 이 왜적과는 함께 살지 않겠습니다." 말하고, 이윽고 예천의 송구천(松丘村)에 이르러서 적과 대치하여 왜적의 머리를 베어서 순찰사 진영에 많이 올려 보냈다.

때마침 섣달 그믐날이 되어서 시를 읊었으니, "외로운 등불 가물거리는 객사엔 갑옷 차고(孤燈旅舍鐵衣寒), 사람들 오늘밤 지나면 한 해가 저문다 하네(人道今宵歲已闌). 하룻밤 사이 양귀밑머리에 허연털 더하겠지만(一日能添雙鬢白), 백년이 지나도 오직 일편단심뿐일러라(百年惟有寸心丹)."

는 시구가 있었다.

계사년(1593) 5월에는 밀양으로 진을 옮겼지만 부인 이씨의 부음을 듣고 잠시 고향으로 돌아갔다가 하루 뒤에 다시 진중으로 서둘러 되돌아 갔는데, 경주에 이르러 불행히도 제갈량(諸葛亮)이 병사했던 오장원(五丈原)의 한스러움을 남기니 향년 39세였다.

죽음에 임하여 시를 남겼으니, "머나먼 앞날까지 사직 보존코자(百年存社計), 무더운 유월에도 갑옷 입었거늘(六月着戎衣), 나라 위해 몸이 먼저 죽으니(爲國身先死), 어버이 찾아 넋은 홀로 가누나(思親魂獨歸)."고 하였으니, 그 임금을 사랑하고 국가를 걱정하는 충분의기와 비분강개의 뜻은 족히 지사(志士)의 천년토록 사무치는 눈물을 느끼게 된다.

선생은 타고난 자질이 탁월하고 그 학문이 융성하여 태극음양지변(太極陰陽之辨)과 심성이기지설(心性理氣之說)로부터 천문(天文)·지지(地誌)·병법(兵法)·음률(音律)에 이르기까지 통달하지 않음이 없으시니, 저서로는 살펴서 분별하기 어려운 것과 구익록(求益錄)이 있는데, 행군수지(行軍須知) 1편은 그 병사를 부리고 왜적을 막는 방법과, 의병을 일으키고 전장에서 죽은 일의 흔적이 대략 갖추어졌다. 일기는 그 절반이 유실되었으니 애석한 일이다.

☑ 탈초

先生이 幼時로부터 岐嶷[1]함이 凡兒와 다르섯고, 稍長에 慨然히 古人의 學에 뜻이 이서 讀書와 窮理에 刻苦不懈하엿으며, 先公兄弟[2]가 退陶先生

---

1) 岐嶷(기억) : 어린아이가 영리하고 지혜로움. ≪시경≫<生民>의 "실로 기고 기다가 능히 훤출하게 자라시더니 스스로 밥을 먹게 되자 콩을 심으시니 콩 가지가 깃발 날리듯하며, 벼가 줄줄이 아름다우며, 삼과 보리가 무성하며, 외가 넝쿨에 주렁주렁 달렸더니라.(誕實匍匐, 克岐克嶷, 以就口食, 藝之荏菽, 荏菽旆旆, 禾役穟穟, 麻麥幪幪, 瓜瓞唪唪)"에서 유래한 말이다. 그 주에 "기억은 높고 무성한 형상이다.(岐嶷, 峻茂之狀.)"고 되어 있다.

의 門에 노르심으로 早年에 爲學의 方을 <u>어더(삭제표시)</u> 들으사 家庭과
鄕黨에서 敎를 배우셧스며, 鶴峯·西厓3) 二先生으로 더부러 退陶先生의
文集을 修整하셧고, 또 陶山4)年譜를 撰次5)하서 金文忠公6)의 斯文不墜타
하난 評이 이셧다.

先生이 三十八歲에 <u>壬辰倭亂을(삭제표시)</u> 宣祖壬辰에 島夷7)의 亂을(삭제
표시 옆의 행에 표기) 當하야 大駕가 義州로 파천하서 宗社生靈이 塗炭에
빠짐으로, 先生이 感게8)涕泣에 "멩서코 敵으로 함긔 살지 안으리라." 하
시고 列郡을 糾合ᄒ사 遠近인민이 響應하여 先生으로 義兵大將을 推戴한
本時에, 鶴峯先生이 三南招諭 別命을 밧아 一路에 檄文을 옴기니, 先生이
答書에 갈아사ᄃᆡ "國運이 否塞 蠻獠9)猖獗 廟社兵燹 蠻馭10)西遷 □民之□
□□□(삭제표시) 誓心天地, 不與此敵(삭제표시 옆행 작은 글씨로 표기)

---

2) 先公兄弟(선공형제) : 先公은 돌아가신 아버지를 이르는 말로, 여기서의 형제는 金富弼과
金富儀를 가리킴.

3) 西厓(서애) : 柳成龍(1542~1607)의 호. 본관은 豊山, 자는 而見. 임진왜란이 일어나자 병조판
서로서 도체찰사를 겸하여 軍務를 총괄하였다. 이어 영의정에 올라 왕을 扈從하여 평양
에 이르러 나라를 그르쳤다는 반대파의 탄핵을 받고 면직되었다. 의주에 이르러 평안도
도체찰사가 되었고, 이듬해 명나라 장수 李如松과 함께 평양성을 수복한 뒤 충청도·경상
도·전라도 3도의 도체찰사가 되어 파주까지 진격하였다. 이해 다시 영의정에 올라 4도
의 도체찰사를 겸해 군사를 총지휘했으며, 이여송이 碧蹄館에서 대패해 西路로 퇴각하는
것을 극구 만류했으나 뜻을 이루지 못하였다. 1594년 훈련도감이 설치되자 提調가 되어
≪紀效新書≫(중국 명나라 장수 척계광이 왜구를 소탕하기 위하여 지은 병서)를 講解하였
다. 또한 호서의 寺社位田을 훈련도감에 소속시켜 군량미를 보충하고 鳥嶺에 官屯田 설치
를 요청하는 등 명나라 및 일본과 화의가 진행되는 동안에도 군비를 보완하기 위해 계속
노력하였다. 1598년 명나라 經略 丁應泰가 조선이 일본과 연합하여 명나라를 공격하려 한
다고 본국에 무고한 사건이 일어나자, 사건의 진상을 알리러 가지 않는다는 북인들의 탄
핵을 받아 삭탈관직 되었다가 1600년 복관되었으나 다시 벼슬길에 나아가지 않고 은거
하였다.

4) 陶山(도산) : 퇴계 이황이 살던 곳으로, 여기서는 퇴계를 이르는 말.

5) 撰次(찬차) : 시문 따위를 가려 뽑아서 순서를 매김.

6) 文忠公(문충공) : 김성일의 시호.

7) 島夷(도이) : 섬나라의 오랑캐. 주로 倭寇를 가리킨다.

8) 感게 : 感慨.

9) 蠻獠(만료) : 오랑캐.

10) 蠻馭(난차) : 임금을 가리키는 말.

俱生."云, <u>因備陣于醴泉松丘村하사 賊□□相對하야(삭제표시) 到醴泉松丘村□□(삭제표시)</u>에서 賊과 相對ᄒ야 倭敵의 首級을 巡營에 多數獻送히엿다.

썩맞츰 除日[11]을 當ᄒ야 詩를 읍퍼 갈오대, "孤燈旅舍鐵衣寒, 人道今宵歲已闌. 一日能添雙鬢白, 百年惟有寸心丹."이란 句가 이셧다.

癸巳五月 密陽에 移陳하야 夫人李氏의 訃를 듯고 暫時故家 一(옆에 작게 1자)日後 다시 陣中馳還하사 慶州에 이르러 不幸히 五丈의 恨[12]을 기치시니 享年이 三十 (결락)[13].

臨絶有詩曰 : "百年存社計, 六月着戎衣. 爲國身先死, 思親魂獨歸."라 하셧스니, 그 忠憤慷慨(뒷 문장과 바꾸라는 표시)한 뜻이 愛君憂國 足히 志士[14]의 千載感淚(옆에 작은 글씨로 표기)을 늣기게 되다.

先生이 天姿[15] 탁월하고 그 學問이 융성ᄒ사(옆줄 작은 글씨로 표기) 太極陰陽之변과 심성이긔之說노붓터 天文·地誌·兵謀·師律에 貫通치 안음이 업스시매 著書有難稽辨과 求益錄, 行軍須知一篇, 其用兵禦敵之方, 倡義死事之蹟, 大略具焉。日記則逸其半, 惜哉。[16]

---

11) 除日(제일) : 섣달 그믐날.
12) 五丈의 恨 : 諸葛亮이 後主를 도와 中原을 수복하려고 魏나라의 司馬懿(호는 仲達)와 대전하다가 진중에서 병이 들어 50여 세로 죽었던 곳이 五丈原임. 제갈량이 죽은 것을 살아 있는 것처럼 싸웠더니 사마의가 겁에 질려 도망쳐버렸지만, 얼마 후에 蜀漢은 망하고 말았다는 고사를 일컫는다.
13) 附箋紙의 일부 내용이 복사되지 않은 것으로 추측됨.
14) 志士(지사) : 국가와 사회를 위해 몸과 마음을 바쳐 일할 수 있는 굳은 의지와 높은 뜻을 가진 사람을 가리키는 말.
15) 天姿(천자) : 天賦. 타고난 자질.
16) 『향병일기』(저자 미상, 신해진 역, 역락, 2014)의 144~148면을 전재함.

■ 심재덕 소장본(경상북도 유형문화재 제483호)

다음의 이미지 자료는 인터넷 사이트에 공개되어 있는 것이다.
(http://cafe.daum.net/inje66/OvoS/484?q=%ED%96%A5%EB%B3%91%EC%9D%
BC%EA%B8%B0)

[그림 3]　　　　　　[그림 4]

[그림 5]　　　　　　[그림 6]

[그림 7]   [그림 8]

[그림 5]의 왼쪽 면에 있는 15일과 22일은 1592년 6월 15일과 22일이
다. 이것에 해당하는 현전 〈향병일기〉는 '十五日癸卯。 禮安縣監申之悌,
敗於龍宮1), 安東士人裴寅吉2)戰死。 二十二日庚戌。 倭入安東。 (缺)'로 되어
있다. 서로 비교해보면, 우선 15일 다음에 22일로 되어 있는 날짜 짜임
이 똑같다. 또한 22일의 결락 부분이 [그림 5] 해당 면의 끝부분인데다
종이가 삭아서 없어진 부분과 공교롭게도 정확히 일치한다. 반면, 15일
기록 '禮安縣監申之悌, 敗於龍宮'과 '安東士人裴寅吉戰死'는 [그림 5]의 15
일 서술 부분에서 처음이자 마지막 부분에 있는 글자와 정확히 일치
하지만, 어림잡아 가운데 부분의 100여 자가 생략되었음이 확인된다.
먹도 지워지고 종이가 접혔거나 삭아서 읽기가 어려웠던 것으로 짐작
된다.

---

1) 龍宮(용궁) : 경북 예천 지역의 옛 지명.
2) 裴寅吉(배인길, 1571~1592) : 본관은 興海, 자는 敬甫. 1592년 임진왜란으로 영남지방이 위
　기에 처했을 때 22세에 순국의 의지로 4촌형 裴龍吉과 함께 의병을 일으켜 신지제의 휘
　하 軍官으로 들어가 용궁 전투에서 왜적과 싸우다 순절하였다. 그의 아내도 남편을 따라
　죽었다고 한다. 金熙周(1760~1830)의 《葛川先生文集》 권9 〈裴義士傳〉에 자세히 나온다.

[그림 6]의 1592년 8월 5일 서술 부분은 "八月五日壬辰。權永吉持招諭使金誠一招諭文, 來示裴龍吉。龍吉卽<u>出</u>通文于一邑士類。約會廬江書院。與金允明·金允思兄弟往廬江, 惟柳復起·鄭澡赴約, 金涌·金(缺)未至, ◯又<u>曰廬江</u>出文<u>告于父老</u>, 約會于全法。"인데, 현전 <향병일기>는 "八月五日壬辰。權永吉持招諭使金誠一招諭文, 來示裴龍吉。龍吉卽通文于<u>安東,</u> 一邑士類, 約會廬江書院。與金允明·金允思兄弟往廬江, 惟柳復起·鄭澡赴約, 金涌·金(缺)未至, 又出文, 約會于全法。"으로 서술되어 있다. 누가 보아도 현전 <향병일기>가 [그림 6]을 옆에 놓고 보고서 모사한 것임을 확인할 수 있을 것이다. 게다가 결락 부분도 글자가 뭉개져 알 수 없는 부분이다. 비교적 글씨가 선명한데도 문맥이 곡해되도록 글자를 빼고 넣었다.

[그림 7]도 앞에서 언급한 것들이 그대로 드러나고 있다. 1592년 8월 13일, 15일, 16일, 17일, 18일의 날짜 배열이 현전 <향병일기>에도 그대로이다. 그런데 현전 <향병일기>를 보면, 16일과 17일은 글자가 선명해서 그런지 한 글자도 어긋남이 없이 그대로 모사되어 있으나, 13일과 15일의 결락 부분은 여지없이 글자가 뭉개졌거나 종이가 삭은 부분이다. 반면, 18일 서술은 글자가 뭉개졌거나 종이가 삭은 부분이 상당히 많았기 때문에 창의적인 내용으로 가필되어 왜곡되었다. 이 점은 전모를 살펴야 하겠지만, 현전 <향병일기>가 모본 <향병일기>의 본연을 심히 굴절시켰을 가능성이 아주 높다 하겠다.

이로써, 심재덕의 소장본은 광산김씨 예안파 문중에서 현전 <향병일기>를 편찬했던 1914년 당시 저본이었다고 추론해도 무방할 것이다.

〈심양사행일기〉 이본의 현황과 대교

17세기 벽두에 저 중원에서 명나라와 후금이 그 지배권을 놓고 치열하게 싸웠음은 주지의 사실이다. 세력이 점점 커지며 급성장한 후금이 1619년 사르후(薩爾滸) 전투에서 명나라에게 승리하여 군사적 우위를 확보하게 되었다. 그리하여 1621년에 이르러서는 후금이 요하(遼河)의 동쪽 지역을 거의 정복할 정도로 위협적인 세력으로 성장하였으니, 이를 누군가는 '천붕지렬(天崩地裂)'이라고 했다. 곧, 천지가 무너지는 듯한 중대한 사변이라는 의미이다. 철저히 실리를 취하려 한 광해군은 쇠락해가는 용의 꼬리를 잡을 것인지, 아니면 떠오르는 뱀의 머리를 잡을 것인지, 고민하지 않을 수 없었을 것이다. 후금의 침략을 방어하고자 국방경비를 정비하고 영의정 책임 하에 무기 제조를 위한 화기도감을 설치하는 등 혹시 모를 사태에 대비하던 광해군은 요동을 수복하려는 모문룡(毛文龍) 휘하의 명나라 군대가 평북 철산 앞바다의 가도(椵島)에 주둔하자 이를 은밀히 원조하기도 하였다. 이런 틈바구니에서 중립외교정책을 펼치던 광해군이 폐위되고 친명 사대정책을 견지한 인조가 등극하게 되었다. 중국 본토로 진입하려던 후금의 입장에서는 자신들의 배후를 위협할 수 있는 왕조가 들어서자 조선을 정복하여 후환을 없애야할 필요가 있게 되었다. 그래서 1627년 1월 조선을 침략하여 '형제지국(兄弟之國)'의 약속을 맺고 물러간 것이 이른바 '정묘호란'이다.

자신의 등 뒤에서 생길지도 모를 후환을 이렇게 없앤 후금은 명나라의 하북(河北)을 공략하기 시작했다. 제1차 대규모 침공은 1629년 11월에 있었다. 이때 후금은 태종(太宗) 홍타이지(皇太極)가 친히 10만 대군을 지휘하여 북직예(北直隷 : 지금의 河北省 일대) 동북방의 용정관(龍井關)을 통하여 준화(遵化)를 공략하였다. 당시 명나라는 천험의 요새 산해관(山海關)을 철벽수비하고 있었고, 원숭환(袁崇煥)이 정예병을 이끌고 산해관 바깥 요동의 영원(寧遠)과 금주(錦州)에 포진하고 있었기 때문에, 산해관을 우회한 후금군은 거의 저항을 받지 않고 진격할 수 있었다. 후금은 준화를 공략한 후 곧바로 북경으로 진격하여 혼란에 빠뜨렸으나, 북경을 직접 공략하지 않고 12월 군사를 돌려 준화(遵化), 영평(永平), 난주(灤州), 천안(遷安) 등 네 성만 함락시키고는 1630년 5월 요동으로 완전히 철수하였다고 한다.[1]

바로 이 즈음인 1630년 봄에 후금의 사신이 평안도 지방에 와 청포(靑布)를 사 가지고 용만(龍灣)을 거쳐 돌아가려는데 가도의 명나라 군사에게 쫓기어 산길을 타고 달아났을 뿐만 아니라, 또 다른 사신이 의주(義州)에 이르렀다가 역시 명나라 군사에 의하여 가로막히자 칸(汗)의 국서를 조선에 전달하지 못하고 도망쳐 달아난 사건이 발생하였다. 조선의 입장에서는 의도하지 않은 사건이 발생하자, 조정은 이를 깊이 근심하여 칸의 국서를 전달하지 못하고 돌아간 것에 대해 위문하는 사신을 파견하기로 하였다. 그리하여 그 적임자로 선약해(宣若海, 1579~1643)를 뽑아 위문사(慰問使)로 심양(瀋陽)에 파견했던 것이다. 선약해는 4월 21일 심

---

1) 정병철, 『'천붕지렬'의 시대, 명말청초의 화북사회』, 전남대학교출판부, 2008, 64면.

양 관소(館所)에 도착하였지만, 칸(汗 : 홍타이지 곧 청태종)이 5월 9일에야
하북(河北) 공략을 마치고 심양으로 돌아오자 13일에 비로소 만나 국서
를 전달하였고, 16일 귀국길에 올랐다. 따라서 심양의 관소(館所)에 오래
머무를 수밖에 없었는데, 오래 머무는 동안 후금의 인물들 곧, 용골대
(龍骨大), 능수(能水), 대해(大海), 중남(仲男) 등을 만나면서 그곳의 정세를
알게 된 것을 비롯하여 다방면으로 견문할 수 있었다. 선약해는 기미년
(1619)과 정묘년(1627)에 포로가 된 조선인들의 말, 하북 공략의 전공(戰功)
에 관한 후금인들의 말 등을 육성 그대로 기록하고 또한 다양하게 보고
들은 것들을 기록하여, 당시 만주와 하북의 정세 및 후금인들의 관심사
가 고스란히 드러난 역사적 자료를 빚어낸 것이 <심양사행일기(入使瀋陽
日記)>이다.

  이 선약해를 살피면, 본관은 보성(寶城), 자는 백종(伯宗)이다. 대구도호
부사를 지낸 선의문(宣義問)의 아들이다. 1605년 무과에 급제하여 선전관
(宣傳官) 겸 비국랑(備局郞)으로 3년을 지내다가 1610년 부친상과 1616년
조부상을 치르느라 벼슬이 현달하지 못하였다. 그렇지만 1630년 위문사
로 후금의 심양을 다녀온 뒤로 1630년 평산 부사(平山府使), 1635년 정평
부사(定平府使), 1639년 밀양 부사(密陽府使) 등을 거쳐 1641년 경상좌수사
(慶尙左水使)를 역임한 인물이다.

1. 이본의 현황

  <심양사행일기>의 이본 형성은 중국계·귀화인으로써 조선에 충의를
바친 보성선씨 5세의 행적을 선양하려는 과정에서 비롯되었다. 선종한
(宣宗漢2), 1762~1843)은 퇴휴당(退休堂) 선윤지(宣允祉 : 생몰미상), 유성군(楡城

君) 선형(宣炯, 1434~1479), 병사공(兵使公) 선거이(宣居怡, 1550~1598), 참판공
(參判公) 선세강(宣世綱, 1576~1636), 수사공(水使公) 선약해 등 5세의 행적을
수집하여 간행하였다. 선종한은 생전에 보성선씨 5세의 행적을 책으로
간행하는데 2차례에 걸쳐 간여한 것으로 보인다.

　　첫째, ≪보성선씨오현행적(寶城宣氏五賢行蹟)≫이다. 이는 선종한이 호
남의 유생들과 함께 정조(正祖) 23년(1799) 보성 오충사(五忠祠)의 전신 옥
산사(玉山祠)를 세우고 보성선씨 5위를 배향한 뒤에 간행한 것이다. 황경
원(黃景源)의 서문, 퇴휴당 행적, 정여창(鄭汝昌, 1450~1504)의 유성군 행장,
병사공 사적(事蹟), 김담(金墰, 1678~1743)이 1739년 4월에 지은 수사공 행
장, 이양신(李亮臣, 1689~1739)이 1727년 5월에 지은 참판공 행장 및 참판공
에 대한 교지·제문·사적, 수사공 입사심양일기(水使公入使瀋陽日記), 1802
년 2월의 예조 관문(禮曹關文), 오정원(吳鼎源, 1741~?)이 1802년에 지은 옥
산사 제향축문(玉山祠祭享祝文) 등 순으로 수록되어 있다. 이 가운데, 황경
원의 서문은 1786년 7월 이후 1787년 2월 25일 사이에 작성된 것으로 보
인다. 황경원(1709~1787)은 외예(外裔 : 먼 외손)라고 밝히며 서문을 쓰면서
자신의 관직을 '보국숭록대부(輔國崇祿大夫) 지충추부사(知中樞府事) 겸 홍
문관대제학(弘文館大提學) 예문관대제학(藝文館大提學) 지성균관사(知成均館

---

2) 자는 武賢, 호는 五林亭이다. 우리나라의 고구마 보급에 기여한 宣宗漢과 동일 인물인지
　　문헌상으로 확인할 필요가 있다. 고구마가 우리나라에 처음 들어온 것은 1763년 10월이
　　다. 그 당시 通信正使 趙曮이 쓰시마 섬에서 고구마 종자를 가지고 와 동래 및 제주도에
　　재배하게 하여 최초로 고구마 재배를 실현하였다. 李匡呂, 姜啓賢 등이 서울지역에 보급
　　하려 했지만 씨고구마의 보관방법을 몰라서 실패하였고, 동래부사 姜必履는 재임 중 고
　　구마 재배에 힘을 쏟아 ≪姜氏甘藷譜≫를 1766년에 간행하였으나 지금은 알 수 없다.
　　그 후 1813년 金長淳, 宣宗漢 두 사람이 고구마 재배를 서울지방까지 확장하기 위해 많은
　　노력을 하여 성공하자, 호남에서 9년간의 재배경험을 기초로 ≪甘藷新譜≫(통칭 김씨감
　　저보)를 썼다. 또 다시 1834년 전라도관찰사 徐有榘가 ≪種藷譜≫를 지어 호남지방에 고
　　구마 재배를 권장하였다. 그런데 선종한의 직계 6대손 선해규씨가 전남 보성에 살고 있
　　는데, 자신의 선친으로부터 고구마 재배에 관한 이야기를 들었다고 증언하기 때문이다.
　　≪감저신보≫는 고려대학교도서관에 소장되어 있다.

事)'로 밝혔는데, 그의 연보를 보면 양관 대제학은 1783년 3월, 지성균관사는 같은 해 7월, 판중추부사는 1786년 7월로 되어 있고 그의 졸년이 1787년 2월 25일로 되어 있기 때문이다. 이로써, 황경원에게 서문을 받은 것까지 선종한의 공적으로 포함시킨다면 선종한은 20대 중반부터 10여 년간 애써서 옥산사를 세우고 자신의 선조 5위를 배향하게 된 것을 선양하려고 1802년 어름에 책으로 엮은 것이 ≪보성선씨오현행적≫이다. 이는 목활자본으로 국립중앙도서관(청구기호 : 古2510-118)에 소장되어 있다. <심양사행일기>는 33면인데, 한 면에 10행, 매행 23~24자로써 나름대로 교정까지 한 흔적이 있다.

둘째, ≪보성선씨오세충의록(寶城宣氏五世忠義錄)≫이다. 이는 ≪보성선씨오현행적≫을 근간으로 하되, 옥산사가 순조(純祖) 31년(1831) 조정의 사액(賜額)을 받아 오충사(五忠祠)로 되기까지의 관련된 글과 사우제례문(祠宇祭禮文)이 보충되어 있다. 그 중에서도 황경원이 지은 서문을 대신하여 김이양(金履陽, 1755~1845)이 1837년 12월 상순에 지은 서문이 있고 송시열이 지은 평양공 화상찬(畫像讚)을 새로이 넣은 것, 퇴휴당 사적을 퇴휴당 유적(遺蹟)으로, 유성군을 평양공(平壤公)으로, 병사공을 부원수공(副元帥公)으로, '수사공입사심양일기'를 '수사공심양일기'로 바꿔서 부른 것, 참판공의 전망사적(戰亡事蹟), 1837년 12월에 김로(金鏴, 1783~?)가 쓴 발문(跋文)과 1838년 1월에 이완희(李完熙)가 쓴 발문 등이 눈에 띄는 보충자료이다. 특히, 김조순(金祖淳, 1765~1832)이 1830년 8월에 지은 후서(後書)가 첨부되어 있는데, 이 글은 선종한이 자신과 종유하면서 10여 년간 서울에 머물며 선조의 덕을 선양하기 위해 애써 오충사로 사액이 내려진 과정과 그의 부탁을 받아 힘쓴 내력을 밝히고 있다. 또한 1844년 12월 상순에 선시면(宣始勉)이 쓴 간기(刊記)가 있어 발간연도를 알 수 있다. 이는 목활자본으로 서울대학교 규장각한국학연구원(청구기호 奎11493)에

소장되어 있으며, 국립중앙도서관과 한국학중앙연구원도서관에도 소장
되어 있다. ≪심양일기≫는 16면인데, 한 면에 20행, 매행 23자로써 나
름대로 교정까지 한 흔적이 있다.

셋째, ≪보성선씨사액오충신록(寶城宣氏賜額五忠臣錄)≫이다. 이는 ≪보
성선씨오세충의록≫을 근간으로 하되, 철종(哲宗) 임술년(1862) 오충사의
보성선씨 5위에 대한 증직(贈職)이 이루어지기까지의 관련된 글이 보충
되어 있다. 곧, 퇴휴당에게는 자헌대부(資憲大夫) 이조판서(吏曹判書) 겸 지
의금부사(知義禁府事) 성균관 좨주(成均館祭酒) 시강원 찬선(侍講院贊善) 오위
도총부 도총관(五衛都摠府都摠管), 평양공에게는 대광보국숭록대부(大匡輔
國崇祿大夫) 우의정(右議政) 춘추관사(春秋館事), 부원수공에게는 자헌대부
(資憲大夫) 병조판서(兵曹判書), 수사공에게는 가선대부(嘉善大夫) 병조참판
(兵曹參判), 참판공에게는 자헌대부(資憲大夫) 병조판서(兵曹判書)가 추증되
었던 것이다. '수사공심양일기'를 '심양일기'로 바꿔서 기록하였으며, 새
로이 첨가된 자료는 5항의 범례(凡例), 평양공의 이십일공신동참회맹문
(二十一功臣同參會盟文), 고종(高宗) 경인년(1890) 평양공에게 광주에 정려문
이 내려진 사실, 부원수공전(副元帥公傳) 등이다. 그리고 경자년(1900) 6월
하순에 선준채(宣俊采), 선영숙(宣永淑), 선경식(宣景植) 등이 쓴 3편의 발문
(跋文)이 있고, 책 말미에 '대한광무(大韓光武) 4년 경자 6월 보성오호(寶城
五湖) 개간(開刊)'이라 기록되어 있어 발간연도를 알 수 있다. 이는 목활
자본으로 국립중앙도서관(청구기호 古2517-323)에 소장되어 있으며, 고려
대학교도서관과 영남대학교도서관에도 소장되어 있다. ≪심양일기≫는
42면인데, 한 면에 10행, 매행 19자이다.

넷째, 중국에서 발간한 80책의 방대한 사료집 ≪요해총서(遼海叢書)≫
의 권52에 수록된 <심양일기>이다. <수사공행장>과 함께 수록되어 있
다. ≪요해총서≫는 중국 요녕성(遼寧省) 출신 김육불(金毓黻, 1887~1962)이

주편자이고, 1933년 10월에서 1936년 4월 사이에 요해서사(遼海書社)가 신식 연인본(鉛印本)으로 인출한 것이다.[3] 만주에 관련된 고문서를 집대성한 것으로, 중국에서 만주관계를 연구하는 데 반드시 필요한 책으로 간주되고 있다. 이에 수록된 <심양일기>는 함께 실린 <수사공행장>의 말미를 보면 오른쪽 그림들처럼 순조 신묘년(1831)에 사액된 사실을 그대로 옮기고 있어, 그 저본이 서울대학교 규장각한국학연구원 소장본 ≪보성선씨오세충의록≫임을 알 수 있다. 국립중앙도서관(청구기호 古042-30)에서 데이터베이스화한 원문을 제공하여 직접 확인할 수 있다.[4] ≪심양일기≫는 23면인데, 한 면에 13행, 매행 26자이다. 이 자료는 중국의 북경대학교도서관에도 소장되어 있으며, 그것은 신문풍공사(新文豊公司)가 1989년에 인행한 『총서집성(叢書集成)』 속집(續集) 제280집 속에 들어있는 것이라고 한다.[5]

요컨대, ≪심양사행일기≫는 4개의 이본이 있지만 큰 변화가 없이 글자의 출입만 있는 같은

보성선씨오세충의록

보성선씨 오현 행적에
관한 문헌 비교

3) 박현규, 「중국학자가 논평한 조선 柳得恭의 ≪灤陽錄≫과 ≪燕臺再遊錄≫」, 『국제학술대회, 중한인문과학연구회, 2001, 72면.

4) 고려대학교도서관에는 金毓黻이 편찬한 10集 101冊의 ≪요해총서≫가 소장되어 있으며, 동아대학교도서관에는 1934년에 요해서사가 간행한 80冊의 ≪요해총서≫가 소장되어 있다. 新書苑은 1987년에 20권으로 영인하였다.

5) 이 자료는 고려사이버대학교 남은경 교수가 북경대학교도서관에서 직접 목도한 바 있으며, 또한 1930년대 중국에서 인행한 ≪요해총서≫에 대하여 국립중앙도서관이 제공하는 원문 자료와 동일함을 확인해 주었다. 곧 중국에서도 재간행이 이루어진 것이다.

계열의 이본들이다. 1802년경, 1844년, 1900년 순으로 간행되었고, 1844
년에 간행된 이본은 중국에서 1930년대 간행한 ≪요해총서≫ 사료집의
일부일지라도 그 저본이 되었다. 이를 표로 나타내면 다음과 같다.

	보성선씨오현행적 (1802년경 출간)	보성선씨오세충의록 (1844년 출간)	보성선씨사액오충신록 (1900년 출간)	요해총서 (1930년대)
序	黃景源	金履陽	金履陽	
凡例 目錄	목차	목차	범례(5항) 목차	
宣允祉	退休堂行蹟	退休堂先生遺蹟	退休堂先生遺蹟	
宣炯	楡城君行狀(鄭汝昌)	平壤公行狀(鄭汝昌) 畫像贊(宋時烈)	平壤公行狀(鄭汝昌) 畫像贊(宋時烈) 二十一功臣同參會盟文 旌閭	
宣居怡	兵使公事蹟	副元帥公事蹟	副元帥公事蹟 副元帥公傳 禮曹關文	
宣若海	水使公行狀(金墁)	水使公行狀(金墁) **水使公瀋陽日記**	水使公行狀(金墁) **瀋陽日記**	보성선씨 오세충의 록과 동일
宣世綱	參判公行狀(李亮臣) 敎旨 褒忠祠奉安祭文 葬公時祭文(宣世紀) 事蹟	參判公行狀(李亮臣) 敎旨 褒忠祠奉安祭文 葬公時祭文(宣世紀) 戰亡事蹟	參判公行狀(李亮臣) 敎旨 戰亡事蹟 褒忠祠奉安祭文 參判公葬時祭文(宣世紀)	
日記	**水使公入使瀋陽日記**			
其他	예조관문 옥산사제향축문 (오정원)	예조관문 외	상언 외	
跋文	없음	後書(金祖淳) 跋(金鏴, 李完熙) 후손발문 (선태중, 선상기, 선학로, 선시면)	後書(金祖淳) 跋(金鏴, 李完熙) 후손발문(선준채, 선영숙, 선경식)	

위의 표에서 보듯, 관심의 대상인 선약해의 일기 표제가 수사공입사심양일기(水使公入使瀋陽日記)에서 수사공심양일기(水使公瀋陽日記)로, 또 심양일기(瀋陽日記)로 바뀌었는데, 선약해가 어떤 자격으로 심양에 가게 되었는지 불분명해지고 있음을 알 수 있다.

2. 이본의 대교(對校)

이미 발굴했거나 새로 발굴한 이본들을 포함하여 그 현황을 앞서 설명했는데, 4개의 이본 가운데 1802년경 간행된 이본은 최선본(最先本)인 것이 자연스럽게 드러났다. 그래서 그 이본을 서로 대교하는 저본으로 삼는다. <심양사행일기>는 단지 글자의 출입만 있는 같은 계열의 이본들을 파생시켰기 때문이다. 또한 미세한 변화일지라도 그 변화가 후세로 내려오면서 어떤 경향성을 보여주는지, 그 추이와 정도를 아울러 살펴볼 수 있는 효과가 있기 때문이다.

한편, 각 이본들을 지칭하고자 할 때, ≪보성선씨오세충의록(寶城宣氏五世忠義錄)≫에 수록된 것은 '규장각본'으로, ≪보성선씨사액오충신록(寶城宣氏賜額五忠臣錄)≫에 수록된 것은 '국립중앙도서관본'으로, ≪요해총서(遼海叢書)≫에 수록된 것은 '요해총서본'으로 일컫는다.

水使公入使審陽日記[6]

崇禎三年庚午二月, 胡差仲男, 以人蔘與銀子, 欲換靑布八十餘馱, 來于[7]關西。時方伯金時讓, 管餉成俊耇, 兵使柳斐[8]也。仲男嚇言上京, 朝廷諭以不可,

---

6) 규장각본은 '규', 요해총서본은 '요', 국립중앙도서관본은 '국'으로 약칭함.
7) 于(우) : '요'에는 於.

沮之. 故方伯·管餉, 受其人蔘9)·銀子, 約換靑布一萬六千桶, 期以五月上旬.
仲男還到龍灣, 則副摠10)陳繼盛與劉興治, 以舟師來, 迫仲男于11)義州, 一枝兵
馬二千, 自鐵山由陸, 躡其後. 仲男登城遙望, 大軍壓臨, 抄其勇膽者六騎, 馳入
陣前. 擒致漢人四名訊, 問情狀, 二名則即斬, 二名則綁致, 玉江又斬之. 因間
路脫逃, 漢兵不得追矣.

仲男等自義州, 由板莫洞, 抵朔州少憩, 因由12)昌城, 渡江而還. 其時, 適春信
使朴蘭英, 曾於二月入瀋陽, 而帶回答胡差, 出來于13)三江邊, 則漢人方在城中
作挐, 或射府尹李時英. 前龍川府使池汝海, 罰防于14)本州, 故並被射縛之辱.
以此之故, 朴蘭英不得直渡, 竄走登山枉途15)之際, 回答16)胡差則還走窟穴. 胡
中大怒, 使龍骨大率兵, 出送義州, 詰諸厥由而還. 朝廷疑懼, 都中洶洶. 加以
朴蘭英僅得渡, 來昌城狀啓, 云云有三難, 其一則借軍事, 其二則剃頭刷送事, 其
三則島中相通, 將欲擒仲男而奪貨事也. 鬧端如此, 疑懼益深矣.

蘭英狀啓, 未入來四五日前, 爲仲男被興治之變, 走回. 以慰問, 差宣傳池學
海, 方治行卜日17)發遣之際, 自上特命極擇, 故改學海以申景摛, 望入則18)又命
‘可合使命, 與否問啓’之敎. 備局斷之, 又下極擇之命, 而‘事機忙迫, 今日內差
出, 卽爲發送’之敎, 兵曹惶懼. 其日乃四月初19)二日也. 回啓出納, 日已暮
矣. 閉門之後, 入直堂上, 參議李明漢, 因上敎嚴旨, 詣政院, 與承宣相議, 啓

---

8) 柳斐(류비) : ‘국’에는 柳裴. 오기이다.
9) 人蔘(인삼) : ‘요’에는 人參. 중국식 표현이다.
10) 副摠(부총) : ‘요’에는 副總. 중국식 표현이다.
11) 于(우) : ‘요’에는 於.
12) 由(유) : ‘규’, ‘요’, ‘국’에는 없음. 잘못이다.
13) 于(우) : ‘요’에는 於.
14) 于(우) : ‘요’에는 於.
15) 枉途(왕도) : ‘국’에는 枉道. 오기이다. ‘도리를 왜곡하다’의 의미이다.
16) 回答(회답) : ‘규’, ‘요’에는 迴答.
17) 卜日(복일) : ‘요’, ‘국’에는 十日. 오기이다.
18) 則(즉) : ‘국’에는 없음.
19) 初(초) : ‘규’, ‘요’, ‘국’에는 없음.

曰：“臣聞見孤陋，不得其人，備邊司郎廳，武弁中選擇者。郎廳中一人，擇送之意。敢啓.” 答曰：“依啓事.” 允下。

其夜回公，三公20)以兵曹擅擧，上司之人，爲未便，方構草21)請推之際，自上又下‘何不差出’之命，推諉之間，恐被上怒，以密簡回公，同僚漠然不知22)矣。密簡回公，恐被其謀避也。翌朝，入望單子，乃余也。余在備局三載，練知其間曲折之致耳。

初三日。食未訖，政院牌招肅拜，余以廟堂，未聽分付，肅拜爲難，則23)以此意入啓啓，午後拜辭卽發。自昌城渡江，有詩曰：“日斜沙塞遠，雲暗鴨江深。文物殊前後，山河尙古今。看羊爲漢節，蹈海恥24)秦心。此去朝何處，回頭淚滿襟.”

第五日，始見人跡，尋行三十餘里許，有耕種處，遙望佃夫。先送舌官招致，言我入來之由，因問：“自此前路，有人家幾許里乎?” 佃夫答曰：“三十里有東州堡。其堡，則25)汗農所也。幹農者，主之矣.” 又問：“汗出入?” 答曰：“汗26)自關中出來後，親領略干兵馬，出往蓼湖27)，時未還來矣.” 佃夫詰問曰：“使臣之行，自前例，由義州，直抵瀋陽28)，乃是恒規。而不意今者，創出此路，無乃欲29)襲我無備之地，探試30)而來耶?” 答曰：“兩國相和，誓天永好，以我禮義之邦，有此耶? 儞31)言俚矣.” 或信或疑。

---

20) 回公, 三公(회공, 삼공)：‘국’에는 回三, 公公. 이는 글자의 배열이 오류이다.
21) 構草(구초)：‘규’, ‘요’, ‘국’에는 搆草. 오기이다. ‘초당을 짓다’의 의미이다.
22) 不知(부지)：‘규’, ‘요’에는 弗知.
23) 則(즉)：‘국’에는 없음.
24) 恥(치)：‘국’에는 耻.
25) 則(즉)：‘국’에는 卽.
26) 汗(한)：‘규’, ‘요’, ‘국’에는 없음.
27) 蓼湖(삼호)：‘요’에는 參湖.
28) 瀋陽(심양)：‘규’, ‘요’에는 潯陽. 오기이다. 중국 江西省 九江에 있는 區이다.
29) 無乃欲(무내욕)：‘규’, ‘요’, ‘국’에는 없음.
30) 探試(탐시)：‘요’에는 探視. 오기이다. ‘문안하다, 관찰하다’의 의미이다.
31) 儞(이)：‘요’에는 爾.

移時, 指路而去, 行到東州堡, 觀者如市。其中我國男女, 並聚而觀, 或有含淚者。彼人等呵噤甚嚴[32], 男丁則不得接足, 只許女人相見。丁卯年被虜[33], 宣定義三邑女七名中, 宣川私婢愛介是・定州村婦德福, 最其悲悼, 不禁淚下。

臣暫問事情, 則'春信使未入來前, 此地訛言[34]盛行, 朝鮮, 與降倭協謀, 已爲起兵, 並領島中漢兵, 軍于宣鐵間, 乘其空虛, 蕩滅巢穴之計.'云云, '憤言藉藉, 多設偵探, 或數日程埋伏, 疑懼之際, 適春信使往來, 仲男回還, 始定疑慮.'云云。

又問中原消息, 則不知其詳, 大槩略言所聞見曰："當初入關之時, 多被死傷, 如東州小堡, 死亡者七名, 重傷者十名, 以此推之[35], 死傷必多。入關之後, 雖[36]有攻戰必勝, 不得鎭柙, 攻城復起, 降軍還反走, 汗以此爲憂, 退軍永平府, 後出來。使阿彌・那耳・小土等, 更抄抹馬[37]軍兵, 入送。汗今月上旬間, 或稱山川獵, 見牧馬處, 率畧干親兵, 出駐一日程, 兼探寧遠衛, 農作形止[38], 及待變如何?"云云矣。

金希參聽胡人私語者, 老'以胡種刷來事, 曾往北道.'云云矣。

二十一日。臣到舘所, 邈然[39]無迎接之意。舘夫見臣之後, 始爲奔告, 良久乃返。而龍骨大差人, 最後來到, 先計員數, 因問："爲某事, 來乎?" 通事[40]答曰："奉國書, 入來矣." 差人還歸, 入昏給粮[41]蒭[42]矣。有詩曰："此去鄕關隔幾千, 高堂消息問無緣。生還慰老知何日, 更把哀辭泣訴天."

---

32) 嚴(엄) : 원문에는 '巖'으로 쓰인 글자 옆에 '嚴'으로 교정되어 있음.
33) 被虜(피로) : '국'에는 彼虜. 오기이다.
34) 訛言(와언) : '요'에는 譌言.
35) 以此推之(이차추지) : '국'에는 以比推之. 오기이다.
36) 雖(수) : '규', '요', '국'에는 維. 문맥상 이것이 옳다.
37) 抹馬(말마) : '국'에는 秣馬. 이 글자가 맞다.
38) 形止(형지) : '규', '요', '국'에는 刑止. 오기이다.
39) 邈然(막연) : '국'에는 漠然. 오기이다. '무관심하다, 개의치 않다'의 의미이다.
40) 通事(통사) : '국'에는 通辭.
41) 給粮(급량) : '규', '요', '국'에는 給糧.
42) 蒭(추) : '요'에는 芻.

二十二日。龍骨大·能水·大海·仲男, 來見坐定。臣問："國汗平安乎?" 龍海答稱："無恙." 又問曰："俺雖新面, 聞名旣孰43), 一見44)若舊, 諸左右好在否?" 答曰："好在." 龍胡45)曰："國王平安乎?" 答曰："平安矣." "朝廷宰臣, 無恙乎?" 答曰："無恙矣." "使臣好來乎?" "菫46)得性命而來矣." 三胡問："貴國有甚事而來耶? 爲某事, 入來乎?" 答曰："仲男之迴, 意外値灣上之變, 由昌城入來。適又其時, 春信使出來, 漢人方在城中作孼, 故不得直渡, 曲由枉道, 貴國差人惶㤼47), 不得傳國書而還, 朝廷心甚未安, 以慰問送來矣." 龍胡48)曰："取何『路, 入來乎?" 答曰："取昌城路而來矣." 又問曰："宣鐵間, 漢人幾許, 留在乎?" 答曰："無有矣." "然則, 捨直路而取他路, 何耶?" 答曰："漢人以舟出入, 而一行孤單, 恐被鳳凰城近處, 有闌阻之患, 由此而來矣." 又問曰："北京入往使臣已還乎? 皇帝有分付事, 有何消息乎?" 答曰："使臣, 時未回, 而無分付事, 又未聞他消息矣." 龍胡曰："水路已開, 而島中49)朝夕出人, 豈有不知之理乎?" 答曰："雖有不得已往來之事, 近間則陳副摠50)巡海, 那邊消息, 切不聞知也." 仲男曰："島中往來如織, 萬無不知之理." 答曰："君有所聞, 有何忌諱, 而以不知答乎? 曾因汝等之往來, 略聞使臣因在北京, 不必問我而知之矣." 龍胡曰："春信使入』51)京, 後出來乎?" 答曰："中華路次, 相見矣." 又問曰："何如是緩緩其行乎?" 答曰："以52)峽中枉道, 三晝夜絶食奔走, 僅得生還, 飢困53)成疾, 不能運動, 昌城以南, 則寸寸前進故, 夫如是矣." 又問曰："何日發京乎?"

---

43) 旣孰(기숙) : '규', '요', '국'에는 旣熟.
44) 一見(일견) : '규', '요', '국'에는 一面.
45) 龍胡(용호) : '규', '요', '국'에는 龍海.
46) 菫(근) : '규', '요', '국'에는 僅.
47) 惶㤼(황겁) : '요'에는 惶怯. 중국식 표현이다.
48) 龍胡(용호) : '규', '요', '국'에는 龍骨大.
49) 已開, 而島中(이개, 이도중) : '국'에 已開於島中. 오기이다.
50) 副摠(부총) : '요'에는 副總. 중국식 표현이다.
51) 이 부분은 원문에 결락되어 있는데, 이본을 참고하여 보충함.
52) 以(이) : '국'에는 없음. 잘못이다.
53) 飢困(기곤) : '국'에는 飢困. 오기이다.

答曰 : "前月二十54)七日矣." 龍胡曰 : "島中, 何路得食乎?" 答曰 : "俺實不知, 而想必毛文龍在時所儲, 取食矣." 又問曰 : "吾今番出往義州之奇, 得聞而來耶?" 答曰 : "到安州, 聞之矣." 因慰遠路往來之勞矣。龍胡曰 : "捉漢馬尙四隻人, 問其島中粮食55)有無, 則被捉漢人等言內, '椵島・獐子島, 得賴朝鮮貿販56) 資生, 其他遠島, 則絶糧57)已久.'云云58)。將此意, 言于59)義州, 義州諱其事。乃拿彼漢人, 與義州通使面詰, 則漢人明言 : '今朝亦捉魚四尾, 換米以來.'云, 則通使辭塞而乃曰 : '如此些少之物, 村氓無知, 或自私買食, 官家何能知之乎? ' 其鈍辭如此, 以此推之, 販貿60)資生, 專賴貴國."云。且私與金希參言曰 : "借軍事, 旣與春信使言送, 貴國許否?" 希參答曰 : "俺先自追趕仲男下來, 而仲男旣已渡江, 久留昌城, 等候使臣之來, 與同入來, 何可知也?" 龍胡曰 : "島中儲粮61) 幾許?" 希參答曰 : "凡隔墻62)隣里, 各契生活, 猶不能知, 況島中事乎?" 大海曰 : "昨自島中, 逃漢四名, 出來言內, '椵島・獐子島, 則與朝鮮, 相爲貿販資生, 其他遠島, 則絶粮63)已久.'云云." 其意嚇我, 張本矣。龍胡等曰 : "使臣之行, 雖出於不得已, 在我禮接, 所欠者不爲出迎, 未安未安."云64)。答曰 : "兩國使臣, 不遠千里而往來者, 皆出於不得已。而歡迎歡送, 不在客之所望耳。到此安歇, 亦足矣." 龍胡等, 微哂曰 : "欲見國書." 答曰 : "持去, 後見之, 何妨?" 龍胡曰 : "國書欲先見者, 以國書之意, 歸告汗前也." 謄國書以去後, 卽送仲男, 慰臣行路, 臣言於仲男曰 : "路見春信使, '汗與要土・龍骨大, 求諸螺角.'云, 故啓請

---

54) 二十(이십) : '규', '요', '국'에는 廿.
55) 粮食(양식) : '규', '요'에는 糧食.
56) 貿販(무판) : '규', '요', '국'에는 販貿. 오기이다.
57) 絶糧(절량) : '요'에는 絶粮.
58) 云云(운운) : '국'에는 云.
59) 言于(언우) : '국'에는 言千. 오기이다.
60) 販貿(판무) : '貿販'의 오기.
61) 儲粮(저량) : '규', '요'에는 儲糧.
62) 隔墻(격장) : '요'에는 隔牆.
63) 絶粮(절량) : '규', '요', '국'에는 絶糧.
64) 云(운) : '국'에는 없음.

覓來。而平安所在只二雙, 朝廷分付內, 汗前一雙, 要土·龍骨大, 中有一雙, 奉許之令, 何以爲之乎?" 仲男答曰："問于所求之人, 處之."云。臣又言："中路覓來, 故禮物單子中, 不書螺角65)矣." 仲男出見螺角曰："監司, 不送平壤所在, 而曾見長湍有最大者, 故求之, 則稱以他官之物, 不許."云矣。臣問仲男曰："汗有何事66), 出郊如此之久耶?" 答曰："適有事故, 須往牧馬處, 近當還來."云矣。

二十三日。金希參密聽, 胡言："今朝, 漢人四名, 自島中逃來, 言內, '諸島, 近甚饑饉67), 西粮68)不來, 朝鮮不爲助粮69), 近將投降.'云矣."

二十四日。龍胡·仲男, 來見曰："如此陋薄之地, 何以經過?" 答曰："好度矣." 臣言於龍胡曰："俺到此, 四日之久, 而尙不傳國書, 心甚不安." 龍胡曰："汗適出外, 待70)入來, 傳之無妨."云矣。龍胡曰："春信使之還, 借軍事言送矣。朝廷之意, 如何?" 答曰："中路暫見春信使而來, 不知也." 仲男曰："春信使, 雖見中路, 必先狀啓, 豈有不知之理乎?" 答曰："兩國相和71)信義, 伊一可保永世無虞, 其可輕發於狀啓中乎?" 仲男曰："吾旣預知之." 答曰："預知, 則不須問我也."

龍胡取看72)螺角二雙曰："一雙則汗前所送, 而一雙則送於何人?" 答曰："爾與要土所求.'云, 而'要土在他.'云, 爾73)可領之." 龍胡曰："此則送於74)要土。知此意, 歸告朝廷, 後當覓送."云。且曰："如此體小者, 此處亦多有之。而遠求者, 意在特大也。似當還送, 而旣來之物, 却之75)不恭, 姑留之。歸告貴國, 極大者

---

65) 螺角(나각) : '국'에는 蠃角. 오기이다.
66) 有何事(유하사) : '규', '요', '국'에는 有事.
67) 饑饉(기근) : '규', '요', '국'에는 飢饉.
68) 西粮(서량) : '국'에는 西糧.
69) 助粮(조량) : '요'에는 助糧.
70) 待(대) : '국'에는 없음. 잘못이다.
71) 相和(상화) : '규', '요', '국'에는 相好.
72) 取看(취간) : '국'에는 取見.
73) 爾(이) : '국'에는 없음. 잘못이다.
74) 送於(송어) : '국'에는 送于.
75) 却之(각지) : '요'에는 卻之.

覓送."云。臣答曰："螺角稀貴, 大者極難矣." 仲男曰[76]："曾見長淵, 平壤有之矣." "然則, 歸報朝廷矣."

　二十五日。設宴, 龍胡·仲男來待, 而龍胡曰："島中糧食, 有無消息, 如何?" 答曰："一自灣上, 作挐而歸, 音信不通, 未聞他奇也." 宴次, 勸酒時, 龍胡曰："兩國相和, 信使頻數往來, 則情義[77]可密, 若不頻數, 則情似疎[78]矣." 答曰："使价相望, 可謂頻數, 而凡人交道, 不以見不見·聞不聞爲貴, 必以尊大義·立大信重, 敦睦爲貴. 故古人有言, '數則疎[79]矣.' 俺行似數, 緣此疎[80]耶? 雖然, 今此俺行, 以慰問來貴國, 知此誠信耶?" 龍胡曰[81]："曾不聞入來之奇, 多虧接待[82]之禮, 未安未安."云。三酌而罷出矣. 金希參, 因被虜昌城人金希水[83]聞, '龍骨大, 自灣上往來之後, 有嗔怒之色, 今此行次[84], 適及此際, 多幸.'云, '叔世昌惶怵[85], 不得傳國書之故, 因爲拘繫.'云。

　二十六日。龍胡[86]·仲男, 來見問臣："何以經過?" 答曰："好度矣." 龍胡因言曰："貴國約誓時, 重言：'島中, 勿爲助粮[87]事.' 而今因漢人細聞, '貴國官員, 領米入島, 貿易以來.'云, 是何道理乎?" 答曰："我國連年凶荒, 自活吾民之不暇, 遑恤他人乎?" 龍胡曰："貴國之人, 每事例多巧飾, 而見發之後, 恬不爲羞愧耳. 島中, 載粮[88]入歸, 官員姓名, 漢人明知來告, 拿彼面詰, 則可知矣." 答

---

76) 曰(왈) : '규', '요'에는 없음.
77) 情義(정의) : '국'에는 情誼. 잘못이다.
78) 疎(소) : '규', '요'에는 疏.
79) 疎(소) : '규', '요'에는 疏.
80) 疎(소) : '규', '요'에는 疏.
81) 曰(왈) : '국'에는 없음.
82) 接待(접대) : '규', '요', '국'에는 迎接.
83) 金希水(김희수) : '요'에는 金愛水.
84) 行次(행차) : '규', '요', '국'에는 次大. 오기이다.
85) 惶怵(황겁) : '요'에는 惶怯. 중국식 표현이다.
86) 龍胡(용호) : '규', '요', '국'에는 龍骨大.
87) 助粮(조량) : '규', '요', '국'에는 助糧.
88) 載粮(재량) : '규', '요'에는 載糧.

曰："漢人亡降奴也。俺雖無似，隣國使也。以降奴面詰隣國使之言，無謂甚矣，吾不取也。漢人之言，不過諂諛固寵，而信斯言[89])也，漢人以其所乘船，出入於沿邊，私相買賣，力不能禁截[90)之意，自初不爲諱。而不意丁卯，你國[91)兵馬，突入平山事出，蒼遑移都江華，那時急迫，何忍言哉？兩國素無宿怨，爾國要成和好，信使往來。誘脅萬端必去天朝大年號，我國素以禮義之邦，雖至於亡國，不忍去大年號之意，孜孜明說，其時爾國，亦以爲然。往來國書，皆不書年號，只依揭帖式，至今往來。以時旣知不可薄待漢人之意，而今何幻舌以我驅迫乎？此亦爾等之所常知也。" 龍胡曰："此則[92)然矣。但官員領米入島，誓天約條，天不畏懼者也。" 臣答曰："不畏天，在誰乎？" 龍胡曰："使臣，不察言語，縱意快辯，不思之甚也。爲他邦之鬼，有何好事？而拘他域之身，亦何稱美？如是言之耶？" 答曰："凡言人生百歲，而難壽以七八十歲，縱使百歲，言之比於天地，一蜉蝣也。是以，男兒生世，以名爲貴，俺若以奉使來此，以事被死於爾，殺隣國之使與吾名，並流千百歲之間。且蘇武十九年，未聞失其節，吾必期十九年之久也。吾何畏死，以此含糊不答耶？" 龍胡曰："使臣誤聞吾言而誤答也。使臣雖欲死，我國何用殺之？雖欲留，我國何用强留？但使臣之言語，謬妄如此，則天必賜死，而不使歸也。" 又答曰："天若孔昭而科罪，則應有死於所問之地，而不必降罰於應答也。" 龍胡怒目如電。仲男曰："吾來時，安州有載米入送之擧，是果朝廷不知之事乎？" 答曰："渠船渠自往來，朝廷何能知之乎？"

龍胡等，以汗意，求索南靈草而去。後仲男率汗家臣[93)三河稱名者，再來言內，'汗爲査頓，蒙古欲貿南草，優數換給。'云。臣覓來南草三十斤，白給以送矣。'所云三河者，能計數，故常時主典買賣。'云。

---

89) 斯言(사언)：원문에는 '斷'으로 쓰인 글자 옆에 '斯'로 교정되어 있음. '규', '요', '국'에는 斷言. 오기이다.
90) 禁截(금절)：'국'에는 禁絶.
91) 你國(이국)：'규', '요', '국'에는 爾國.
92) 此則(차즉)：'요'에는 此者.
93) 汗家臣(한가신)：'국'에는 家臣. 오기이다.

二十七日。金奉山密聽守門胡人私語, 則'名不知, 自大将胡, 曾於入關時, 中箭病劇, 已殺馬二匹, 禱神.'云。

金希參聽胡語, '貴永介等率兵, 往寧遠衛擄掠, 故汗出在中道, 等候.'云矣。

二十八日。名不知博施[94]稱號者, 來問:"島中消息, 如何?" 答曰:"曾不聞知矣." 復問曰:"何日發京乎?" 答曰:"前月二十七日矣." "何日渡江乎?" 答曰:"今月十四日矣." 又問曰:"義州作拏者, 誰?" 答曰:"流聞劉與治矣." 仲男曰:"興治獨來乎?" 答曰:"陳副摠[95]巡海之奇, 未知與同來也." 仲男曰:"吾亦聞, 副摠[96]在舟, 不爲下陸也. 此言是矣." 博施[97]曰:"興治, 今在何島?" 答曰:"不知所在島, 而風聞已向獐子島外洋云矣." 又問曰:"興治, 與愛塔, 第幾行弟乎?" 答曰:"其兄弟之行, 俺何知之乎?" 仲男曰:"陳副摠[98], 在何島?" 答曰:"在椵島矣." 博施[99]使之書陳劉姓名而去矣。金希參密聽守門胡人私語, '向前博施[100], 昨自汗處, 來問之以去者, 必自島中逃來漢人, 有問彼之事而然也.'云矣。

龍胡·仲男又來, 搜索一行南草而去, 後使金男, 送銀兩償之, 辭而未安, 不送[101]還送矣。

金希參, 因己未年被擄, 昌城人金愛水, 聽其言, 則'前年入關之軍兵, 今當交替出來, 而先運已到門外, 例留數日, 入[102]城之規.'云。且'貴永介·阿之·阿口等, 頃往寧遠衛, 擄掠[103]農民, 牛畜多數驅來, 汗詰問被擄漢人, 則'寧遠衛近

---

94) 博施(박시):'국'에는 慱施.
95) 副摠(부총):'요'에는 副總. 중국식 표현이다.
96) 副摠(부총):'요'에는 副總. 중국식 표현이다.
97) 博施(박시):'국'에는 慱施.
98) 副摠(부총):'요'에는 副總. 중국식 표현이다.
99) 博施(박시):'국'에는 慱施.
100) 博施(박시):'국'에는 慱施.
101) 送(송):'규'에는 '不送의 送은 아마도 薦 글자인 듯하다.(不送之送, 恐是薦字)'로 교정되어 있음. 의미가 분명해진다.
102) 入(입):원문에는 '人'으로 쓰인 글자 옆에 '入'으로 교정되어 있음.
103) 擄掠(노략):'요'에는 剷掠. '搶掠'의 오기이다.

處, 如前作農.'云, 故不意掩襲104)厮殺之計, 發送軍兵.'云。

三十日。己未年被攎, 泰川人全一孫, 自永平府, 贊軍來還, 見臣言內, '自北京十三日程, 盡爲攻陷。陷城之時, 或有多寡死者, 野戰則無敢當其前者, 而入關之後, 無日不戰.'云矣。

金奉山密聽, 丁卯年被攎, 順安女人奉春之言, 則'女身今在頭胡家, 其胡今番贊軍出來。其同生二人及四寸一人戰死, 有名之將, 雖不戰死, 其次則死傷亦多。故焚屍而來者十五人.'云矣。

丁卯被攎, 昌城人姜鎭邦言內, '自永平府, 出來胡將, 質可·押多沙·阿里三人, 領軍七八百名出來, 而驅掠漢人男女·牛騾羔羊之屬, 無數.'云矣。

五月初105)一日。金奉山聽沙乙斜等私語, '蒙古一萬投降, 先運三將, 已到汗處, 故犒106)饋次, 牛三頭·羊五口·燒酒十缸運送.'云矣。而'後運, 則數日內當到.'云矣。

初107)二日。金奉山聽守門胡語, 則盛稱蒙古投降108)之狀云矣。

初109)三日。設小酌, 有詩曰：“升日瀋陽舘, 挑燈獨坐吟。路隔燕山遠, 雲迷鴨水110)深。自笑蘇秦話, 誰憐魯子心111)。依舊山河地, 使人淚滿襟.”

初112)四日。雷雹大如鳥卵。

初113)五日。平壤出身李龍, 自永平府, 贊軍還, 言內, '阿彌羅耳等, 入關之後, 聞沙阿堡, 臨戰出降, 盡殺其軍, 城中人並爲屠戮.'云。且言：“赴京使臣, 因在

---

104) 掩襲(엄습)：'요'에는 俺襲. 오기이다.
105) 初(초)：'규', '요', '국'에는 없음.
106) 犒(호)：원문에는 '搞'로 쓰인 글자 옆에 '犒'로 교정되어 있음. '규'에는 搞. 오기이다.
107) 初(초)：'규', '요', '국'에는 없음.
108) 投降(투항)：'국'에는 捉降. 오기이다.
109) 初(초)：'규', '요', '국'에는 없음.
110) 鴨水(압수)：'규', '요', '국'에는 鴨江.
111) 魯子心(노자심)：'규', '요', '국'에는 魯季子로 되어 있는데, '규'에는 '子 글자는 잘못임(子字誤)'이라고만 교정되어 있음. 오기이다.
112) 初(초)：'규', '요', '국'에는 없음.
113) 初(초)：'규', '요', '국'에는 없음.

北京及山海關."云矣。

龍骨大來, 見問臣安否, 後誇張其說話曰："汗出來, 與中原二萬軍, 戰盡殺之。又與八萬軍, 戰盡殺之。攻一城而其城自降, 北京將官中, 參將三人·郎官[114]六人自來降, 今番贊軍還押來, 時置汗前."云。且言："我國, 非如貪財好利, 竊取人物之比, 旣蒙天德, 如是强盛, 皇帝不知天意時勢, 不爲和親, 無罪生民, 塗炭極矣."云。臣言於龍胡曰："俺來此, 已至十五日之久, 而尙未傳國書, 不覺憫欝[115], 爾可通此情於汗, 如何？" 龍胡答曰[116]："汗已有入來之令, 不可預通, 姑忍待之無妨."云[117]矣。

初[118]六日。以臣病, 一行遑遑, 無所聞矣。

初[119]七日。設小酌, 而臣病重, 不得行禮矣。

金希參, 因己卯被擄, 義州朴石乙是聞, '豆頭領抄軍兵, 旬後發向關內.'云。

初[120]八日。金希參聽守門胡語, 則'要土等領兵, 曾往寧遠衛, 掠漢人男女百餘, 昨日還來.'云。

初[121]九日。貴永介·要土等, 自汗所處先來, 汗則二更[122]量入來矣。

初[123]十日。能水·大海·牙夫老, 以汗意來, 問曰："使臣, 爲某事, 入來乎？" 臣曰："仲男, 值灣上之變, 由昌城渡來, 雖因指路人還, 聞知限大奠, 無事好來, 厥後消息無聞。加之以春信使, 適於其時渡江, 漢人方在義州城中作挐, 不得直渡, 由枉道, 故貴國差人, 不得傳國書而還。朝廷心甚未安, 以慰問送來矣。" 能

---

114) 郎官(낭관) : '요'에는 卽官. 오기이다.
115) 憫欝(민울) : '규', '국'에는 憫欝. '요'에는 悶鬱.
116) 答曰(답왈) : '국'에는 曰. 잘못이다.
117) 云(운) : '규', '요', '국'에는 없음.
118) 初(초) : '규', '요', '국'에는 없음.
119) 初(초) : '규', '요', '국'에는 없음.
120) 初(초) : '규', '요', '국'에는 없음.
121) 初(초) : '규', '요', '국'에는 없음.
122) 二更(이경) : '규', '요', '국'에는 三更.
123) 初(초) : '규', '요', '국'에는 없음.

水曰：“何日發京乎?” 答曰：“前月二十七日矣.” 大海曰：“皇帝有分付事乎? 中原有何消息? 而島中所聞, 如何?” 答曰：“無分付事, 又無消息, 而未[124]聞所聞也.” 又問曰：“北京使臣幾人, 某年月日入往?” 答曰：“前年七月間, 二人赴京, 時未還矣.” 又問曰：“爲某事, 入往?” 答曰[125)：“冬至·正朝, 例赴京矣.” 能水曰：“‘島中載米入去貿販.’云, 其何以遠約條爲之乎?” 答曰：“我國連歲失稔, 自活吾民之不暇, 豈有是理乎?” 又曰：“然則, 靑布·段紬[126), 出自何處?” 答曰：“或因赴京使臣之往來, 或以人蔘[127)·銀子貿易, 以用矣.” 大海曰：“義州, 有人物乎? 空虛乎?” 答曰：“卽招驚散之民, 僅集之矣.” 又問曰：“使臣之還, 作何路乎?” 答曰：“一行孤單, 貴國若護送, 則當由義州, 若獨還則, 取昌城路矣.” 又詰曰：“義州, 果有人物, 則何取昌城路乎?” 答曰：“鳳凰城近處, 恐被金石山之患也.” 臣言於大海曰：“俺以宣傳官奉命, 慰問來者, 意在誠信特別, 而趁速往來也。汗適出於外, 趁未傳國書, 而尙滯兩旬之久, 而不勝[128)憫欝[129).” 大海曰：“將此意, 歸告汗.”云矣。

十一日。如前, 設少酌矣。

十一[130)日。仲男來見, 言內, ‘龍骨大, 則義州所在靑布領來, 兼護送出去, 渠與阿之好, 上京次出去.’云矣。

十三日。汗所居庭中, 設帳幕, 布宴具, 汗出坐, 大吹打, 坐於床上[131)居中。東則貴永介, 西則汗妹夫, 蒙古稱王子三人, 皆連臂坐, 後車訖乃王弟·忽眞王弟稱號人, 入堂中五六步許, 先爲拜禮, 就東床[132)六坐。其次, 中原降將, 墨參將·

---

124) 未(미) : ‘국’에는 來. 오기이다.
125) 曰(왈) : ‘규’에는 없음. 잘못이다.
126) 段紬(단주) : ‘국’에는 段細. 오기이다.
127) 人蔘(인삼) : ‘요’에는 人參. 중국식 표현이다.
128) 不勝(불승) : ‘요’에는 大勝. 오기이다.
129) 憫欝(민울) : ‘규’, ‘국’에는 憫欝. ‘요’에는 悶鬱.
130) 十一(십일) : 十二의 오기.
131) 床上(상상) : ‘요’에는 牀上.
132) 東床(동상) : ‘요’에는 東牀.

馬參將·麻副摠[133]·王參謀稱名人, 拜叩頭, 使就西邊立。又使臣就拜席, 只奉
國書, 不捧禮單, 使之叙拜。臣言[134]於引禮者曰 : "禮單不受, 則俺之叙拜, 事
體極甚未安, 明告此意, 期於捧置, 後拜爲可."云, 則引禮者, 將臣意走告還, 言
內, '已受國書, 速拜爲當.'云。臣再言 : "不捧禮單之前, 先拜則重傷體面, 俱有
所失." 諄諄開喩。引禮者脅迫甚緊, 臣牢拒。引禮者還告, 大海出來, 傳言曰 :
"使臣之意, 誤矣。已捧國書, 則禮單雖不捧, 無所妨害, 而如是堅執, 是不爲國
書, 只爲禮物者然也。且今日大宴, 毋[135]多言." 臣[136]答曰 : "非不知大宴, 而
禮單亦係相敬之中, 不捧則不敬, 故不得已也." 大海曰 : "明當善處, 速爲叙禮."
云。恐有僨事之患, 叙拜參宴矣[137]。車訖乃王弟者, 與其兄有隙, 率其徒來投,
而獻大駝一頭, 駿馬二十八匹, 貂裘二領云耳。宴罷臨出, 汗'使臣與中原降將等,
會坐一處談話.'云, 臣言於大海曰 : "俺非但醉甚, 與上國之人, 言語殊音, 見之
無益矣." 大海曰 : "爾等與上國, 素稱父子之邦, 父母家之人, 豈不欲見耶?" 答
曰 : "貪生忘義, 爲人臣之不忠, 而父母家之亡奴也." 大海等, 相顧微哂。又使
降將等, 列立一處, 優給降將等贈物, 而俾臣觀光。

後龍骨大·大海·能水·阿夫老·仲男等, 及韓賊兄弟, 促膝而坐, 招臣坐於
中。大海, 以汗意, 傳言曰 : "國書中, '借軍事, 及島中違約條, 官員領米入去事,
剃頭人不爲刷送事, 慶源·慶興深處, 胡人潛商, 不從禁截, 不得已遣兵攻伐事.'
書送, 使臣知此意, 歸告貴國云." 臣答曰 : "俺以慰問來, 不知其間曲折。大槩,
島中不爲領米入去事, 則日者已與儞等[138]盡言, 而我國連年失稔, 民不聊生, 遑
恤他人乎? 剃頭人不爲刷送云者, 自初兩國, 使臣往來, 已盡講定, 今不必更
起[139]鬧端可也。慶源·慶興禁商事, 我國封疆之法極嚴, 爾等之所知也, 而況兩

---

133) 副摠(부총) : '요'에는 副總. 중국식 표현이다.
134) 言(언) : '국'에는 官. 오기이다.
135) 毋(무) : '국'에는 無.
136) 臣(신) : '규', '요', '국'에는 없음.
137) 矣(의) : '국'에는 없음. 잘못이다.
138) 儞等(이둥) : '요', '국'에는 爾等.

國相和, 別立事目? 見投者三人, 已爲境上梟140), 可見立信重141)矣。借軍事, 非俺所知, 而以我國情義揆之, 則決難從矣." 大海曰: "何如國則借兵142), 而143) 何如國則144)不可貸145)? 願聞難從也." 臣答曰: "我國與上國, 自古義同父子, 爲父者有事, 招子之好僕, 則爲子者, 其肯不從乎? 況其時爾國, 則以秦越相視, 尤不可以擧前事也。且與上國, 義結君臣, 恩猶父子, 至誠事大, 近三百年, 而146)及至今日, 借兵爲寇, 不但天下後世之罪人, 天地鬼神, 亦必陰誅。而閭閻 下賤, 三尺孩童, 皆知父子之邦, 擧147)其赤子, 攻其父母, 其可忍言? 雖欲從此 請, 民誰與焉? 況我國力綿, 不能自守, 其可借人兵乎?" 大海卽起, 入告汗, 還言 內, '朝鮮使臣之言, 言則是, 爲人臣者, 當如是.'云, 因爲汗意, 嚇言曰: "只恃彈 丸一島, 國君遷動, 其可乎?" 大海, 以其意在昔覺生首末, 縷縷言之, 拂衣而 去。

　後臣就舘, 龍胡持148)贈物, 追臣來, 計口將給之際, 臣固辭曰: "禮單不捧, 先 受贈物, 非禮也。非禮而受, 決不可爲." 龍胡曰: "禮單, 則兩國主君149)之事, 而我國春信回禮, 未及酬答, 故不捧矣。今此贈物, 則使臣行役酬勞, 公私有異, 不可不受." 又答曰: "使价奉命往來, 人臣之所當職分內事, 無可酬勞之擧。兩 國和好, 禮物却之150), 大欠事體, 爾不思之耶?" 龍胡曰: "使臣之言, 雖然, 不 受則必上下, 皆惡我國之心而然也151)。且汗之所贈, 不可不受." 答曰: "上果有

---

139) 更起(갱기) : '요'에는 起. 의미가 약하다.
140) 梟(효) : '규'에는 '梟 다음에 首 글자가 빠졌다.(梟下落首字)'로 교정되어 있음.
141) 重(중) : '규', '요', '국'에는 極重.
142) 則借兵(즉차병) : '요'에는 借則兵. 오기이다.
143) 而(이) : '국'에는 없음.
144) 則(즉) : '규', '요'에는 없음. 있는 것이 좋다.
145) 不可貸(불가여) : '국'에는 不借貸.
146) 而(이) : '규', '요', '국'에는 없음.
147) 擧(솔) : '규', '요'에는 卒. 오기이다.
148) 持(지) : '규', '요'에는 特. 오기이다.
149) 主君(주군) : '규', '요', '국'에는 君.
150) 却之(각지) : '요'에는 卻之.
151) 惡我國之心而然也(오아국지심이연야) : '규', '요', '국'에는 惡而我國之心然也. 오기이다.

惡儞國152)之心, 則其何慰問乎? 汗雖嚴畏, 禮實之贈, 其可威力脅給乎? 非禮而
受, 決不可爲." 龍胡曰 : "歸稟汗."云, 起去卽返, '計數以捧'恩言, 曰 : "吾屢度
往來153)貴國, 故不能無誠, 細告使臣之意, 捧去矣." 臣處, 銀子四十兩・貂裘十
領, 通使154)等處, 銀子四兩・貂裘四領, 下人處, 銀子一兩, 分贈矣。

十四日。無所聞。

十五日。設小酌, '明日出送.'云矣。

十六日。十里許, 大川邊, 設別筵, 圥先155)・滿月介・大海等, 連臂坐, 勸酒
曰 : "汗以使臣遠來久留之故, 特遣俺等送別156), 須到飮."云。三酌而罷矣157)。
因言曰 : "姜璹好在否?" 答曰 : "好在矣." "今做何官?" 答曰 : "父喪纔脫矣."
大海曰 : "汗爲使臣, 別送路饌・大牛一首." 臣問大海曰 : "上京, 差胡幾名? 從
胡幾名乎?" 答曰 : "差人則阿之好・仲男. 從胡則十八名, 內二名, 落留安州,
養馬."云. 又問曰 : "龍骨大, 今番所領, 出往之軍, 幾許?" 答曰 : "兼護送, 運
靑布, 五百餘名矣."

臣到頡利堡, 不剃頭漢人二名先在。臣問 : "爾從何處來?" 漢人答曰 : "自獐
子島來矣." 又曰 : "然則, 儞158)知島中消息如何?" 漢人答曰 : "劉通判, 已殺陳
副摠159), 島中之權, 專歸劉乙矣." 又問曰 : "緣何事, 殺之乎160)?" 答曰 : "副
摠161)將162)具奏劉乙叛狀, 欲除之, 劉乙先知其謀, 擧兵殺之矣." "然則, 相戰兵

---

152) 儞國(이국) : '규', '요', '국'에는 爾國.
153) 屢度往來(누도왕래) : '규', '요', '국'에는 屢往度往來로 되어 있는데, '규'에는 '屢往의 往
　　글자는 마땅히 없애야 한다.(屢往之往字宜刪)'로 교정되어 있음. '규'의 교정이 맞다.
154) 通使(통사) : '국'에는 通辭.
155) 圥先(좌선) : '요'에는 無先. 오기이다.
156) 送別(송별) : '규', '요', '국'에는 別送. 오기이다. '따로 보내다'의 의미이다.
157) 矣(의) : '국'에는 없음. 잘못이다.
158) 儞(이) : '규', '요', '국'에는 爾.
159) 副摠(부총) : '요'에는 副總. 중국식 표현이다.
160) 乎(호) : '국'에는 없음. 잘못이다.
161) 副摠(부총) : '요'에는 副總. 중국식 표현이다.
162) 將(장) : '국'에는 없음. 잘못이다.

敗而殺之乎?" 答曰:"不戰而不意, 突入殺之矣." 又問曰:"只殺副摠[163)]乎?"
答曰:"用事大官五六人, 並殺之矣." "爾何日離島[164)]而來耶?" 答曰:"今月十
二日出來, 第五日, 到此矣." 又問曰:"某人差介, 爲某事, 入來乎? 爾[165)]何姓
名?" 答曰:"劉乙差人." 不答某事姓名而去矣.

十七日。到遼東, 龍胡送言曰:"今日, 雖早, 未及甜水店, 而中路露宿, 難支
蚊蚋所侵, 姑留宿爲便."云。

十八日。宿甜水店, 要見國書, 不許。

十九日。露宿通院堡, 懇請國書, 牢拒不許。

二十日。露宿乾者浦, 又懇暫見國書, 推托不許。

二十一日。露宿松店, 百般開諭[166)], 要見國書, 則[167)]相爲推諉, 不許。又請
下人若干, 先爲出送, 報知爾等出來, 預備接待意, 則亦不爲動聽。

二十二日。露宿九連城, 又請國書暫見之意, 與先送下人爲可之意, 反覆言之,
則有怒色矣。

二十三日。自九連城, 十餘里[168)]許駐軍, 招通事言曰:"吾騎四十, 先送江頭,
使之預爲整待船格, 爾亦告于使臣, 偕送下人數名, 爲可也." 因爲行軍, 到江頭,
怒色勃勃曰:"貴國之處事如是, 而監司之忽我, 類如此, 使臣知耶[169)]? 自後,
則關府尹之能不能, 使臣亦不可輕渡, 姑與我留此, 而[170)]觀其府尹所爲, 然後偕
渡."云, 臣答曰:"爾[171)]則國之長者, 而兩國相和, 信使相續, 情義無間, 何遽怒
如此, 深以爲怪?" 龍胡答曰:"靑布, 若不齊到, 吾可卽返。使臣, 亦與我同歸,

---

163) 副摠(부총) : '요'에는 副總. 중국식 표현이다.
164) 離島(이도) : '규', '요', '국'에는 發島. 어색한 표현인 듯하다.
165) 爾(이) : '규', '요', '국'에는 汝.
166) 開諭(개유) : '국'에는 開喩.
167) 則(즉) : '국'에는 없음.
168) 十餘里(십여리) : '규', '요', '국'에는 三十里.
169) 知耶(지야) : '규', '요', '국'에는 知爾. 오기이다.
170) 而(이) : '규', '요', '국'에는 없음.
171) 爾(이) : '요', '국'에는 爾.

汗前詰對可也." 臣答曰 : "靑布事, 各有主管, 非俺所知也。 然而, 知與不知, 若曰同返, 則是迫俺擄去者也。 有死已而[172], 載尸[173]歸耶?" 招與府尹相見, 後渡江, 卽返命。

上覽之日記曰 : "一箇武臣, 遠入虎穴, 能以片言, 力折强胡, 誠甚可嘉." 卽加秩, 特賜金鞭‧貂裘‧玉盃等物。 除平山府使[174], 因超遷[175]慶尙左水使。

3. 이본의 연변 양상[176]

≪심양사행일기≫의 4개 이본을 대상으로 하여 대교한 결과를 토대로 삼아서 그 연변 양상을 살피기로 한다. 이본들을 지칭할 때에는 앞서 언급하였듯 '저본', '규', '요', '국'으로 약칭한다.

먼저, '저본'으로 삼은 1802년경 간행된 이본에는 7곳의 오류가 나타난다.

　㉠ '雖有攻戰必勝, 不得鎭柙' → (규, 요, 국) '維有攻戰必勝, 不得鎭柙'

　㉡ '十一' → (규, 요, 국) '十二'

　㉢ '販貿' ; '斷言' ; '不送還送' → (규, 요, 국)

　㉣ '抹馬' → (국) '秣馬'

　㉤ '搞饋' → (요, 국) '犒饋'

---

172) 有死已而(유사이이) : '요'에는 有死而已. 오기이다. '죽음만 있을 뿐이다'인데 문맥상 '있을 뿐이고'이라야 한다.
173) 載尸(재시) : '국'에는 載屍.
174) 除平山府使(제평산부사) : '규', '요', '국'에는 除平山府使‧移拜定州牧使. ≪승정원일기≫에 의하면 정주목사 제수는 오기이다.
175) 超遷(초천) : '국'에는 超薦. 오기이다.
176) 대강의 경향성을 파악하기 위한 것이기 때문에 적확한 숫자는 아님을 밝혀둠.

위의 자료를 보면, 7곳 가운데 '규'에서는 ㉠·㉡ 2곳만 바로잡았고, 나머지 5곳은 그대로 전재하였음을 알 수 있다. '규'에서 바로잡은 ㉠·㉡과 바로잡지 않은 ㉢은 '요'와 '국'도 그대로 따라 전재하였다. 다만 '요'와 '국'은 '규'가 '저본'으로부터 그대로 전재한 ㉣과 ㉤에 대해서 '규'의 형태를 따르지 않고 바로잡아 변개하였다. 이로 볼 때, '저본'에서 보인 7개의 오류 가운데 2개만 바로잡고 그대로 옮겼다는 데서 '저본'에서 '규'로의 전재 경로를 확인할 수 있다. 특히 '저본'에서는 '고궤'로 되어 있던 글자 옆에다 '호궤(犒饋)'로 교정하였는데, '규'에서는 '고궤'로 옮겼고 '요'와 '국'에서는 '호궤'로 바로잡아 옮겼기 때문이다. 그렇다고 해서 단지 한두 개만 바로잡고 '저본'에서 단순히 그대로 '규'로만 전재된 것은 아니다. 이제 그 변개양상을 살피기로 한다.

1) '규'에 의한 변개

4개의 이본들을 대교한 결과, 변개가 일어난 곳이 모두 163개이다. 그 가운데 '규'에서 일어난 변개는 모두 76곳(46.63%)이다.

(1) '규'→'요'·'국'

'저본'에 대한 '규'에서의 변개가 '요'와 '국'으로 조금도 다르지 않게 동일한 모습으로 옮겨지고 있는 것은 그 76곳 가운데 58곳이다. 곧, '규'가 야기한 변개의 76.32%가 후대의 두 이본들에 영향을 미쳐서 그대로 전재된 것이다. 그 양상은 이렇다.

- 교정 변개

'雖有攻戰必勝, 不得鎭柙' → '維有攻戰必勝, 不得鎭柙'

- 의미 내지 뉘앙스 축소 변개

'水使公入使瀋陽日記' → '水使公瀋陽日記' → '瀋陽日記' ; '初一日' → '一日' ; '無乃欲襲我無備之地, 探試而來耶?' → '襲我無備之地, 探試而來耶?' ; '有何事' → '有事'

- 의미 내지 뉘앙스 강화 변개

'重' → '極重' ; '主君' → '君'

- 이체동의어(異體同義語) 대체 변개

'給粮' → '給糧' ; '饑饉' → '飢饉' ; '你國' → '爾國' ; '鴨水' → '鴨江' ; '儞國' → '爾國' ; '爾' → '汝' ; '旣孰' → '旣熟' ; '菫' → '僅' ; '二十' → '廿' ; '相和' → '相好' ; '接待' → '迎接' ; '一見' → '一面'

- 잘못 변개(15/58=25.86%)

'構草' → '搆草' ; '因由昌城' → '因昌城' ; '形止' → '刑止' ; '貿販' → '販貿' ; '行次' → '次大' ; '斯言' → '斷言' ; '魯子心' → '魯季子' ; '惡我國之心而然也' → '惡而我國之心然也' ; '屢度往來' → '屢往度往來' ; '送別' → '別送' ; '離島' → '發島' ; '知耶' → '知爾' ; '除平山府使' → '除平山府使·移拜定州牧使'

(2) '규'→'요'

'규'에서 일어난 변개가 '요'에만 영향을 끼치고 '국'에는 끼치지 않은 것은 그 76곳 가운데 16곳(21.05%)이다. 그 양상은 다양하지 않고 단순하다.

- 이체동의어(異體同義語) 대체 변개

'回答' → '迴答' ; '不知' → '弗知' ; '粮食' → '糧食' ; '儲粮' → '儲糧' ;
'載粮' → '載糧' ; '踈' → '疏'

- 잘못 변개(3/16=18.75%)

'瀋陽' → '潯陽' ; '擧' → '卒' ; '持' → '特'

(3) '규'

'규'에서만 일어난 변개는 다음과 같은 2곳만 있다.

'犒饋' → '搞饋' ; '答曰' → '答'

위의 내용을 보면, '규'는 저본에서 후대의 이본으로 내려오며 일어난
변개의 46.63%에 해당하는 76곳을 변개시켰는데, 그 변개의 74곳
(97.37%)은 '요'에 그대로 전재되었고, 58곳(76.32%)은 '국'에 그대로 전재
되었던 것으로 나타난다. 이를 통해, '규'는 후대의 두 이본 '요'와 '국'
에게 상당한 영향을 끼쳤음을 알 수 있는데, 그 중에서도 '국'보다는
'요'에게 더 지대한 영향이 미쳤음을 살필 수 있다. 그 속에서 잘못된
글자를 바로잡든, 필요에 따라 의미 내지 뉘앙스를 강화하거나 축소하
든, 이체동의(異體同義)의 한자로 대체하든, 그것들의 변개는 크게 문제
될 것이 없다.177) 다만, '저본'에서는 올바른 글자이거나 문맥이었는데,
그것을 잘못된 글자로 또는 바르지 못한 문맥으로 변개한 것이야말로
정녕 문제적인 것이다. 76곳의 변개 가운데 잘못 변개한 것은 18곳으로
23.68%에 해당한다. 적지 않은 숫자의 잘못된 변개가 후대의 두 이본에

---

177) '龍胡' → '龍骨大', '二更' → '三更', '十餘里' → '三十里'와 같은 경우는 진위를 판단할
　　수 없는 경우이나, '규'에서 변개되어 '요'와 '국'에도 그대로 영향을 미치고 있다.

게 그대로 영향을 미친 것은 안타까운 일이다.

2) '요'에 의한 변개

≪요해총서≫는 1933년 10월에서 1936년 4월 사이에 김육불(金毓黻)이
편찬했지만, 이에 수록된 '요'는 '국(1900년)'의 영향을 받지 않고 '규
(1844년)'의 영향을 받았음은 앞서 살펴본 바다. '요'에 의해서만 일어난
변개는 모두 39곳[178]으로, 163곳의 23.93%에 해당한다. 그 변개 양상을
살피면 다음과 같다.

- 중국식 변개
  '人蔘' → '人參'(2) ; '副摁' → '副總'(9) ; '惶刼' → '惶怯'(2)

- 의미 내지 뉘앙스 축소 변개
  '更起' → '起'

- 이체동의어(異體同義語) 대체 변개
  '于' → '於'(4) ; '儞' → '爾' ; '訛言' → '譌言' ; '蒭' → '芻' ; '絶糧'
  → '絶粮' ; '隔墻' → '隔牆' ; '助粮' → '助糧' ; '却之' → '卻之'(2) ; '此
  則' → '此者' ; '床上' → '牀上' ; '東床' → '東牀'

- 잘못 변개(8/38=21.05%)
  '卜日' → '十日' ; '探試' → '探視' ; '攄掠' → '創掠' ; '掩襲' → '俺襲'
  ; '郎官' → '即官' ; '不勝' → '大勝' ; '則借兵' → '借則兵' ; '尤先' →
  '無先'

---

178) '蔘湖' → '參湖' ; '金希水' → '金愛水' 등은 진위를 파악할 수 없는 경우도 포함됨.

위의 내용을 보면, 가장 특이한 것은 '인삼(人蔘)', '부총(副摠)', '황겁(惶怯)'에 대해 13곳 중 어느 한 곳도 빠뜨리지 않고 중국식 표현으로 변개했다는 점이다. 그리고 나머지는 대체 가능한 다른 글자로 변개한 것에 지나지 않는다. 그렇지만 '요'는 '규'의 변개를 전재한 것까지 포함한 113곳의 변개 가운데 잘못 변개한 것이 26개로 31.86%에 해당하고 있다.

3) '국'에 의한 변개

'국'에 의해서만 일어난 변개는 모두 48곳[179])으로, 163곳의 29.45%에 해당한다. 그 변개 양상은 다음과 같다.

- **교정 변개**
  '抹馬' → '秣馬'

- **이체동의어(異體同義語) 대체 변개**
  '恥' → '耻' ; '則' → '卽' ; '通事' → '通辭' ; '取看' → '取見' ; '西粮' → '西糧' ; '送於' → '送于' ; '禁截' → '禁絶' ; '毋' → '無' ; '通使' → '通辭' ; '開諭' → '開喩' ; '載尸' → '載屍'

- **잘못 변개(18/48=37.5%)**
  '柳斐' → '柳裴' ; '枉途' → '枉道' ; '卜日' → '十日' ; '回公, 三公' → '回三, 公公' ; '被虜' → '彼虜' ; '以此推之' → '以比推之' ; '邈然' → '漠然' ; '已開, 而島中' → '已開於島中' ; '飢困' → '飢困' ; '言于' → '言干' ; '螺角' → '羸角' ; '情義' → '情誼' ; '汗家臣' → '家臣' ; '投降' → '捉降' ; '未' → '來' ; '段紬' → '段細' ; '言' → '官' ; '超遷' → '超薦'

---

179) '博施' → '博施'처럼 진위를 파악할 수 없는 경우도 포함됨.

위의 내용을 보면, 특이한 것은 '博施' → '博施'에 대해 4곳 중 어느 한 곳도 빠뜨리지 않고 똑같이 변개했다는 점이다. 그리고 조사 내지 접속사, 어미 등을 15곳에서 생략하였는데, 생략해도 무방한 곳도 있었지만 오류인 곳도 많았다는 점이다. '국'은 '규'의 변개를 전재한 것까지 포함한 106곳의 변개 가운데 잘못 변개한 것이 33개로 31.13%에 해당하고 있다. 이본 가운데 가장 늦게 간행된 것임에도 불구하고, '국'은 기존의 오류를 바로잡지 못했을 뿐더러 잘못된 변개가 오히려 가장 많은 이본이다.

4. 그 연변 양상의 특징

<심양사행일기> 이본에서의 변개는 잘못된 글자를 바로잡든가, 필요에 따라 의미 내지 뉘앙스를 강화하거나 축소하든가, 이체동의어(異體同義語)로 대체하든가, 이런 경우에서 주로 일어났다. 이러한 방향은 변개의 순기능적 측면이라 할 수 있다. 그런데 이와 못지않게 오류를 범하는 쪽으로 바람직하지 못한 경우에서도 변개가 자못 많이 일어나고 있었다. 이는 변개의 역기능적 측면이라 하겠다. <심행사행일기>는 '저본'에서 후대의 이본으로 내려올수록 오류를 범하는 숫자가 증가(7→18→26→36)하고 있어서 바람직스런 연변 양상을 보여주지 못하고 있었다. 곧, 오기가 가장 심한 이본은 1900년 최후에 간행된 '국립중앙도서관본'인 반면, 오기가 가장 적은 이본은 1802년경에 처음 간행된 '저본'이었다. 또한 '규장각본'은 이본들의 변개에 있어서 주도적인 역할을 하여 그 정점에 있으면서 후대의 이본들에 가장 큰 영향을 미쳤던 이본이었다. 따라서 1802년경에 간행된 ≪보성선씨오현행적≫의 수록본 ≪심양사행

일기≫가 '최선본(最先本)'이자 '최선본(最善本)'인 셈이다. 단, 한 면이 공백 상태라는 흠결을 지니고 있다. 앞서 언급한 것이지만 덧붙이자면, '저본'에서 '입사심양일기(入使瀋陽日記)'로 제명된 것이 후대의 이본에서 '심양일기'로 변개되었고, 뿐만 아니라 어떤 자격으로서 어명을 수행하며 쓴 일기인지 파악할 수 있기 때문에, '심양일기'라기보다는 '심양사행일기'라고 칭하는 것이 바람직할 것이다.

한편, 이본들이 변개되는 가운데 '요해총서본'은 특정 한자에 대하여 중국식으로 표현한 것이, '국립중앙도서관본'은 '博施'를 '博施'로 표기한 것이 특징이었다. 특히, '저본'에서의 '민울(憫欝)'이 '규장각본'과 '국립중앙도서관본'은 '민울(憫欝)'로, '요해총서본'은 '민울(悶鬱)'로 한결같이 일관되게 표기되어 각 이본의 특징을 드러내는 징표로 작용하고 있다.

이 글은 『심양사행일기』(선약해 저, 신해진 역, 보고사, 2013)의 74~104면에 수록된 것을 많은 부분 수정하고 보충한 것이다. 이 글에 이어서 선약해 〈행장〉의 관력에 대해 교정한 글을 덧붙이고, 행장을 전재한다.

■ 선약해 <행장(行狀)>의 관력에 대한 교정

행장(行狀)은 후세인이 이미 죽은 사람의 가치 있는 생전의 행적을 추념(追念)하여 기록한 글이다. 그 서술체계를 보면, 앞에는 대체로 가계(家系)가 기술되고, 중간에는 그의 생전 사적이 기술되며, 끝에는 그가 죽은 연월이나 장지(葬地), 자손 관계 등에 대한 서술로 마친다. 원래 행장의 목적은 사관(史官)이 열전을 짓거나, 시호(諡號) 또는 묘지명(墓誌銘)을 짓는데 참고 자료로 제공하는 것이다.[1] 따라서 행장은 죽은 사람의 일생을 구체적인 사건과 일화를 동원하여 재현해야 할 것인 바, 무엇보다도 적확성에 기반을 두어야 한다.

선약해(宣若海, 1579~1643)의 행장[2]은 앞서 보았듯, 그의 사후에 김담(金墰, 1678~1743)이 지었다. "공의 가승이 소략하여 공에 대해 자세히 살필 수가 없다.(公之家乘缺, 不能得公之詳.)"고 언급한 데서, 행장은 기초자료가 부족한 가운데 지어졌음을 알 수 있다. 김담은 의도했든 의도하지 않았든 부정확하게 기술한 측면이 있다. 그리하여 그 행장의 내용에 대한 적확성을 점검하면, 몇 가지 오류가 드러난다. 그 오류를 바로잡을 필요가 있다.

첫째, 선약해가 위문사(慰問使)로서 심양으로 출발한 날짜를 잘못 기술하고 있다. 곧, "그 다음날에 길을 떠났으니, 곧 숭정 4년 신미년(1631) 3월 3일이었다.(翌日發行, 乃崇禎四年辛未, 三月三日也.)"이다.

이 날짜가 ≪심양사행일기≫에는 '숭정 3년 경오년(1630) 4월 3일'로 기술되어 있다. 뿐만 아니라 ≪인조실록≫ 1630년 6월 1일조 3번째 기사를 보면, "오랑캐의 실정을 알기 어렵고 유흥치의 행방도 확실치 않

---

1) 신해진, 『한국고수필문학』, 월인, 2001, 27~28면.
2) 이 글에서 언급한 행장은 1802년경 간행한 ≪보성선씨오현행적≫에 수록된 것임. ≪심양사행일기≫처럼 행장도 같은 계열의 이본들로 글자의 출입만 있을 뿐이다.

으며 선약해도 아직 돌아오지 않았는데, 거듭 차관(差官)을 보내면 그들의 의심을 살까 염려되었기 때문에 잠시 지연시킨 것입니다.(虜之實情難知, 劉之去向未的, 宣若海尙未還, 而疊送一差, 則恐致疑訝, 故姑遲之矣.)"는 기록이 있다. 또한 ≪승정원일기≫ 1630년 5월 26일조를 보면, "선약해와 호차가 왔다.(宣若海及胡差出來事.)"는 총융사(摠戎使)의 서목(書目)이 있다. 이것들을 볼 때, 행장에서 심양으로 출발한 날짜를 1631년 3월 3일로 기록한 것은 오류임에 틀림없다. 또한 선약해가 심양으로 가서 만난 후금의 칸(汗 : 홍타이지)이 명나라를 공략하고 돌아온 1630년 5월과 부합하려면 1630년이어야 한다.

그럼에도 김담이 지은 선약해의 행장은 ≪승정원일기≫ 1825년 12월 27일과 1830년 10월 11일조에 의하면, 오충사(五忠祠)에 대한 사액(賜額)을 청하는 자료로써 조정에 들어가게 되었다. 그래서 ≪승정원일기≫ 1825년 12월 27일조에는 "선약해는 숭정 신미년(1631) 주사랑(籌司郎 : 비변사낭청)으로 의정부의 천거를 받았다.(若海則崇禎辛未以籌司郎, 被廟薦.)"고 되어 있으며, ≪순조실록≫ 1831년 9월 1일조에는 "절도사 선약해는 숭정 4년(1631)에 사신으로 심양에 들어가 한마디 말로 강성한 오랑캐를 꺾어 굴복시켰다.(節度使若海, 崇禎四年, 奉使入瀋陽, 以片言折服强胡.)"고 되어 있다. 이처럼, 사실에 맞지 않은 기록을 정밀하게 검토하지 않은 채 ≪조선왕조실록≫에 그대로 옮겨져 있는 것이다.

둘째, 김담이 행장을 지은 연도, 지을 때의 관직명이 잘못 기술되어 있다. 곧, "숭정 기원 후 2번째 무오년(1738) 4월 통정대부 의금부 판결사 김담 짓다.(崇禎紀元後再戊午, 四月日. 通政大夫 義禁府判決事 金墰著.)"이다. 이는 김담 스스로가 범한 오류라기보다는 행장을 미리 받아두었다가 나중에 문건으로 정리할 때의 오류로 짐작된다.

그 이유는, 행장에 "공이 돌아가신 다음해는 갑신년(1644)이 되는 해로 공이 부모의 나라라 일컬었던 명나라가 이 오랑캐에게 멸망되었으니, 지금 벌써 95년이나 되었다.(公卒之明年, 爲甲申也, 公所稱父母之國, 爲此胡亡者, 今已九十五年矣.)"고 기술하고 있기 때문이다. 계산하면 지은 연도가 1739년이다.

그리고 김담의 생애를 ≪승정원일기≫에 나오는 기록으로 대략 재구하면, 1718년 예조와 병조의 좌랑(佐郞), 1719년 강원도사(江原都事)를 지냈다. 1721년 장령(掌令)이 되었다가 파직되었고, 1725년 다시 장령으로 복직되었다. 그 뒤 영광군수(靈光郡守)를 거쳐 1730년 또다시 장령이 되었다. 1732년 정언(正言)이 되었지만 곧 삭탈관직이 되었고, 1737년 필선(弼善)과 공조정랑(工曹正郞)을 거쳐 1738년 사성(司成)과 장악정(掌樂正)이 되었다. 1739년부터 1741년까지 영암군수(靈巖郡守)를 지냈고, 1741년 길주목사(吉州牧使)를 거쳐 1742년에야 판결사(判決事)가 되어 1743년 죽은 인물이다. 그렇다면 김담이 선약해의 행장을 지었던 1739년은 보성과 가까웠던 영암의 군수 시절이었을 공산이 크다. 따라서 행장을 지은 당시의 관직명은 김담이 역임했던 최후의 관직명이 아니라 '영암군수'라야 한다.

셋째, 선약해가 어머니를 잘 봉양하기 위하여 외직(外職)에 나간 것으로 기술한 것은 오류이다. 곧, "밀양부사로 나간 것은 어머니를 봉양하기 위해서였는데, 갑술년(1634)에 어머니 상을 당하자 지나칠 정도로 슬퍼하여 몸을 상하였고, 상례(喪禮)대로 3년상을 마쳤다. 상복(喪服)의 기간이 끝나자, 공으로 하여금 평산과 정주의 부사(府使)로 삼아 난리를 겪은 백성들을 진무하게 하였는데, 모두 많은 공적이 있었다. 또 경상수군절도사가 되었다가 병으로 부임지에서 죽었다.(出宰密陽, 爲大夫人養也, 甲戌丁憂, 哀毀過節, 禮終三年。服闋, 使公爲平山·定州, 撫綏經亂之民, 皆有茂績。又界慶尙水軍節度使, 以疾終于任所。)"이다.

≪승정원일기≫에 의하면, 선약해는 1627년 함종부사(咸從府使)를 지냈고, 1630년 심양을 갔다가 5월 26일 귀국하여 6월 14일 가자(加資)되었다. 그 뒤인 1630년 7월 20일에 평산부사(平山府使)로 제수되었고, 1635년부터 1639년까지 정평부사(定平府使)를 지냈으며, 1639년 밀양부사(密陽府使)로 제수되었다. 1641년 경상좌수사(慶尙左水使)에 제수된 것으로 되어 있으며, 이 경상좌수사의 제수는 ≪인조실록≫ 1641년 8월 29일 2번째 기사에도 나온다.

이에 근거해서 볼 때, 1634년에 죽은 어머니를 잘 봉양하기 위해 1639년에 밀양부사로 나갔다고 한 것은 앞뒤가 맞지 않는다. 그리고 정주(定州)라고 한 것은 평안도의 지명이라서 함경도의 정평(定平)과 다르기 때문에 지명을 잘못 기술한 것이라 하겠다. 게다가 행장에는 밀양부사·평산부사·정주부사 순으로 관직을 지낸 것처럼 기술되어 있는데, 평산부사·정평부사·밀양부사 순으로 역임한 것을 잘못 기술한 것이다. 어찌되었든 이것들은 부모에 대한 효성을 지극정성 행한 자식으로, 또 고을을 잘 다스린 벼슬아치로 인물형상을 빚어내려던 과욕이 낳은 진상이다.

행장은 연보(年譜) 등의 기초자료가 없을 경우에 주인공 인물의 행적을 가늠하는 중요하고도 기초적인 자료이다. 그렇기 때문에 연구자들은 달리 의심하지 않고 그 기록들을 맹신하는 경향이 있다. 이번처럼 행장 자체에 오류가 있다면, 그 믿은 것이 난감하기 그지없게 된다. 그러니 한번쯤은 행장의 내용에 대해 정밀한 검토를 한 뒤 연구 자료로 활용할 필요가 있다. 선약해의 〈행장〉은 위와 같은 교정사항을 참고하여 활용해야 할 것이다.[3]

---

3) 『심양사행일기』(선약해 저, 신해진 역, 보고사, 2013)의 155~159면을 전재함.

■ 선약해의 <행장>

공(公)의 성씨는 선씨(宣氏)요, 이름은 약해(若海)이고 자는 백종(伯宗)이다. 시조의 이름은 선윤지(宣允祉)로 고려조에서 호남 안렴사(湖南按廉使)를 지냈고 호를 퇴휴당(退休堂)이라 하였다. 부홀(伏忽)·조양(兆陽) 등지의 왜구를 소탕하여 평정하고 하나의 군으로 합쳤으니, 바로 보성(寶城)이다. 그 백성들은 생사당(生祠堂)을 세웠고, 자손들은 그로 말미암아 관향(貫鄕)으로 삼았다. 증조부 선응희(宣應禧)는 현감을 지냈고, 할아버지 선적(宣廸)은 강령 현감(康翎縣監)을 지냈다. 아버지 선의문(宣義問)은 대구도호부사(大丘都護府使)를 지냈고 형조참의(刑曹參義)에 증직되었다. 어머니 숙부인(淑夫人) 광산김씨(光山金氏)는 김석남(金錫男)의 딸이다.

공은 만력(萬曆) 기묘년(1579)에 태어났다. 사람됨이 강직하고 도량이 활달하여 의연하였다. 신념을 지니게 되면, 이욕(利慾) 때문에 마음고생을 하지도 않았고 권세에 굴복하지도 않았으며 오로지 자기의 의리만을 행할 뿐이었다. 젊었을 때 세상일에 마음을 쓰려 하지 않았는데, 아버지 부사공(府使公)이 말하기를, "너는 어찌하여 과거 공부를 하지 않느냐?" 하자, 공이 대답하기를 "바야흐로 자제의 직분을 행하기에도 겨를이 없습니다." 하니, 부사공이 말하기를, "입신양명(立身揚名 : 출세하여 이름을 세상에 떨침)하는 것도 효도하는 것이다. 그러니 의당 일찌감치 과거 공부를 하여 가문의 명성에 어김이 없도록 하여라." 하였다.

공은 마침내 병법을 닦는데 온힘을 기울여 을사년(1605) 무과에 급제하였으니, 이때 나이가 27세 되던 해였다. 선전관(宣傳官)으로서 비국랑(備局郎)을 겸하며 3년을 불우하게 지냈으면서도 권문세도가에 찾아가 청탁한 적이 없었다. 친구들은 집안이 가난하고 어버이가 늙으셨으니 청탁해보라고 권하였으나, 공이 말하기를 "승진이 되고 못되는 것은 운명이라네. 분주히 돌아다니며 남의 동정심을 애걸하는 것은 내가 원하는 바가 아니네." 하였다. 경술년(1610)에 아버지 부사공의 상을 당하고, 병진년(1616)에 또 할아버지 현감공의 상을 당하여 10여 년 동안 상을 치렀기 때문에 벼슬이 영달하지 못하고, 상복(喪服)을 벗은 뒤로 또다시 비국랑이 되었다.

이때 칸(汗 : 후금의 추장)이 해마다 침범하여 소요를 일으켜서 의주(義州), 정주(定州), 선천(宣川), 철산(鐵山) 등지의 백성들이 편안히 살지 못했다. 때마침 칸(汗)이 사신을 보내와 화친을 요구하니, 조정에서 부득이 허락하였다. 경오년(1630) 봄, 오랑캐의 사신이 관서(關西 : 평안도) 지방에 와서 청포(靑布)를 장사하고 돌아가는 길에 용만(龍灣 : 압록강)에 이르렀을 때, 상국(上國 : 명나라) 군사에게 쫓기어 산길을 타고 피해 달아났다. 그 후에도 다른 사신들이 의주에 이르렀다가 또 상국 군사에 의하여 가로막히는 바람에 국서(國書)를 전하지 못하고 도망쳐 되돌아갔다. 조정은 이를 깊이 근심하여 위문사(慰問使)를 파견하려고 했으나, 그 적임자를 구하기가 어려웠다. 공이 문무를 겸비하였을 뿐만 아니라 사신으로 나가서 독자적으로 응대를 잘할 만한 재주까지 지녔기 때문에 승정원에서 파견하기를 청하니, 주상께서 "좋다." 하셨다.

그 다음 날에 길을 떠났으니, 곧 숭정(崇禎) 4년 신미년(1631 : 1630년의 오류) 3월 3일(4월 3일의 오류)이었다. 오랑캐에게 보낼 국서를 가지고 늙으신 어머님을 하직하였다. 그리고 심양관(瀋陽館 : 조선대사관 격)에 이르자, 용호(龍胡 : 용골대)가 칸(汗)의 말로 물었다.

"무슨 일이 있어서 왔는가?"

"귀국의 사신이 잇달아 명나라 군사에 의하여 도로가 막혀 국서를 전하지 못하고 돌아갔으니, 이 때문에 와서 위로하려는 것이다."

"두 나라가 약속하기를 도중(島中 : 椵島)에 양식을 원조하지 않기로 했

는데, 듣건대 그대 나라의 관원들이 양식을 들여보냈다고 하니, 어찌된
일인가?"

"우리나라는 해마다 흉년이 들어 죽어가는 목숨을 구하기에도 넉넉
지 못한 형편인데, 어느 겨를에 타국의 사람들을 도와줄 수 있겠는가?"

"도망한 명나라 사람이 와서 운미사(運米使)의 성명까지 알려주었으
니, 그 사람을 불러서 대면하고 추궁하면 될 것이다."

"도망한 명나라 사람은 귀국에 망명하여 항복한 노예이다. 나는 이웃
나라의 사신이다. 그렇거늘 내가 어찌 노예와 상대할 수 있겠는가?"

용호(龍胡)가 또 말하였다.

"국서에 연호(年號)를 쓰지 않고 다만 게첩(揭帖 : 공문서) 형식을 취한
것은 어찌된 일인가?"

"화약(和約)을 맺을 때 우리나라는 상국(相國 : 명나라)의 연호를 쓰지
않을 수 없는 뜻을 분명히 말했고, 귀국도 역시 그렇게 여겼었다. 지금
단지 게첩 형식이라고 해서 무슨 불가할 것이 있으랴?"

"그것은 그렇다고 치고, 양식을 보내어 돕지 말기로 하늘에 맹세했으
면서도 지금 어겼으니, 이는 하늘을 두려워하지 않는 것이다."

"나는 하늘을 두려워하지 않는 자가 누구인지 알지 못하겠다."

"사신으로서 거침없이 지껄이는 것이 이 같으니, 차라리 다른 나라의
귀신이 되고 싶은 것이냐?"

"사람의 삶이란 한낱 하루살이일 뿐이다. 사신으로서 어명을 받들고
머나먼 나라에 와 의리를 지키다가 죽는다면, 그 절개는 참으로 영광일
것이다. 그러나 귀국은 사신을 죽였다는 오명을 유독 돌아보지 않겠다
는 말인가? 또 옛 사람들 가운데 맞서서 말하며 굽히지 않고 19년이나
절개를 지켰던 자도 있었는데, 내가 어찌 죽는 것을 두려워하여 할 말
을 다하지 않겠는가?"

"사신의 말이 그릇되고 망령됨이 이와 같으니, 하늘이 반드시 죽음을 내려서 돌아가지 못하게 할 것이다."

"하늘이 크게 살피신다면 그 벌을 장차 나에게 내리실런가? 그대에게 내리실런가?"

용호(龍胡)는 아무런 대답을 하지 않았고, 성난 눈빛이 마치 번갯불 같았다.

한 달 남짓 있다가, 칸(汗)은 다시 오랑캐 역관을 시켜 자기 앞에 서 힐난하며 말하였다.

"지금 귀국이 사신을 보내어 위로하는 것은 참으로 강화(講和)한데 따른 우의가 있어서이다. 그런데 도중(島中)에는 군량미를 보내고 우리에게는 군사를 빌려주지 않으니, 무슨 의도란 말인가? 사신은 스스로 그것을 당연하다고 할 수 있겠는가?"

"군량미를 보냈다고 한 일은 이미 용호(龍胡)에게 설명하였다. 군사를 빌려달라는 것은 결코 따를 수가 없다. 비록 강화했을망정 그러나 따를 수가 없는 일도 있을진댄, 어찌 따를 수 없는 것을 따를 것처럼 일부러 아첨하는 말을 할 수가 있단 말인가?"

이에 칸(汗)이 노하여 말하였다.

"어떤 나라에는 군사를 빌려주고, 어떤 나라에는 군사를 빌려주지 않겠다는 것이로구나! 반드시 이 뜻을 그대의 나라로 돌아가서 아뢰라."

"조정의 뜻도 역시 나의 뜻 그대로일 것이다. 그러니 돌아가 아뢴다고 해서 무슨 이익이 있겠는가? 상국(上國 : 명나라)과 우리나라는 아비와 자식의 관계와 같다. 그 아비에게 큰 일이 있으면 그 자식이 대신 감당해야 하는 것은 이치에 당연한 것이니, 지난날 군사를 빌려준 것은 바로 이 때문이다. 귀국과 우리나라는 화약(和約)을 맺은 나라의 사이일 뿐이다. 우리나라의 군사를 빌려서 우리의 상국을 침범하고자 한다면, 우리가 그것을 기꺼이 따를 수 있겠는가? 오늘날 군사를 빌려주지 않는 것도 역시 그 때문이다. 그런데 이번에 만 리 길을 아랑곳 않고 사신을 보내어 위문하는 것은 두 나라가 서로 좋게 지내는 정이 지극한 것이다. 그러니 귀국은 은혜로써 접견하고 예의로써 대우하는 것이 옳다. 그런데도 이렇게 하지 않고 도리어 묻지 않아야 할 일을 가지고 장황하게 따지니 어찌된 일인가? 차라리 앞에서 한 번 죽고 싶었으나, 다만 우리 임금에게 반명(反命 : 결과보고)하기 위하여 이 지경을 참을 뿐이다."

이렇게 수차례 왕복하자, 칸(汗)이 그제야 말하였다.

"사신의 말은 말인즉 옳다."

그리고는 좌우의 사람들을 둘러보며 말하였다.

"남의 신하된 자는 마땅히 이와 같아야 할 것이다."

말한 뒤 바로 은자(銀子) 40냥과 초피(貂皮) 10영(領)을 주자, 공이 말하였다.

"국서는 받지 않고 도리어 이유도 없이 이런 것들을 주니 어찌된 일인가?"

"사신이 멀리서 왔으니, 어찌 수고하지 않을 수 있었겠는가?"

"왕명을 받들고 멀리서 오는 것은 신하된 자의 직분이니, 수고한 것이 무엇이겠는가? 받을 수가 없다."

칸(汗)이 강요할 수 없음을 알고 이에 국서를 받으며 궁궐 안의 마당에서 연회를 베풀었다. 제호(諸胡)들에게 둘러앉게 하고, 다음으로 후금에 항복한 명나라 장수 왕(王)과 마(馬) 두 사람에게 앉게 하며, 그 다음으로 공(公)에게 앉도록 하였다. 공은 앉지 않고 집례자(執禮者)에게 말하였다.

"예단(禮單)은 받지 않고 먼저 연회부터 하는 것은 예의가 아니다."

이 말을 들은 용호(龍胡)가 칸(汗)에게 아뢰어 즉시 예단을 받았다. 연회가 끝난 뒤에 공(公)으로 하여금 왕(王)과 마(馬) 두 장수와 서로 인사하게 하자, 공이 말하였다.

"저들은 부모와 같은 명나라의 사람이니 어찌 만나고 싶지 않겠는가? 다만 이들은 목숨이 두려워 의리를 잊고서 지금 도망하여 오랑캐에게 항복하였으니, 내가 어찌 보려고 하겠는가?"

제호(諸胡)들이 서로 돌아보며 탄식하였다. 이때 한적(韓賊 : 한윤을 가리킴) 형제도 역시 곁에 있었는데 모두 머리를 숙이고 물러갔다.

그 후, 다시 별도의 연회를 베풀고 귀국토록 보냈다. 용호(龍胡)가 500여 기병을 이끌고 호위하여 의주(義州)에 이르렀는데, 대개 청포(靑布)를 운반하기 위한 것이었다. 강에 도달하니 적막하기만 할 뿐 응접하는 이가 없자, 용호(龍胡)가 성내고 또 공(公)을 끌고서 돌아가려 했는데, 공이 말하기를 "청포는 따로 주관하는 자가 있을지나, 내가 아는 바가 아니다. 나는 죽음만이 있을 뿐일지라도 맹세컨대 그대를 따라 돌아가지 않겠다." 하였다. 의주 부윤(義州府尹)을 부르자, 강을 건너게 해주었다.

그리고 공은 곧 복명(復命 : 결과보고)하니, 주상께서 인견(引見)하시어 왕래한 경위 및 주고받은 말의 전말을 소상히 물으셨고, 또 공이 쓴 일기를 바치자 보시고는 교지를 내려 포상하시기를, "보잘것없는 한낱 무신이 사신으로 이역만리에 가서 독자적으로 교섭하며 능히 한마디 말로써 강성한 오랑캐를 꺾어 굴복시키고 마침내 무사히 돌아왔으니 매우 가상히 여긴다." 하시면서, 그날로 품계를 올리고 또 황금 채찍, 담비 모피 갖옷, 옥 술잔 등으로 후하게 상을 주었다. 조정에 있는 신하들도 역시 감탄하지 않는 이가 없었다.

밀양 부사(密陽府使)로 나간 것은 어머니를 봉양하기 위해서였는데, 갑술년(1634)에 어머니 상을 당하자 지나칠 정도로 슬퍼하여 몸을 상하였고, 상례(喪禮)대로 3년상을 마쳤다. 상복(喪服)의 기간이 끝나자, 공(公)으로 하여금 평산(平山)과 정주(定州)의 부사(府使)로 삼아 난리를 겪은 백성들을 진무(鎭撫)하게 하였는데, 모두 많은 공적이 있었다. 또 경상수군절도사(慶尙水軍節度使)가 되었다가 병으로 부임지에서 죽었는데, 임종하면서 한탄하기를 "영화로운 봉양을 늙으신 어머니께는 할 수 있었으나, 나라의 은혜는 미처 다 갚지 못했구나." 하였다. 세수하고 머리 빗고 의관을 가다듬고는 북쪽을 향해 마지막 작별의 절을 드린 뒤 조용히 자리에 들어 눈을 감았으니, 숭정(崇禎) 16년 계미년(1643) 5월 10일이었다. 향년 65세였다.

아내는 숙부인(淑夫人) 김씨로 자헌대부(資憲大夫) 호조 판서(戶曹判書)에 증직된 김지(金志)의 따님이다. 장남 선즙(宣楫)은 제주판관(濟州判官)이고, 2남 선노(宣櫓), 3남 선익(宣檄), 4남 선절(宣梲), 5남 선석(宣析)이다.

오호라, 이것이 공(公)의 자초지종이다. 그리고 공(公)이 돌아가신 다음 해는 갑신년(1644)이 되는 해로 공이 부모의 나라라 일컬었던 명나라가 이 오랑캐에게 멸망되었으니, 지금 벌써 95년이나 되었다. 공(公)의 가승(家乘)이 소략하여서 공에 대해 자세히 살필 수가 없다. 그러나 지금 마치 공(公)이 두 오랑캐[칸(汗)과 용골대] 앞에서 언변으로써 교섭하는 모습을 보는 듯한 것은 오직 공의 일기가 보존된 데에 힘입은 것이다. 한 번 읽으면 사람의 머리카락이 곤두설 것이니, 거룩하여라. 그러나 공(公)은 다행히도 계미년에 돌아가시고 갑신년을 보지 않으셨다. 아!

숭정(崇禎) 후 두 번째 무오년(1738) 4월
통정대부(通政大夫) 의금부 판결사(義禁府判決事) 김담(金墰) 짓다.4)

---

4) 위의 책, 141~148면을 전재함.

〈심양왕환일기〉의 저자 고증

1. 들어가며

　　17세기 초엽의 만주에서는 명나라와 후금이 서로 치열하게 싸우면서 그 지배권이 재편되기 시작한다. 오랑캐라고 폄하했던 후금이 1619년 사르후(薩爾滸) 전투에서 승리하여 군사적 우위를 확보하면서 1621년에 이르러서는 요하(遼河)의 동쪽지역을 거의 정복할 정도로 위협적인 세력으로 성장한다. 이 여파로 요동(遼東)을 수복하려는 모문룡(毛文龍) 휘하의 명나라 군대가 평안북도 철산(鐵山) 앞의 가도(椵島)에 주둔하기도 한다. 명나라를 파죽지세로 공략하기 시작하던 누르하치가 1626년 영원성(寧遠城) 전투에서 부상을 입고 사망하게 된다. 하지만 그의 아들 홍타이지(皇太極)가 군주 중앙집권제를 확립하고는 본격적으로 명나라를 침공하려고 하면서 자신들의 배후를 위협하는 조선을 1627년에 먼저 침략하여 '형제지국(兄弟之國)'의 약속을 맺고 물러갔다. 이 정묘호란 이후로 양국은 압록강 국경지대에서의 개시(開市) 및 포로 쇄환, 가도의 명군(明軍) 등 여러 문제들을 해결하기 위하여 사신들이 드나들었다. 이때부터 1636년 병자호란이 일어나기 전까지 조선의 사신으로서 심양을 다녀왔던 사행기록물들이 드물게 남아 있는데1), <심양왕환일기>도 그 중의 하나이다.

[그림 1]

<심양왕환일기(瀋陽往還日記)>는 서울대학교 규장각한국학연구원에 소장되어 있는 필사본(청구기호 : 奎15682)이다. 표제는 '심양일기'로 되어 있고, 권두 서명은 '심양왕환일기'로 되어 있다. 1631년 3월 19일 압록강을 건넌 때부터 의주로 돌아온 4월 30일까지의 일을 거의 매일 기록한 장계(狀啓) 형식의 사행일기로 1책 38장본이다. 이 필사본은 2004년 고구려연구재단에 의해 활자화되어 『조선시대 북방사 자료집(02)』의 109면부터 133면에까지 <심양왕환일기>로 수록되었다.2) 또 이 필사본은 2008년 『연행록속집』 권106의 328면부터 405면에까지 <심양일기>로 영인되었다.3) 결국, 현전 <심양왕환일기>는 서울대학교 규장각한국학연구원의 소장 필사본이 유일본인 셈이다.

[그림 1]은 유일본 <심양왕환일기>의 맨 끝장에 첨부된 기록이다. 즉, "소화(昭和) 2년(1927) 12월 조선사편수회에서 전라남도 장흥군 고읍면(지금의 관산면)을 방문하여 위순량씨의 소장본을 베

---

1) 신해진 역주의 『심양사행일기』(보고사, 2013)가 그 사례의 하나인데, 선약해(宣若海)가 위문사로서 1630년 4월 3일부터 5월 23일까지 심양을 다녀오며 적은 일기이다.

2) 고구려연구재단이 동북아역사재단으로 바뀌면서 2007년에 『조선시대 북방사 자료집(02)』을 재간행하였는데, 그 책의 111쪽에서 135쪽에 걸쳐 또한 수록되어 있다.

3) 임기중 편, 『연행록속집』 106(상서원, 2008)에는 <심양왕환일기>라는 제명으로 409면에서 483면에 걸쳐 영인되어 있어 마치 다른 이본이 있는 것으로 착각하게 되는데, 몇 쪽이 착종되거나 산질되어 있을 뿐 서울대학교 규장각한국학연구원 소장 필사본과 동일하며 글씨체까지 같다.

껴 옮겼고, 소화 4년(1929) 6월에 그 베껴 옮긴 것을 바탕으로 다시 베껴 옮겼다.(昭和二年十二月, 編輯會採訪全羅南道長興郡古邑面里, 魏順良氏所藏本ニ依リ 謄寫, 昭和四年六月日, 右副本ニ依リ謄寫.)"는 일종의 후기이다. 현전하는 〈심양왕환일기〉의 필사본은 원본이 아니라 위순량(魏順良)의 소장본을 베껴 옮긴 등초본(謄抄本)임을 알려주는 글이다. 이처럼 그 최초의 소장자는 밝혀졌지만, 〈심양왕환일기〉의 저자는 필사본 어디에도 밝혀져 있지 않다.

그렇다면 위순량(1902~1979)이 학계에서 저자로 추정하고 있는 박난영 (朴蘭英, 1575~1636)이 쓴 〈심양왕환일기〉를 어떤 연유로 소장하게 되었는 지 궁금하지 않을 수 없다. 위순량은 장흥위씨 32세손으로 고문헌 수집 가가 아니라고 한다.[4] 그러한 그가 다른 집안의 고문헌을 고이 간직해 야 할 이유가 있었던 것인지, 아니면 현재 학계에서 저자에 대한 추정 을 잘못한 것인지 살펴볼 필요가 있다.

2. 박난영 저자설의 실상 및 비판적 검토

현전 〈심양왕환일기〉의 저자로서 박난영에 대한 추정은 본격적인 논 의를 통해서 이루어진 것이 아니라 해제를 통해서 이루어진 것이다. 그 러나 그러한 추정들이 이제는 저자로서의 확정성을 담보하는 지경에 이른 것이어서 시급히 바로잡아야 될 문제적인 것인바, 그 실상을 먼저 살펴본다.

---

4) 위순량은 1남3녀를 두었는데 외아들이 후손을 두지 않은 채 6.25때 전사하여 그의 직계 손과 연락이 닿지 않았다. 그의 장조카 위재환(1928~현재)씨와 연락이 닿아 문의한 결과, 숙부는 고문헌을 수집할 만한 분이 아니라고 했다. 그리고 〈심양왕환일기〉에 대해서 알 지 못하였다.

1) 박난영 저자설의 실상

① 1631년(仁祖 9) 朴蘭英(?~1636)이 瀋陽에 春信使로 다녀온 기록이다. 이 책에는 저자가 밝혀져 있지 않으나 앞에 <歲在辛未崇禎四年也臣去三月十九日申時量渡江>이라는 年記가 있고 ≪朝鮮王朝實錄≫에는 1631년 2월에 胡差 仲男이 開市를 요구하여 그 春信使로 朴蘭英을 보냈다고(仁祖實錄 卷24, 仁祖 9년 2월조)기재되어 있는 점으로 보아, 두 기록이 시기와 春信使의 이름이 같으며 내용에 있어서도 시대적 史實이 같으므로 저자가 朴蘭英으로 추정되는 것이다. 朴蘭英은 武臣으로 泗川郡守 등을 거쳐 1619년(光海 11) 姜弘立을 따라 後金 정벌에 참여하였다가 포로가 되었다. 1627년(仁祖 5) 풀려나와서 주로 後金에 대한 외교를 맡아 回答官·宣諭使·秋信使·春信使 등을 맡아 수차 왕래하였고, 1636년 丙子胡亂 때에 假王子를 데리고 龍骨大 등과 和議의 회담을 하다가 탄로가 나서 끝내 죽임을 당하였다.[5]

② 1631年(仁祖 9) 春信使로 後金의 瀋陽에 다녀온 朴蘭英(?~1636)이 쓴 狀啓 형식의 使行日記이다. 1冊 38張의 筆寫本으로, 1929년에 長興의 魏順良 所藏本을 轉寫한 後寫本이다. 박난영은 姜弘立을 따라 後金 공격에 나섰다가 포로가 되었던 武官으로, 풀려난 이후에는 주로 後金과의 외교 업무를 담당하였다. 本書에 기록된 1631년의 使行은 후금의 開市 요구로 인하여 이루어졌는데, 박난영은 후금의 수도인 심양에 가서 開市 문제 이외에도 정묘호란 때 잡혀온 포로의 刷還 문제, 椵島의 明軍 문제 등을 논의하였다.

---

5) 해제의 글을 있는 그대로 옮긴 것인데, 이하 동일함.

③ 1631년(仁祖 9), 春信使 朴蘭英(?~1636)이 瀋陽을 다녀온 사실을 기록한 일기인데, 표제는 '瀋陽日記'이다. 이 책의 저자는 밝혀져 있지 않지만, 본문의 처음에 "歲在辛未, 崇禎四年也. 臣去三月十九日申時量, 渡江"이라 하였고, '胡差 仲男이 汗의 편지를 가지고 와서 용만에 開市할 것을 요구하였는데, 이때 춘신사 박난영은 이미 심양으로 떠난 뒤였다.'(권24, 인조 9년 2월 병오)는 기록이 나오는 것으로 보아, 박난영으로 추정된다. 박난영은 조선중기의 무신으로 沔川郡守, 中軍 등을 지냈고, 1619년(광해군 11)에 姜弘立 도원수를 따라 후금 정벌에 참여하였다가 포로가 되었다. 박난영은 1627년(인조 5)에 포로에서 풀려나 조선으로 돌아왔는데, 이후 조선과 後金과의 외교 업무를 전담하다시피 하여 回答官·宣諭使·秋信使·春信使 등의 자격으로 심양을 왕래하며 후금을 회유하였다. 1636년 병자호란이 일어나자, 박난영은 假王子를 데리고 후금의 장수 龍骨大와 和議 회담을 진행하다가, 왕자가 가짜임이 발각되어 죽임을 당했다.

1625년 후금이 심양으로 도읍을 옮긴 이후, 이곳을 방문한 조선 최초의 사절은 1630년에 파견된 宗室 原昌君이었다. 박난영은 1631년에 조선 사절로는 2차로 심양을 다녀왔는데, 이 무렵 胡差 龍骨大는 龍灣의 開市를 요구하거나 椵島를 차지하고 있는 명나라 군대를 견제하기 위해 胡人 수천 명을 데리고 와서 조선을 위협하고 했다. 박난영은 이에 응대할 임무를 맡아 심양으로 파견되었다.[6]

④ 박난영(朴蘭英, ?~1636)은 무신으로, 선조 때 면천군수(沔川郡守)·중군(中軍) 등을 거쳐, 1619년(광해군 11)에 강홍립(姜弘立)을 따라 후금(後金) 정

---

6) 고구려연구재단 편, 『조선시대 북방사 자료집(02)』, 고구려연구재단, 2004, 9~10쪽.

벌에 나갔다가 포로가 되었다. 1627년(인조 5) 정묘호란 때 석방된 뒤, 회답관(回答官)·선위사(宣慰使)·선유사(宣諭使)·추신사(秋信使)·춘신사(春信使) 등으로 여러 차례 심양(瀋陽)을 내왕하며 후금을 회유하는 데 힘썼다.

『심양일기』는 1630년(인조 8)에 심양(瀋陽)에 춘신사로 다녀와서, 그 이듬해인 1631년에 기록한 것이다. 이 책에는 저자가 밝혀져 있지 않으나 규장각 측의 해제에서 이미 박난영으로 추정한 바 있다. 그 근거는 책의 서두에 "신미숭정사년(辛未崇禎四年)"이라고 기록되어 있고, "신이 지난 3월 19일 신시 무렵에 강을 건너(臣去三月十九日申時量渡江)"라고 시작되는 부분의 년기(年記)와 기록 내용이, 『朝鮮王朝實錄』 1631년(인조 9) 2월조에 호차(胡差) 중남(仲男)이 개시(開市)를 요구하여 그 춘신사(春信使)로 박난영을 보냈다고 기재되어 있는 내용과 실록에 기록된 장계(狀啓)의 사실(史實)이 같은 것을 미루어 그런 추정을 한 것이다. 그 내용을 확인해보면, 그 저자가 춘신사 박난영이라는 기존의 추정에 공감하고, 신뢰할 수 있다.[7]

①과 ②는 서울대학교 규장각한국학연구원이 홈페이지에서 소개한 해제인데, ①은 1990년대 초반에 작성된 것의 일부로 작성자가 누구인지 알지 못한다고 하며, ②는 2000년 황재문에 의해 작성되었다고 하는 것의 일부이다. ③은 2004년 김문식에 의해 작성된 해제의 일부이고, ④는 2005년 이지양에 의해 작성된 해제의 일부이다.

위의 인용된 자료들을 살펴보자면, ①은 <심양왕환일기>가 '1631년 3월 19일부터 4월 30일까지 쓴 사행일기'라는 점을 고려하여, 이에 조선왕조실록의 1631년 2월 2일조 춘신사 박난영의 기사를 찾아 꿰맞추어

---

7) 한국문학연구소 연행록해제팀, 『(국학고전) 연행록해제 2』, 동국대학교 국어국문학과, 2005, 168~169쪽.

추정한 것으로 판단할 수밖에 없다. ②는 이러한 ①의 추정에 대해서 아무런 언급도 하지 않고 그 추정을 그대로 받아들여 단정적으로 저자를 박난영으로 전제하였다. 박난영이 저자라는 것에 대해 ③은 ①의 추정 방식을 그대로 되풀이하면서도 그 출처조차 언급하지 않은 반면, ④는 ①의 추정 방식을 그대로 되풀이하면서 그 출처를 밝혔을 뿐만 아니라 그 추정에 공감하여 신뢰할 수 있다고까지 하였다. 특히, '공감하고 신뢰할 수 있다'는 말은 박난영에 대해 저자로서의 확정성을 담보하는 것으로 비춰지는 견해를 표출한 것이라 하겠다.

그러나 이들이 1631년 2월 2일 이전 춘신사로서 이미 심양에 가 있던 박난영을, 심양으로 가기 위하여 3월 19일 압록강을 건너는 것으로 시작되는 〈심양왕환일기〉의 저자로 본 것은 〈심양왕환일기〉의 기록성을 완전히 부정하는 것과 다름 아니다. 이는 주객이 전도된 추정이고 결론인 셈이다.

2) 그 비판적 검토

먼저, 〈심양왕환일기〉의 박난영 저자설에 대한 오류를 짚어내기 위해서는 역사적 자료들을 통해 1631년 춘신사로서의 박난영 행적을 재구할 필요가 있다. 1631년 2월 2일 이전 심양에 가 있다고 지목된 춘신사 박난영은 ≪승정원일기≫에 의하면 1630년 12월 18일에 심양으로 출발하였고[8], 1631년 3월 4일에 들어왔다[9]. 박난영이 들어오면서 가져온 칸(汗)의 편지에는 "예단(禮單)이 보잘것없어 받지 않은 뜻과 그들의 두 왕자가 산해관(山海關)에서 패전한 사유를 네 가지 죄목을 들어 말했고, 또

---

8) ≪승정원일기≫, 1630년 12월 18일. "春信使朴蘭英, 往瀋陽."
9) ≪승정원일기≫, 1631년 3월 4일. "春信使朴蘭英, 入來."

우리나라가 맹약을 배반하였다고 하면서 만일 몽골 군사 10여 만 명을
보내면 해도(海島) 밖의 육지라도 반드시 보존하지 못할 것이라고 하였
다. 맨 끝에는 맹약을 굳게 지켜 화목하게 지내자는 뜻으로 권면하여,
다른 뜻은 없는 듯하였다."고 한 내용이 있었던 것으로 ≪응천일록(凝川
日錄)≫에 기록되어 있다.10) 그 가운데, 칸이 조선에서 보낸 예단을 돌려
보낸 일의 처리에 대한 논의가 있었으니, 그런 사실을 알려주는 것은
"듣건대 금나라 칸이 예단을 받지 않고 돌려보냈다고 합니다. 원칙으로
말하면 예단을 다시 보내어 나라의 체면을 손상케 해서는 안 되겠으나,
이적(夷狄)을 대하는 제왕의 도리로 보면 너그럽게 포용해야 하는 것입
니다. 이제 그 예단 가운데 좋지 않은 물건은 바꿔 주고 적은 물건은
더해 주어 사체를 아는 자를 따로 임명하여 호차(胡差)와 함께 보내는
동시에 저들의 사정을 탐지해 오도록 하는 것이 온당할 듯합니다."고
비국(備局)이 아뢴 기사이다.11) 따라서 춘신사로서의 박난영은 1630년 12
월 18일 심양으로 출발하여 후금의 칸에게 예물을 전달하고자 했으나
전달하지 못하고 1631년 3월 4일에 돌아왔으며12), 그 다음날 비국에서

---

10) 朴鼎賢, ≪凝川日錄≫ 5, 1631년 3월 4일. "春信使朴蘭英入來, 見其汗書, 言禮單微少不受之意,
   及其二王子關內兵敗之由, 數其四罪, 且言本國渝盟, 若送蒙古十餘萬, 則海島外陸地, 必不得保
   云. 而末以固盟和義之意相勉, 似無他意矣." 이 글의 번역은 ≪국역 대동야승≫ 12(민족문
   화추진회, 1973)의 261쪽을 참조하였다.

11) ≪인조실록≫, 1631년 3월 5일 2번째 기사. "金汗還我國禮單, 備局啓曰 : '聞金汗不受禮單而
   還之. 若論以常道, 則不可復送, 以損國體, 而帝王待夷狄之道, 當務包荒. 今就禮單諸物中, 麤者
   改之, 少者益之, 另差解事之人, 借差胡入送, 兼探事情而來, 似當.' 答曰 : '依啓. 且戶曹初不擇
   送, 以致辱國, 其失非細矣.'"

12) 한국문학연구소 연행록해제팀, 『(국학고전) 연행록해제 2』, 동국대학교 국어국문학과,
   2005, 169쪽. "『조선왕조실록(朝鮮王朝實錄)』 1630년(인조 8) 2월 27일조에 춘신사 박난
   영이 심양에 있으면서 치계했다는 조목과, 1631년(인조 9) 2월 2일조에 호차(胡差) 중남
   (仲男)이 개시(開市)를 요구하여 그 춘신사(春信使)로 박난영을 보냈다고 기재된 조목을
   보면, 실제 사행(使行) 기간은 『심양일기(瀋陽日記)』에 기록된 것보다 훨씬 오랜 기간임
   을 짐작할 수 있다. 그런데 『심양일기(瀋陽日記)』에는 '신미숭정사년(辛未崇禎四年 : 1631
   년, 인조 9)' 3월 19일에서 4월 30일까지 약 40일 간만 기록되어 있다."는 기록은 철저
   한 고증을 하지 않은 채 잘못된 추론에 근거한 것이다.

는 다시 예물을 마련하고 사체를 아는 자로 따로 임명하여 후금의 사정
을 탐지해 오려 했었던 것이 저간의 상황이다.

　앞서 살핀 것처럼 춘신사로서 박난영은 3월 4일에 돌아왔는데, 그는
이틀 뒤인 3월 6일에 또다시 선유사(宣諭使)가 되어 자신을 뒤따라오다
시피 한 호차 용골대(龍骨大)를 의주에서 영접하도록 명받아[13] 3월 9일
출발하였고[14], 5월 19일에 들어왔다[15]. 그 사이 박난영의 활동에 대해서
확인할 수 있는 사료들을 살펴보건대, 3월 22일에는 수비(守備) 모유증
(毛有增)이 유씨(劉氏) 성을 가진 자와 항복한 달자(㺚者)를 모두 죽이고 선
천(宣川)으로 나와서 장차 북쪽으로 돌아가려 한다는 서목(書目)을 올렸
으며[16], 3월 27일에는 용골대가 가도(椵島)의 변으로 인해 군사를 이끌고
와 구련성(九連城)에 주둔하자 의주 부윤 신경진, 숙천 부사 맹효남과 더
불어 그곳을 찾아갔으며[17], 4월 13일에는 용골대가 말을 매입하고자 한
일에 대해서 치계(馳啓)하였으며[18], 4월 15일에는 개시(開市)에 쓸 물화(物
貨)의 값을 정할 적에 급박하여 어쩔 수 없이 작년의 규례를 따랐으므
로 황공한 마음으로 대죄한다는 서목을 올렸다[19]. 요컨대, 〈심양왕환일
기〉가 쓰인 3월 19일부터 4월 30일 사이까지 박난영은 춘신사로서 심
양에 간 것이 아니라 선유사의 자격으로 의주에서 용골대와 개시 문제
를 처리하고 있었다. 이로써, 박난영은 〈심양왕환일기〉의 저자가 될 수

---

13) 《인조실록》, 1631년 3월 6일 3번째 기사. "以朴蘭英爲宣諭使, 迎接胡差龍骨大于義州."
14) 《승정원일기》, 1631년 3월 9일. "宣諭使朴蘭英, 以龍骨大等商胡接諭事出去."
15) 《승정원일기》, 1631년 5월 19일. "선유사 박난영이 들어왔다. 일찍이 개시 때에 청포
　　값을 힘껏 다투지 못했다는 이유로 돌아온 후에 나국하라는 명이 있었는데, 어제 비국
　　이 올린 계사로 인해 나국하지 말라고 명하였다.(宣諭使朴蘭英入來. 曾以開市, 靑布價不爲
　　力爭, 有還來後拿鞫之命, 而昨因備局啓辭, 命勿爲拿鞫.)"
16) 《승정원일기》, 1631년 3월 22일.
17) 《인조실록》, 1631년 3월 27일 2번째 기사.
18) 《인조실록》, 1631년 4월 13일 1번째 기사.
19) 《승정원일기》, 1631년 4월 15일.

없음이 확연해진다.

다음으로, 저자가 박난영이라고 하면 <심양왕환일기>의 문맥이 통하지 않거나, 역사적 사실과 부합하지 않아 이해하기 어려운 대목을 살필 필요가 있다. <심양왕환일기>의 3월 21일 일기를 보건대, 조선의 사신이 심양으로 가는 도중에 용골대를 우연히 만나는 대목에서, 만약 조선의 사신이 박난영이라면 이전에 이미 서로 면식이 있었던 터라 처음으로 만나는 사람들처럼 깍듯한 예의를 갖추었을까 하는 의문점이 든다.[20] 조선의 사신과 용골대가 만나 날씨에 대한 인사를 나누는 등 서로의 관심사를 묻는 대목에서 용골대가 "군병은 600여 명이고 장사꾼은 800여 명이며 물품은 단지 6만여 냥어치이다.[21]"고 대답한 것과, 가도의 변고에 대해 묻다가 헤어지는 대목에서 용골대가 "내가 만약 귀국에 도착하면 알 수 있을 것이다."[22]고 말한 것을 통해, 용골대는 의주의 개시를 위해 조선으로 내려오는 중이고, 조선의 사신은 다른 목적을 위해 심양으로 가고 있는 중임을 알 수 있다. 그렇다면 앞서 살핀 ③의 인용문 가운데 "박난영은 1631년에 조선 사절로는 2차로 심양을 다녀왔는데, 胡差 龍骨大는 龍灣의 開市를 요구하거나 椵島를 차지하고 있는 명나라 군대를 견제하기 위해 胡人 수천 명을 데리고 와서 조선을 위협하고 했다. 박난영은 이에 응대할 임무를 맡아 심양으로 파견되었다."고 한 대목은 오류이고, 밑줄친 부분의 해제와 비슷하게 언급한 다른 해제

---

20) <심양왕환일기>. "사신의 말은 비록 예에서 나왔을 것이나, 우리가 사신을 접대하는 도리로도 예물을 보내지 않을 수 없다고 하셨다. 하물며 새 얼굴의 사신이 이곳에 당도하였는데, 어찌 노고에 보답하는 조치가 없겠는가? 모름지기 받아가라.(使臣之辭, 雖出於禮也, 然以我待使臣之道, 亦不可無贈禮云。況使臣新面到此, 豈無酬勞之擧也? 須領去.)" 이 4월 23일자에서 새로운 얼굴의 조선 사신이 왔음을 간파할 수 있는바, 왜 깍듯이 예의를 차릴 수밖에 없었는지 그 이유를 확인할 수 있다.

21) <심양왕환일기>. "軍兵六百餘名, 商胡八百餘名, 物貨則只六萬餘兩."

22) <심양왕환일기>. "我若到貴國, 則可知."

들도 실상과 부합하지 않은 것이다.

3월 19일 압록강을 건너 3월 26일에야 심양의 관소(館所)에 도착한 조선의 사신 일행이 박난영의 춘신사 일행일 수 없음은 3월 27일 일기에서 확연하다. 관소에 머물고 있는 조선의 사신을 찾아온 능시(能時) 등이 "귀하가 가지고 온 예물은 당초와 견주면 해마다 줄어든 것이라서 진실로 탓할 거리도 아니다. 요즘 들어 일마다 점차 종전만 못하였으니, 춘신사(春信使)의 일행은 어찌 그리도 크게 준단 말인가?"[23]고 하자, 조선의 사신이 "단지 궁핍해졌기 때문에 그렇게 된 것이지, 어찌 마음이 야박해서 그런 것이겠는가?"[24]고 대답하는 데서 춘신사 일행과 일정한 거리를 두는 것으로 보이기 때문이다. 그리고 춘신사 일행이 당초의 약조보다 줄어든 예물을 칸에게 전달하려다 전하지 못하고 돌아오자, 이를 채워서 재차 온 조선의 사신이 바로 〈심양왕환일기〉에 등장하는 사신임은 바로 이어지는 능시와 조선 사신의 문답에서 분명해지기 때문이다. 곧, "말을 꾸며댈 생각은 말라. 지금 비록 수를 더하여 준비했다고는 하겠지만 역시 전례(前例)만 못한 것이니, 우리나라는 예물을 귀하게 여겨서가 아니라 다만 종종 푸대접한다는 생각에 유감스러운 것이다. 당초 화의(和議)를 맺고 한 약조(約條)를 진실로 이와 같이 할 수 있는 것인가?"[25]라는 능시의 말에 대해, "대개 이번 귀국의 국서 안에 있는 허다한 얘기들 및 그대들이 이른바 운운할 만하다고 한 말은 모두 전혀 생각하지 않던 뜻밖의 말로서 모름지기 서로 따질 수가 없었다. 그러나 양국은 이미 하늘에 고하고 화약(和約)을 맺어 형제가 되기로 약속하였

---

23) 〈심양왕환일기〉. "貴下禮物, 自初比之, 則年年減省, 固不以咎。近來事事, 漸不如前, 春信使之行, 何太減削耶?"
24) 〈심양왕환일기〉. "只緣貧乏所致, 豈情薄然也?"
25) 〈심양왕환일기〉. "勿以爲餙辭也。今者, 雖曰'加數設備'云, 而亦不如前例, 我旺不以禮物爲貴, 只恨種種外待之意也。當初結盟約條, 固如是乎?"

는데, 지난번 예물을 비록 받아두고 말해도 오히려 볼 낯이 없거늘 돌려보내기에 이르렀으니, 그 부끄러움을 어찌 말로 다할 수 있었겠는가? 곧바로 예물을 갖추도록 하고 <u>특별히 별도의 사신을 보내어 지난번 잘못을 보상토록 하였으니</u>, 우리나라가 신의를 지키려고 하는 마음은 대체로 그 가운데 있거늘 그대들 또한 어찌 알지 못한단 말인가?"[26]라고 조선의 사신이 응답한 것이다. 이로써 보건대, <심양왕환일기>에 등장하는 조선의 사신은 춘신사가 아니라 별사(別使)였던 것이다. 이는 다음과 같은 4월 23일자의 일기에서 보다 분명하다.

> "이번 나의 행차는 비록 굳이 오지 않아도 될 행차이었지만 오로지 거절된 예단(禮單)을 다시 준비해서 왔으니 또한 춘신사(春信使)의 일개 심부름꾼일 뿐이다. 그러면 이전에 왔던 사신이 이미 으레 준 선물을 받았을 것인데, 내가 어찌 감히 이중으로 받겠는가? 게다가 병란 이후로 국가의 재정이 해마다 고갈되어 예물(禮物)들이 마음에 들지 않는다 하여 거절되기에 이르렀으니, 부끄럽고 창피스런 마음을 어찌 이루다 말할 수 있었으랴. 그런데도 또다시 주는 선물을 받으면 더욱 더 몹시 부끄러워질 것이니 감히 받을 수가 없다.[27]

결국, 이상의 비판적 검토로써 <심양왕환일기>에 등장하는 조선의 사신은 역사적 자료이든 일기의 문면이든 그 어느 것을 통해서도 춘신사 박난영일 수 없음이 확실해졌다고 하겠다.

---

26) <심양왕환일기>. "大槩今番, 貴國書中, 許多說話, 及爾等所謂云云之說, 皆是萬萬情外之說, 不須相較. 而兩旺旣爲告天, 結盟約爲兄弟, 則前來禮物, 雖領留而言之, 尙且無顔, 至於還送, 其爲慚愧, 如何可言? 卽令設備禮物, 特遣別使, 以補前失, 我旺信義之情, 蓋在其中, 爾等亦豈不知也?"

27) <심양왕환일기>. "今之俺行, 雖是剩行, 而專爲見郤禮單, 更備而來, 亦一春信使价也. 然則, 前來使臣, 旣受例贈, 吾何敢疊受乎? 且兵亂以後, 國儲逐年罄竭, 物不稱情, 以致見郤, 忸怩之心, 可勝言哉? 又爲受贈, 尤極慚赧, 不敢領之."

3. 〈심양왕환일기〉 저자로서의 위정철

〈심양왕환일기〉의 저자가 박난영이 아니라면, 조선사편수회(朝鮮史編修會)에서 1927년 12월 전라남도 장흥군 고읍면(지금의 관산면)을 방문하여 보았던 위순량씨의 소장본이 어떤 모습이었는지 궁금하지 않을 수 없다. 이번에 위순량씨가 소장했던 〈심양왕환일기〉의 일부를 찾아내었는데, 이를 토대로 하여 〈심양왕환일기〉의 저자를 입증할 수 있을 것으로 여겨진다.

1) 저자 입증을 위한 새로운 근거 자료 소개

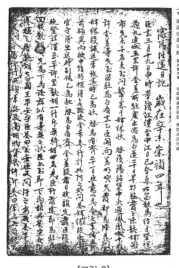

[그림 2]

[그림 2]는 필자가 새로 찾아낸 자료인데, 조선사편수회가 1935년에 편찬한 『조선사료집진(朝鮮史料集眞)』 3집의 17번째 사진자료이다.[28] 위순량이 소장했던 〈심양왕환일기〉 실제 모습의 그 첫머리로서, 매행 29자 12행으로 되어 있음이 확인된다. 특히 눈에 띄는 것은 17번째 제목 〈심양왕환일기〉 밑에 있는 '위정철 자필. 전라남도 장흥군 위순량씨 소장(魏廷喆自筆. 全羅南道長興郡, 魏順良氏所藏.)'이란 협주

28) 『조선사료집진』 1집에서 3집까지 합본되어 상(上)으로 1935년에 간행되었는데, 8개의 기관 또는 대학교 도서관에 소장되어 있는 자료 중에 고려대학교도서관 소장본(청구기호 : 해사 953.05 1935g 1)을 참고하였다.

이다.

자료의 실상이 이러하다면 위정철과 소장자 위순량의 관계를 확인할 필요가 있을 것이다. 그리하여 『장흥위씨대동보』(1999)를 조사한 결과, 위정철은 장흥위씨 20세 위곤(魏鯤)의 손자[29]이고, 위순량은 위곤(魏鯤)의 12세손[30]이니, 두 사람은 10대의 방조(傍祖)와 방손(傍孫) 사이였던 것이다. 이로써 위순량이 <심양왕환일기>를 소장했던 연유는 자신의 집안 어른이 기록한 소중한 문헌이기 때문이었을 것이다. 이 문헌은 현재 행방불명인 것으로 파악되어 안타까울 따름이다.

그리고 조선사편수회는 1935년에 또한 『조선사료집진 해설(朝鮮史料集眞解說)』도 간행하였는데, 그 <일러두기> 가운데 몇 항목은 참고할 필요가 있어 여기에 인용한다.

> 一。이 집진은 본회가 소장하고 있는 사료 및 사료사진에 대해 조선시대에 관한 것으로 약 150엽의 도판을 골라 뽑아 실음으로써, 현재 본회에서 편찬하여 계속 간행 중인 『조선사』의 도판과 서로 조응하여 이를 읽는 데에 편리하고, 또 일반인이 참고하는 데에 도움이 되고자 한다.[31]

> 一。이 집진에 수록된 것은 본회가 창립된 이래 12년간 일본과 조선의 각 지방 및 만주에서 사료를 채집하고 방문하여 조사한

---

29) 鯤→4자 德和→廷喆.
30) 鯤→2자 德毅→廷獻→2자 東葵→2자 翊中→命三→2자 相慶→道衡→榮吉→亨祚→2자 錫泰→啓義→2자 順良.
31) "一。本集眞ハ、本會所藏ノ史料及ビ史料寫眞ニ就キテ、朝鮮時代ニ關スルモノ, 凡ソ百五十葉ノ圖版ヲ選擇收載シ, 以テ現ニ本會ニ於テ編修續刊中ノ「朝鮮史」圖版ト相照應シテ, 之ガ閱讀ニ便シ, 且ツ一般ノ參考ニ資セントスルモノナリ." 『조선사』는 1922년 12월에 설치된 朝鮮史編修會가 1894년까지의 한국사를 6편으로 나누어 1932년부터 1938년까지 단계적으로 출간한 총 35권의 편년체 사료집이다.

것인데, 이름난 가문의 진귀한 글, 관공서와 개인이 수집한 사료의 사진을 주로 하였고, 또 대정(大正, 다이쇼) 15년(1926) 본회가 소장하게 된 구대마도 번주(藩主, 영주) 소 백작[宗伯爵] 집에서 대대로 전해온 조선 관계 문헌을 더하고, 또 경성제국대학 부속도서관에서 관리된 구규장각 도서의 사진 몇몇 장도 보탰다.[32]

一。이 집진에서 도판의 종류는 기록·고문서·사적을 주로 하여 필적·초상화 같은 것에 이르기까지 모두 유래가 확실한 것을 모았으니, 널리 조선 사료의 일반 개념을 획득하게 되기를 기대한다.[33]

一。이 집진에서 도판의 해설은 되도록 상세하게 하였는데, 먼저 예로서 원문을 활자로 옮기고 구두를 붙임으로써 열람하는 데에 편하게 하였고, 각 사료의 배경을 밝혀 그 역사적 의의를 이해하도록 하였으니, 즉 일반사의 대세를 파악하는 데에 편하고 좋기를 기대한다. 단, 체재·기호 등은 모두 편의에 따른다.[34]

위에 인용한 일러두기의 내용을 요약하면, 『조선사료집진 해설』은 조선사편수회가 1922년부터 일본과 조선의 각 지방 및 만주에서 사료를 채집하고 방문하여 조사한 것으로, 이름난 가문의 진귀한 글, 관공서

---

32) "一。本集眞收ムル所ハ, 本會創立以來十二年間, 內鮮各地及ビ滿洲ニ亘リ, 史料探訪ニヨリテ調査セル, 名家ノ寶藏, 公私ノ蒐集ニ係ル史料ノ寫眞ヲ主トシ, 又タ大正十五年本會ノ所藏ニ歸シタル舊對州藩主宗伯爵家世傳ノ朝鮮關係文獻ヲ加ヘ, 且ツ京城帝國大學附屬圖書館所管舊奎章閣圖書ノ寫眞若干ヲモ添ヘタリ."
33) "一。本集眞圖版ノ種類ハ, 記錄·古文書·史籍ヲ主トシ, 筆蹟·畫像ノ類ニ及ビ, 總テ由緒確實ナルモノヲ採リ, 廣ク朝鮮史料ノ一般慨念ヲ得シメンコトヲ期シタリ."
34) "一。本集眞圖版ノ解說ハカメテ詳細ニシ, 先ヅ例トシテ原文ヲ活字ニ附シ, 句讀ヲ施シテ閱覽ニ便シ, 各史料ノ背景ヲ明カニシ, 其ノ歷史ノ意義ヲ知會シ, 以テ一般史ノ大勢ヲ把握スル便宜トモ爲ラシメンコトヲ期シタリ. 但シ體裁·記號等ハ, 凡テ便宜ニ從ヘリ."

와 개인이 수집한 사료 등 유래가 확실한 것들의 사진을 주로 하였지만 『조선사』와 중복되지 않도록 하였으며, 먼저 예로서 원문을 활자로 옮기면서 구두를 붙였고 각 사료의 배경을 밝혀 그 역사적 의의를 이해하도록 하였다는 것이다.

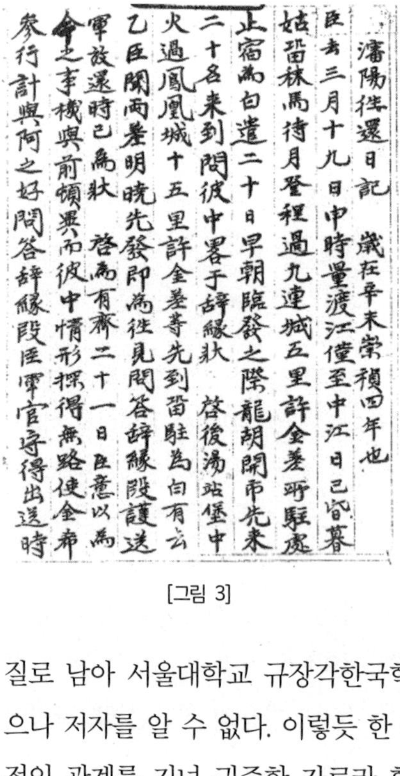
瀋陽往還日記　歲在辛未崇禎四年也
臣去三月十九日申時量渡江僅至中江日已昏暮
姑留秣馬待月登程過九連城五里許金差所駐處
止宿爲白遣二十日早朝臨發之際龍胡開市先來
二十名來到問彼中畧干辭緣狀　啓後湯站堡中
火過鳳凰城十五里許金差等先到留駐爲白有去
乙臣開兩差明曉先發卽爲往見問答辭緣段護送
軍放還時已爲狀　啓爲有齊二十一日臣意以爲
命之事機與前頓異而彼中情形探得無路使金希
參行討與阿之好問答辭緣段臣軍官守得出送時

[그림 3]

그렇다면 조선사편수회가 <일러두기>처럼 1927년 12월 방문하여 위순량의 소장 <심양왕환일기>를 사진 찍은 것이 [그림 2]이고, 그 소장본을 베껴 옮긴 등초본이 [그림 3]이다. 비록 첫머리에 불과할망정 이 둘을 서로 비교해보면 내용과 글자가 완전히 일치함을 알 수 있다. 위순량의 소장본은 [그림 2]처럼 사진 한 장으로만 남아 있을 뿐이고 그 전모를 알 수 없으나 저자를 알 수 있는 반면, 등초본은 훼손됨이 없이 전질로 남아 서울대학교 규장각한국학연구원에 유일본으로 소장되어 있으나 저자를 알 수 없다. 이렇듯 한 장의 사진과 한 권의 등초본은 상보적인 관계를 지녀 귀중한 자료라 할 것이다. 다만, 위순량의 소장본은 매행 29자 12행인데 반해, 등초본은 매행 20자 10행으로 38장본이어서 장수(張數)가 늘어난 것으로 보인다.

이제 『조선사료집진 해설(朝鮮史料集眞解說)』에서 [그림 2]의 <심양왕환일기>에 대해 해설한 것을 인용하는데, 예로서 원문을 활자로 옮긴 것은 제외하였다.

  본도(本圖)는 위정철(魏廷喆)이 직접 쓴 <심양왕환일기>의 첫머리를
나타내는 것이다. 위정철은 장흥 사람으로 무과 출신인데, 당시에는
평안도 만포첨사였고 인조 12년에는 영흥 부사, 함경남도 방어사 등
에 임명되었다. 일기는 신미 숭정 4년 즉 인조 9년(관영 8년, 서력1631
년), 회답사로서 금(후에 청나라가 됨)의 수도 심양(봉천)으로 향해 갔을
때 연변(沿邊)의 동정을 적었는데, 3월 19일 압록강을 건너가는 것으로
시작되며, 4월30일 의주에 돌아오는 것으로 끝난다. 인조는 정묘호란
후의 약정에 따라 그 해(1631) 2월 연례의 춘신사 박난영을 심양으로
보냈지만, 예물이 정한 액수에 미치지 않는다는 이유로 헛되이 귀국
하였고, 또 금나라는 이를 힐책하기 위하여 아주호(아지호)·동납밀(박
중남) 등을 보내왔다. 즉 사태가 심각해졌으므로 이것의 대책을 강구
하고 또 그 나라의 정세를 살피기 위해, 위정철은 회답사라는 이름으
로 보내지게 된 것이다. 따라서 본서는 정묘·병자 양란 사이에 금나
라와 조선의 교섭에 관한 중요사료이다. 특히 기사가 상세하며 금나
라의 국정뿐만 아니라 그 명나라 및 몽골과의 관계에 관한 기미를 파
악하고, 당시의 중요사실이 분명하게 밝혀진 것 적지 않다. 또 본서의
말미에는 금나라 칸(汗)의 특색 있는 족계 등을 덧붙여 기록하였다.
때마침 금나라 사신 용골대가 또 와서 용만(의주) 개시를 요구하던 때
여서, 본도에 용호라 보이는 것은 이를 가리킨 것이다.[35]

─────────────

35) 조선사편수회 편,『조선사료집진해설』권3, 조선총독부, 1935, 28쪽. "本圖ハ, 魏廷喆ノ自
筆ニ係ル瀋陽往還日記ノ卷首ヲ示セルモノナリ. 廷喆ハ長興ノ人, 武科ノ出身, 當時平安道
滿浦僉使ニシテ, 仁祖十二年ニハ永興府使·咸鏡南道防禦使等ニ任ゼラレタリ. 日記ハ, 辛
未崇禎四年卽チ仁祖九年(寬永八年, 西曆一六三一年), 回答使トシテ金(後ノ淸)ノ首都瀋陽(奉
天)ニ赴ケル時ノ沿途ノ動靜ヲ記シ, 三月十九日, 鴨綠江ヲ渡ルニ始マリ, 四月三十日義州
ニ還レル事ニ終ル. 仁祖ハ, 丁卯亂後ノ約定ニ基キ, 此ノ年二月, 年例ノ春信使朴蘭英ヲ瀋
陽ニ遣セシガ, 禮物定額ニ滿タザル故ヲ以テ, 空シク歸國シ, 且ツ金ハ之ヲ詰責スル爲メ,
阿朱戶(阿之好)·董納密(朴仲男)等ヲ遣シ來レリ. 乃チ事態重大ナルニヨリ, 之ガ對策ヲ講
ジ且ツ彼ノ國情ヲ探ランガ爲メ, 魏廷喆ハ回答使ノ名ヲ以テ遣サレタルナリ. 故ニ本書
ハ, 丁卯·丙子兩役間ニ於ケル金ト朝鮮トノ交涉ニ關スル重要史料タリ. 殊ニ記事詳細ニシ
テ, 金國ノ國情ノミナラズ, 其ノ明及ビ蒙古トノ關係ノ機微ヲ捉へ, 當時ノ重要事實ノ闡
明セラルルモノ尠カラズ. 又タ本書ノ末尾ニハ, 金國汗ノ特色アル族系等ヲ附錄セリ. 時
ニ金使龍骨大亦タ來リ, 龍灣(義州)開市ノ事ヲ求メツツアリシ際ニシテ, 本圖ニ龍胡ト見

　이는 위순량의 소장 <심양왕환일기> 진본을 처음으로 찍어서 사진자
료를 남긴 조선사편수회가 해설한 것이다. 이 자체만으로도 위정철을
<심양왕환일기>의 저자로 보는 데는 그리 큰 문제가 없을 것이나, 이
자료의 신빙성을 구체적으로 확인한다면 위정철은 논란의 여지없이
<심양왕환일기>의 저자로서 자리매김 될 것이다.

　2) 저자로서의 위정철에 대한 입증

　그간 <심양왕환일기>가 '3월 19일부터 4월 30일까지 쓰인 사행일기'
인 것에 주목하여 엉뚱하게도 박난영을 저자로서 잘못 지목하였지만,
위정철을 저자로서 볼 수 있는 새로운 자료가 발굴되었으니 이제 그의
회답사로서 행적을 탐색해야 할 것이다.

　1631년에 있어서 위정철은 대신들의 반대36)에도 불구하고 회답사(回
答使)로서 심양에 보내져 갔다가 5월 7일 치계를 올린 후 5월 15일에 들
어왔는데37), 후금의 칸(汗)의 답서를 검토하지 못하고 곧장 나와 버렸다
하여38) 6월 4일 감옥에 갇혔지만39) 6월 10일 석방되었던 것40)으로 확

ユルハ之ヲ指スモノナリ."

36) 趙慶男, ≪續雜錄≫ 권3, 신미년 하, 1631년 6월 14일. "지금 만일 계속하여 양식을 주고
　別使를 파견한다면 속으로는 비록 철회할 뜻이 있으나 겉으로는 오래 머무를 기색을
　보여 반드시 더한층 따르기 어려운 요구를 끌어내서 그들의 만족할 줄 모르는 욕심을
　채우려 할 것입니다. 그렇다면 사신을 보내는 일이 어찌 다만 무익함에만 그치겠습니
　까. 지난날 위정철이 갈 때에도 신이 힘껏 그것이 불가함을 진언하였습니다.(今若繼給粮
　餉, 差遣別使, 則內雖有撤回之意, 外示以久留之色, 必發加一層難從之請, 以濟其無厭之慾. 然則
　遣使之擧, 豈但無益而止哉? 前日魏廷喆之行, 臣力陳其不可.)" 이 글은 호조판서 金起宗이 올
　린 상소문에 언급되어 있는 것인데, 別使를 보내는 것에 반대가 있었음이 확인된다. 번
　역은 『국역 대동야승』 Ⅷ(민족문화추진회, 1973)의 335쪽을 참고한 것이다.

37) ≪승정원일기≫, 5월 15일. "회답사 위정철이 들어왔다.(回答使魏廷喆, 入來.)"

38) 朴鼎賢, ≪凝川日錄≫ 5, 1631년 6월 4일. "비변사의 계사 때문에, 회답사 위정철을 잡아
　가두라는 것으로, 전지를 받았는데, 금 나라 칸(汗)의 답서를 검토하지 못하고 곧장 나
　와 버렸기 때문이었다.(以備邊司啓辭, 回答使魏廷喆拿囚事, 捧承傳, 以不爲討得金汗答書, 徑

인된다. 뿐만 아니라 이때의 행적은 권상하(權尙夏)의 문인 윤봉구(尹鳳九, 1681~1768)가 지은 위정철의 묘갈(墓碣)[41]에도 보이고, 장흥위씨 가승(家乘) 자료[42]에도 전해오고 있다. 위정철이 회답사로서 심양을 다녀온 뒤에 올린 치계를 살피면, 다음과 같다.

"금나라 칸(汗)이 말하기를 '보내온 예물이 해마다 이같이 삭감되니 이 뒤로는 귀국은 사신을 보내지 말라. 우리도 다시 사신을 보내지 않 겠다.'고 하고, 또 '유흥치가 우리에게 투항하려다가 귀국이 식량을 주 어 살 수 있게 함으로 인하여 투항하지 않았다. 귀국의 처사는 어찌 이와 같은가. 만약 다시 도중에 식량을 주는 일이 있으면 내가 의주에

自出來也.)" 번역은 『국역 대동야승』 12(민족문화추진회, 1973)의 306쪽을 참고한 것이 다.

39) ≪승정원일기≫, 6월 4일. "비변사의 계사와 관련하여 회답하기를, '위정철을 나수하는 일에 대해 승전을 받들라.' 하였다.(以備邊司啓辭回答, 魏廷喆拿囚事, 捧承傳.)" 같은 날에 또 "의금부가 위정철을 나수했다고 아뢰었다.(禁府, 魏廷喆拿囚. 啓.)"는 기록이 있다.

40) ≪승정원일기≫, 6월 10일. "금부가 올린, 위정철의 원정에 대하여 '용서할 수 있는 도 리가 없지 않으니 형추하지 말고 파직하여 풀어 주라.'고 판부하였고, 이신의 원정에 대하여 '우선 형추를 정지하고 사핵하여 처치하라.'고 판부하였고, 임무생을 형추하겠 다는 계사에 대하여, 그대로 윤허한다고 하였다.(禁府, 魏廷喆元情. 判付, 不無可恕之道, 除刑推, 罷職放送. 李莘元情。 判付, 姑停刑推, 査覈處置. 林茂生刑推. 依允.)"

41) 『長興魏氏大同譜(誌狀錄)』 1999, 118쪽. "통신사 박난영이 심양에서 돌아왔는데, 오랑캐가 예물을 물리쳐 보내고 대동한 군관을 가두었다. 게다가 차사(差使)가 뒤따라와서 으르 고 협박하니, 조정이 이를 특별히 우려하고 공에게 임시로 병조참판이란 이름을 붙여 회답별사를 삼았다. 공이 왕명을 받들어 심양에 들어가면서 연로의 실정이나 형편 등을 취재하여 듣는 대로 장계를 올렸고, 단자와 예물들을 들여보내는 데에도 끝내 저지당하 지 않았다. 그러나 칸(汗)은 품목의 종류들이 삭감된 것을 화친 맺은 뜻이 점차 태만해 지는 것이라 하고, 또 명나라 사람들에게 양식을 도와준 것을 지난날의 약조가 지켜지 지 않은 것이라 하여 힐책하는 말로 핍박하였고, 제추(諸酋)들은 전마(戰馬)를 추환하거 나 도망자들을 쇄환하는 등 여러 일에 대해 번갈아가며 칸의 뜻을 전하느라 온갖 공갈 을 다했지만, 공은 사리를 분명히 밝히는 데에 조금도 손상되지 않고 비굴하지 않으며 상황에 따라 경륜을 펼쳐서 일을 마치고 돌아왔다.(信使朴蘭英, 回自潘陽, 虜却禮物, 拘所 帶軍官. 而差來恐嚇, 朝廷特憂之, 以公借啣兵曹參判, 爲回答別使. 公承命入潘, 探訪沿路物情, 隨聞修啓, 及至送單諸物, 卒無阻遏. 而汗以般目減削, 謂和憙之漸怠, 又以漢人助粮, 謂前約之不 遵, 噴言相迫, 諸酋以推馬刷逃數事, 迭傳汗意, 咆喝多端, 公辭理明卞, 不損不屈, 隨機彌綸, 竣 事而歸.)" 해당자료에서 원문만 인용하였다.

42) 위정철, 「防禦使公」, 『長興魏氏要覽』, 장흥위씨대종회, 2005, 124~125쪽.

나가 공급로를 끊을 것이니, 귀국에 피해가 없겠는가.' 하였습니다."[43]

위정철이 이처럼 치계(馳啓)할 수밖에 없었던 구체적인 내용은 <심양 왕환일기>의 4월 23일자에 그대로 있으니, 장황할지라도 인용하면 다음과 같다.

능시(能時) 등이 또 칸(汗)의 뜻이라며 말을 전하였습니다. "이전에 예물을 되돌려 보낸 것은 예물을 귀하게 여기지 않아서라기보다 단지 귀국이 점점 등한시하는 것에 대해 유감이라는 뜻이었다. 이번에 비록 갈아내고 다시 마련하여 보내왔다 하나, 예컨대 값비싼 예물을 줄여서 값싼 예물로 메꾸었으니 크게 마음에 들지 않아서 또 받지 않으려고 했지만, 화친을 맺은 도리가 손상될까 염려했기 때문에 받았을 뿐이다. 우리나라와 귀국은 본디 원수가 된 적이 없었으나, 무오년 (1618)에 남조(南朝 : 명나라)가 우리의 경계를 침범하는데 지원군을 보낸 데다, 우리가 요동(遼東)을 토벌해 차지하여 요동의 백성들이 모두 우리나라 사람들인데도 귀국이 남조 사람들에게 청하여 도중(島中 : 椵島)에 머물러 있게 하고 우리나라 사람들을 유인하게 한 것이 많았으니, 또한 한스럽지 아니하겠는가? 이것을 하늘에 고하였더니, 정묘년 (1627)에 군대를 귀국으로 출동시켰을 때 하늘의 도움에 힘입어 승리를 거두었다. 그때에 경성(京城)으로 곧장 쳐들어가고 팔도(八道)를 소탕하자는 논의가 있기도 하였지만, 귀국이 사죄하고 화친을 청하였으므로 하늘에 고하고 맹약을 맺은 뒤로 철군하였다. 원창군(原昌君)이 예단을 가지고 들어오자, 우리들끼리 서로 축하하며 말하기를, '이는 좋은 일이 아니냐? 만일 곧장 경성으로 쳐들어갔다면 필시 후회가 없

---

43) 《인조실록》 1631년 5월 7일조 6번째 기사. "回答使魏廷喆馳啓曰 : '金汗言「所送禮物, 年減削如此, 今後, 貴國不須送使. 我亦不復遣使矣.」且言「劉興治將投于我, 緣貴國給餉, 得以 資活, 不果來投. 貴國之事, 何乃如此? 若復有島中給餉之事, 則我當出據義州, 以絶其路, 其能無 害於貴國乎?」云."

지 않았을 것이다.' 하였었다. 그 후로 신씨(申氏 : 신경호) 성을 가진 사람과 문관사신(文官使臣)이 되돌아간 뒤에는 보내오는 예물이 점점 줄어드니, 이것이 어찌 정리(情理)란 말인가? 이제부터는 한결같이 신씨 성을 가진 사람과 그때의 사신처럼 예단을 보내되, 만일 그렇지가 않다면 사신을 보낼 필요가 없고 나도 역시 사신을 보내지 않을 것이니, 이러한 뜻을 사신은 낱낱이 전달하여 귀국이 소홀하지 않게 하라, 소홀하지 않게 하라. 이후로 예단을 만일 뜻대로 하지 못하면 사신이 반드시 전달할 것이기 때문에, 우리나라는 사람을 보내어 사신을 데리고 귀국에 증거를 대며 사실 여부를 물으면, 사신이 제대로 전달하지 않은 죄는 끝내 벗어나기가 어려울 것이다." (…중략…) "맹약을 맺었을 때에 의주(義州)를 빌려서 주둔하였던 우리 군사들은 도중(島中)과 귀국이 서로 드나들며 양식을 마련할 계책 세우는 것을 금하였다. 귀국이 말하기를, '그렇다면 우리 땅을 빼앗은 것이 그러한 터에 도중(島中)의 한인(漢人)들에게 양식을 도와줄 리가 만무하다.'고 운운하여, 그 말을 믿고서 그저 조약만을 맺고 철군하였다. 그 후로 '도중의 사람들은 귀국이 양식을 도와주는 것에 힘입어 보전되었다.'고 운운하는 것을 듣게 되었으므로 우리의 사신이 왕래하며 물으니, 매번 도와주지 않았다고 말하여 반신반의하였는데, 지난해 유흥치(劉興治)가 우리나라에 사람을 보내어 말하기를, '남조(南朝 : 명나라)가 군량을 보내지 않아 목숨을 보전하기 어려운 상황이니, 만약 군량이 바닥나면 마땅히 투항해 들어가겠다.'고 운운하여 손꼽아 기다렸다. 뜻밖에도 도중(島中)에 변란이 생겨 투항한 진달(眞㺚) 200여 명이 이곳에 도착하여 말하는 가운데, '조선이 만약 양식으로 구제하지 않았다면, 유흥치는 일찌감치 투항해 왔을 것이다. 조선이 양식으로 구제했기 때문에 이때까지 지연되었고 변란이 생기기에 이르렀다.'고 하였으니, 불만스럽게도 우리에게 패한 일 및 귀국의 일에 대해서 어찌 이와 같이 실제와 각기 다르게 말한단 말인가? 그러나 지나간 일일뿐이니 버려두고 논하지 않겠지만, 이제부터는 하나같이 당초의 약조(約條)에 의거하여 시행하겠는데, 은자와 인삼으로써 물품을 사고팔거나, 남조에 사신을 보내는 일에 대해서 우리는 금지하지 않을 것이다. 만일 한 됫박의 쌀이라도 서로 도와주었다는 말이 있어 우리가 마땅히 군사를 출동시켜 의주를 차지하고서 막는 데에 이르러서는 귀국이 우리를 남조인(南朝人)과 똑같이 대우하여 으레 배신(陪臣)을 정해야 한다. 양식을 운반하여 구제하려는 찰나에 우리들이 명나라 사람[漢人]들과 서로 싸우면 누구를 살리고 누구를 내버려둘 것인가? 반드시 해(害)가 귀국에 미칠 일이 없지 않을 것이다. 이러한 뜻을 낱낱이 귀국에 전달하라."44)

위정철이 회답사로서 심양에 당도하여 제반 교섭을 벌였지만 위의 내용만을 치계하였던 이유는 <심양왕환일기>의 4월 30일자에 나온다.

대체로 오랑캐의 성질이 성나면 다투기를 좋아하고 탐나면 사리(私利)를 꾀하는 것은 예로부터 내려오는 습속인지라 의리로써 감화시킬 수가 없었거니와, 이번에는 또 한층 심했는데 그 중에서 전마(戰馬)의

---

44) <심양왕환일기>. 能時等, 又以汗意, 傳言曰 : "前者, 禮物之還送, 不以物爲貴, 只恨貴國漸漸怠忽之意也. 今者, 雖曰'改備送來', 而比如則削高塡低, 六不稱情, 又欲不受, 而恐傷和道, 故領之耳. 我國與貴國, 本無讐怨, 而戊午年, 助兵於南朝犯我境界, 且我討得遼東, 則遼東之民, 皆是我人, 而貴國請南朝之人, 接置於島中, 使之誘引我人者多, 不亦恨乎? 以此告天, 丁卯年出兵貴國之日, 我蒙天祐得勝. 其時, 或有直到京城, 掃蕩八方之論, 而貴國謝罪請和, 故告天決盟, 後退兵矣. 原昌君持禮單入來, 則我等自中, 相賀曰 : '此非好事耶? 若直犯京城, 則必不無後悔也.' 厥後, 申姓與文官使臣, 回還之後, 則所送禮物, 漸漸減削, 此豈情耶? 今後, 則一如申姓使臣, 禮單送之, 而若不然, 則不須送使, 我亦不送使价, 此意使臣, 一一傳達, 貴國無忽無忽! 此後禮單, 若不如意, 則使臣必傳達之故也, 我國送人, 將使臣, 憑問貴國, 則使臣不傳之罪, 終難免焉." 云. (…중략…) "決盟之初, 借得義州一邑, 留駐我兵, 禁島中與貴國, 相爲出入資粮之計者矣. 貴國曰 : '然則, 奪我地方者然, 島中漢人, 則萬無助粮之理.'云云, 信其言, 只成約條而退兵矣. 厥後, 因聞'島中之人, 賴貴國之助粮, 保全.'云云, 使价之往來問之, 則每以不給爲言, 將信將疑, 而上年劉興治, 送人於我國, 曰 : '南朝不送粮餉, 勢難保全, 若粮盡, 則當投入.'云云, 指日待之矣. 不意島中生變, 投猹二百餘名, 到此言內'朝鮮, 若不救椵, 則劉興治, 曾以投入矣. 以朝鮮救椵之故, 遷延至此, 以致生變.'云, 而不滿, 敗于我事·貴國之事, 何如是言實各異耶? 然往事已矣, 棄而不論, 今後則一依當初約條施行, 而以銀蔘, 貨(和)賣物貨, 與南朝送使之事, 吾不禁止. 若有一斗米, 相資之說, 我當出兵, 雄據義州, 則貴國待我人, 一如南朝人, 例定配(陪)臣. 運粮接濟之際, 我人與漢人相戰, 則何取何捨耶? 必不無害及於貴國之事矣. 此意一一傳達貴國."

추환(推還, 주인에게 돌려주는 일)과 북도(北道)의 쇄환(刷還)과 같은 일
들을 저들이 비록 말한다 할지라도 염려할 것이 못되지만 도중(島中 :
椵島)에 양식을 도와준 것, 예단(禮單)을 더 보내라는 것, 강숙(姜璹)을
들여보내라는 말에 이르러서는 그 의도를 자못 헤아리건대 참으로 작
은 걱정거리가 아닙니다.[45]

이로써 위정철 스스로 작은 걱정거리가 아니라고 여겼던 내용이 치
계의 내용에 그대로 담겨져 있음을 확인할 수 있는바, 위정철이 <심양
왕환일기>의 저자임은 역사적 자료이든 일기의 문면이든 그 어느 것을
통해서라도 확인된다 하겠다.

3) 위정철(魏廷喆)은 누구인가

위정철은 1583년(선조 16) 전라남도 장흥군(長興郡) 관산읍(冠山邑) 방촌
리(傍村里)에서 태어났다. 본관은 장흥(長興), 자는 자길(子吉), 호는 만회재
(晚悔齋)이다. 아버지는 위덕화(魏德和, 1551~1598)이고 어머니는 죽산안씨
(竹山安氏 : 安克仁의 딸)이다. 조부는 위곤(魏鯤, 1515~1582), 증조부는 위진현
(魏晉賢, 1483~1564)이다.

1603년 21세 때 무과에 급제하고 1610년 추천되어 선전관(宣傳官)이 되
었으며, 그 뒤로 함평 현감(咸平縣監)을 거쳐 곤양[46] 군수(昆陽郡守)가 되
었지만 인조반정이 일어나자 해임되었다. 1624년 이괄(李适)의 난에 연
루되어 투옥되었다가 석방된 후, 자진하여 변방 부임을 청하였는데

---

45) <심양왕환일기>. "大槩夷狄之性, 忿而喜爭, 貪而嗜利, 從古習俗, 不可以義理感化是白在果, 今
者又加一節, 而其中戰馬推還與北道刷還中等事, 彼雖言之, 不足慮也, 而至於島中助粮及禮單加
送與夫姜璹入送之說, 其意頗測, 誠非細慮是白乎旀."
46) 곤양(昆陽) : 경상남도 사천 지역의 옛 지명.

1629년 영유(永柔)47)의 수령으로서 제언(堤堰)을 축조하고 농사에 부지런히 힘써 전야(田野)가 날로 개간되는 등 선정을 베풀었다.

1631년 춘신사 박난영이 심양에서 돌아왔는데, 오랑캐가 예물을 물리쳐 보낸 데다 대동한 군관을 가두고 말았으며, 게다가 차사(差使)가 뒤따라와서 으르고 협박하니, 임시로 병조참판이란 이름이 붙여진 회답별사가 되어 심양을 다녀왔다. 심양에 들어가면서 연로의 실정이나 형편 등을 취재하여 듣는 대로 장계를 올렸고, 단자와 예물들을 들여보내는 데에도 끝내 저지당하지 않았는데, 온갖 힐책과 공갈 속에서도 사리를 분명히 밝히는 데에 조금도 손상되지 않고 비굴하지 않으면서 상황에 따라 경륜을 펼쳐서 일을 마치고 돌아왔던 것이다. 이때 사행일기를 적었으니, 바로 <심양왕환일기>이다.

1635년에는 절충장군 행 용양위 부사직(折衝將軍行龍驤衛副司直)에 제수되었고, 1636년 봄에 영흥48) 부사(永興府使)가 되어 재직 중 뇌물을 받아 파직되었지만, 곧 다시 숙천49) 부사(肅川府使)에 제수되었으나 1638년 사간원의 탄핵을 받아 재차 파직되었다. 1642년 갑산50) 부사(甲山府使)에 제수되었으나 병으로 사양하였고, 1643년 다시 만포51) 첨사(滿浦僉使)에 올라서는 청나라 칙사와 관련된 외교문제에 연루되어 곤욕을 치렀다. 1644년 명나라가 멸망하자 고향으로 돌아와 여생을 보내다가 1657년(효종 8) 75세의 생애를 마감하였다.52)

요컨대, 위정철은 평안 남북도와 함경남도의 변방 일대를 지킨 전형

---

47) 영유(永柔) : 평안남도 평원 지역의 옛 지명.
48) 영흥(永興) : 함경남도 남부에 있는 군.
49) 숙천(肅川) : 평안남도 평원 지역의 옛 지명.
50) 갑산(甲山) : 함경남도 북동쪽에 있는 군.
51) 만포(滿浦) : 평안북도 江界都護府에 있던 압록강 가의 마을 이름.
52) 위정철이 문집을 남기지 않아 ≪조선왕조실록≫, ≪승정원일기≫, 尹鳳九가 지은 <묘갈명> 등을 참고하여 서술되었음.

적 무신이었는데, 그의 아버지 위덕화도 1585년 무과에 급제하여 선전
관으로서 임진왜란 때 선조(宣祖)를 호종한 공신이었던 집안 내력을 이
은 것이라 하겠다. 관직생활에서야 부침을 겪었지만, 1631년 회답사로
서 당시 마찰이 있었던 외교적 문제에 대한 교섭 양상 및 후금의 정세
등을 자세히 기록하여 〈심양왕환일기〉라는 귀중한 사료를 남긴 인물
이다.

4. 나가며

〈심양왕환일기〉는 위정철이 1631년 3월 19일부터 4월 30일까지 회답
사로서 심양에 가 후금의 인물들과 여러 문제를 놓고 교섭한 내용 및
취득한 첩보 등을 적은 일기인데, 예단 전달하는 일, 국서의 회답 받아
오는 일, 개시(開市)에 관한 일, 포로 쇄환과 전마(戰馬) 추환(追還)에 관한
일, 가도의 명군에게 식량 지원 중단의 일, 군관 남기는 일, 강홍립의 아
들 강숙 들여보내는 일 등이 기록되어 있을 뿐만 아니라 맨 마지막에는
청태종의 족계(族系)가 적혀 있어, 당시 외교적 교섭에 관한 중요한 문헌
이라 할 것이다.

이 〈심양왕환일기〉에 대해 '정묘호란과 병자호란 양란 사이에 금나
라와 조선의 교섭에 관한 중요사료이다. 특히 기사가 상세하며 금나라
의 국정뿐만 아니라 그 명나라 및 몽골과의 관계에 관한 기미를 파악하
고, 당시의 중요사실이 분명하게 밝혀진 것 적지 않다.'고 한 『조선사료
집진 해설』의 평가는 정곡을 짚은 것이라 하겠다.

이런 중요한 문헌의 박난영 저자설은 일기 자료의 내용에 대한 충분
한 검토가 이루어지지 않아 발생된 측면이 강하다. 입증할 객관적 자료

가 턱없이 부족했더라도, 빈약한 근거를 통해 1631년 춘신사 박난영으로 잘못 추정되었음은 조금만 유념했어도 쉬 간취해낼 수 있는 것이었다. 그런데도 이 저자설이 그간 그대로 용인하여 왔음은 안타까운 일이다. 저자가 제대로 판명되지 않으면, 일기의 전체적인 맥락 파악과 감상 그리고 분석이 올바르게 이루어지기 어려울 것이기 때문이다.

그리하여 이 글은 각종 문헌자료에 나타난 1631년 춘신사로서 박난영, 선유사로서 박난영 등의 행적을 나누어 살펴봄으로써 박난영의 저자설이 잘못된 추정이었음을 밝힐 수 있는 단초를 마련하였다. 또 조선사편수회가 1935년에 편찬한 『조선사료집진』 및 『조선사료집진 해설』의 자료에서 새로운 근거를 찾아냄으로써 입증의 단서를 마련하고 각종 문헌자료를 통해 위정철이 저자임을 입증하였다. 이제, <심양왕환일기>가 다양한 분야에서 새롭게 조명되기를 희망한다.

┃참고문헌

<瀋陽往還日記>, 서울대학교 규장각한국학연구원 소장 필사본.
≪인조실록≫. ≪승정원일기≫.
朴鼎賢, ≪凝川日錄≫ 권5.
趙慶男, ≪續雜錄≫ 권3.
고구려연구재단 편, 『조선시대 북방사 자료집(02)』, 2004.
김문식, 「심양왕환일기 해제」, 『조선시대 북방사 자료집(02)』, 고구려연구재단, 2004.
신해진 역주, 선약해 저, 『심양사행일기』, 보고사, 2013.
위정철, 「防禦使公」, 『장흥위씨요람』, 장흥위씨대종회, 2005.
이지양, 「심양왕환일기 해제」, 『(국학고전)연행록해제』 2, 동국대학교 국어국문학과, 2005.
임기중 편, 『연행록속집』 106, 상서원, 2008.
장흥위씨대종회, 『장흥위씨대동보(誌狀錄)』, 하산사강당, 1999.
조선사편수회, 『朝鮮史料集眞』 3, 조선총독부, 1935.

조선사편수회, 『朝鮮史料集眞解說』 3, 조선총독부, 1935.

황재문, 「어학해제」, 서울대학교 규장각한국원연구원 홈페이지.

이 글은 『한국고전연구』 29(한국고전연구학회, 2014.6)의 313~342면에 게재되고, 『심양왕환일기』(위정철 저, 신해진 역, 보고사, 2014)의 135~161면에 전재된 것을 자구 일부만 수정한 것이다. 이 글에 이어서 위정철의 문집 ≪만회당실기(晚悔堂實記)≫에 관한 간략 소개를 덧붙인다.

■ ≪만회당실기≫의 간략 소개

위정철(魏廷喆)의 문집 ≪만회당실기(晚悔堂實記)≫는 많지 않은 부수로 1936년에 간행된 것이라 한다. 권1은 진무원종공신녹권(振武原從功臣錄券), 권2는 <심양일기>와 <유서(遺書)>, 권3은 부록, 그리고 발문으로 구성되어 있다. 부록에는 <송종자정철부임함평(送從子廷喆赴任咸平)>(雲巖叔父), <송위형정철봉사심양(送魏兄廷喆奉使瀋陽)> 2수(義州府尹 李浚), <월사이상공계공출수함평시서(月沙李相公戒公出守咸平時書)>, <죽천사추향고유문(竹川祠追享告由文)>(黃仁紀), <봉안축문(奉安祝文)>(吳淵常), <호남절의록(湖南節義錄)>, <충의록(忠義錄)>(尹鳳九), <묘갈명(墓碣銘)>(윤봉구), <서병조참판위공실기후(書兵曹參判魏公實記後)>(9대 족손 魏啓泮) 등이 수록되어 있다. 발문은 위정철의 9대손 위계문(魏啓文)이 병자년(1936) 4월 하순에 쓴 것이다. 이 실기는 총 53장본인데, 심양일기가 39장본을 차지하고 있다. 권2에 수록된 <심양일기>가 바로 <심양왕환일기>이다.

그림은 ≪만회당실기≫의 겉표지와 <심양왕환일기>의 첫대목이다.[53]

---

53) 『심양왕환일기』(위정철 저, 신해진 역, 보고사, 2014)의 162~163면 전재함.

1630년대 심양 사행일기의 면모
― 〈심양사행일기〉와 〈심양왕환일기〉를 대상으로

1. 들어가며

이 글은 17세기 초엽 정묘호란과 병자호란 사이에 있었던 후금과 조선의 외교적 교섭 상황을 상세히 보여주는 심양(瀋陽) 사행일기를 살펴 소개하려는 것이다. 이 심양 사행일기는 1618년 후금의 요동정벌 이후 중원대륙의 요동치는 형세와, 그 양국의 틈바구니에서 추이를 관망하며 대처하고자 했던 조선의 입장이 구체적으로 기술되어 있기 때문이다.

주지하듯이, 후금은 정묘약조(丁卯約條)를 통해 조선이 자신들의 배후를 위협할 수 있는 후환을 없앤 뒤 본격적으로 명나라의 하북(河北)을 공략하기 시작하였다. 제1차 대규모 침공이 1629년 11월에 있었는데, 이때 후금은 태종 홍타이지가 친히 10만 대군을 지휘하여 북직예(北直隸 : 지금의 河北省 일대)의 동북방 용정관(龍井關)을 통해 준화(遵化)를 공략하였다. 당시 명나라는 천험의 요새 산해관(山海關)을 철벽수비하고 있었고, 또 원숭환(袁崇煥)이 정예병을 이끌고 산해관 바깥 요동의 영원(寧

遠)과 금주(錦州)에 포진하고 있었다. 그리하여 산해관을 우회한 후금군
은 거의 저항을 받지 않고 진격할 수 있었던 것이다. 후금은 준화를 공
략한 후 곧장 북경으로 진격하여 혼란에 빠뜨렸으나, 북경을 직접 공
략하지 않고 12월 군사를 그대로 돌려 준화(遵化), 영평(永平), 난주(灤州),
천안(遷安) 등 네 성을 함락시키고는 1630년 5월 요동으로 완전히 철수
하였다.[1]

바로 이러한 시기 1630년대, 조선에서는 심양으로 춘신사(春信使)와
추신사(秋信使)라는 정기사절이 왕래하였고, 뿐만 아니라 그때그때 일어
난 상황에 맞춰 비정기 임시사절도 왕래하였다. 그런데 정묘호란 이후
병자호란까지 춘신사와 추신사의 정기사절이 후금에 왕래했음은 익히
알려져 있지만, 위문사(慰問使) 또는 회답사(回答使) 등으로서 왕래했던
비정기 임시사행에 대해서는 적극적인 관심을 가진 적이 없어 알려져
있지 않다. 조선조 최대의 치욕이었던 병자호란이 일어나기 이전인 국
제적 격변기에 후금과의 관계에서 교섭 및 대처 양상이 어떠했는지 구
체적으로 전하고 있는 귀중한 자료인 점에서, 그들의 사행일기는 주목
될 필요가 있다. 따라서 이 글에서는 관련 자료가 미약하기는 하나, 우
선 1630년 심양에 다녀온 위문사 선약해(宣若海)의 <심양사행일기(瀋陽使
行日記)>와 1631년 역시 심양에 다녀온 회답사 위정철(魏廷喆)의 <심양왕
환일기(瀋陽往還日記)>를 탐색의 대상으로 삼고자 한다.

위문사 선약해의 <심양사행일기>에 대해서는 무신(武臣)의 후금에 대
한 정탐일기로서의 성격을 규명한 것[2]이 있고, 병자호란 전후 만주인이

본 조선인을 규명하는 가운데 기개를 떨친 조선 신료로서의 선약해 모습을 단편적으로 언급한 것3)이 있다. 또한 권칙의 <강로전>과 비교하여 현실 대응을 살핀 것4)도 있다. 반면, 회답사 위정철의 <심양왕환일기>에 대해서는 그간 저자를 박난영(朴蘭英)으로 잘못 추정되던 것을 위정철로 바로잡은 글5)이 있고, 1631년 조선과 후금 관계의 실상을 구체적으로 살핀 글6)이 있다. 그리고 이 두 사행일기에 대한 역주서가 간행7)되기도 하였다.

이렇듯, 1630년대 심양 사행일기들은 아직 종합적으로 연구되지 않았다고 할 수 있다. 이 글에서는 시론적으로나마 <심양사행일기>와 <심양왕환일기>만을 대상으로 하여 사행일기로서의 구체적 면모를 살피고, 1630년대 심양 사행일기의 전반적인 특징을 찾아보고자 한다.

2. 선약해의 <심양사행일기>와 위정철의 <심양왕환일기>

1630년 봄에 후금의 사신이 평안도 지방에 와서 청포(靑布)를 사 가지고 용만(龍灣)을 거쳐 돌아가려는데 가도(椵島)의 명나라 군사에게 쫓기

으로 삼아 그러한 기본축의 구체적 양상들을 본격적으로 갈래지어 정리하고, 1630년대 심양 사행일기의 전반적 특징을 탐색하려 했다는 점에서 차이가 있다.

3) 김민호, 「병자호란 전후 만주인이 본 조선인 : <소현심양일기> 및 선약해의 <심양사행일기>를 중심으로」, 『중국학논총』 41, 고려대학교 중국학연구소, 2013.

4) 이서희, 「중원의 지각 변동에 대한 1630년 조선의 현실 대응 : 선약해의 <심양사행일기>와 권칙의 <강로전>을 중심으로」, 『동남어문논집』 44, 동남어문학회, 2017.

5) 신해진, 「<심양왕환일기>의 저자 고증」, 『한국고전연구』 29, 2014.

6) 스즈키 카이, 「<심양왕환일기>에 나타난 인조 9년(1631) 조선-후금 관계」, 『한국문화』 68, 서울대학교 규장각 한국학연구원, 2014. 이 글이 다룬 '저자 문제' 부분에서 신해진의 선행 성과를 밝히지 않은 것은 유감스럽다.

7) 신해진 편역, 선약해 저, 『심양사행일기』, 보고사, 2013 ; 신해진 역주, 위정철 저, 『심양왕환일기』, 보고사, 2014.

어 산길을 타고 달아났을 뿐만 아니라, 또 다른 사신이 의주(義州)에 이
르렀다가 역시 명나라 군사에 의하여 가로막히자 칸(汗 : 태종)의 국서를
조선에 전달하지 못하고 도망쳐 달아난 사건이 발생하였다. 이에, 후금
의 분노를 우려한 조선의 조정은 위문사를 파견할 필요가 있었으니, 바
로 선약해가 다녀왔다.

또한, 정묘호란 이후 후금은 명나라와 동등하게 예우해줄 것을 요구
하였다. 그러나 조선이 '정묘약조'의 원칙을 내세우며 사대(事大)의 대상
인 명나라와는 달리 후금에게 교린(交隣)의 대상으로서 대우만을 고수하
자, 후금은 조선 사신들의 예단(禮單)도 받지 않고 국서(國書)도 회답하지
않는가 하면 예물(禮物)도 거절했다. 이러한 상황에서 춘신사 박난영(朴
蘭英)이 1630년 12월 18일 심양으로 출발해 후금의 칸에게 예물을 전달
하고자 했으나 전달치 못하고 1631년 3월 4일 돌아왔는데, 후금이 예물
을 물리쳐 보냈을 뿐만 아니라 대동해갔던 군관(軍官)을 가두어버렸다.
게다가 후금의 차사(差使)가 뒤따라오다시피 하여 조선을 으르고 협박하
였다. 이에, 조선은 다시 마련한 예물을 전하면서 칸이 회답하는 국서를
받아올 회답사를 파견할 필요가 있었으니, 바로 위정철이 다녀왔다. 공
교롭게도 선약해는 보성 출신이고 위정철은 장흥 출신이니, 이들은 모
두 호남인이다.

1) 선약해의 <심양사행일기>

선약해(1579~1643)의 본관은 보성(寶城)으로 자는 백종(伯宗)이며, 대구
도호부사를 지낸 선의문(宣義問)의 아들이다. 27세인 1605년 무과에 급제
하여 선전관(宣傳官) 겸 비국랑(備局郎)으로 3년이 되던 1610년 부친상을
치르고 또 1616년 조부상을 치르느라 벼슬이 현달하지 못하였다. 그렇

지만 1630년 위문사로서 후금의 심양을 다녀온 뒤로 1630년 평산 부사 (平山府使), 1635년 정평 부사(定平府使), 1639년 밀양 부사(密陽府使) 등을 거쳐 1641년 경상좌수사(慶尙左水使)를 역임하였다.[8]

그가 위문사로서 심양으로 가 조선의 국서를 후금의 칸(汗 : 청태종)에게 전하려 했으나, 칸이 때마침 다른 지역에 나가서 오랫동안 돌아오지 않아 심양의 관소(館所)에 오래 머무를 수밖에 없었다. 그러다가 끝내 국서를 전달하고 돌아왔다. 오래 머무는 동안 그는 후금의 인물들 곧, 용골대(龍骨大), 능수(能水), 대해(大海), 중남(仲男) 등을 만나면서 그곳의 정세를 알게 된 것을 비롯하여 다방면으로 견문하고 정탐한 것들을 자세히 기록하였다. 1630년 4월 3일부터 5월 23일까지 기록한 것이 바로 <심양사행일기(入使瀋陽日記)>[9]이다.

<심양사행일기>의 이본 형성은 중국계 귀화인으로서 조선에 충의를 바친 보성선씨 5세의 행적을 선양하려는 과정에서 비롯되었다. 선종한 (宣宗漢, 1762~1843)은 선윤지(宣允祉, 생몰미상), 선형(宣炯, 1434~1479), 선거이 (宣居怡, 1550~1598), 선세강(宣世綱, 1576~1636), 선약해 등 5세의 행적을 수집하여 간행하였다. 곧, <심양사행일기>는 정조 23년(1799) 보성 오충사 (五忠祠)의 전신인 옥산사(玉山祠)를 세우고 보성선씨 5위를 배향한 뒤 1802년 어름에 간행한 ①≪보성선씨오현행적(寶城宣氏五賢行蹟)≫, 옥산사 가 순조 31년(1831) 조정의 사액을 받아 오충사로 되기까지의 관련된 글과 사우제례문(祠宇祭禮文)이 보충된 1844년 간행 ②≪보성선씨오세충의 록(寶城宣氏五世忠義錄)≫, 철종 임술년(1862) 오충사의 보성선씨 5위에 대한 증직(贈職)이 이루어지기까지의 관련된 글이 보충된 1900년 간행 ③

---

8) 신해진(2013), 위의 책, 「수사공 행장」 및 「선약해 <행장>의 관력에 대한 교정」, 141~159면 참조.

9) 이 일기는 병자호란 이후 인질로 끌려간 소현세자의 고단한 삶과 당시 청나라의 모습을 기록한 ≪瀋陽日記≫ 혹은 ≪瀋陽狀啓≫와는 다른 것임.

≪보성선씨사액오충신록(寶城宣氏賜額五忠臣錄)≫ 등에 수록된 것과, 1930
년대 중국에서 발간한 80책의 방대한 사료집 ④≪요해총서(遼海叢書)≫
의 권52에 수록된 것 등 모두 4개의 이본이 있다.[10]

　<심양사행일기>는 이처럼 4개의 이본이 있지만 큰 변화가 없이 글자
의 출입만 있는 같은 계열의 이본들이다. 1802년경, 1844년, 1900년 순
으로 간행되었고, 1844년에 간행된 이본은 중국에서 1930년대 간행한
≪요해총서≫ 사료집의 일부일지라도 그 저본이 되었다. 특히, 1802년
경 간행된 ≪보성선씨오현행적≫의 수록본 <심양사행일기>가 최선본
(最先本)이자 최선본(最善本)으로 밝혀져 있다. 다만, 1면이 공백 상태라는
흠결을 지니고 있다. 이 판본에서 '입사심양일기(入使瀋陽日記)'로 제명된
것이 후대의 이본에서 '심양일기'로 변개되었는데, 어떤 자격으로서 어
명을 수행하며 쓴 일기인지 파악할 수 있기 때문에, '심양일기'라기보다
는 '심양사행일기'라고 칭하는 것이 바람직할 것이다.[11]

2) 위정철의 <심양왕환일기>[12]

　위정철(1583~1657)의 본관은 장흥(長興)으로 자는 자길(子吉)이고 호는
만회재(晩悔齋)이다. 언양 현감을 지낸 위덕화(魏德和)의 아들이다. 21세인
1603년 무과에 급제하고 1610년 추천되어 선전관(宣傳官)이 되었으며, 그
뒤로 함평(咸平) 현감을 거쳐 곤양(昆陽) 군수가 되었지만 인조반정이 일
어나자 해임되었다. 1624년 이괄(李适)의 난에 연루되어 투옥되었다가
석방된 후, 자진해 변방 부임을 청하였는데 1629년 영유(永柔)의 수령이

---

10) 신해진(2013), 앞의 책, 74~80면.
11) 신해진(2013), 위의 책, 104면.
12) 신해진(2014), 앞의 논문. 이 논문을 발췌하여 정리한 것임.

되었다. 1631년 회답사로서 심양을 다녀온 뒤, 1635년에는 용양위 부사
직(龍驤衛副司直)에 제수되었고, 1636년 봄에 영흥 부사(永興府使)가 되어
재직 중 뇌물을 받아 파직되었다. 하지만 곧 다시 숙천 부사(肅川府使)에
제수되었으나 1638년 사간원의 탄핵을 받아 재차 파직되었다. 1642년
갑산 부사(甲山府使)에 제수되었으나 병으로 사양하였고, 1643년 다시 만
포 첨사(滿浦僉使)에 올라서는 청나라 칙사와 관련된 외교문제에 연루되
어 곤욕을 치렀다.

　그는, 1631년 춘신사 박난영이 심양에서 돌아왔는데 오랑캐가 예물을
물리쳐 보낸 데다 대동한 군관을 가두고 말았으며 게다가 차사(差使)가
뒤따라와서 으르고 협박하니, 임시로 병조참판이란 이름이 붙여진 회답
별사가 되어 심양을 다녀왔다. 1631년 3월 19일 압록강을 건넌 때부터
의주로 돌아온 4월 30일까지의 일을 거의 매일 기록한 장계(狀啓) 형식
의 글이 바로 <심양왕환일기>이다.

　<심양왕환일기>는 그간 서울대학교 규장각한국학연구원에 소장되
어 있는 필사본(청구기호 : 奎15682)이 유일본으로 여겨졌었다. 표제는 '심
양일기'로 되어 있고, 권두서명은 '심양왕환일기'로 되어 있다. 이 필사
본의 맨 끝장에는 "소화(昭和) 2년(1927) 12월 조선사편수회에서 전라남
도 장흥군 고읍면(지금의 관산면)을 방문하여 위순량씨의 소장본을 베껴
옮겼고, 소화 4년(1929) 6월에 그 베껴 옮긴 것을 바탕으로 다시 베껴
옮겼다.(昭和二年十二月, 編輯會採訪全羅南道長興郡古邑面里, 魏順良氏所藏本ニ依リ
謄寫, 昭和四年六月日, 右副本ニ依リ謄寫.)"는 일종의 후기가 부기되어 있다.
따라서 이 필사본은 원본이 아니라 위순량(魏順良)의 소장본을 베껴 옮
긴 등초본(謄抄本)임을 알려주는 글이다. 이처럼 그 최초의 소장자는 밝
혀졌지만, <심양왕환일기>의 저자는 필사본 어디에도 밝혀져 있지 않
았었다.

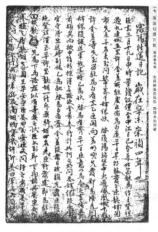

[그림 1]

　　[그림 1]은 조선사편수회가 1935년에 편찬한 『조선사료집진(朝鮮史料集眞)』 3집의 17번째 사진자료[13]인데, 위순량이 소장했던 <심양왕환일기> 실제 모습의 그 첫머리로서, 매행 29자 12행으로 되어 있음이 확인된다. 특히 눈에 띄는 것은 17번째 제목 <심양왕환일기> 밑에 있는 '위정철 자필. 전라남도 장흥군 위순량씨 소장(魏廷喆自筆. 全羅南道長興郡, 魏順良氏所藏.)'이란 협주이고, 사진에 대한 해설이다. 그 해설의 전문을 인용하면 다음과 같다.

　　본도(本圖)는 위정철(魏廷喆)이 직접 쓴 <심양왕환일기>의 첫머리를 나타내는 것이다. 위정철은 장흥 사람으로 무과 출신인데, 당시에는 평안도 만포첨사였고 인조 12년에는 영흥 부사, 함경남도 방어사 등에 임명되었다. 일기는 신미 숭정 4년 즉 인조 9년(관영 8년, 서력1631년), 회답사로서 금(후에 청나라가 됨)의 수도 심양(봉천)으로 향해 갔을 때 연변(沿邊)의 동정을 적었는데, 3월 19일 압록강을 건너가는 것으로 시작되며, 4월30일 의주에 돌아오는 것으로 끝난다. 인조는 정묘호란 후의 약정에 따라 그 해(1631) 2월 연례의 춘신사 박난영을 심양으로 보냈지만, 예물이 정한 액수에 미치지 않는다는 이유로 헛되이 귀국하였고, 또 금나라는 이를 힐책하기 위하여 아주호(아지호)·동납밀(박중남) 등을 보내왔다. 즉 사태가 심각해졌으므로 이것의 대책을 강구하고 또 그 나라의 정세를 살피기 위해, 위정철은 회답사라는 이름으

13) 『조선사료집진』 1집에서 3집까지 합본되어 상(上)으로 1935년에 간행되었는데, 8개의 기관 또는 대학교 도서관에 소장되어 있는 자료 중에 고려대학교도서관 소장본(청구기호 : 해사 953.05 1935g 1)을 참고하였다.

로 보내지게 된 것이다. 따라서 본서는 정묘·병자 양란 사이에 금나
라와 조선의 교섭에 관한 중요사료이다. 특히 기사가 상세하며 금나
라의 국정뿐만 아니라 그 명나라 및 몽골과의 관계에 관한 기미를 파
악하고, 당시의 중요사실이 분명하게 밝혀진 것 적지 않다. 또 본서의
말미에는 금나라 칸(汗)의 특색 있는 족계 등을 덧붙여 기록하였다.
때마침 금나라 사신 용골대가 또 와서 용만(의주) 개시를 요구하던 때
여서, 본도에 용호라 보이는 것은 이를 가리킨 것이다.14)

　위정철은 장흥위씨 20세 위곤(魏鯤)의 손자15)이고, 위순량은 위곤(魏鯤)
의 12세손16)이니, 두 사람은 10대의 방조(傍祖)와 방손(傍孫) 사이였다. 결
국 조선사편수회는 1927년 12월 방문하여 위순량의 소장 <심양왕환일
기>를 사진으로 찍은 것이 [그림 1]이고, 그 소장본을 베껴 옮긴 등초본
이 바로 서울대학교 규장각한국학연구원 소장 필사본이었던 것이다. 비
록 첫머리에 불과할망정 이 둘을 서로 비교해보면 내용과 글자가 완전
히 일치함을 알 수 있다. 위순량의 소장본은 [그림 1]처럼 사진 한 장으

14) 조선사편수회 편, 『조선사료집진해설』 권3, 조선총독부, 1935, 28쪽. "本圖ハ, 魏廷喆ノ自
筆ニ係ル瀋陽往還日記ノ卷首ヲ示セルモノナリ. 廷喆ハ長興ノ人, 武科ノ出身, 當時平安道
滿浦僉使ニシテ, 仁祖十二年ニハ永興府使·咸鏡南道防禦使等ニ任ゼラレタリ. 日記ハ, 辛
未崇禎四年卽チ仁祖九年(寬永八年, 西曆一六三一年), 回答使トシテ金(後ノ淸)ノ首都瀋陽(奉
天)ニ赴ケル時ノ沿途ノ動靜ヲ記シ, 三月十九日, 鴨綠江ヲ渡ルニ始マリ, 四月三十日義州ニ
還レル事ニ終ル. 仁祖ハ, 丁卯亂後ノ約定ニ基キ, 此ノ年二月, 年例ノ春信使朴蘭英ヲ瀋陽
ニ遣セシガ, 禮物定額ニ滿タザル故ヲ以テ, 空シク歸國シ, 且ツ金ハ之ヲ詰責スル爲メ,
阿朱戶(阿之好)·董納密(朴仲男)等ヲ遣シ來レリ. 乃チ事態重大ナルニヨリ, 之ガ對策ヲ講ジ
且ツ彼ノ國情ヲ探ランガ爲メ, 魏廷喆ハ回答使ノ名ヲ以テ遣サレタルナリ. 故ニ本書ハ,
丁卯·丙子兩役間ニ於ケル金ト朝鮮トノ交涉ニ關スル重要史料タリ. 殊ニ記事詳細ニシテ,
金國ノ國情ノミナラズ, 其ノ明及ビ蒙古トノ關係ノ機微ヲ捉ヘ, 當時ノ重要事實ノ闡明セ
ラルルモノ尠カラズ. 又タ本書ノ末尾ニハ, 金國汗ノ特色アル族系等ヲ附錄セリ. 時ニ金
使龍骨大亦タ來リ, 龍灣(義州)開市ノ事ヲ求メツツアリシ際ニシテ, 本圖ニ龍胡ト見ユル
ハ之ヲ指スモノナリ."
15) 鯤→4자 德和→廷喆.
16) 鯤→2자 德毅→廷獻→2자 東葵→2자 翊中→命三→2자 相慶→道衡→榮吉→亨祚→2자 錫泰
　　→啓義→2자 順良.

로만 남아 있을 뿐이고 그 전모를 알 수 없으나 저자를 알 수 있는 반면, 등초본은 훼손됨이 없이 전질로 남아 서울대학교 규장각한국학연구원에 소장되어 있으나 저자를 알 수 없었던 것이다. 이렇듯 한 장의 사진과 한 권의 등초본은 상보적인 관계를 지녔으니, 이들은 귀중한 자료라 할 것이다. 다만, 위순량의 소장본은 매행 29자 12행인데 반해, 등초본은 매행 20자 10행으로 38장본이다.

이로써, 그간 <심양왕환일기>의 저자를 박난영으로 잘못 추정되던 것을 위정철로 바로잡을 수 있었다. 작자가 위정철임을 알고 나서는 각종 문헌 DB를 검색하면 그의 문집 ≪만회당실기(晚悔堂實記)≫를 쉽게 찾을 수 있지만, 그렇지 않을 경우에는 용이치 않았을 것임을 췌언일지라도 말해둔다. 이 문집에 <심양왕환일기>가 수록되어 있다. 이 수록본과 필사본은 서로 큰 변화가 없이 글자의 출입만 있는 같은 계열의 이본이다.[17]

3. 1630년대 심양 왕래 조선 사신으로서의 임무 수행일지

명나라로든 후금으로든 조선의 사신들이 드나드는 주요 길목이 의주(義州)임은 누구나 아는 사실이다. 그런데 1629년 8월, 추신사(秋信使) 박난영(朴蘭英) 일행이 후금에서 돌아올 때에 아지호(阿之好)와 중남(仲南) 등 후금의 사절단도 한양을 향하고 있었는데, 당시 가도(椵島)에 있던 원숭환(袁崇煥)의 부하 서부주(徐敷奏)가 후금의 사절단 일행을 공격해 죽이려고 하자 진계성(陳繼盛) 등이 적극적으로 만류하여 미수에 그친 적이 있

---

17) 신해진(2014), 앞의 책, 14~127면 참고.

었다. 조선은 이와 같은 양측의 충돌을 막기 위해 노심초사해야 했지만, 명나라와 후금 어느 나라로부터도 환영받지 못하고 은혜를 저버렸다, 맹약을 어겼다 등의 비난을 들어야 했다. 이러한 때에 후금의 홍타이지가 1629년 11월에 만리장성의 동북쪽 희봉구(喜峰口)를 통해 북경을 공략하는 사건이 발생했다. 영원성과 산해관을 거치지 않고도 북경을 공략할 수 있음을 보여준 것인데, 이때 황성이 포위되었음에도 후금군의 배후에 있으면서 아무런 조치를 하지 않았다는 명나라 조정의 비판을 피하기 위해 서부주가 1630년 3월 후금의 사자(使者)를 체포한다는 미명하에 명나라 병력을 이끌고 의주에 잠입하여 의주부윤 이시영(李時英)을 구타하는 등 노략질을 하였다. 이시영은 당시 의주에 머물던 후금의 사신 중남 등을 탈출시켜 창성(昌城)으로 안내해 압록강을 건너게 하였다. 강 건너에는 후금의 용골대가 이끄는 군대가 머물러 있어 일촉즉발의 위기 상황이었기 때문이다. 결국 영원성을 지켰던 원숭환은 하옥되고 원숭환에 의해 총사령관으로 임명된 진계성이 가도의 상황을 제대로 처리하지 못하자, 4월 유흥치(劉興治)가 반란을 일으켜 진계성을 살해하고 후금과 동맹을 맺기로 결심하였다. 이 유흥치가 갑병 500명으로 의주 일대 조선인을 죽이고 재물을 약탈하는 등 행패를 부리기 시작하였는데, 7월 후금과 동맹을 체결하고서 은(銀) 3만 냥으로 조선에 쌀을 팔아달라고 하였으나 인조가 거부하였다. 이처럼 유흥치와 조선 사이에는 첨예하게 갈등과 대립이 생기기 시작하였다. 유흥치는 식량부족에 시달리다가 1631년 2월 후금과의 동맹을 파기하였는데, 이에 반발한 휘하 여진인들이 3월 유흥치를 살해하고 만다. 유흥치가 살해당하자 장도(張燾)와 심세괴(沈世魁)가 가도의 여진인 모두 살해하고 반란을 평정하였다.

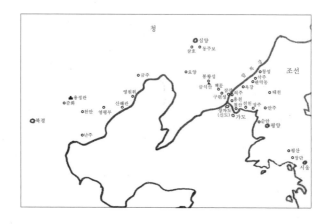

　　이와 같이 일촉즉발의 시기에 심양을 향해 사행 길을 나서야 했는데, 1630년 위문사로서 선약해의 사행 길은 '조정(3/27) → 창성(4/3) → 압록강 → 밭 → 동주보 → 힐리보 → 심양관소(4/21) → 칸의 궁궐 → 관소 근처 큰 시냇가 → 힐리보 → 요동 → 천수점 → 통원보 → 건자포 → 송점 → 구련성 → 압록강(5/23)'이며, 1631년 회답사로서 위정철의 사행 길은 '압록강(3/19) → 중강 → 구련성 → 후금 차사들의 처소 → 탕참보 → 팔도하 → 답동 → 회령령 → 첨수참 성 밖의 별관 → 회령령 → 삼류하 → 호피보 → 관소(3/26) → 궁정 → 관소 → 호피보 → 중강 → 신성 → 삼류하 → 첨수참 → 회령령 연산 → 통원보 → 옹북 → 탕참보 → 의주(4/30)'이다. 선약해는 의주가 분쟁지역이 되는 바람에 통상적인 사행 길을 택하지 못하고 창성을 통해 압록강을 건너 심양을 다녀온 반면, 위정철은 통상적인 사행 길을 통하여 심양에 다녀왔음을 알 수 있다. 곧 선약해는 4월 3일 창성을 통해 압록강을 건넌 지 18일째인 21일에야 심양에 도착하였지만, 위정철은 3월 19일 압록강을 건넌 지 7일째인 26일 심양에 도착하였으니, 위정철의 사행단은 신속하게 이동하였음을 알 수 있다.

1) 위문사로서의 임무 수행 : <심양사행일기>

명나라와 적대관계에 놓이자 경제 교류의 길이 끊겨서 물자부족이 심해진 후금은 정묘약조 이후 조선에게 줄곧 중강(中江)과 회령(會寧) 등을 통한 개시(開市)를 강요하다시피 했다. 곧 자신들과의 교역에 성의를 다하라고 요구한 것이다. 1630년 봄 평안도 지방에 와 청포 등을 사가지고 용만을 거쳐 되돌아가는 후금의 일행을 가도의 명군(明軍 : 徐敷奏 부대)이 공격하자 의주 지역은 분쟁지역이 되고 말았다. 그래서 선약해는 통상적인 사행로를 선택하지 못했는데, 특히 일행이 단출하여 봉황성 근처에서 저지당할까 염려하여 창성을 통해 압록강을 건넜던 것이다. 급기야 4월 8일에 선약해는 후금의 농부로부터 기존의 사행 길을 이용하지 않은 것에 대해 후금의 무방비 지역을 염탐하려는 것으로 의심받기까지 한다. 이러한 상황에서 선약해가 임무를 수행하기 위해서는 가도의 명군에게 조선이 양곡 등을 제공하고 있는지 여부를 확인하려는 후금의 의구심, 그러한 의구심을 떨쳐내며 분노를 달래는 국서를 전달하려는 위문사로서의 임무가 서로 부딪칠 수밖에 없었다.

선약해는 4월 21일 심양의 관소에 도착하여 조선의 국서를 갖고 왔음을 통보했고, 22일 사신으로 온 이유와 목적을 후금인들에게 설명해야 했으며 그들이 칸에게 전달하겠다면서 국서를 베껴갔지만 칸에게 직접 전달할 길이 없자 4월 24일과 5월 5일, 10일에 국서를 전달치 못한 불편한 심기를 표출했어도 다만 기다릴 수밖에 없었다. 칸이 5월 9일에야 하북(河北) 공략에서 심양으로 돌아오자, 13일에 비로소 접견례가 행해지고 조선의 국서를 전달할 수 있었다. 이 조선의 국서에 대해 회답할 후금의 국서 내용을 13일 접견례가 끝난 뒤에 미리 구두로 알려주는데, 군사를 빌려주는 일, 가도에 쌀을 제공한 일, 변발한 사람을 쇄환(刷還)

하는 일, 후금의 잠상(潛商)들을 정벌한 일 등에 대해 써서 보낼 것임을
통보한 것이다. 선약해는 5월 16일에 시작된 귀국길에서 5월 18일부터
22일까지 무려 5일간 집요하게 후금의 그 국서를 직접 보고자 했으나
끝내 거절당하였다. 반면, 후금측은 4월 22일 조선의 사신을 맞이하여
서로 인사를 나눌 때부터 이미 춘신사 박난영 일행에게 말했다면서 '군
사를 빌려주는 것에 대한 허락 여부'에 대해 질문했는데 4월 24일, 5월
13일에도 이어지는 한편[18], '가도의 명군과 조선이 서로 연계되어 있는
지 여부'에 대한 질책성 질문도 또한 했는데 4월 25일, 26일, 28일, 5월
10일, 13일에 걸쳐 집요하게 이어졌다.[19]

　　결국 양측은 서로 충돌할 수밖에 없었는데, 다음은 '가도의 명군에게
쌀을 제공하였는지' 후금이 집중적으로 추궁[20]하고, 선약해는 그 추궁
에 맞서 자신의 뜻을 관철해내는 대목이다.

　　(4월 26일) ① 용호가 이어서 말했다. "귀국은 화약(和約)을 맺을 때
　　거듭 말하기를 '도중(島中)에 양식 쌀을 원조하지 말자.'고 했는데, 지
　　금 명나라 군사로부터 세세히 들은 것에 의하면 '귀국의 관원들이 양
　　식 쌀을 가지고 섬에 들어가 무역하고 돌아왔다.' 하니, 이것이 무슨
　　도리란 말인가?" "우리나라는 해마다 흉년이 들어 우리나라 백성들을
　　제 스스로의 힘으로 살아가게 하기 위해 겨를이 없는데, 타국의 사람
　　들을 도와줄 수 있겠는가?" "㉠귀국의 사람들은 매사에 으레 교묘하

---

18) 이와 같이 집요하게 질문하는 것은 1627년 정묘호란 때 맺은 和約대로 후금을 원조하여
　　형제관계의 진정성을 시험한 것으로 보인다.

19) 그밖에도 후금측은 북경에 간 조선 사신의 귀국 여부, 의주에서 소란을 피운 자, 강홍립
　　의 아들 강수에 대한 안부 등을 물었음.

20) 한명기, 『정묘·병자호란과 동아시아』, 푸른역사, 2009, 98면. 이러한 추궁은 1622년 광
　　해군이 명나라 장수 毛文龍과 명나라 군대 1만 여명을 머물게 하는 데서부터 비롯된 것
　　이라 하겠다. 모문룡은 자주 후금군을 공격하거나 후금의 사절을 습격하자, 인조의 조
　　정이 만류하였을 정도였다. 1627년 정묘호란 이후, 후금은 가도를 대신 정벌해주겠다고
　　하였기 때문이다. 이 모문룡은 1629년 寧遠巡撫 袁崇煥에게 주살당하고 만다.

게 꾸며대는 빈말을 많이 하고, 발각된 후에도 태연히 부끄러워하지 않는다. 도중(島中)에 양식 쌀을 싣고 들어갔다가 돌아온 귀국 관원의 성명까지 명나라 사람이 똑똑히 알고 찾아와서 알려주었으니, 그 사람을 잡아와 대면하고 추궁하면 알 수 있을 것이다." "명나라 사람은 귀국에 망명하여 항복한 노예이다. 나는 비록 못난 사람일지라도 이웃 나라의 사신이다. 항복한 노예를 대면해서 이웃 나라의 사신에게 추궁하라는 말은 너무나도 얼토당토않은 것이니, 나는 그렇게 하지 않겠다. (…중략…) 우리나라는 본디 예의의 나라로서 비록 나라가 망하는 지경에 이를지라도 차마 명나라의 연호를 쓰지 않을 수 없는 뜻을 부지런히 설명하였고, 그 당시 그대의 나라도 옳게 여겼다. 왕래한 국서는 모두 연호가 적혀 있지 않고, 다만 게첩(揭帖) 형식에 따라 지금까지 오고갔다21). 그 당시에는 명나라 사람을 박대할 수 없는 뜻을 이미 알아주었으면서도, 지금에는 어찌하여 허황된 주장으로 우리를 몰아세운단 말인가? 이 또한 그대들이 늘상 알고 있던 것이다."

② "그것은 그렇겠다. 다만 관원이 양식 쌀을 가지고 섬으로 들어간 것은, 하늘에 맹세하여 약속해 놓고 하늘을 무서워하지 아니하는 격이다."22) "하늘을 두려워하지 않는 것은 누구에게 있겠는가?" "사신(使臣)이 말을 살피지 않고 생각나는 대로 말 나오는 대로 아무렇게나 말하는 것은 너무나 생각이 없는 짓이다. ⓒ다른 나라의 귀신이 되면 무슨 좋은 일이 있으며, 다른 나라의 땅에 잡혀 있으면 또한 누가 아름답다고 칭찬하는가? 어찌 이같이 말한단 말인가?" "무릇 사람이 태

---

21) 게첩은 국왕이 보내는 정식 공문서가 아니다. 그렇기 때문에 연월일을 쓰지 않아도 되어서 자연스레 연호를 쓰지 않아도 되었다. 명나라 연호를 유지하기 위해 아예 연호를 사용하지 않는 문서 형식을 취했던 것이다.

22) 후금은 假島의 명나라 사람들을 받아들이지 말며 그들에게 물자를 공급하지도 말라고 집요하게 요구한 것이다. 이는 사실상 명나라와의 관계를 끊으라는 요구나 다름없었다. 인조의 조정은 곤혹스러울 수밖에 없었다. 정묘호란 당시 조야의 거센 반발을 무릅쓰고 '형제의 관계'라는 맹약을 맺었던 것은 명나라와 조선의 父子관계만 유지할 수 있다면 후금과의 굴욕적인 관계를 받아들일 수 있다는 전제에서 출발했기 때문이다.

어나 백세를 산다지만 7,80세를 살기가 어렵고, 설령 백세를 산다고 해도 하늘과 땅에 견주면 한낱 하루살이일 뿐이라고 하겠다. 이런 까닭에 ⓒ남자로 세상에 태어나서는 이름을 귀하게 여기나니, 내가 만약 사신으로서 어명을 받들고 이곳에 왔다가 이런 일 때문에 그대들에게 죽임을 당한다면, 이웃 나라의 사신을 죽였다는 오점과 나의 명성이 나란히 백년 천백 장구한 세월을 전해질 것이다. 또한 소무(蘇武)는 19년 동안이나 그 절개를 잃었다는 말을 듣지 않았으니, 나도 기필코 19년이란 오랜 세월을 기약할 것이다. 내가 어찌 죽는 것을 두려워하여 입을 다물고 대답하지 않겠는가?" "ⓔ사신은 내 말을 잘못 듣고서 잘못 말하고 있다. 사신이 죽고 싶어 할지라도 우리나라가 어디에 쓰려고 죽일 것이며, 머물고 싶어 할지라도 우리나라가 어디에 쓰려고 굳이 붙들어둘 것이랴? 다만 사신의 말이 그릇되고 망령됨이 이와 같으니, 하늘이 반드시 죽음을 내려서 돌아가지 못하게 할 것이다." "ⓜ하늘이 크게 살피시고 죄를 벌주려 하신다면 응당 묻는 그대에게 죽음을 내리실 것이지, 응답하는 나에게 반드시 벌을 내리시지 않을 것이다." 용호의 성난 눈빛이 마치 번갯불 같았다.23)

①에서 후금의 인물 용골대가 정묘약조를 지키지 않는다는 의구심을 떨치지 못한 채 밑줄 ㉠처럼 조선 사람들에 대해 불신을 드러내자, 선약해는 투항한 노예에 불과한 명나라 사람의 말은 믿고 위문사로서 온 자신의 말을 믿지 않는 것이야말로 얼토당토않다고 의기 있게 대응하였다. 또한 정묘약조 때 조선이 명나라의 연호를 쓰고 명나라 사람을 박대할 수 없다는 것은 후금이 이미 알아주었고 늘상 알고 있었던 것임을 상기시켰다. 선약해의 이러한 대답에 화가 난 용골대는 ②에서 밑줄 ㉡처럼 죽일 수도 있다며 위협하는가 하면 누가 아름답다고 칭찬하느

---

23) 신해진(2013), 앞의 책, 40~42면.

냐며 조롱 섞인 말을 하기도 한다. 그러나 선약해는 밑줄 ©과 같이 위협에 굴하지도 않고 죽는 것조차도 전혀 두려워하지 않으면서 명성을 도리어 후세에 남길 수 있어 좋다고 했다. 또한 용골대에게는 이웃 사신을 죽였다는 오명을 길이 후세에 남길 것이라며 맞받아쳤다. 이에 용골대는 @처럼 현저히 투지가 약해진 모습으로 어디에 쓰려고 죽일 것이며 또 붙들어 두겠느냐면서 자신은 죽일 생각이 없지만 하늘이 반드시 죽음을 내려서 고국으로 돌아가지 못할 것이라고 한다. 그러자 선약해는 ®과 같이 벌을 하늘이 내릴진댄 자신이 아니라 응당 용골대에게 내릴 것이라며 끝까지 꿋꿋한 기개를 잃지 않았다.

　이어서 '변발한 사람을 쇄환하는 일', '후금의 잠상(潛商)들을 정벌한 일', '군사를 빌려주는 일'에 대해서도 선약해가 차례로 당당하게 대응하고 있음을 보여주는 것이 다음 인용문이다.

　　(5월 13일) "나는 위문사(慰問使)로 왔기 때문에 그 사이의 곡절(曲折)을 잘 알지 못한다. 요점만 말해서 <u>도중(島中)에 양식 쌀을 가지고 들어가지 않았다는 것</u>은 지난번 이미 그대들에게 죄다 말하였으며, 우리나라는 해마다 흉년이 들어 백성들이 편히 살 수 없는데 타국의 사람들을 도와줄 수 있었겠는가? <u>변발한 사람들을 찾아서 돌려보내지 않았다고 말하는 것</u>은 처음부터 양국의 사신이 왕래하면서 이미 죄다 설명하고 결정한 사안이니, 지금 굳이 다시 말썽이 될 사단을 일으키지 않아야 할 것이다. <u>경원과 경흥에서 잠상(潛商)을 금한 일</u>은 우리나라의 강토에서도 법이 지극히 엄격하다는 것을 그대들이 잘 알고 있는 바이고, 더군다나 양국이 서로 화친을 맺었는데도 별도의 규칙을 세워야 한단 말인가? 투항한 세 상인을 보니, 이미 국경에서 목을 베었으면 신의를 세운 것이 중함을 알 수 있었을 것이다. <u>군사를 빌려주는 일</u>은 내가 알 바가 아니나, 우리나라의 의리로 헤아려 보면 결코

따르기가 어려울 것이다." 대해가 말하였다. "어떤 나라에는 군사를 빌려주면서 어떤 나라에는 빌려줄 수가 없단 말인가? 따르기 어렵다는 이유를 듣고 싶다." "우리나라와 상국(上國 : 명나라)은 예로부터 그 의리가 아버지와 아들간의 관계와 같으니, 아버지가 큰 일이 생겨 아들의 사내종들을 부른다면 자식 된 자는 그것을 즐거이 따르지 않겠는가? 더군다나 그 당시 귀국은 저 진(秦)나라와 월(越)나라가 서로 떨어져 있는 것처럼 자기와는 상관이 없는 것으로 여겼기 때문에, 지난 일을 거론하는 것은 더욱 옳지 못하다. 또 상국과 의리로는 임금과 신하간의 관계를 맺고 은혜로는 아버지와 아들간의 관계 같아서 지극정성으로 섬겨온 것이 300년 가까운데, 오늘에 이르러서 귀국에게 군사를 빌려주어 침략하도록 한다면 천하의 후세에게 죄인이 될 뿐만 아니라 세상의 귀신들도 반드시 몰래 벌을 내릴 것이다. 그리고 여염집의 미천한 사람[下賤]이나 삼척동자에 이르기까지 모두 아버지와 아들간의 처지임을 아는데, 그 어린아이들을 거느리고 그 부모를 치자고 차마 말할 수 있는 것이랴! 비록 귀국의 이러한 청을 따르려 해도 백성들 그 누구와 함께 가겠는가? 더군다나 우리나라의 힘이 약하여 스스로 지키지도 못하는데, 군인과 병장기를 빌려줄 수가 있겠는가?"[24]

이렇듯, 선약해는 인용문에서 밑줄 친 것처럼 후금의 의구심, 분노, 공격적인 질문 등에 대해 조선의 입장과 의리를 들어서 일일이 의기 있게 대응하고 끝내 조선의 국서를 후금의 칸에게 전달하는 임무를 수행해냈다. 뿐만 아니라 후금의 칸이 "남의 신하된 자는 마땅히 이와 같아야 한다."며 인정했다는 것을 전해 듣게 된다. 그러나 선약해가 귀국길에 후금의 회답국서를 보고자 했지만 끝내 보지 못했다는 점에서, 칸을 만나 조선의 국서를 직접 전달하려 했던 목적은 달성했을지라도 후금의 의구심은 완전히 해소하지 못한 것이 아닌가 한다.

24) 위의 책, 60~61면.

2) 회답사로서의 임무 수행 : <심양왕환일기>25)

1631년에 있어서 위정철은 대신들의 반대26)에도 불구하고 회답사로 서 심양에 보내져 갔다가 5월 7일 치계를 올린 후 5월 15일에 들어왔는 데27), 후금의 칸(汗)의 답서를 검토하지 못하고 곧장 나와 버렸다 하 여28) 6월 4일 감옥에 갇혔지만29) 6월 10일 석방되었던 것30)으로 확인 된다. 뿐만 아니라 이때의 행적은 권상하(權尚夏)의 문인 윤봉구(尹鳳九, 1681~1768)가 지은 위정철의 묘갈(墓碣)31)에도 보이고, 장흥위씨 가승(家乘)

---

25) 신해진(2014), 앞의 논문. 이 논문을 발췌하여 정리한 것임.

26) 趙慶男, 《續雜錄》 권3, 신미년 하, 1631년 6월 14일. "지금 만일 계속하여 양식을 주고 別使를 파견한다면 속으로는 비록 철회할 뜻이 있으나 겉으로는 오래 머무를 기색을 보여 반드시 더한층 따르기 어려운 요구를 끌어내서 그들의 만족할 줄 모르는 욕심을 채우려 할 것입니다. 그렇다면 사신을 보내는 일이 어찌 다만 무익함에만 그치겠습니 까. 지난날 위정철이 갈 때에도 신이 힘껏 그것이 불가함을 진언하였습니다.(今若繼給粮 餉, 差遣別使, 則內雖有撤回之意, 外示以久留之色, 必發加一層難從之請, 以濟其無厭之慾. 然則 遣使之擧, 豈但無益而止哉? 前日魏廷喆之行, 臣力陳其不可.)" 이 글은 호조판서 金起宗이 올 린 상소문에 언급되어 있는 것인데, 別使를 보내는 것에 반대가 있었음이 확인된다. 번 역은『국역 대동야승』Ⅷ(민족문화추진회, 1973)의 335면을 참고한 것이다.

27) 《승정원일기》, 5월 15일. "회답사 위정철이 들어왔다.(回答使魏廷喆, 入來.)"

28) 朴鼎賢, 《凝川日錄》 5, 1631년 6월 4일. "비변사의 계사 때문에, 회답사 위정철을 잡 아 가두라는 것으로, 전지를 받았는데, 금 나라 칸(汗)의 답서를 검토하지 못하고 곧장 나와 버렸기 때문이었다.(以備邊司啓辭, 回答使魏廷喆拿囚事, 捧承傳, 以不爲討得金汗答書, 徑自出來也.)" 번역은『국역 대동야승』12(민족문화추진회, 1973)의 306면을 참고한 것 이다.

29) 《승정원일기》, 6월 4일. "비변사의 계사와 관련하여 회답하기를, '위정철을 나수하는 일에 대해 승전을 받들라.' 하였다.(以備邊司啓辭回答, 魏廷喆拿囚事, 捧承傳.)" 같은 날에 또 "의금부가 위정철을 나수했다고 아뢰었다.(禁府, 魏廷喆拿囚. 啓.)"는 기록이 있다.

30) 《승정원일기》, 6월 10일. "금부가 올린, 위정철의 원정에 대하여 '용서할 수 있는 도 리가 없지 않으니 형추하지 말고 파직하여 풀어 주라.'고 판부하였고, 이신의 원정에 대 하여 '우선 형추를 정지하고 사핵하여 처치하라.'고 판부하였고, 임무생을 형추하겠다 는 계사에 대하여, 그대로 윤허한다고 하였다.(禁府, 魏廷喆元情. 判付, 不無可恕之道, 除刑 推, 罷職放送. 李莘元情. 判付, 姑停刑推, 査覈處置. 林茂生刑推. 依允.)"

31) 『長興魏氏大同譜(誌狀錄)』 1999, 118면. "통신사 박난영이 심양에서 돌아왔는데, 오랑캐가 예물을 물리쳐 보내고 대동한 군관을 가두었다. 게다가 차사(差使)가 뒤따라와서 으르고 협박하니, 조정이 이를 특별히 우려하고 공에게 임시로 병조참판이란 이름을 붙여 회답 별사를 삼았다. 공이 왕명을 받들어 심양에 들어가면서 연로의 실정이나 형편 등을 취

자료32)에도 전해오고 있다. 위정철이 회답사로서 심양을 다녀온 뒤에 올린 치계를 살피면, 다음과 같다.

"금나라 칸(汗)이 말하기를 '보내온 예물이 해마다 이같이 삭감되니 이 뒤로는 귀국은 사신을 보내지 말라. 우리도 다시 사신을 보내지 않겠다.'고 하고, 또 '유흥치가 우리에게 투항하려다가 귀국이 식량을 주어 살 수 있게 함으로 인하여 투항하지 않았다. 귀국의 처사는 어찌 이와 같은가. 만약 다시 도중에 식량을 주는 일이 있으면 내가 의주에 나가 공급로를 끊을 것이니, 귀국에 피해가 없겠는가.' 하였습니다."33)

위의 인용문에서 보는 것처럼, 위정철은 춘신사 박난영이 칸에게 예물을 전달하지 못한 채 돌아오자, 회답사로서의 임무를 수행해야 했다. 반면, 후금은 가도에서 변란이 일어난 뒤의 상황 전개에 대해서만 관심을 가지고자 했다. 유격장군 진계성(陳繼盛)을 살해하고 가도를 통제했던 유흥치(劉興治)가 후금으로 투항을 시도하다가 1631년 3월에 부하 장도(張濤)와 심세괴(沈世魁) 등의 반발을 사서 그들에 의해 피살되었기 때문

재하여 듣는 대로 장계를 올렸고, 단자와 예물들을 들여보내는 데에도 끝내 저지당하지 않았다. 그러나 칸(汗)은 품목의 종류들이 삭감된 것을 화친 맺은 뜻이 점차 태만해지는 것이라 하고, 또 명나라 사람들에게 양식을 도와준 것을 지난날의 약조가 지켜지지 않은 것이라 하여 힐책하는 말로 핍박하였고, 제추(諸酋)들은 전마(戰馬)를 추환하거나 도망자들을 쇄환하는 등 여러 일에 대해 번갈아가며 칸의 뜻을 전하느라 온갖 공갈을 다 했지만, 공은 사리를 분명히 밝히는 데에 조금도 손상되지 않고 비굴하지 않으며 상황에 따라 경륜을 펼쳐서 일을 마치고 돌아왔다.(信使朴蘭英, 回自潘陽, 虜却禮物, 拘所帶軍官. 而差來恐嚇, 朝廷特憂之, 以公借啊兵曹參判, 爲回答別使. 公承命入潘, 探訪沿路物情, 隨聞修啓, 及至送單諸物, 卒無阻遏. 而汗以般目減削, 謂和意之漸怠, 又以漢人助粮, 謂前約之不遵, 噴言相迫, 諸酋以推馬刷逃數事, 迭傳汗意, 咆喝多端, 公辭理明卞, 不損不屈, 隨機彌綸, 竣事而歸.)" 해당 자료에서 원문만 인용하고 번역은 필자가 하였다.

32) 위정철, 「防禦使公」, 『長興魏氏要覽』, 장흥위씨대종회, 2005, 124~125면.

33) ≪인조실록≫ 1631년 5월 7일조 6번째 기사. "回答使魏廷喆馳啓曰: '金汗言: 「所送禮物, 年減削如此, 今後, 貴國不須送使. 我亦不復遣使矣」且言: 「劉興治將投于我, 緣貴國給餉, 得以資活, 不果來投. 貴國之事, 何乃如此? 若復有島中給餉之事, 則我當出據義州, 以絶其路, 其能無害於貴國乎?」 云."

이다. 이러한 상황에서 위정철이 임무를 수행하기 위해서는 가도의 변란에 대해서만 가지고자 하는 후금의 관심, 그러한 관심을 돌려서 조선의 국서와 예물을 전달하려는 회답사로서의 임무가 서로 어긋날 수밖에 없었다.

위정철은 3월 26일 심양의 관소에 도착하여 후금인들에게 조선의 국서를 갖고 왔음을 통보했지만 마침 칸이 새로 귀순한 몽골의 추장을 만나기 위해 출타 중이라 칸에게 미리 알리기 위해 국서를 베끼기로 했는데, 이때 누가 베낄 것인가를 두고 실랑이를 벌인 끝에 후금인들이 베끼기로 하였다. 그 다음날 27일에 국서를 베껴 갔는데도 칸에게 직접 전달할 길이 없게 되자, 4월 6일과 20일에 국서를 전달치 못한 불편한 심기를 표출했으나 21일에 칸을 만나게 해줄 때까지 무려 20여 일을 기다릴 수밖에 없었다. 칸이 4월 18일에야 돌아오자 21일에 비로소 접견례가 행해지고 국서를 전달할 수 있었으나, 이 조선의 국서에 대해 회답하는 후금의 국서를 받지 못한 채 위정철은 4월 25일 귀국길에 오를 수밖에 없었다.

그렇지만 접견례 때 국서와 함께 또한 예단과 약재 등의 물품을 바칠 수가 있었다. 예물도 우여곡절 끝에 겨우 바쳤으니, 그 과정을 살펴보자. 먼저 3월 27일 후금인들이 국서를 베끼면서 예단 물목이 줄어든 것에 불편한 기색을 띠며 질책하자, 이에 위정철은 다음과 같이 대응한다.

(3월 27일) "말을 꾸며댈 생각은 말라. 지금 비록 수를 더하여 준비했다고는 하겠지만 역시 전례(前例)만 못한 것이니, 우리나라는 예물을 귀하게 여겨서가 아니라 다만 종종 푸대접한다는 생각에 유감스러운 것이다. 당초 화의(和議)를 맺고 한 약조(約條)를 진실로 이와 같이 할 수 있는 것인가?" "종종 푸대접한다고 한 것이 어떤 일을 두고 말

하는 것인지 알지 못하겠다. 심지어 예단이 줄었다고 한 말에 있어서도 진실로 아무 뜻 없이 했다고 하나, 그것에 대해 말하자면 자질구레해지기 때문에 단지 궁핍해졌다는 것으로 대답한 것이다. 지금 그대들이 이처럼 말꼬투리를 잡으니, 부득불 대략이나마 말하지 않을 수 없다. 당초 화의를 맺고 한 약조는 다만 봄과 가을에 신사(信使)를 보내기로 결정했던 것인데, 지난해 봄에 신사가 돌아올 때 그대 나라의 사개(使价 : 사신) 또한 회례사(回禮使 : 답례로 보내는 사신)를 맡아서 따라왔고, 그 회례사가 되돌아갈 때도 답례하는 예물이 없는 것이 비록 당연한 것이나, 그 당시 우리나라는 사개를 빈손으로 보내자니 또한 마음이 편치가 않아서 또 약간의 예물을 싸서 보냈었다. 이번에 춘신사의 예물은 유사(有司)가 착각하고 이전에 보냈던 숫자까지 합산하여 마련했기 때문이다. (…중략…) 대개 이번 귀국의 국서 안에 있는 허다한 얘기들 및 그대들이 이른바 운운한 말은 모두 전혀 생각하지 않던 뜻밖의 말로서 모름지기 서로 따질 수가 없었다. 그러나 양국은 이미 하늘에 고하고 화약(和約)을 맺어 형제가 되기로 약속하였는데, 지난번 예물을 비록 받아두고 말해도 오히려 볼 낯이 없거늘 돌려보내기에 이르렀으니, 그 부끄러움을 어찌 말로 다할 수 있었겠는가? 곧바로 예물을 갖추도록 하고 특별히 별도의 사신을 보내어 지난번 잘못을 보상토록 하였으니, 우리나라가 신의를 지키려고 하는 마음은 대체로 그 가운데 있거늘 그대들 또한 어찌 알지 못한단 말인가?"[34]

예물이 감소한 것은 푸대접하는 것이고 정묘약조에도 어긋나는 것이라면서 힐책하는 후금에게 위정철은 '당초 화의를 맺고 한 약조는 봄과 가을에 신사를 보내기로 결정하였을 뿐'이지만 '형제국 사이에서 예물을 거절당한 것은 이루 말할 수 없는 부끄러운 일이라서 자신이 특별히 파견된 것으로 조선은 신의를 지키려 한 것'이라고 대답한다. 그리하여

---

34) 신해진(2014), 앞의 책, 32~34면.

후금인도 머리를 끄덕이며 노여움을 풀게 되었던 것이다.

   (4월 23일) "이전에 예물을 되돌려 보낸 것은 예물을 귀하게 여기지 않아서라기보다 단지 귀국이 점점 등한시하는 것에 대해 유감이라는 뜻이었다. 이번에 비록 갈아내고 다시 마련하여 보내왔다 하나, 예컨대 <u>값비싼 예물을 줄여서 값싼 예물로 메꾸었으니 크게 마음에 들지 않아서 또 받지 않으려고 했지만, 화친을 맺은 도리가 손상될까 염려했기 때문에 받았을 뿐이다.</u>"35)

   "이 말은 기어코 뜻에 맞는 예물을 보내도록 하려고 그러는 것이다. <u>대체로 우리나라의 예로는 예물을 중하게 여기지 않고 예절과 의리를 중하게 여기는 데다, 정묘년 이후로 평안도와 황해도가 텅 비어 있음은 그대들이 아는 바이고, 더욱이 해마다 농사가 흉년이어서 백성들은 곤궁하고 재정은 고갈되어 예물이 마음에 들지 못한 까닭이다. 어찌 인정이 야박해서 그러했겠는가?</u>"36)

   그럼에도 앞 인용문을 보면 예물을 바친 뒤인 4월 23일에 또 후금은 조선이 가지고 온 예물이 값싼 것이어서 받지 않으려다가 화친을 맺은 도리가 손상될까 하여 받았다고 한다. 다시 말해, 조선에 대한 불만이야 있지만 우호관계가 깨지지 않도록 하기 위함이었다는 것이다. 이러한 조롱과 빈정거림에도 위정철은 뒷 인용문에서 정말 옹색한 사정을 들어 후금인들을 달래야만 했던 것을 보여준다. 결국 군관과 하인을 두고 가면 압록강을 건너기 전에 자신들의 사신과 함께 뒤따라 갈 것37)이라

---

35) 위의 책, 91면.
36) 위의 책, 92~93면.
37) 위의 책, 100면, "우리나라 사신을 처음에 귀국의 사신과 함께 떠나보낼 계획이었다. 이번에 어쩔 수 없이 龍骨大가 開市하고 돌아오기를 기다려야 하는 일이 생겼는데 용골대가 돌아오는 것은 불과 며칠 사이일 것이니, 사신은 우선 먼저 출발하라. 軍官 2명, 下人

며 후금이 위협적으로 요구하자, 위정철은 조선의 국서와 예물을 겨우 바쳤지만 조선의 국서에 대한 후금의 회답국서를 받지 못한 채 군관과 역관 그리고 역졸까지 남아 있도록 하고는 우여곡절 끝에 귀국길에 올랐던 것이다.

한편, 이보다 앞서 4월 21일 접견례를 마친 뒤 약재값 처리에 대해 다음과 같이 기록하고 있는데 주목된다.

> "대개 두 나라가 화친을 맺어서 그 있고 없는 것을 서로 교환하며 도왔거늘, 심지어 꼭 긴요하게 필요하지 않은 약초를 은으로써 바꾸어 보내면 어찌 신의가 있는 도리이겠는가? 인정과 도리로 보아 미안한 일이기 때문에 그 은자(銀子)를 하나도 손상하지 않고 온전히 돌려보내려는 뜻을 그대들은 모름지기 칸에게 고하여 잘 처리하라."38)

3월 27일에 위정철이 "다만 약재(藥材)는 비록 사람의 병을 치료하는 것이라 할지라도 모두 풀과 나무 같은 것들이고, 금은(金銀)은 세상에서 보물이라고 일컫거늘, 양국이 이미 화친을 맺어서 그 있고 없는 것을 서로 교환하며 돕는데 어찌 은으로써 약재를 바꿀 수가 있겠는가? 마침 가을에 캔 것은 이미 다 소모되어 없는 데다 명나라로 가는 뱃길마저 가로막혔는지라, 의국(醫局)에 저장한 약재가 고갈되어서 마음에 맞도록 구하지 못하고 간신히 30여 종을 구하여 왔다."39)며 약재 값에 대한 처리를 어떻게 할 것인지 물었었다. 이에 대한 대답이 없자, 접견례를 마친 뒤에 칸에게 물어보도록 요청한 것이 위의 인용문이다. 그런데 칸은

2명과 이들이 타고 갈 말 4필을 남겨두면, 용골대가 들어오기를 기다렸다가 즉시 우리나라 사람들과 답서를 가지고 가도록 떠나보내더라도 사신이 압록강을 건너기 전에 뒤따라갈 수 있을 것이다."
38) 위의 책, 72면.
39) 위의 책, 35면.

"병 있는 사람은 반드시 값을 치루고 약을 복용하는 것이 마땅히 효과가 있을 것이다."[40]며 약재값을 지급하도록 명하였다. 이 대목은 후금이 조선에 약재를 구입하려 하였고 또 그 대가를 정확히 지불하려고 했던 사실을 기록한 것으로 양국 사이의 또 다른 물품거래 양상을 보여주는 것이다.

그리고 또 주목되는 것은 위정철이 '후금에 귀순한 조선인들에 대한 쇄환(刷還)'을 후금에게 요청한 것이다. 3월 25일에 삼화(三和 : 평안남도 용강) 출신의 포로 차인범으로부터 "이미 투항해 있던 홍대웅(洪大雄)과 작년 12월에 투항해온 벽동통인, 성천인 등 2명이 함께 있다."[41]는 사실을 전해 들었었는데, 4월 12일의 기록을 보면 이형장이 의주에서 포로가 된 백원길에게 들은 바로 "벽동(碧潼) 사람 1명, 성천(成川) 사람 1명, 또 성명을 알 수 없는 사람 1명 등 모두 3명은 지난해 12월 박중남(朴仲男)이 우리나라에서 되돌아갈 적에 데려왔는데, 1명은 망개토(亡介土, 莽古爾泰, Manggoyltai)의 집에 주고, 형제라 칭하는 2명은 칸(汗)의 집에 주었다."[42]고 한 것과 서로 똑같았으며, 이형장이 또 다른 포로 정국경남 등에게도 확인해보았지만 역시 백원길의 말과 같았다. 특히, 홍적(洪賊 : 홍대웅)은 스스로 양반이라 일컬으며 이미 판관(判官) 자리를 거쳤다고 한 까닭에 많은 호인(胡人)들이 판관으로 호칭하며 짝도 지어주고 집도 주면서 한적(韓賊 : 한윤)과 같은 격식으로 대접한다고 하였다. 후금에 귀순한 이들의 악랄한 행위는 4월 13일 호인(胡人) 녹세에 의해 폭로되는데, "바야흐로 불측한 말로써 헐뜯고 비방하였다. 귀국 사람들이 쟁송할 때에도 이 사람들이 서로 뒤이어서 악랄하였으니 마치 한 입에서 나온 것

---

40) 위의 책, 75면.
41) 위의 책, 24면.
42) 위의 책, 52면.

같았다. 그러므로 우리나라 사람들이 믿을 수가 없어 수상하게 여기는 데에 이들의 소행이 아닌 것이 없었다."43)고 하였으며, 4월 16일에도 녹세가 "홍대웅이라는 역적이 스스로 '홍 부원군(洪府院君)의 손자로 폐조(廢朝 : 광해군) 때에는 전주 판관(全州判官)을 지냈고, 인조반정(仁祖反正) 이후에는 죄를 얻어 정배되었다가 숙천(肅川)에서 도망쳐 왔는데, 귀국(貴國 : 후금)이 관대하고 후덕하며 대도(大道)가 있다는 것을 듣고 투항해 왔다.'고 하였다. 그런데 그가 먼저 강도(江都 : 강화도)의 일을 말하고 나더니 또 말하기를 '양국이 비록 사이가 좋다고 할지라도 믿지 말라. 조선(朝鮮)은 바야흐로 성을 수축(修築)하고 무기를 갖추어 8도의 군병을 지금 한창 훈련시키는데 양서(兩西 : 황해도와 평안도)까지도 추가하여 편입했다.'고 하였다. 또 '왜국(倭國)에게 군대의 지원을 청하고는 귀국이 군사를 모조리 이끌고 서쪽으로 향할 때만 기다렸다가 진격하여 천조(天朝 : 명나라)에게 보답하려고 하니, 잘 살펴라.' 운운하면서 '성을 수축하고 무기를 갖춘 것은 귀국의 사신들이 왕래하면서 눈으로 직접 보았을 것이니, 내 말이 사실인지 아닌지는 그것만으로도 알 수 있을 것이다.' 했다."44)고 하였다. 이에, 위정철은 다음과 같은 논리로 쇄환해주기를 요청한다.

"양국이 화친을 맺어 형제의 나라가 되었으니, 어떤 일이 있더라도 반드시 숨기지 말고 꺼리지 않아야 영구히 사이좋게 지내는 도리가 될 것이다. 홍적(洪賊 : 홍대웅)은 본디 미천한 사람인데다 요사스런 귀신이 붙어서 주문(呪文)과 부적(符籍)을 만드는 요괴스런 일을 생업으로 삼아 사람들의 마음을 속여 미혹시키고 죄를 얻게 될 지경에 이르자 편안하게 살 수 없어 투항해 온 자이다. 듣자니, '그자가 스스로 양

---

43) 위의 책, 58면.
44) 위의 책, 61~62면.

반이라 칭하면서 또 망측한 말로 우리나라를 헐뜯어 비방하였다.'고 하던데, 귀국은 반드시 신뢰하지 않아야 한다. 대개 이와 같은 무리들은 이미 자기의 나라에서 제 몸을 보전할 수가 없어 다른 나라로 투항해 들어오기에 이른 자이니, 그들의 마음가짐과 소행에 대해서 말하지 않아도 가히 알 것이다. 그 후로 또 우리나라 3명이 홍적(洪賊 : 홍대웅)의 일이 있자 지난해 12월에 또 투항해 들어와서 홍적과 함께 악한 짓을 하니, 또한 통탄스럽지 않으랴? 양국이 화친을 맺은 사이임에도 이와 같은 일들을 만약 엄하게 더 틀어막지 않는다면 함께 꾀어 들이는 것이니, 화친을 맺은 의리가 마지막까지 좋지 못할까 두렵다. 이러한 뜻을 조정에서는 마땅히 국서 속에 더 보태어 넣으려고 했지만, 화친을 맺은 좋은 사이라서 비록 국서에 넣지 않았지만 건네어주며 사신의 입으로 전달하라고 분부하신 까닭에 감히 이렇게 말하는 것이다. 이러한 뜻을 모름지기 칸(汗)에게 아뢰고 재가를 받아주면 다행이겠다."45)

그러나 위정철의 이러한 요청에 대해 후금은 귀순해왔다는 기별을 들은 적이 없을 뿐만 아니라, 설령 있다 하여도 어디에 있는지 알 수 있겠는가 하면서 "비록 귀국에 죄를 얻었을지라도 우리나라로 투항해 온 마음이 가련하거늘, 어찌 가련하게 차마 거절하여 살지 못하게 하겠는가?"46) 하였다. 4월 26일에 의하면 칸도 역시 똑같은 대답이었다. 결국 위정철의 요청이 묵살되고 교섭이 진행되지 못한 채, 위정철은 귀국길에 올라야 했다.

반면, 후금은 3월 21일 우연히 위정철의 일행과 마주친 용골대가 가도의 변란 소식을 묻는 것으로부터 시작하여 3월 27일에 그 변란에서 진달이 도망쳐 나온 상황47)을 알려고 묻는가 하면, 4월 1일 조선의 안

---

45) 위의 책, 103~104면.
46) 위의 책, 105면.

주 지역으로 도망친 진달 200여 명을 데려오기 위해 박중남을 보낼 것이라면서 위정철의 군관 2명도 데려갈 수 있도록 요구하며 "조선(朝鮮)이 유독 천조(天朝 : 명나라)에게만 치우쳐서 만일 해(害)가 우리나라로 투항해오는 진달에게 미치기라도 한다면, 바로 하늘이 맹약(盟約)을 깨트리도록 할 것이다."48)라고 아주 고압적인 태도를 취하였다. 4월 6일에는 가도에 변란이 생겼는데 조선의 관원을 어떻게 할 것인가 묻기도 하였다.49) 4월 20일에는 후금으로 투항하려는 진달을 해하려 한 것을 두고 "귀국은 아무리 남조(南朝 : 명나라)를 향한 마음이 더욱 중한들 그럴 수가 있단 말인가?"50)며 질책까지 하는데, 이에 대해 위정철은 "이는 그렇지가 아니하다. 투항하는 진달들이 바다를 건너 우리나라의 뭍에 내린 초기에 방비한 일을 그대들은 의아하게 생각지 말라. 저들은 곧 그대의 나라로 도망치는 노비이었다. 당초에 그 상세한 내막을 알지 못하고서 방비한 것은 변방을 지키는 관원의 직분이요, 저들의 말을 듣고서는 이내 대포 쏘기를 중지하고 토벌하지 않은 것도 화친(和親) 맺은 뜻을 준수한 것이니, 그 관원이 일 처리함은 또한 옳지 아니한가?"51)라고 당당하게 대응하기도 하였다.

또한 4월 22일 후금은 변발한 사람의 쇄환을 요구하여 논란을 벌였는데, 칸도 쇄환하는 일에 조선이 협조하지 않으면 자신이 직접 처치할 것이라며 위협하자 위정철은 어쩔 수 없이 26명의 쇄환자 명단을 베껴올 수밖에 없었지만, 후금이 전마(戰馬)를 훔친 조선인 포로를 잡아다 달라는 요구한 것에는 적발하기가 어려움을 들어 거절하기도 했다.

---

47) 진달과 관련된 간접적인 내용이 3월 22일, 23일 등에 기록되어 있음.
48) 신해진(2014), 앞의 책, 42면.
49) 이에 대해, "풍문으로 들었으나 자세히 알지 못한다, 제대로 알지 못한다, 변란이 생길 때 이미 심양으로 들어왔기 때문에 자세히 알지 못한다." 등으로 대답함.
50) 신해진(2014), 앞의 책, 66면.
51) 위의 책, 67면.

이렇듯, 위정철은 우여곡절 끝에 조선의 국서와 예물을 겨우 바쳤고 후금에 귀순한 조선인의 쇄환을 용감하게 요구하였다가 거절당한 채 귀국길에 올랐는데, 후금의 회답국서를 받지도 못했을 뿐만 아니라 군관과 하인을 두고 가면 압록강을 건너기 전에 자신들의 사신과 함께 뒤따라 갈 것이라는 후금의 위협적인 요구에 군관과 역관 그리고 역졸까지 남아 있도록 한 뒤였다.

4. 1630년대 심양 왕래 조선 사신의 중원 정세 정탐보고서

위문사로서 선약해는 후금의 의구심을 떨쳐내고 그들의 분노를 달래는 조선의 국서를 전달해야 했고, 회답사로서 위정철은 춘신사 박난영이 후금에게 전달하지 못한 조선의 국서와 예물을 전달해야 했는데, 이러한 임무를 수행하는 지난한 과정을 일지 형식으로 기록한 심양 사행일기를 앞장에서 살펴보았다. 그러나 심양 사행일기는 임무수행만 기록한 것이 아니라 중원의 정세와 관련된 많은 것들을 정탐하여 기록하기도 하였으니, 이를 살펴보기로 한다.

1) <심양사행일기>

먼저, 선약해가 기묘년(1619)과 정묘년(1627)에 포로가 된 조선인들로부터 심양과 하북의 동향을 정탐한 것들이다. 4월8일 사행단이 동주보에 당도했을 때 모여든 구경꾼들 속에서 눈물을 머금은 조선인 포로들을 보았는데 남자들은 만날 수가 없었고 여자들[52]만 만나볼 수 있었다. 이들은 정묘년에 포로가 조선여인들이었는데, 선약해가 직접 그녀들로부터 심양과 하북의 동향을 들은 것이다. 요약하자면 심양에는 조선이 항왜(降倭)들 및 가도의 명군과 협력하여 후금을 소탕하려 한다는 풍문이 돌고 있으며, 또 1629년부터 이미 후금이 대규모로 명나라를 침공하여 그 당시까지도 전쟁이 계속되고 있다는 것이다. 특히, 뒷 전언은 후금이 명나라를 공략하고 있는 상황과 관련된 것으로 오랑캐 대장이 용정관에 들어가 화살을 맞고 누워 있다는 등의 피해 상황, 용정관에 쳐들어갔던 군사들의 승전보 및 잔학상 등이다. 아울러 후금이 황성(皇城 : 북경)을 공격하지 않은 구체적 이유까지 탐문되어 있다.

4월 30일, 기미년에 포로가 된 태천(泰川) 사람 전일손(全一孫)으로부터 "북경(北京)에서 13일 거리에 있는 곳부터 죄다 공격하여 함락시켰다. 성을 함락시킬 때마다 죽은 사람이 더러 많고 적은 차이는 있었지만, 들판에서의 싸움은 감히 그 앞에 대적할 자가 없었고, 관(關 : 龍井關)에 들어간 뒤부터는 전투를 하지 않는 날이 없었다."[53]는 것을 탐문하였다. 그리고 5월 5일에는 평양(平壤) 출신 이룡(李龍)으로부터 '아미나이(阿彌那耳) 등은 관(關 : 龍井關)에 들어간 뒤 사아보(沙阿堡)에서 전투를 앞두고 명나라 군사들이 나와 투항하였는데, 그 군사들을 모조리 죽였고, 성안의 사람들도 아울러 도륙했다.'는 것과, '부경사신(赴京使臣 : 중국에 보냈던 사신)은 그대로 북경(北京)과 산해관(山海關)에 머물러 있다.'는 것을 들었다.[54]

이렇듯, 선약해는 포로 조선인으로부터 대부분 정탐한 것인데 조선이 항왜 및 가도의 명군과 협력하여 후금을 소탕하려 한다는 풍문이 돌

---

52) 신해진(2013), 앞의 책, 23~24면. 정묘년(1627)에 사로잡혔는데, 宣川·定州·義州 등 세 개
고을의 여자 7명 가운데 선천의 私婢(개인의 여종) 愛介是와 정주의 村婦(시골 아낙네)
德福이었다.
53) 위의 책, 48면.
54) 위의 책, 51면.

고 있는 심양의 동향, 1629년부터 후금이 대규모로 공략한 중원의 전황 (戰況) 등에 관한 것이었다.

둘째, 수행원들은 선약해와 달리 오랑캐들의 말을 직접 염탐하고, 선 약해처럼 기묘년과 정묘년에 포로가 된 조선인들로부터 정탐한 것이다.

① **(4월 23일)** 김희삼(金希參)이 오랑캐들의 말을 몰래 엿들었는데, '가도의 명나라 군사 4명이 도망쳐 와서, 가도는 기근이 심하여 식량 부족 때문에 조선이 쌀을 원조하지 않으면 곧 항복할 것이라고 했다.' 고 하였다.[55]

② **(4월 27일)** 김봉산(金奉山)이 문지기 오랑캐의 말을 몰래 엿들은 것으로서 '이름을 알 수 없는 오랑캐 대장이 북경을 공략할 때 당한 부상이 심해져 말 2마리를 잡아놓고 신에게 빌고 있다.'고 하였으며, 또 김희삼이 오랑캐들의 말을 엿들은 것으로서 '귀영개(貴永介) 등이 군사를 거느리고 영원위(寧遠衛)에 가서 노략질을 하였으므로 칸(汗)이 중도에 나가 미리 기다리고 있다.'고 하였다.[56]

③ **(5월 1일)** 김봉산이 오랑캐들이 속삭이는 말을 엿들으니, '몽고군 1만여 명이 투항하였는데, 선운(先運 : 선발부대)의 세 장수가 이미 칸 (汗)이 있는 곳에 도착하였으므로 이들을 먹이고 위로하기 위하여 소 3마리, 양 5마리, 소주 10항아리 등을 실어 보냈다.'는 것[57]이었는데, **5월 2일**에도 김봉산이 문지기 오랑캐들의 말을 엿들으니 몽고군이 투 항한 것에 대해 매우 자랑하였다는 것이다.[58]

---

55) 위의 책, 36면. "오늘 아침에 명나라 군사 4명이 도중(島中)에서 도망쳐 와서 말하는 내 용 중에, '여러 섬들은 근래에 기근이 심한데다 西糧도 오지 않고 조선도 양식 쌀을 원 조하지 않으면, 가까운 시일에 항복할 것이라.'고 한다."

56) 위의 책, 45면.

57) 위의 책, 49면.

58) 위의 책, 50면.

④ **(5월 8일)** 김희삼이 문지기 오랑캐들의 말을 엿들으니, '요토(要土) 등이 군사를 이끌고 일찍이 영원위(寧遠衛)로 가서 명나라 남녀 100여 명을 붙잡아 어제 돌아왔다.'고 하였다.[59]

이와는 달리 포로가 된 조선인들로부터 정탐한 것도 있다. 4월 25일 김희삼이 포로가 된 창성(昌城) 사람 김희수(金希水)로부터 들었는데, '용골대가 용만에서 변을 만나 귀국했을 때 분노했지만 조선의 위문사가 오자 풀어졌다는 것과, 춘신사 박난영의 귀국길에 동행했던 후금의 차사가 후금의 국서를 전하지 못하고 도망쳤던 인물이 숙세창이라는 것'[60]이다. 이뿐만 아니라 다음의 것도 탐문되었다.

① **(4월 28일)** 김희삼이 기미년에 포로가 된 창성 사람 김애수(金愛水)로부터 또한 들었는데, '귀영개가 영원위에 가서 노략질하며 사로잡아 온 명나라 사람들로부터 영원위 근처에 농사짓고 있음을 알고 그들을 엄습하여 섬멸하려 군대를 보냈다.'는 것이다.[61]

② **(4월 30일)** 김봉산이 정묘년에 포로가 된 순안(順安) 여인 봉춘(奉春)으로부터 "그녀 자신은 지금 우두머리 오랑캐 집에 있으며, 그 오랑캐는 이번에 찬군(贊軍)과 나왔다. 그러나 그 오랑캐의 동생 2명과 4촌 1명은 전사하였고, 이름 있는 장수는 전사하지 않았을망정 그 다음가는 장수들은 사상자가 또한 많았기 때문에 시체를 불태우고 온 자들이 15명이었다."는 것과, 또 정묘년에 포로가 된 창성 사람 강진방(姜鎭邦)으로부터 "영평부에서 돌아온 오랑캐 장수 질가(質可), 압다

---

59) 위의 책, 54면.
60) 위의 책, 39면. "'용골대는 龍灣을 다녀온 뒤로 몹시 분노한 기색이 있었는데, 금번 우리의 행차가 마침 이즈음에 와서 다행이다.'고 하였으며, '叔世昌은 겁을 내어 우리나라에 칸(汗)의 국서를 전하지 못하였기 때문에 구금되어 있다.'고 하였다."
61) 위의 책, 47면.

사(押多沙), 아리(阿里) 3인은 군사 7,8백 명을 이끌고 돌아온 데다 명나라의 남녀를 납치하고 소·노새·염소·양 등의 가축을 약탈한 것이 셀 수 없었다."는 것이 탐문되어 있다.[62]

요컨대, 선약해의 수행원들은 오랑캐로부터 직접 염탐하거나 포로 조선인으로부터 정탐한 것인데, 오랑캐로부터 직접 염탐한 것으로는 가도의 명나라 군사가 도망쳐왔다는 가도의 동향, 북경 공략할 때 부상당한 후금 장수의 쾌유를 빌고 있다는 사실, 1만여 명의 몽고군이 후금에 투항했다는 사실, 명나라 사람들을 포로로 잡아왔다는 사실 등이며, 포로 조선인으로부터 정탐한 것으로는 조선의 위문사가 옴으로써 용골대의 분노가 풀어졌다는 것, 춘신사 박난영의 귀국길에 동행했다가 후금의 국서를 전달하지 않고 도망쳤던 후금 차사의 이름이 숙세창이라는 것, 북경 공략할 때 입은 후금의 피해 상황, 명나라 사람들을 포로로 잡아올 때 무자비하게 약탈했다는 것 등이다. 곧, 오랑캐로부터 염탐한 것들은 주로 후금에게 자랑거리가 될 만한 것들이고, 포로 조선인들로부터 정탐한 것들은 주로 후금의 피해 상황과 잔학상들이었다.

결국 저 중원은 후금에 의해 정복되어가는 가운데에 명나라 장수들뿐만 아니라 몽고군도 후금에 투항하였음을 정탐하여 그 지배권이 교체되고 있음을 조선의 조정에 보고하였던 것이라 하겠다. 또한 저 심하전투 때나 정묘호란 때 포로가 된 조선인들의 애끓는 심정도 아울러 전해준 것이라 할 것이다.

---

62) 위의 책, 48~49면.

2) <심양왕환일기>

먼저, 위정철이 주로 직접 본 것이다. 3월 23일에는 정묘년에 포로가
된 조선 여인 2명[63]이 찾아와 그 중 1명이 몹시 슬프게 울어서 근래의
상황에 대해 물으려는데 호인(胡人)들이 접촉을 못하게 하였고, 그 다음
날 24일에는 위정철의 일행이 성에 들어가는데 몰려든 구경꾼들 속에
포로 조선인들이 눈물 흘리거나 대성통곡하자 호인들이 울지 못하게
하였다고 기술되어 있다. 그것들을 위정철은 오랑캐에게 포로가 된 우
리나라 사람들이 고향을 그리워하며 통곡하는 것이라서 인정상 매우
불쌍하다고 하였다. 3월 29일에는 대포소리를 듣고서 오랑캐가 대포 쏘
기를 익히고 있는 사실을 확인하였다. 4월 4일에는 후금인이 요구하는
남초(南草)를 주며 칸이 동생 평고(平古)를 대장으로 삼아 출발시킨 지가
4일이 되었음을 정탐하였다.[64]

---

63) 신해진(2014), 앞의 책, 21면. "한 명은 太川戶房 崔景連의 딸 台生이었고, 다른 한 명은
義州通事 南香의 누이로 己生이라고 불리는 사람이었습니다. 태생은 조금도 슬퍼하는 기
색이 없었지만, 이생은 뜰아래서 3번 머리를 땅에 조아리며 통곡하여 참혹하기가 차마
볼 수 없었다."

64) 위의 책, 44면. 이때 담배는 조선 사신이 스스로 피우기 위함일 수도 있겠지만, 그것보
다는 비상용으로 가져가 정탐하기 위해 후금인을 매수하는데 쓰인 것으로 보인다. 왜
냐하면, 신해진(2013), 앞의 책, 43면과 47면에 의하면, 선약해의 사행 길인 4월 26일과
28일에도 담배인 남령초 기사가 있기 때문이다. "용호 등이 칸(汗)의 뜻이라며 南靈草를
독촉하여 가지고 갔다. 나중에 중남이 칸(汗)의 家臣으로 三河라고 불리는 사람을 데리
고 다시 와서 하는 말 가운데, '칸(汗)의 사돈되는데 몽고에서 남령초를 사려고 하니 넉
넉하게 바꾸어 달라.'고 하였다. 나는 남령초 30근을 구하여 돈을 받지 않고 보내주었
다. '삼하라고 불린 자는 셈에 밝았기 때문에 항상 사고파는 것을 주관한다.'고 하였다."
는 대목과 "龍胡와 중남이 또 와서 우리 일행의 남령초를 샅샅이 뒤져서 가지고 갔는
데, 뒤에 金男을 시켜서 銀兩을 보내어 값을 치르도록 하니, 나는 사양하려고 해도 편치
가 않아 사양하지 못하다가 도로 돌려보냈다."는 대목이다. 26일은 후금의 칸이 몽골
지배층을 회유하기 위해 담배를 보내려고 조선 사절단에게 구매하는 현장이다. 28일은
아예 담배를 강탈하듯이 가져가는 장면이다. 이로써 보건대, 일반적인 상거래가 아니
라 조선의 공급에 목매다는 형국이고, 또 직접 교섭이 없는 몽골에도 조선의 담배가
공급되고 있음을 보여준다. 꽤 이른 시기인 1630년에 담배 무역의 한 장면을 목도하게
된다.

둘째, 수행원들은 통해 오랑캐들의 말을 직접 염탐하고 기묘년과 정묘년에 포로가 된 조선인들로부터 정탐한 것이다. 3월 25일 김희삼(金希參)이 정묘년에 오랑캐에게 포로가 된 삼화(三和) 교생(校生) 차인범(車仁範)으로부터 칸이 군사를 거느리고 카르친 몽골지방으로 향한 사실, 1630년 12월 2명의 조선인이 투항하여 홍대웅과 같이 있다는 사실 등을 알아내었다.65) 또한 포로 융립(戎立)으로부터도 칸의 동향을 알아내었다. 뿐만 아니라 뇌물을 주고 심양의 동향을 알아내었는데, 다음은 뇌물을 받은 녹세(祿世)와의 일문일답한 것이다.

(4월 1일) "도중(島中)에서 변란이 생겨 투항해 온 진달(眞㺚) 14명이 지난달 28일에 들어와서 말하기를, '도중(島中)의 한인(漢人)들은 더러 조선의 지방을 드나들며 흥정을 원만히 하여 사고팔아서 생계를 유지하였지만, 진달 600여 명은 먹을거리를 얻을 길이 없고 기근이 너무나 심하여 막 투항해 오기로 약속을 맺으려는 찰나, 한인 만여 명이 그 기미를 알고 진달과 서로 전투를 벌였다. <u>한인이 패하게 되자 유흥치(劉興治)가 모반을 일으켜 진달(眞㺚)에게 투항하기 위하여 막 배를 타고서 떠나오려는 찰나, 다른 섬에 있던 한인들이 작당하여 와서는 진달들을 마구 죽이자, 도망쳐서 살아난 자가 15명이다.</u>'고 운운하였으나, 그들의 말을 믿을 수가 없어 잡아가두려고 했다." 김희삼이 또 물었습니다. "군병(軍兵)은 어느 곳으로 가고 있는가?" "<u>여러 곳의 몽골들은 죄다 우리나라에 투항하여 복속(服屬)되었으나, 남조(南朝 : 명나라)의 서북 사이에 사는 차하르(借下羅, Chakhar) 몽골은 아직도 귀부(歸附)하지 않았는데,</u> 지금 남조에 조공(朝貢)하고 남조는 개시(開市)하도록 허락했다고 했기 때문에 군병들이 그곳으로 가고 있다. 그리고

---

65) 위의 책, 24면. "칸(汗)은 군병을 거느리고 어제 나가서 카르친(加乙眞, Kharchin) 몽골지방(蒙古地方)으로 향했다고 하였으며, 지난해 12월 우리나라의 인물 2명이 항복하여 심양에 들어가 洪大雄과 함께 같은 곳에 있는데, 한 명은 碧潼通引이고 다른 한 명은 成川 인물이라 하나 그 이름은 알지 못한다고 하였습니다."

엄습한 뒤에 차하르 몽골들의 복색(服色)으로 갈아입고 시장을 열겠다
며 핑계하고 그대로 남조를 치려는 계획이다.”66)

　요약하건대, 가도에서 명나라와 진달 간에 전투가 벌어졌고, 명나라
가 패하여 유흥치가 모반을 일으켜서 진달에게 투항하려던 찰나, 다른
섬에 있던 명나라 사람들이 진달을 마구 죽이자 도망쳐 살아난 진달이
15명이며, 또 대부분의 몽골은 복속되었으나 차하르 몽골이 복속되지
않아 치려고 군병이 출발하였고 이어서 명나라까지 정벌하려 한다는
내용이다. 이 가운데 차하르 몽골과 명나라를 치는 과정에 대해서는 4
월 12일의 일기에 구체적이고 자세하게 기술되어 있다.67) 특히, 오랑캐
에게 투항한 명나라 장수가 “지난해 북경(北京)을 공격했을 때 홍산구(紅
山口)를 통해 들어왔으니 지금은 필시 방비하고 있을 터라 그 길을 다시
침범할 수가 없겠지만, 홍산구를 지나서 4일 정도 걸리는 곳에 있는 길
은 무방비한 곳으로 만약 그 길을 통한다면 마치 무인지경에 들어가는
것과 같을 것이니, 가을걷이를 기다렸다가 몽골과 합세하여 거사하면
될 것이다.”68)며 자신의 조국을 공략할 수 있는 방책을 알려주는 모습
도 기술되어 있다. 4월 13일에는 차하르 몽골을 강성하여 공격하려다
중지하고 명나라 투항장들이 알려준 대로 8월에 명나라를 공격하려 한
다는 것을 녹세가 알려준다.

　녹세는 4월 5일에 또 “가도의 유흥치가 어지럽게 싸우던 병사들 틈에
죽었고, 투항하여 온 진달(眞㺚) 200여 명, 달녀(㺚女 : 달단 여자) 50여 명,
당녀(唐女 : 명나라 여자) 20여 명은 오늘 들어올 것이며, 안주(安州) 땅으로
들어가려고 뭍에 내린 진달 300여 명은 벌써 용호(龍胡 : 용골대)가 있는

---

66) 위의 책, 39~41면.
67) 위의 책, 50~53면.
68) 위의 책, 52~53면.

곳에 도착하여 조선의 군량미를 빌려다 6석(石)을 방료(放料)하였으니 끝내는 들어올 것이다."[69]고 알려준다.[70]

4월 24일 이형장(李馨長)이 오랑캐에게 태천에서 포로가 된 장록(張祿)으로부터 "당초 도중(島中)에서 변란이 생겨 바다를 건너 뭍에 내렸을 때에 무리를 나누었고, 투항한 진달(眞撻) 9명이 먼저 들어왔다 하며, 정탐을 나갔던 호인(胡人) 등이 한인(漢人) 3명을 사로잡아 오자, 칸(汗)이 대해(大海)로 하여금 달래어 남조(南朝 : 명나라)의 사정을 묻게 했는데, 그 한인들이 대답하기를, '남조에서 광녕위(廣寧衛)의 동쪽을 지나서 멀지 않은 곳에 옛 성 하나가 있었지만 이름은 기억하지 못한다. 지금 수축하여 방비하려는 계획이라서 수축하는 군대와 방비하는 군대가 마땅히 일시에 나올 것이다.' 운운하면서도 '군수물자와 군량이 운반선(運搬船)에 실려 있는데 미처 돌아오지 않았기 때문에 아직까지 나오지 않았다.'고 했다."[71]고 한 것을 정탐하였다.

요컨대, 위정철은 주로 직접 보거나 들은 것인데 심하전투나 정묘호란 때에 포로가 된 조선인들의 대성통곡하는 모습, 오랑캐가 대포 쏘기를 익히고 있는 소리를 들은 것 등이다. 그리고 위정철의 수행원들은 오랑캐로부터 직접 염탐하거나 포로 조선인으로부터 정탐한 것인데, 칸이 카르친 몽골지방으로 향한 사실, 1630년 12월 조선인 2명이 투항하여 홍대웅과 함께 있고 그들이 조선에 대해 말한 흉특한 이야기[72] 등을 알아내었으며, 게다가 뇌물을 주고 정탐꾼을 매수하여 가도에서 일어난 변란의 상황과 차하르 몽골을 복속하려는 상황을 탐문하였다. 특히, 강

---

69) 위의 책, 45면.
70) 위의 책, 45면. 이에 대해, 위정철은 앞뒤의 말들이 서로 맞지 않는다고 함.
71) 위의 책, 99~100면.
72) 위의 책, 61~62면. 홍대웅이 한 이야기는 "조선은 성을 수축하고 8도의 군병을 훈련시키며 왜국에게 지원을 요청하여 후금이 명나라를 치려고 움직이기만을 기다렸다가 그 후방을 치려는 계획을 갖고 있다." 하였다.

성한 차하르 몽골을 공격하려다 중지하고 돌아와서 7월에 명나라를 치려한다는 것 등도 알아내었다.

결국 위정철은 저 심하 전투 때나 정묘호란 때 포로가 된 조선인들의 애끓는 심정을 전하는 한편, 저 중원이 후금에 의해 정복되어가는 가운데에 차하르 몽골까지 직접 복속하러 간 사실, 투항한 명나라 장수들이 자신들의 조국을 공략하도록 협조한 사실, 몽고군도 후금에 투항한 사실 등을 정탐하여 조선의 조정에 보고하려 했던 것이라 하겠다. 무엇보다도 가도의 변란에서 명나라가 패하자 유흥치가 진달에게 투항하려다가 죽은 사실을 정탐하여 함께 보고하려 한 것은 당시 국제 정세의 추가 어디로 기울고 있는지를 상징적으로 드러낸 것으로 중원의 지배권이 교체되고 있음을 알리려 한 것이 아닌가 한다.

5. 1630년대 심양 사행일기의 전반적 특징

17세기 초엽, 중원의 지배권을 놓고 명나라와 후금이 격렬하게 싸웠기 때문에 동아시아의 정세는 급변하고 있었다. 명나라를 부모의 나라로 섬기던 조선은 정묘호란을 겪으면서 더 이상 후금을 오랑캐의 나라로 무시할 수만은 없게 되었던 것이다. 이에 정묘호란 이후부터 조선에서는 봄가을에 춘신사와 추신사라는 정기사신을 파견하여 후금과의 관계에 있어서 사대관계는 아닐지라도 교린관계를 병자호란 전까지 유지하였다. 뿐만 아니라 그때그때 일어난 문제적 상황을 해결하기 위해 비정기 임시사신도 파견하였다. 바로 1630년 위문사로서 선약해와 1631년 회답사로서 위정철이 사행길을 다녀왔는데, 이들은 심양 사행일기를 남겼다. 곧, <심양사행일기>와 <심양왕환일기>는 선약해와 위정철이 각기 주어진 공식적 임무를 수행하며 겪게 되는 과정을 날짜별로 상세하게 기록한 임무 수행일지이자, 그것 외에도 중원의 전황, 심양의 정세, 가도의 변란 뒤의 상황 전개, 포로 조선인과 후금에 귀순한 조선인의 동향 등에 대한 정탐보고서이다.

먼저, 비정기 임시사신으로서 임무를 수행하는 과정을 정리하기로 한다. 선약해는 1630년 봄에 후금의 사신이 평안도 지방에 와 청포를 사 가지고 용만을 거쳐 돌아가려는데 가도의 명나라 군사에게 쫓기어 산길을 타고 달아나는 일이 있었고, 연이어 춘신사가 심양에서 돌아오는 길에 동행했던 후금 차사가 의주에 이르러 명나라 군사에 의해 가로막혀 칸의 국서를 조선에 전달하지 못하고 도망쳐 달아난 사건이 발생하자 후금의 의구심을 해소시키기 위해 긴급하게 파견된 것이다. 당시 조선은 명나라와 실제로는 긴밀한 관계를 유지하며 가도의 양식까지 원조해주면서, 외면상으로는 그런 일이 없다고 하면서 후금과 교류하였다. 이로 인하여 후금이 '가도의 명군에게 쌀을 제공하였는지'에 대해 집중적으로 추궁하면서 또한 '변발한 사람을 쇄환하는 일', '후금의 잠상들을 정벌한 일', '군사를 빌려주는 일' 등을 협박적이고 공격적으로 요구하였는데, 이를 감내하면서 선약해는 의기 있게 '예'와 '명분', '의리'를 강조하며 후금 측에 굽히지 않는 태도를 보였음을 기술하고 있다.

반면, 위정철은 춘신사 박난영이 1630년 겨울 심양으로 출발하여 후금의 칸에게 예물을 전달하고자 하였으나 전하지 못하고 돌아왔는데, 후금이 예물을 물리쳐 보냈고 대동해간 군관을 가두어 버리는 일이 발생한 데다 후금의 차사가 뒤따라오다시피 하여 조선을 협박한 바, 조선이 다시 마련한 예물을 후금에게 전달하고 후금의 사정을 탐지해 오기 위해 파견된 것이다. 이때 후금은 '가도에서 변란이 일어난 뒤의 상황 전개'에 대해서만 관심을 갖고 있었던 데다 '조선의 예물이 감소하는 것'에 대해 불편한 기색을 띠었고 '변발한 사람의 쇄환'을 요구하였는데, 이에 대해서 위정철은 정묘약조를 보면 봄가을에 사신을 보내기로만 약속했을 뿐이라며 당당하게 대응하기도 하고 또 옹색한 사정을 들어 달래기도 하였으며, 어쩔 수 없이 쇄환자 명단을 베껴올 수밖에 없었음을 기술하고 있다. 그런데 위정철은 예물과 예단 등을 일방적으로 바치는 것이 아니라 대금을 받고 약재를 건네기도 하고, 후금에 귀순한 조선인들을 쇄환해달라고 요구하기도 하여 선약해와는 달랐음이 드러난다. 따라서 이와 같은 임무 수행을 통해, 공격적이고 불손한 후금인들을 상대하며 목숨을 내놓고 임무를 수행하는 사신의 모습을 만날 수 있고 당시 후금의 관심사가 무엇이었는지 알 수가 있다.

다음으로, 선약해와 위정철은 다양한 방법으로 명나라와 후금의 정세에 대한 첩보를 알아내고자 한다. 뇌물을 주고 호인을 매수하기도 하고, 길에서 만난 농부에게 은근슬쩍 돌려묻기도 하고, 호인들끼리 하는 말을 엿듣기도 하여 얻은 정보를 빠짐없이 기록하고 있다. 뿐만 아니라, 포로로 잡혀간 조선인들, 조선에서 죄를 짓고 후금에 투항한 자들의 근황에도 촉각을 세우고 있다. 저 심하 전투 때나 정묘호란 때 포로가 된 조선인들의 애끓는 심정을 전하는 한편, 조선이 항왜 및 가도의 명군과 협력하여 후금을 소탕하려 한다는 풍문이 돌고 있는 심양의 동향, 가도의 명나라 군사가 도망쳐왔다는 가도의 동향, 가도에서 변란이 일어난 뒤의 상황 전개, 1629년부터 후금이 대규모로 공략한 중원의 전황(戰況) 및 피해 상황, 북경 공략할 때 부상당한 후금 장수의 쾌유를 빌고 있다는 사실, 명나라 장수들이 투항한 사실, 투항한 명나라 장수들이 자신들의 조국을 공략하도록 협조한 사실, 명나라 사람들을 포로로 잡아올 때 무자비하게 약탈했다는 사실, 1만여 명의 몽고군이 후금에 투항했다는 사실, 차하르 몽골까지 직접 복속하러 가려 한다는 사실, 차하르 몽골을 치는 척하다가 명나라를 정벌하려 한다는 사실, 후금에 귀순한 조선인들의 패악상 등이다. 무엇보다도 <심양왕환일기>의 말미에 있는 '누르하치의 가계'에 대한 첩보는 당시로서 최고 수준의 첩보이었을 것이다. 결국 이들은 사신으로서의 단순한 임무 수행 결과뿐만 아니라, 향후 조선의 정치적 외교적 행보를 결정하는 데 중요한 단초를 마련하고자 명과 후금의 정세를 상세하게 기록하고자 한 것이다.

이렇듯 1630년대 심양 사행일기는 후금과의 갈등과 마찰이 구체적으로 무엇이었고, 그 속에서 어떤 태도로 임무를 수행했는지 보여주고 있다. 선약해와 위정철은 조선의 국서를 후금의 칸에게 전달했지만, 두 사람 모두 후금의 회답국서를 받지 못한 채 귀국해야 했던 데서 후금의 의구심은 완전히 떨치지 못한 것으로 보인다. 그리고 후금의 풍속과 풍습 등 문물에 대한 견문 및 새로운 인식, 후금인들에 대한 비판적 인식 등은 보이지 않더라도, 당시 조선의 정치적 행보에 도움이 될 만한 각종 첩보가 탐문되어 있다.

한편, <심양사행일기>와 <심양왕환일기>는 임무수행기록이라는 공적 보고서의 성격을 지니고 있으나, 기술방식에 있어 다소 차이를 보이고 있다. <심양사행일기>에서는 임무를 수행하면서 경험한 상황과 대화를 중심으로 기록하되, 본인이 느낀 심회와 감상을 시로 표현하기도 한다. 정치·외교적 급박한 상황조차 시로 표현하면서 완곡하게 표현할 뿐, 저자 본인의 생각을 직접적으로 드러내고 있지 않다. 그런데 <심양왕환일기>에서는 본인이 어떤 행동을 하기 전에 속내를 직접적으로 밝히고 있다. 상황을 판단하고, 실행에 옮기는 인과적 과정이 빈틈없이 기술되어 있는 것이다. 예컨대 '김희삼으로 하여금 꾀를 부리도록' 한 것은 '오늘날의 사태가 이전과는 매우 다르니 저들의 정세를 탐문할 길이 없으리라'고 여겼기 때문이고[73], 후금 측 용호가 '근래 도중의 소식은 어떠한가?' 물었을 때에도 '아마도 아지호, 박중남 두 차사가 이미 도중의 변고를 알고 먼저 길을 나섰기 때문에 이처럼 만나서 묻는 것이다.'고 질문의 의도에 대해 생각한 바를 기술하고, 이어서 대답을 기술하였다.[74] 또한 박중남의 거칠고 거만한 말씨에 '잠깐 동안 분한 마음을 참고 천천히 말하였다'[75] 라며 후금 측과 대화하면서 느끼는 기분과 심리 상태도 세밀히 서술하기도 했다. 이러한 노력은 위태로운 상황에 사신으로서 임무를 수행하였던 저자의 고충과 노력을 보다 효과적으로 보여줄 수 있는 문학적 장치로 보인다.

이와 더불어 <심양사행일기>와 <심양왕환일기>는 후금의 차사들과의 대화를 그대로 옮겨놓음으로써 사신들의 고충과 노력에 대한 형상화를 극대화할 수 있었고, 포로 조선인이나 후금인들과의 대화나 제보를 그대로 옮겨놓음으로써 첩보의 신빙성을 높일 수 있었으니, 이는 사실성을 확보에도 기여하는 것이어서 실기로서 그 가치가 인정된다 하겠다. 이러한 서술방식은 어한명(魚漢明)의 <강도일기(江都日記)>에서도 그날에 있었던 일들을 단순히 서술하거나 묘사하는데 그치지 않고 인물들 사이의 대화를 직접 인용하는 방식에 그대로 구사되고 있다. 그래서 그 현장에 있는 듯한 느낌을 주고 있다.

6. 나가며

1630년대 심양 사행일기는 날짜별로 그날그날 있었던 일을 기록한

---

73) 위의 책, 16면.
74) 위의 책, 17면.
75) 위의 책, 82면.

것이어서 주제별의 입장에서 보자면 산만하기 짝이 없다. 사신으로서의 공식 임무 수행을 살피면서는 후금의 관심과 사신의 임무 수행 사이에서 요목별로 정리하였고, 중원의 정세 정탐보고를 살피면서는 가급적이면 사신과 수행원이 탐문한 내용을 따로 정리하되 첩보의 성격별로 정리하였다. 그리하여 그 사행일기의 구체적 면모와 전반적 특징을 살피려고 하였다. 아직까지 1630년대 심양 사행일기는 구체적 면모에 대해 체계적으로 정리되어 있지 않았기 때문에, 조금은 장황하게나마 반성적 입장에서 정리한 것이다.

1630년대 초엽에 조선과 심양 사이를 사신으로서 오간 선약해와 위정철의 발자취를 살펴보았다. 두 사신은 각각 1630년 위문사로서, 1631년 회답사로서 심양에 들어갔다가 나오며 연로의 실정이나 형편 등을 정탐하였고, 후금의 온갖 힐책과 공갈 속에서도 또한 사신으로서의 임무를 수행하였다. 그리고 두 인물은 사신으로서의 임무수행일지와 정탐보고서 성격을 띤 장계 형식의 <심양사행일기>와 <심양왕환일기>를 각각 남겼다.

이 문헌들을 통해 먼저, 후금인들을 상대하며 목숨을 내놓고 임무를 수행하는 사신의 모습을 만날 수 있었고 그들의 임무가 무엇이었는지 알 수 있었으며, 뿐만 아니라 후금의 관심사가 무엇이었는지도 알 수 있었다. 이에 더하여 조선의 사신을 맞이하는 접견례의 모습, 저 심하전투와 정묘호란 때 포로가 된 조선인의 애끓는 모습, 후금에 투항한 명나라와 몽골 장수들의 모습과 조선인의 비열한 모습 등도 볼 수 있었다. 결국 이 시기에 저 중원의 새로운 지배자는 후금 곧 청나라이었음이 확인되며, 조선은 어쩔 수 없이 그들의 위세에 점차 위축되어 감을 목도하게 되었다.

그리고 <심양사행일기>는 요해총서 속에 포함되어 있어서 학계에 소개될 수 있었고, <심양왕환일기>는 일본인에 의해 등초(謄抄)되어 있어서 또한 학계에 소개될 수 있었다. 17세기 민족적 수난기에 처하여 국가의 생존을 도모한 과정이 생생하게 기록되었던 문헌들의 얄궂은 운명을 목도하면서 오늘날 우리들이 숙연해지는 것은 무엇 때문이겠는가.

■ 첨언

한가지 첨언할 점이 있다. <심양왕환일기>를 보면, 후금인 동일인물의 이름에 대해 음차한자어 표기가 조금씩 다르다. 이를테면, '도지호(道之好)—도을호(刀乙好)—도도호(道道好)'의 경우이다. 이 사람은 예충친왕(睿忠親王) 다이곤(多爾袞, Dorgon, 1612~1650)으로, 누르하치의 정실 자식으로는 9남이고 정실과 측실의 구분 없이는 14남이다. 지나가면서 후금인들로부터 들은 대로 표기한데서 빚어진 현상으로, 이러한 현상은 오히려 문헌의 신빙성을 높이는 것이라 하겠다. 그런데 후금인들의 이름이나 지명에 대해 음차한 한자어를 그대로 번역하는 것이 바람직한가에 대한 점검이 필요하다. 인명이나 지명은 아무리 정밀하게 음차하여 표기한다 하더라도 어긋날 수밖에 없는 데다, 후금 및 명나라와 조선의 그 음차 표기방식이 전혀 다르기 때문이다. 우리 문헌에서는 실제적 인물이거나 지명이라 할지라도 후금의 입장에서 보자면 유령 인물이거나 지명일 수밖에 없지 않다.

┃참고문헌

신해진 편역, 선약해 저, 『심양사행일기』, 보고사, 2013.
신해진 역주, 위정철 저, 『심양왕환일기』, 보고사, 2014.

조선사편수회, 『朝鮮史料集眞』 3, 조선총독부, 1935, 67면.
조선사편수회, 『朝鮮史料集眞解說』 3, 조선총독부, 1935, 27~28면.

김민호, 「병자호란 전후 만주인이 본 조선인 : <소현심양일기> 및 선약해의 <심양사
　　　행일기>를 중심으로」, 『중국학논총』 41, 고려대학교 중국학연구소, 2013.
남은경, 「선약해의 <심양일기> : 병자호란 전 조선 무신의 후금에 대한 정탐일기」, 『동
　　　양고전연구』 34, 2009.
스즈키 카이, 「<심양왕환일기>에 나타난 인조 9년(1631) 조선-후금 관계」, 『한국문화』
　　　68, 서울대학교 규장각 한국학연구원, 2014.
신해진, 「<심양왕환일기>의 저자 고증」, 『한국고전연구』 29, 2014.
이서희, 「중원의 지각 변동에 대한 1630년 조선의 현실 대응 : 선약해의 <심양사행일
　　　기>와 권칙의 <강로전>을 중심으로」, 『동남어문학』 44, 동남어문학회, 2017.
정병철, 『'천붕지렬'의 시대, 명말청초의 華北사회』, 전남대학교출판부, 2008.
한명기, 『정묘·병자호란과 동아시아』, 푸른역사, 2009.

────────

이 글은 『국학연구론총』 16(택민국학연구원, 2015)의 149~184면에
게재된 것을 수정하고 대폭 보충한 것이다.

어한명과 〈강도일기〉

1. 어한명은 누구인가

어한명(魚漢明)은 병자호란 당시 경기좌도 수운판관을 역임한 문신이다. 자는 여량(汝亮)이고, 본관은 함종(咸從 : 지금의 평안남도 강서)이다.

조선조에서 집현전 직제학을 지낸 어변갑1)의 8대손이며, 판중추부사를 지낸 어효첨2)의 7대손이며, 호조판서를 지낸 어세공3)의 6대손이다.

---

1) 어변갑(魚變甲, 1381~1435) : 본관은 咸從, 자는 子先, 호는 綿谷. 1399년에 생원이 되고, 1408년 식년문과에 장원한 뒤 校書館副校理 · 성균관주부를 거쳐, 左正言 · 右獻納 등을 역임하였다. 1420년에 집현전이 발족되자 應教로서 知製教 · 經筵檢討官을 겸임하고 1424년에는 집현전 직제학이 되었다.
2) 어효첨(魚孝瞻, 1405~1475) : 본관은 咸從, 자는 萬從, 호는 龜川, 시호는 文孝. 좌의정 朴訔의 사위이다. 1423년 생원시에 합격하고, 1429년 식년 문과에 급제, 이듬해 예문관검열에 선임되었다. 이어 대교가 되어 기사관으로서 ≪태종실록≫의 편수에 참여하였다. 1446년 集賢殿應教, 1449년 直集賢殿을 역임하고, 1454년 예조참의에 올랐다. 세조 즉위 후 原從功臣 2등에 책록되고, 이듬해 이조참판으로 승진, 의금부제조를 겸해 이른바 사육신 사건을 다스리면서 점차 중용되었다. 그 뒤 호조와 형조참판을 역임하고, 1458년 대사헌이 되었으며, 1463년 이조판서로 승진하였다.
3) 어세공(魚世恭(1432~1486) : 본관은 咸從, 자는 子敬, 시호는 襄肅. 1456년 문과에 형 魚世謙과 함께 급제하여, 正字가 되고 박사 · 漢城府參軍 · 병조좌랑 · 成均司藝 · 좌승지를 지냈다. 1467년 李施愛의 난이 일어나자 함길도관찰사에 중용되어 난을 평정한 공으로 敵愾功臣에 책록되어 牙城君에 봉해졌다. 그 후 병조판서를 거쳐, 1468년 예종이 즉위하자 謝恩副使로 명나라에 다녀왔으며, 1470년 경기도관찰사, 1472년 중추부지사, 1477년 한성부판윤

증조부는 어계선4)으로 좌참찬을 지냈으며, 조부는 어운해5)로 평창(平昌) 군수를 지내고 이조참판에 추증되었다. 아버지는 어몽린6)으로 동몽교관을 지내고 승정원 좌승지에 추증되었으며, 어머니는 전주 류씨 군기시부정(軍器寺副正) 류영성7)의 딸로 숙부인(淑夫人)에 추증되었다.

어한명은 1592년 1월 22일에 태어나 1648년 11월 14일에 죽은 인물이다. 소암 임숙영8)을 사사하여 글재주가 진전되자, 1618년 생원시에 합격하여 음보(蔭補)로 관직에 진출하였다. 1629년 광릉(光陵 : 세조와 그의 비능) 참봉에 제수되었고, 제용감 부봉사(濟用監副奉事)에 천거되었으며, 상

을 지낸 뒤 호조판서로 좌빈객을 겸하고, 이어 각 조의 판서를 역임한 뒤 右參贊에 이르렀다.

4) 어계선(魚季瑄, 1502~1579) : 본관은 咸從, 자는 瑄之. 1528년 사마시에 합격하였고, 1540년 진사로서 식년문과에 을과로 급제한 뒤 승문원에 출사하였으며, 1544년 典籍으로 승임되었다. 그 뒤 병조좌랑·형조좌랑·持平·獻納을 거쳐, 1548년 예조정랑에 승임되었으며, 어사가 되어 북방 군민의 어려운 형편을 살피고 돌아왔다. 그 뒤 병조·사헌부·홍문관 등의 관직을 거쳐, 軍器寺副正·弘文館應教에서 典翰·직제학으로 승진되었다. 1555년 병조참지, 그 뒤 공조참의 등을 거쳐 승정원 도승지가 되었다. 1560년 형조참판이 되었을 때 牙善君에 봉군되었다. 그 뒤 한성부좌윤에서 오위부총관으로 전임하였다. 1567년 명종이 죽자 守陵官에 제수되었고, 그 뒤 오위도총관 등을 거쳐 벼슬이 좌참찬에 이르렀다.

5) 어운해(魚雲海, 1536~1585) : 본관은 咸從, 자는 景遊, 호는 荷潭. 1564년 사마시에 합격한 뒤 과거와 벼슬을 단념하고 학문연구에 몰두하였다. 1570년 造紙署別提에 임명된 뒤 司藝·直長·尙衣院主簿·형조좌랑·과천현감·호조좌랑·경상도사·강원도사·형조정랑·평창군수를 역임하였다.

6) 어몽린(魚夢麟, 1564~1611) : 본관은 咸從, 자는 瑞仲. 牛溪 成渾의 문하에서 유학하였으며 일찍이 가훈을 이어 과거를 일삼지 않았다. 만년에 童蒙教官을 제수 받아 학도를 가르치는 데 게을리 하지 않았으나 光海君의 문란한 정사를 보고 다시 벼슬하지 않았다.

7) 류영성(柳永成, 1541~1612) : 본관은 全州, 호는 국포. 1573년에 진사하고 筮仕로 淸風府使, 軍器寺 副正을 지냈다. 좌승지에 추증되었다.

8) 임숙영(任叔英, 1576~1623) : 본관은 豊川, 초명은 湘, 자는 茂淑, 호는 疎庵. 1611년 別試文科 殿試에서 "지금 나라에서 가장 힘써야 할 일이 무엇인가"라는 策問(시험문제)에 대해 "나라의 우환과 조정의 병폐가 제일 큰 문제인데 전하께서는 당연히 물어보아야 할 중요한 것은 묻지 않고 어찌하여 사소한 것들만 물어보십니까? 전하께서는 어찌하여 자질구레한 일에만 매달리고 원대한 것은 도모하지 않으시며, 언관의 간언을 논하지 않고 덮어두려고만 하는지 신은 전하의 뜻을 모르겠습니다."라며 나라의 우환과 조정 병폐의 원인이 임금에게 있음을 분명히 밝히고 中宮殿과 戚臣 柳希奮들의 횡포, 權臣 李爾瞻의 무도함을 격렬하게 공박하는 對策文을 써낸 일화가 있는 강직한 인물이다.

의원 부직장(尙衣院副直長)을 거쳐 1635년 경기좌도 수운판관(京畿左道水運判官)에 임명되었다. 병자호란을 맞아 자신의 임무는 참선(站船)을 띄워 통진(通津)에 가서 탁지(度支 : 호조)의 화물을 강화도로 운송하는 것이었지만, 강화도로 피난하는 봉림대군과 인평대군, 세자빈과 원손, 인조의 비 인열왕후 혼전(魂殿) 등을 강화도의 항구 손돌목으로 잘 건너가도록 인도하는 등 자신의 임무가 아님에도 적극적으로 조치하였다. 그러나 이러한 일을 자신의 임무가 아니라고 핑계대지 않으면서 심혈을 쏟았지만, 자신의 본래 임무를 소홀히 했다 하여 1637년 2월에 파직되는 지경에 이르자, 충북 음성(陰城)에 은거하다가 1648년 객사하여 고양(高陽)의 선영에 묻혔다.

어한명은 참봉 권숙9)의 딸인 부인 안동권씨 사이에 4남 2녀를 두었다. 첫째아들 어진열10)은 병조정랑을 지내고 대사헌에 추증되었으며, 둘째아들 어진익11)은 충청도와 강원도 관찰사를 지내고 좌찬성에 추증되었으며, 셋째아들 어진석12)은 진사와 첨지중추부사를 지내고 좌찬성에 추증되었으며, 넷째아들 어진척13)은 공조정랑을 지냈다. 두 딸은 각

---

9) 권숙(權俶, 생몰년 미상) : 본관은 安東. 아버지는 병조참판 權訥이고, 백부 權謙에게 양자로 갔다. 陰崖 李耔의 외증손이다. 종6품 宣務郞의 품계에 올라 南部參奉을 역임하였다.

10) 어진열(魚震說, 1621~1677) : 자는 說之. 1657년 식년시에 급제하여 진사가 되고, 1662년 증광시에 급제하였다. 兵曹正郎을 지냈으며, 대사헌에 추증되었다. 金昌直의 장인이다.

11) 어진익(魚震翼, 1625~1684) : 자는 翼之, 호는 謙齋. 1652년 사마시에 합격, 1658년에 金吾郎이 되고 內資寺直長을 거쳐 호조좌랑으로 재직 중 1662년 정시문과에 급제하여 병조좌랑·정랑, 함경도도사, 성균관직강 등을 역임하였다. 1665년 지평이 되어 우의정 許積을 논핵하다 파직당한 李翔를 구하려다 삭직 당하였다. 1672년에 장령이 되고 이어서 헌납·사간을 거쳐 1674년에는 보덕이 되어 효종비 仁宣王后의 복제문제로 尹鑴 등 남인을 공격하다 동래부사로 좌천되었다. 倭館을 옮기는 데 그 비용을 낭비했다 하여 파직, 고양에 유배되었다. 곧 풀려나 이듬해 여주목사가 되고 1681년에 충청도관찰사가 된 뒤 호조·병조·예조참의, 좌승지를 거쳐 1683년에는 강원도관찰사, 이듬해 승지를 역임하였다. 좌찬성에 추증되었다. 李宜顯의 첫째부인의 아버지이다.

12) 어진석(魚震奭, 1628~1707) : 자는 君奭, 호는 迂叟. 1681년 식년시에 급제하였다. 관직은 童蒙敎官, 翊衛司翊衛, 僉知中樞府事 등을 역임하였고, 좌승지에 추증되었다. 李貴의 둘째 아들 李時聃의 사위이다.

각 허훈(許塤)과 양석구(梁錫九)에게 시집갔다.

어진익의 외아들 어사형14)은 한성부 우윤(漢城府右尹)을 지내고 영의
정에 추증되었으며, 어사형의 아들은 어유봉15)과 어유구16) 그리고 어유
붕17)이다. 어유구는 바로 경종(景宗)의 장인으로 영돈녕부사(領敦寧府事)
함원부원군(咸原府院君)이다. 청송 심씨 단의왕후(端懿王后, 1686~1718)가 세
자빈이었지만 1718년에 죽자, 어유구의 딸이 그 해에 세자빈으로 간택
되어 1720년 경종의 계비 선의왕후(宣懿王后, 1705~1730)가 되었으나 1730

---

13) 어진척(魚震陟, 1631~1703) : 자는 伯升. 1657년 식년시에 급제하였다. 관직은 좨주(祭酒),
工曹正郞 등을 역임하였다. 벼슬에서 물러난 후에는 圖書를 가까이 하며 유유자적한 생
활을 하였다.

14) 어사형(魚史衡, 1647~1723) : 자는 子平. 과거에 여러 차례 응시하였으나 급제하지 못하고,
1698년 蔭補로 선공감감역이 되었으며, 그해 겨울 莊陵復位設都監差兼別工作으로 공을
세워 6품에 올랐다. 1700년 新溪縣令으로 나가 선정을 베풀어 송덕비가 세워졌다. 1702
년 잠시 訓局郞으로 재직하다가 곧 楊根郡守가 되었고, 1705년 병으로 사직하였다. 1706
년 다시 기용되어 典牲署主簿·장악원첨정·강화부경·인천부사를 거쳐 1712년 군기시부
정이 되고, 이듬해 승지에 올랐다. 1716년 70세가 되어 통정대부에 加資와 아울러 첨지
중추부사·오위장이 되었다. 이해에 손녀가 왕세자빈(景宗妃 宣懿王后)으로 책봉되자 敦
寧府都正에 올랐고, 이어 가선대부 同知敦寧府事에 올랐다. 1721년 장례원판결사에 보임
되어 사직을 청하였고, 이듬해 다시 한성부우윤에 임명, 재임 중에 죽었다.

15) 어유봉(魚有鳳, 1672~1744) : 자는 舜瑞, 호는 杞園. 水運判官 魚漢明의 증손으로, 할아버지
는 경기도관찰사 魚震翼이고, 아버지는 한성부우윤 魚史衡이며, 어머니는 柳楯의 딸이다.
景宗의 장인 魚有龜의 형이다. 金昌協의 문인이다. 당대의 학자로 명망이 높았으며 학문
적으로는 이른바 洛論으로서 權尙夏의 문인 李柬의 人物性同論을 지지하였다.

16) 어유구(魚有龜, 1675~1740) : 자는 聖則, 호는 兢齋. 水運判官 魚漢明의 증손으로, 할아버지
는 경기도관찰사 魚震翼이고, 아버지는 한성부우윤 魚史衡이며, 어머니는 柳楯의 딸이다.
1718년 수원부사를 거쳐 병조참지로 있을 때, 딸이 세자빈(뒤의 宣懿王后)으로 들어갔으
며, 그 해에 대사간에 오르고 이어 승지가 되었다. 1720년경종이 즉위하자 咸原府院君에
봉해지고, 이듬해 어영대장이 되어 訓局의 관장을 겸하였다. 1721년 사직 金一鏡 등이 소
를 올려 노론 四大臣(김창집·이이명·이건명·조태채)의 세제 대리청정 주장이 역모라고
규탄해 사대신이 파직되자, 그들의 무고를 밝히고 김일경 등의 상소를 물리쳤다. 1722년
영돈녕부사에 오르고, 강화유수가 되었다. 영의정에 추증되었다.

17) 어유붕(魚有鵬, 1678~1752) : 자는 志遠. 水運判官 魚漢明의 증손으로, 할아버지는 경기도관
찰사 魚震翼이고, 아버지는 한성부우윤 魚史衡이며, 어머니는 柳楯의 딸이다. 1714년 36
세로 생원시에 합격하여, 翼陵參奉에 제수된 이후 여러 관직을 거쳐 장악원정·翊衛司衛
率에까지 이르렀다. 외직으로는 부평부사·光州牧使를 거쳐 敦寧府都正·장례원판결사에
까지 올랐다.

년에 일찍 죽고 만다.

이로써, 어한명은 경종의 계비 손녀를 두어 증직이 되었지만 병자호
란 당시 수운판관으로서 봉림대군을 호위했던 인연으로 인하여 숙종(肅
宗) 때 송시열 중심의 서인계열 인물들에 의해 주목받은 것으로 보인다.

■ 어한명과 관련된 착오의 교정

한국학중앙연구원의 『한국민족문화대백과』에서 어한명이 좌참찬에
추증된 시기를 1816년으로 기술한 것은 결론적으로 말하자면 착오이다.
어유구의 딸이 세자빈으로 간택되었을 때(1718)인지, 왕후로 올랐을 때
(1720)인지 분명하지 않으나, 이 시기를 즈음하여 함종어씨 집안에 증직
이 이루어졌던 것으로 보인다.

≪영조실록≫ 1730년 8월 27일 2번째 기사에 의하면, 이의현(李宜顯)이
선의왕후의 <묘지문(墓誌文)>을 지었는데 고조 어한명이 증 좌찬성, 증
조 어진익이 증 좌찬성, 조부 어사형이 증 영의정으로 되어 있기 때문
이다. 또한 남공철(南公轍)이 지은 <시장(諡狀)>[18]에서도 "공은 이전에 자
손들이 존귀해짐에 따라 거듭 추증되어 자헌대부 의정부 좌참찬이 되
었다.(公前用子貴, 屢贈資憲大夫議政府左參贊.)"고 한 데서 확인된다. 이의현은
바로 어진익의 둘째 사위이다. 어진익은 첫째 딸을 영의정 이유(李濡)에
게, 둘째 딸을 영의정 이의현에게 시집보냈다. 따라서 이의현의 첫째부
인이 함종어씨였으니, 어한명의 외손서였다. 다시 말해, 이의현과 선의
왕후는 대고모부와 처손녀 관계였다.

그리고 서울대학교 규장각한국학연구원에 소장되어 있는 어한명의

---

18) 어한명 저, 신해진 역, 『강도일기(江都日記)』, 역락, 2012, 59~74면.

묘표의 해제를 살펴보면, "묘표 제일 앞부분에 '贈議政府左參贊魚公之墓 贈貞夫人安東權氏 左'라고 되어 있다. 1703년(숙종 29)에 손자 史徽이 원주 목사로 부임하여 墓表를 세웠는데 그로부터 34년 후 1736년(영조 12)에 증손 有鳳이 改刻한 것이다."고 소개되어 있다. 어사징은 어한명의 숙부 인 어몽렴(魚夢濂, 1582~1651)의 증손자이다. 어몽렴의 아들 어중명(魚重明), 그 아들 어진한(魚震翰), 그 둘째아들이 바로 어사징이다. 따라서 어사징 은 어한명의 재종손자인 셈이다.

그런데 직계 조상이 아닌데도 석물(石物)을 세웠다는 것은 일반적인 관행이 아닌바, 좀 더 세밀히 검토한 뒤에 서술했어야 했다. 그리하여 함종어씨 중앙종친회에 문의하고 관련 자료를 받아보았더니, 어사징은 어사휘(魚史徽, 1654~1706)의 오기였다. '징(懲)'과 '휘(徽)'를 착각한 것으로 여겨진다. 어사휘는 ≪승정원일기≫에 따르면 1702년 10월 18일 원주목 사에 제수되었고, 11월 7일 임금에게 하직하였으며, 다시 12월 18일 원주 목사에 제수한 것으로 나온다. 이 부분에 대하여 함종어씨 중앙종친회 의 관련 자료에서는 "계미년(1703)에 공의 손자인 사휘가 원주목사로 나 가서 석물을 갖추며, 묘표를 했고, 그 뒤 34년만인 병진년(1736)에 다시 글을 새겼다.(曾在癸未, 孫史徽出牧原州, 具石表墓, 後三十四年丙辰, 改刻其陰.)"고 하면서 어유봉이 짓고 어유구가 쓴 것으로 되어 있다. 어사휘가 1703년 원주목사로 나가 있으면서 경기도 고양(高陽) 선영의 묘에 대해 묘비를 세웠는데, 그 이후에 어한명에게 좌참찬이 추증되자 이 묘비를 어한명 의 증손 어유봉이 1736년에 개각한 것으로 추측된다. 어유봉이 1710년 에 지은 어한명의 묘지 <조고강원도관차라증좌참성부군묘지(祖考江原道 觀察使贈左贊成府君墓誌)>은 제목에만 증직이 언급되어 있을 뿐, 내용에는 증직과 관련 아무런 언급이 없다. 반면, 어유봉이 1736년에 지은 어한명 의 묘표 <증조수운판관증좌참찬부군묘표(曾祖水運判官贈左參贊府君墓表)>는

제목뿐만 아니라 내용에도 "원종공신에 포함되어 공에게 자헌대부 좌
참찬에 증직되었다.(參原從功, 加贈公資憲左參贊.)"는 언급이 있기 때문이다.
글의 제목에 있는 증직 관련 언급은 1833년에 어유봉의 문집 ≪기원집
(杞園集)≫을 간행하면서 후손들이 숭조정신의 일환으로 붙였을 것으로
사료된다. 어한명의 셋째아들 어진석, 어진석의 첫째아들이 어사휘이고,
어한명의 둘째아들 어진익, 어진익의 외아들 어사형, 어사형의 첫째와
둘째 아들이 바로 어유봉과 어유구이다.

한편, 병자호란 일어난 지 180년이 지난 1816년에 조야의 유생 유학
심능철(沈能喆) 외 123인은 어한명에게 "높은 품계를 추증하고 아름다운
시호를 하사하라.(贈以崇秩, 賜以美諡.)"는 상언(上言)을 올렸다. 그런데 품계
를 올려달라는 상언은 소위 사건사(四件事)에 해당되지 않아 기각되고
말았다. 그러나 아름다운 시호를 하사해달라는 청원은 1816년 당시 순
조(純祖)의 은전(恩典)으로 허가되었는데19), 1827년에야 비로소 충경(忠景)
이라는 시호가 내려졌다20). 따라서 '충경'이라는 시호가 내려진 적확한
시기는 1827년으로 보아야 할 것이다.

---

19) ≪순조실록≫, 1816년 10월 20일 1번째 기사. "예조에서 유생이 올린 상소와 상언(上言)
으로 인하여 아뢰기를, '증 참의 洪宇定은 이미 정경(正卿)으로 끌어올려 증직한 은전을
입었으니, 시호를 내리는 것이 마땅하겠습니다. 증 승지 金象乾은 바로 文烈公 金千鎰의
맏아들인데, 임진왜란에 父子가 동시에 절의를 세웠으므로 선묘조께서 관원을 보내어
제사를 지냈고, 고 통덕랑 朴忠儉은 문열공 趙憲의 수제자인데, 錦山의 전투에서 스승과
같이 순절하여 절의가 빛났으니, 旌閭의 은전을 시행하도록 허락하는 것이 합당할 듯합
니다. 증 참찬 魚漢明은 병자호란 때 임금을 호종한 큰 공적이 있었는데, 그 사실이 先正
臣 權尙夏·金昌協의 글에 자세히 기록되어 있으니, 이번에 시호를 내려 달라고 청하는
것이 공론이라는 것을 알 수 있습니다. 홍우정과 어한명에게는 모두 시호를 내리고, 김
상건·박충검에게는 모두 정려를 시행하게 하는 것이 진실로 교화를 세우고 절의를 장
려하는 도리라고 하겠습니다.' 하니, 그대로 따랐다."
20) ≪순조실록≫, 1827년 윤5월 1일 1번째 기사. "시호의 의망에 대해 비답을 내렸다. 영중
추부사 金載瓚은 文忠으로, 증 예조판서 周世鵬은 文敏으로, 증 좌참찬 魚漢明은 忠景으
로, 이조판서 申公濟는 貞敏으로, 공조판서 柳譿은 孝簡으로, 이조판서 朴崙壽는 忠獻으
로, 지사 金太虛는 襄武로, 이조판서 趙尙鎭은 翼貞으로, 이조판서 洪義臣은 翼靖으로 하
였다.

2. 강도일기는 어떤 체재와 내용인가

1636년 병자호란은 발발한 지 2달도 못 되어 1637년 1월 30일 인조(仁祖) 임금이 삼전도(三田渡)에서 무릎을 꿇고 청나라 태종에게 항복의 의례를 행함으로써 끝난 전란이다. 흔히 조선조 최대의 치욕적인 사건이라 한다. 그 당시 조선인의 자존심을 송두리째 짓밟아버린 두 곳, 함락의 현장인 강화도, 항복의 현장인 남한산성! 이 둘 중에서 치욕스러움이라 하면 남한산성이겠지만, 참혹함이라 하면 강화도가 아니겠는가. 병자년 혹독히도 추웠던 겨울 바닷바람을 맞아가며 그 참혹한 현장이 될 줄 모르고 강화도로 들어가려는 피난민들의 적나라한 모습을 그 길목인 경기도 김포 통진 나루에서 직접 목도하고 생생히 증언한 것이 바로 어한명의 <강도일기(江都日記)>[21]이다.

1) 체재

이 일기를 포함한 문집 ≪강도일기≫는 1책 30장의 필사본이다. 이 필사본은 다음처럼 구성되어 문집체재를 갖추고 있다.

① 강도일기(江都日記) : 어한명
② 후기(後記) : 김창협(金昌協)
③ 발(跋) : 권상하(權尙夏)
④ 시장(諡狀) : 남공철(南公轍)
⑤ 통문(通文) : 이재순(李在純)외 4인
⑥ 조야의 유생과 유학 심능철 등의 상언(中外儒生儒學臣沈能喆等上言)

---

21) 어한명 저, 신해진 역, 앞의 책, 55면과 64면. 權尙夏의 跋文에서는 '병자강도일기', 南公轍의 諡狀에서는 '강도일기'라 칭하고 있음.

⑦ 이조 회계(吏曹回啓)

⑧ 예조 회계(禮曹回啓)

이에 대해 좀 더 부연 설명하자면, ① 〈강도일기〉는 병자호란 당시 어한명이 김포 통진 나루에서 봉림대군과 인평대군을 비롯한 피란민들을 강화도로 피란하도록 하면서 겪었던 여러 일들을 생생하게 기록한 일기이다. 이 일기의 내용에 대해 보다 상세한 것은 후술될 것이다.

② 후기는 김창협(金昌協, 1651~1708)이 1706년 동짓달에 쓴 글이다. 김창협은 송시열의 제자이다. 그 시기가 언제인지 특정할 수는 없지만, 어한명의 증손 어유봉(魚有鳳)이 자신의 스승인 김창협에게 '후기'를 부탁했던 것으로 보인다. 김창협이 후기를 짓게 된 내력을 밝히는 대목에서 어유봉이 찾아와 '병자호란 때의 일을 기록'한 것을 보여주었던 것으로 서술하고 있기 때문이다. 이 후기에서 '새로운 사실'들이 덧보태어진다. 어한명이 이미 죽은 후인 1649년 소현세자의 급사로 봉림대군이 효종(孝宗)으로 보위에 오르게 되자, 강화도로 건너가던 병자호란 당시 어한명의 충성을 회상하여 여러 차례 그 성명을 물었으나 당시에 아는 사람이 없어 밝혀내지 못했을 뿐만 아니라 세상에 알려지지 못했던 안타까운 사연이다. 그리고 김창협은 김경징에 관한 여러 기록들이 여기저기 전해오는 가운데서 어한명의 기록이 가장 믿을 만하다고 언급한 것이다.

③ 발문은 권상하(權尙夏, 1641~1721)가 1714년 10월에 쓴 글이다. 송시열의 여러 제자 중에서도 수제자로 일컬어지는 인물이다. 발문 역시 어한명의 증손 어유봉으로 말미암아 짓게 되었다. 〈후기〉와 마찬가지로 부탁한 시기가 언제인지 특정할 수 없지만, 권상하가 〈발문〉을 쓰게 된 내력에서 "나는 일찍이 어한명의 가르침을 입었지만 직접 한 번도 찾아

뵌 적이 없어서 한스러웠는데, 지금 그의 증손자 어유봉으로 말미암아 공의 '병자강도일기(丙子江都日記)'를 볼 수 있어서 더욱 나도 모르게 감탄하였다."고 밝혀 놓았다. 또 이 발문에는 "진실로 평소 의리와 이해를 구분하는 데에 본디 밝은 분이 아니라면, 국난을 당하여 다급한 때에 어찌 맡은 일이 아닌 이외의 것에 온 힘을 다하여 충성을 바친 것이 이와 같을 수 있겠는가? 기리어 숭상하고 발탁하여서 충성스럽고 의리 있는 선비를 떨치고 일어나게 함이 마땅하다."며 어한명을 기리고 있다.

아마도 ≪강도일기≫라는 문집의 최초 원형은 여기까지였을 것으로 생각된다. 새 자료 충남대학교도서관 소장 ≪강도일기≫[22]에서 확인할 수 있을 것이다.

그런데 서울대학교 규장각한국학연구원 소장 ≪강도일기≫는 병자호란이 일어난 지 180년 지난 병자년(1816)부터 이루어진, 어한명에게 '품계를 높이고 시호를 내려달라'는 청원 과정에서의 자료들이 보태져 묶여 있다. ④ 시장은 남공철(南公轍, 1760~1840)이 찬한 글이다. 남공철의 아버지 남유용(南有容)은 김창협의 문인인 이재(李縡)의 문인이다. 어한명의 후손 어재황(魚在璜, 1762~1818)의 부탁을 받은 남공철이 시장의 말미에 자신의 직함을 '대광보국숭록대부 의정부 우의정 겸 영경연감춘추사'[23]로 적어놓았는데, 그가 우의정을 지낸 시기는 1817년 7월부터 1821년 4월이다. 또한 부탁을 한 어재황의 몰년이 1818년이다. 따라서 시장은 1817년에서 1818년 사이에 작성되었던 것으로 짐작할 수 있다. ⑤ 통문은 이재순(李在純, 1760~1841) 외 4인이 1816년 어한명에게 품계를 추증하고 시호 내려주기를 청하는[贈秩贈諡] 여론을 형성하기 위해 작성한 것으로 짐작된다. 이재순은 이의현(李宜顯, 1669~1745)의 증손이다. 곧, 이의현

---

22) 위의 책, 176-188면의 영인 자료 참조.
23) 위의 책, 65면.

의 아들 이보문(李普文, 1715~1740), 그 아들 이학조(李學祚, 1737~1772), 그 아들이 바로 이재순이다. ⑥ 상언은 심능철 외 123인이 1816년 8월에 올린 것인데[24], 동년 10월 20일에 순조(純祖)는 어한명에게 추증과 시호 내리도록 하였다.[25] 이에 동년 동월 22일 이조판서 김이양(金履陽, 1755~1845)이 대답한 것이 ⑦ 이조회계(吏曹回啓)인데, 상언이 사건사(四件事) 밖의 문제를 다루고 있기 때문에 품계는 그대로 두기를 바라면서 시호의 하사는 예조의 소관이라고 아뢴 것[26]이다. 상언이란 것은 사건사 이른바 "적첩분별(嫡妾分別)·형륙급신(刑戮及身)·양천분별(良賤分別)·부자분별(父子分別)" 등의 억울한 일에 관해서만 할 수 있도록 극히 제한적인 것이었기 때문이다. 시호의 하사에 관해 예조판서 조덕윤(趙德潤, 1747~1821)이 대답한 것이 ⑧예조회계(禮曹回啓)인데, 임금의 은전(恩典)을 시행하는 것에 관계되는 것이라며 임금이 결단하라고 아뢴 것이다.

이러한 순서로 된 필사본이 바로 서울대학교 규장각한국학연구원 소장본이다. 그런데 시간 순서로 본다면 ⑤⑥⑦⑧④이어야 할 것이다. 아무튼 이 '규장각본'은 필사연도를 정확히 특정할 수 없지만, 1817년 7월 이후부터 1827년 5월 14일 이전에 필사되었을 것으로 추측할 수 있다. 남공철이 우의정으로 부임하던 시기가 1817년 7월이고, 1827년 윤5월 1일에야 비로소 '충경(忠景)'이라는 시호가 내려졌기 때문이다. ≪승정원일기≫ 1827년 5월 14일조, 윤5월 1일조, 10월 7일조를 보면, 처음 논의되던 시호는 임금의 휘(諱)에 저촉되어 '충경'이라는 새로운 시호를 내렸고, 1827년 10월 12일에 경기도 광주(廣州) 시골집에서 하사하는 의식을 거행한 것으로 되어 있다. 이 필사본이 지향했던 필사 정신을

---

24) 위의 책, 85~96면.
25) ≪순조실록≫ 1816년 10월 20일 1번째 기사.
26) 어한명 저, 신해진 역, 앞의 책, 117-118면.

염두에 둔다면 시호가 내려지는 과정을 빠뜨릴 수가 없었을 것으로 짐작된다.

2) 내용

<강도일기>는 병자호란 당시 수운판관 어한명이 통진(通津 : 경기도 김포군 월곶면 군하리에 있었던 옛 읍)에서 있었던 일을 비록 짧은 기간일망정 기록한 일기이다. 곧, 1636년 12월 12일부터 29일까지의 생생한 증언이다. 그날에 있었던 일을 단순히 서술하거나 묘사하는 것에만 그치지 아니하고 인물들 사이의 대화를 직접 인용하는 방식도 아울러 구사하고 있어서 그 현장에 있는 듯한 느낌을 주고 있다.

이러한 일기를 쓰게 된 동기에 대해 다음과 같이 밝히고 있다.

> 아, 병자년의 난리는 실로 우리나라에서 전례 없던 큰 변란이었다. 그리고 나는 지위가 낮은 관리로서 수운(水運)의 일을 맡았다가 마침 여러 행차들이 바다를 건너는 때에 다급하고 두서없는 모습을 목도하였고, 통진에서 본참으로 돌아오기까지 여러 차례 오랑캐를 만났지만 다행히 온전할 수 있었다. 이것들은 내가 일찍이 온갖 어렵고 험한 일을 겪었던 것을 평소에 잊지 못하는 것이므로 그 전말을 대략 기록하여 아이들에게 보일 뿐이다.[27]

위의 인용문에서 보듯, 어한명은 통진 나루에서 궁궐의 행차들을 강화도로 도강시키며 다급하고 두서없는 모습을 목도한 그대로를 자손들의 경계 자료로 삼기 위해 기록하였다는 저술동기를 밝히고 있다. 이뿐

---

27) 위의 책, 32면.

만 아니라, 온갖 어렵고 험한 일을 겪으며 자신에게 주어진 본연의 임무가 아닌 일에 충성을 다 받쳤지만, 끝내 1637년 2월에 파직된 상황도 무시 못 할 요인이 아닌가 한다. 결국 어한명은 당시의 전말을 세상에 생생하게 알리고자 하였던 것이다.

그런데 〈강도일기〉는 어쩌면 병자호란을 맞아 김포 통진 나루에서의 다급하고 두서없는 아수라장을 생생히 기록한 1636년 12월 15일 단 하루의 일기라고 해도 좋을 정도이다. 12일부터 14일까지는 변란이 일어났다는 소식을 접하는 과정이, 16일부터 29일까지는 어한명이 통진에서 충주의 본참으로 귀환하는 과정이 서술되어 있기 때문이다. 하지만 단 하루의 일기라 할지라도 전란시의 참담하고 비인간적인 상황을 이보다 더 잘 드러낼 수는 없을 것이다.

우선, 자신이 책임져야 하는 본연의 임무가 아니었지만 궁궐의 행차들을 강화도로 도강시키는데 심혈을 기울여 충성을 다한 면을 서술하고 있다. 어한명은 병자호란 발발 두 달 전인 10월에 호조판서 김신국(金藎國)으로부터 수참선(水站船)을 통진 나루에 정박시켜 놓으라는 명을 받았다. 그리하여 유사시에 호조의 화물을 강화도까지 운송하는 것이 그의 임무였다. 하지만 그는 12월 15일 아침에 궁궐의 피난 행차가 통진 나루에 곧 도착하리라는 것을 알고 나서 자신의 임무가 아니라며 핑계하지 않고, 격군(格軍 : 뱃사공)들을 불러 모아 피난 일행이 강화도로 도강할 수 있도록 준비하는 과정을 소상히 서술하였다. 곧, 그는 뜻밖의 변란을 맞아 격군을 바닷가의 백성들 중에서 급히 찾지만 백성들이 슬금슬금 도망가려 하자, 나라에 큰 변고가 있어 궁궐의 행차가 몹시 다급하게 당도하는데 강화도로 건네게 할 의향이 없으니 이 무슨 도리냐며 준엄한 말로 백성들의 마음을 돌리는 장면이다. 이 장면이 표상하는 것은 〈강도일기〉를 관통하는 핵심이자 전체 일기에 깔아놓은 복선이라 할 것이다.

궁궐의 행차로 제일 먼저 서술된 것은 '흰옷'에 초립(草笠)을 쓰고 흑마(黑馬)로 피난해온 봉림대군(1619~1659)과 인평대군(1622~1658) 일행의 곤혹한 모습이다. 비탈 위에 있는 시골집의 사립문 밖 빨래터 가에서 봉림대군과 인평대군을 배알하려는데 앉을 자리 하나 없어 방석을 가져다주어야 했던 대목, 배를 띄우기 위해서는 한낮에 얼음이 풀려 조수가 이를 때까지 기다려야 했는데 그때 한 궁노(宮奴)가 아침 끼니를 걱정하는 것을 듣고 종을 불러 비축해 둔 양식 쌀을 가져다주었다는 대목 등을 통해 갑자기 피난길에 오른 일행의 군색한 모습이 부각되고 있다. 그런 가운데서도 봉림대군이 자신에게 배알하기 위해 차가운 땅바닥에서 고개를 숙이고 엎드려 있는 어한명을 생각는 자상한 모습은 별나게 눈에 띈다. 봉림대군과 세 살밖에 차이가 나지 않는 인평대군의 모습은 그려지지 않았기 때문이다.

봉림대군과 인평대군의 일행이 배 띄우기만을 기다리고 있을 때, 자줏빛 명주옷에 두건을 쓴 한 사람이 등에 자줏빛 명주 보자기를 짊어지고 오는 대목이 서술된다. 바로 인조의 비 인열왕후(仁烈王后) 한씨(韓氏)의 혼전(魂殿), 곧 숙녕전(肅寧殿)의 혼전 일행이었다. 어한명은 너무나도 놀라서 초둔(草芚 : 풀로 엮은 거적)을 배위에 깔아놓게 하여 그 일행이 즉시 배에 타도록 하였다는 것이다. 그러면서 날이 저물자, 궁궐의 행차들이 계속 와 선착장에 모인 사람들의 수를 알 수가 없을 지경이었다. 모두 흰옷을 입은 데다 얼굴을 가리고 앉아 있어서 모래사장 위에 가득 채운 흰색은 흰 비단결 같았으니, 인열왕후의 소상(小祥)이 겨우 지났기 때문이었다. 죽어서도 편안하지 못하고 변란을 맞아 아들들을 비롯해 신료들이며 백성들과 초라한 모습으로 피난길에 오른 대목이다.

이때 어한명이 강도(江都) 피난과 수비의 책임을 맡은 검찰사(檢察使)

김경징(金慶徵)의 부름을 받아 만나는 대목이 이어서 서술된다. 그야말로 아수라장인데도 김경징은 나랏일에 조금도 관심이 없었으며, 간혹 하늘을 쳐다보며 휘파람 불기도 하고 부채를 들어 휘젓기도 한다고 하였다. 조금 뒤에 덕포(德浦 : 통진에 있는 포구) 첨사 조집(趙㙫)이 배를 타고 오자, 대군들을 비롯하여 숙녕전의 혼전 등의 도강(渡江)은 안중에 없고 오로지 자신과 가솔들의 안위만을 생각하는 김경징의 처사에 대해 아주 세세한 서술이 이어진다. 어한명이 김경징과 언쟁을 벌이는데, 그때 경기 우도 수운판관 윤개(尹塏)가 비로소 도착하여 눈짓을 하며 말렸다. 그러나 분을 참지 못한 어한명이 윤개와 모래사장에 누워서 "나라의 두터운 은혜를 받아서 중임(重任)을 한 몸에 졌으면서도 국가의 위급을 생각지 않고 단지 처와 자식들을 보전하려는 마음만 있네."라는 대목은 김경징의 처사를 강력하게 비판하도록 만든다.

우여곡절 끝에 대군들의 행차와 숙녕전 혼전의 일행을 도강시키고 나자, 통진 나루에 뒤늦게 도착한 빈궁(嬪宮 : 소현세자의 빈)과 원손(元孫 : 경선군, 1636~1648) 일행의 장면이 서술된다. 말 위에 실려 있는 가마를 타고 왔지만 한흥일(韓興一) 승지만 따르며 호송할 뿐, 부지군(扶持軍 : 부축하여 도와주는 호위군)조차 없어서 고개 하나 넘지를 못하여 어한명이 수하 5,6명을 보내어 호송해왔다는 대목은 빈궁과 원손의 현실적 처지를 적나라하게 드러내고 있다. 남편과 시아버지를 남한산성으로 보내고 핏덩어리 아들과 함께 피란길에 오른 강빈(姜嬪)의 초라한 모습인 것이다. 게다가 그때 작은 배 한 척이 남아 있었지만, 피란민들이 서로 타려고 다투어 너무나 많이 탔을 뿐만 아니라 조수(潮水)가 이미 빠져 나가서 어쩔 수 없게 되자, 빈궁 일행이 하룻밤을 사처(私處)에 유숙하는 대목은 더욱 처절한 상황이 그려진다. 또한 빈궁에게 저녁수라조차 올리지 못했다는 내관(內官)의 말에 어한명이 양식 쌀과 율무 몇 되를 가져다가 올리는 대목은 처절함이 더욱 상승된다.

이런 가운데, 통진 현감 채충원(蔡忠元)이 그때야 나타나자 어한명이 "어찌 제때에 즉시 대령하여 자기의 소심을 다하지 않는단 말이오?"라고 힐책하는 대목은, 전란을 맞아 관리들이 제 소임을 다하지 못하고 있는 현실을 있는 그대로 드러내는 대목이라 하겠다. 특히나, 그 혼란한 상황에서 빈궁의 행렬은 되돌아와 사처에 머물러 있음에도 김경징은 그의 가솔들과 함께 그 틈을 타서 바다를 건너갔다는 후일의 전언을 함께 기록함으로써, 어한명이 지녔던 김경징에 대한 불만은 대단했던 것으로 보인다.

다음날 새벽에 빈궁과 원손의 행차가 강화도로 건너려고 했지만, 배들은 대부분 모래톱에 걸려 있을 뿐만 아니라 격군조차 한 사람도 대기하고 있지 않은 상황이 서술된다. 이는 자신의 소임을 팽개쳐 버리고 강화도로 떠난 김경징의 처사가 더욱 비난의 대상이 되지 않을 수 없게 만들었다. 반면, 바닷가를 샅샅이 찾아서 숨어 있던 마을 사람들을 잡아들여 끝내 빈궁의 행차를 강화도로 떠나도록 한 계기가 됨으로써, 국난을 맞아 충성을 다한 어한명의 행위가 부각되었다. 어한명의 충성은 빈궁의 행차를 떠나보낸 후 쓰러지듯 하룻밤 자고 나서 다음날 아침에 부찰사(副察使) 이민구(李敏求)에게 잘 도착하셨는지 확인하는데서 더욱 부각된다. 곧, 빈궁의 행차가 역풍을 만나 거의 위태로운 지경에 빠졌지만 겨우 벗어날 수 있어 지금은 김포의 손돌목에 머물러 있다는 대답을 듣고, 어한명은 곧바로 달려가서 그 당시 모여든 관리들과 함께 힘을 합쳐 강화도로 무사히 건너도록 한 장면이 그려져 있기 때문이다.

끝으로, 경기도 김포의 통진에서 충주에 있는 본참에 돌아오기까지의 귀환과정이 그려져 있다. 19일까지 호조의 화물을 운송하기 위해 기다렸지만 오지 않자, 20일 아침에 통진 나루를 떠나서 경기도 시흥 낙

양촌, 안산의 옥귀섬 능길촌, 수원 산성 아래의 마을, 경기 안성의 죽산, 그리고 그곳의 관사 태평원, 충주의 말마촌에 있는 김중길의 집을 거쳐 29일 아침이 되어서야 충주의 홍원참에 도착했고 당일 저물녘이 되어서야 충주 본참(本站)에 도착하였다. 이처럼 천신만고 끝에 돌아왔지만, 1637년 2월에 오히려 임무를 소홀히 했다 하여 파직 당하는 지경이 되었다.

이상은 어한명이 직접 서술한 〈강도일기〉의 주요한 내용이다. 이 일기는 정환국의 지적[28]대로, 병자호란 발발 직후 수운의 임무를 수행하며 통진 나루에서 피난의 상황을 직접 보고 기록함으로써 병자호란 당시의 이면 정황을 이해하는 데 매우 긴요한 자료이다.

전란이란 일반적인 것이 아니라 한 시기의 특수한 현상인데다 내일을 기약할 수 없다는 점에서 모든 사람들에게 크나큰 공포를 안겨주어 더욱 더 혼돈스러운 국면을 빚어낼 수밖에 없을 것이다. 불안과 공포가 윤리의 둑을 무너뜨리고 가치의 기준을 무력하게 만든 데서 오는 현상이리라. 〈강도일기〉에도 삶과 죽음의 기로에 처한 극한 상황에서 암울한 온갖 군상들이 등장하고 있다. 그 중에서도 강화도 피난과 수비의 책임을 맡았던 검찰사 김경징의 처사를 있는 그대로 그려내면서 비판하는 대목은 국난을 맞아 온 힘을 다하여 충성을 바친 일개 미관말직 수운판관으로서의 어한명이 가슴에 쌓아둘 수 없었던 울분, 격정, 한탄을 기록한 것이 아니겠는가. 그리하여 김경징의 일이 여기저기 전해오지만, 김창협은 이 기록이야말로 가장 믿을 만하다고 하였다. 따라서 어한명으로 인하여 우리는 참혹한 역사의 기억을 반추할 수 있는 소중한 자료를 갖게 되었다.

---

28) 정환국, 「강도일기의 문학해제」, 서울대학교 규장각한국학연구원.

▌참고문헌

≪순조실록≫
어한명 저, 신해진 역, 『강도일기(江都日記)』, 역락, 2012.
김지영, <어한명의 묘표 해제>, 서울대학교 규장각한국학연구원.
정환국, <강도일기 해제>, 서울대학교 규장각한국학연구원.

장경남, 「병자호란 실기에 나타난 작자의식 연구」, 『숭실어문』 17, 숭실어문학회, 2001.

이 글은 『강도일기』(어한명 저, 신해진 역, 역락, 2012)의 158~168면에
수록된 것을 대폭 수정한 것이며, 부기를 덧붙인다.

■ 부기(附記)

　한 가지 덧붙일 것은 이 일기를 과연 '강도일기'라 칭해야 하는 것
인가에 대한 의문이다. 앞서 살펴본 것처럼 강도에서 일어난 사건의
기록이 아니고 강도로 들어가기 전에 통진 나루에서 일어난 사건에
대한 기록이기 때문이다. 충남대학교도서관 소장본처럼 '강도진두사
기(江都津頭私記)'로 불러야 하지 않을까 한다. 강도를 포괄적 범위로
생각한다 해도 이 명칭이 보다 부합하는 것이라 할 것이다.

〈강도일기〉의 이본 대조를 통한 先本과 善本
– 충남대학교도서관본과 서울대학교규장각한국학연구원본을 대상으로

≪강도일기≫는 그동안 서울대학교 규장각한국학연구원본(청구기호 : 奎12400, '규장각본'으로 약칭)만 알려져 있었는데, 필자에 의해 2012년도 충남대학교도서관본(청구기호 : 고서 史.韓國史類 168, '충남대본'으로 약칭)이 발굴되었다. 이 충남대본은 '남한병자록(南漢丙子錄)'이라는 표제 하에 있는 <강도진두사기(江都津頭私記)>이다. 김상헌(金尙憲)의 <남한기략(南漢紀略)>·<풍악문답(豊岳問答)>·<의여인서(擬與人書)>, 신익성(申翊聖)의 <운길산인대(雲吉山人對)>, 이식(李植)의 <남한위성중일기(南漢圍城中日記)>, 신익전(申翊全)의 <병정지(丙丁志)>, 원두표(元斗杓)의 <경인사행문견사건(庚寅使行聞見事件)>, 석지형(石之珩)의 <남한해위록(南漢解圍錄)>, 서종급(徐宗伋)의 <김충선전(金忠善傳)> 등과 합해서 묶여 있는 1책의 필사본이다.

이에, 두 이본을 대조하여 선본(先本)과 선본(善本)을 가려내는 작업이 필요하다. 날짜별 또는 장면별로 단락을 나누어서, 우선 글자나 단락의 출입 및 오기(誤記) 정도를 보이기로 한다.

1. 날짜별 또는 장면별 단락의 이본 대조

01

【규】江都日記

【충】江都津頭私記

02

【규】余於乙亥春, 除京畿左道水運判官, 供職逾年矣。丙子冬十月, 戶曹判書金公藎國, 下帖于本站, 曰：“站舡無遺, 移泊通津." 以爲本曹卜物, 臨亂運致之地。本站依帖文, 卽以站舡十餘隻, 囬泊于通津新村海邊。而格軍皆是忠原等地居民, 勢不可預, 爲裹糧以待事變。只以舡隻, 掛置于海邊, 而使新村人, 看護而已。

是年十二月十二日夕, 西邊急報至。

【충】余於乙亥春, 除京畿左道水運判官, 供職踰年矣。丙子冬十月, 戶曹判書金公藎國, 下帖于本站, 曰：“站舡無遺, 移泊通津." 以爲本曹卜物, 臨亂運致之地。本站依分付, 卽以站舡十餘隻, 囬泊于通津新村海邊。而格軍皆是忠原等地人, 勢不可預, 爲裹糧以待事變。只以舡隻, 掛置于海邊, 而使新村人, 看護而已。

03

【규】十三日朝, 判相坐賓廳, 招余而言曰：“余於冬初, 嘗有站舡移泊之帖, 其已擧行否?” 余曰：“業已擧行矣." 判相曰：“事今急矣。君其親進舡所, 本曹卜物, 善爲護涉于江都." 余對曰：“舡隻雖置海邊, 格軍皆在遠地。無格之舡, 如何以運用耶?” 判相曰：“勢固然矣。君須從便善處." 余遂辭而退, 當日午後發程, 投露梁站, 卽招下吏, 收得若干人丁, 達夜奔馳。

【충】十三日朝, 判相坐賓廳, 招余而言曰：“余於冬初, 嘗有站舡移泊之帖,

其已擧行否?” 余曰:“業已擧行.” 判相曰:“事今急矣。君其親進舡所, 戶曹
卜物, 善爲護涉于江都.” 余對曰:“舡隻雖置海邊, 格軍皆在遠地。無格之舡,
何以運用?” 判相曰:“勢固然矣。君須從便善處.” 余遂辭而退, 其日午後發
程, 投露梁站, 卽招下吏, 收得若于人丁, 達夜奔馳。

04

【규】十四日夕, 到通津新村。村人漠然不知有邊報, 余亦知有邊報而不知
緩急, 通宵不寐, 坐以待曙。

【충】十四日夕, 到通津新村。村人漠然不知有邊報, 余亦知有邊報而不知
緩急, 通宵不寐, 坐而待曙。

05

【규】十五日朝, 忽有一人駈馬過門者, 出問洛下之報, 則答曰:“昨日賊騎,
已到碧蹄. 大駕·東宮, 蒼黃自南大門, 欲向江都, 聞賊已蹂沙峴, 不得已閉城
門, 改路向南漢。惟嬪宮·元孫·兩大君行次, 僅得先出, 昨昏來宿通津地, 今
當到此津頭關.” 余曰:“汝何妄言? 賊雖飛來, 昨日安得入城?” 其人曰:“此
何等事, 焉敢妄傳?”

【충】十五日朝, 忽有一人駈馬過門者, 出問洛下之報, 則答曰:“昨日賊騎,
已到碧蹄. 大駕·東殿, 蒼黃自南大門, 欲向江都, 聞賊已蹂沙峴, 不得已閉城
門, 改路向南漢。唯嬪宮·元孫·兩大君行次, 僅得先出, 昨昏來宿通津地, 卽
當到此津頭.” 余曰:“汝何妄言? 賊雖飛來, 昨日安得入城?” 其人曰:“此何
等事, 其敢妄傳?”

06

【규】余知其信然, 驚惶罔措, 涕淚自出。旣而, 反而思之, 余所以來此者,
雖爲本曹卜物之運涉, 今者國家行次, 顚越至此, 而江華·通津等官, 時無一人
來待者, 脫或賊兵猝至, 諸行次何以過涉? 當此之時, 身在舡所, 本曹卜物, 待
候而不來, 國家行次己到而臨急, 臣子之義, 豈可以非己之任爲諉, 而不爲代行

過步之事乎? 但念舡隻, 則雖有之, 舡格無一人可得。故遂卽招致居民數三輩, 諭之曰：“今國家不幸, 敵兵猝至, 諸宮殿行次, 卽刻當到此, 而地方諸官, 未及來侯, 船格從何辦得耶? 汝輩居在海濱, 必習操舟, 一番過涉之勞, 汝不得辭矣.” 居民等聽若不聞, 似有退散之意, 余卽厲聲曰：“汝曹獨非我國之民乎? 國有大變, 宮殿行次, 窘急至此, 而無意濟涉, 是何道理? 雖以常時言之, 居在津頭者, 見一行客, 日暮臨渡, 則人情獨不可恝視? 況今國家行次, 臨亂到此, 汝安敢落落無濟涉之意耶?” 其中一父老, 應聲曰：“進賜言誠然。吾屬敢不任此役乎?” 余卽使下人隨其人, 搜得一村男丁二十餘人, 並余所率下人四十餘名, 率徃津頭, 方以掛置之船, 下海修飾之際, 回望後山。有一行次, 着白衣草笠, 跨黑大馬而來。熟視之, 乃鳳林大君(孝宗大王潛邸時號)也。

【충】余知其信然, 驚惶失措, 涕淚自出。旣而, 反而思之, 余所以來此者, 雖爲本曹卜物之運涉, 今者國家行次, 顚越至此, 而江華·通津等官, 時無一人來待, 脫或敵兵猝至, 諸行次何以過涉? 當此之時, 身在舡所, 而本曹卜物, 待侯而不來, 國家行次己到而臨急, 臣子之義, 豈以非己任爲諉, 而不爲代行過步之事乎? 但念舡隻, 則有之, 而舡格無一人可得。不得已招致居民數三輩, 諭之曰：“國家不幸, 敵兵猝至, 諸宮殿行次, 卽刻來到, 而地方諸官, 未及來侯, 舡格從何辦得? 汝輩居在海濱, 必習操舟, 一番過涉之勞, 汝不得辭.” 居民等聽若不聞, 似有退散之意, 余卽厲聲曰：“汝曹獨非我國民乎? 國有大變, 宮殿行次, 窘急至此, 而無意濟涉, 是何道理? 若以常時言之, 居在津頭者, 見一行客, 日暮臨渡, 則津頭之人所不可恝視? 況國家行次, 臨亂到此, 汝安敢落落無濟涉之意耶?” 其中一老夫, 應聲曰：“進賜主言誠然。吾屬當任此役.” 余卽使下人隨其人, 搜得一村男丁二十餘, 並余所率下人四十餘名, 率徃津頭, 方以掛置之船, 下海修飾之際, 回望後山。有一行次, 着白衣草笠, 跨黑大馬而來。熟視之, 乃鳳林大君(孝宗大王潛邸時號)也。

07

【규】某卽趨進於前, 大君亦見某來, 先使人招之, 某卽拜謁于崖上村家柴扉外砧邊。鱗坪大君亦在其左矣。某仰見兩大君, 無坐席, 卽使人持方席進排,

而移時不坐。**某**思之, 某雖徵官, 俯伏凍地, 故似有不安就席之意, 遂取藁草一束, 置余膝下, 則大君始就席。

【충】**余**卽趁進於前, 大君亦見**余**來, 先使人招之, **余**卽拜謁于崖上村家柴扉外砧邊。鱗坪大君亦在其左矣。**余**仰見兩大君, 無坐席, 使**下**人持方席進排, 而移時不坐。**余**思之, 某雖徵官, **而**俯伏凍地, 故似有不安就席之意, 遂取藁草一束, 置余膝下, 則大君始就席。

08

【규】**某**先進言曰：“賊兵之至, 一何急乎?” 大君**下敎**曰：“安有如此事? **安有如此事?**” 若是者再三。某又跪問曰：“大駕出向何**耶?**” 曰：“已向南漢山城.” 因泣下數行。**某**亦嗚咽不能對, 大君曰：“君爲誰**也**? 過涉事, 何以爲之?”

【충】**余**先進言曰：“賊兵之至, 一何急乎?” 大君曰：“安有如此事?” 若是者再三。余又跪問曰：“大駕出向何**所**?” 曰：“已向南漢山城.” 因泣下數行。**余**亦嗚咽不能對, 大君曰：“君爲誰? 過涉事, 何以爲之?”

09

【규】**某**對曰：“小人卽左水運判官魚某。以戶曹卜物運涉事, 再昨聽堂上分付, 來到此地, 而今聞**闕內**行次急到, 已令修葺舡隻以待矣.” 曰：“何時發舡渡海?” **某**對曰：“當待今日日中, 潮至氷鮮, 然後乃可渡.” 俄有**一宮奴**, 進言于大君前曰：“行中頓乏斗升, 今日朝飯, 何以爲之?” 余聞言驚惕, 卽招下**隸**, 搜所儲粮米一斗進呈。

【충】**余**對曰：“小人卽左水運判官魚某。以戶曹卜物運涉事, 再昨聽堂上分付, 來到此地, 而今聞**宮殿**行次急到, 已令修葺舡隻以待矣.” 曰：“何時發舡渡海?” **余**對曰：“當待今日日中, 潮至氷鮮, 然後乃可渡.” 俄有**宮奴一人**, 進言于大君前曰：“行中頓乏斗升, 今日朝飯, 何以爲之?” 余聞言驚惕, 卽招下**人**, 搜所儲粮米一斗進呈。

10

【규】其時大君, 暫入柴扉內矣, 旋卽出臨, 致辭于某曰："判官送飯米, 多謝
多謝." 某卽拜辭而退。更言于朝者募得格軍等曰："時事至此, 汝輩敢不爲國
盡心乎?" 乃躬親點名, 再三申飭者。盖以其時, 避亂諸人, 如市紛集, 恐其遑
遑, 臨急而散亡故也。大君又下敎曰："吾一行, 人馬甚衆, 舡二隻定送?" 某
對曰："小人安敢計舡數而定送乎? 唯當艤舡待令而已."

【충】其時大君, 暫入柴門內矣, 旋卽出臨, 而致辭于余曰："判官送飯米, 多
謝多謝." 余卽拜謝而出。更言于朝所募得格軍等曰："時事至此, 汝輩敢不爲
國盡心乎?" 躬親點名, 再三申飭者。盖以其時, 避亂人, 如市, 恐其遑遑, 臨
急而散亡故也。大君又下敎曰："吾一行, 人馬甚衆, 舡三隻定送?" 余對曰：
"小人安敢計舡數而定送乎? 唯當艤舡待令而已."

11

【규】如此之際, 又見一行, 成行步來。而其中一人, 着紫紬頭巾, 背負紫紬
袱而來。使人問之, 乃肅寧殿中宮魂殿奉安行次也。

【충】此際, 又見有一行, 成行步來。而其中一人, 着紫紬頭巾, 背負紫紬袱
而來。使人問之, 乃肅寧殿奉安行次也。

12

【규】尤極驚泣, 急令人必得草苫數立, 排設于舡上, 則其一行, 卽就舡焉。
日旣向晚, 闕內行次, 來會舡所者, 不知其數, 皆以白衣掩面而坐, 上下混同,
莫辨貴賤。遍滿沙上, 白色如練, 盖以其時, 中殿小祥, 纔過而然也。

【충】尤極驚泣, 急令人求得草苫數立, 排設于舡上, 則其一行, 卽就舡焉。
日旣向晚, 闕內行次, 來會舡所者, 不知其數, 皆以白衣掩面而坐, 上下混同,
莫辨貴賤。遍滿沙上, 白色如練, 盖以其時, 中宮小祥, 纔過而然也。

13

【규】時有人來言："檢察使招邀." 檢察卽金慶徵也。余卽隨其人往見, 移

時說話之際, 少無言及國家事, 或仰天而嘯, 或擧扇而揮曰：“何以爲之? 何以
爲之?” 如是而已。少頃, 德浦僉使趙塽, 乘船來赴, 慶徵喜甚曰：“此人所乘
來船, 必是堅好, 吾家家屬, 可以乘此而濟矣。” 塽又有所帶挾舡, 余意以爲大
君所乘站船, 板薄體小, 不若海船之堅完, 故欲以移乘之意, 告于大君前, 趍往
十餘步。慶徵大怒, 急使人呼余曰：“君何必奪吾家屬所乘之舡, 而欲納于大
君前乎?” 余曰：“吾之所欲告於大君者, 乃塽之挾舡, 固非令公家屬所載之船
也。公何誤認而生怒耶?” 慶徵怒猶未觧。其時右水運判官尹塏, 始爲來到,
在傍目余曰：“兄可休矣。必生大事。” 余尤不勝忿忿, 卽與尹塏退, 卧沙上
曰：“慶徵受國厚恩, 身佩重任, 不念國家之急, 而只有保妻子之心。彼尙如
此, 況微官乎?” 已而, 大君行次, 將發舡向海口, 余不忍安坐, 卽使人招舟子
而言曰：“莫險海路, 盡心護涉。” 厥後避亂之人, 一時爭渡海口, 諸舡無一空留
者。回望後峴, 一馬驕行次來到, 乃嬪宮元孫行次也。馬轎無扶持軍, 不能踊
峴, 余卽送下人五六名, 護行以來, 承旨韓興一, 陪其後矣。

　【충】時有人來言：“檢察使招邀余.” 檢察卽金慶徵也。余卽隨其人往見,
移時說話之際, 小無言及國家事, 或仰天而嘯, 或擧扇而揮曰：“何以爲之? 何
以爲之?” 如是而已。少頃, 德浦僉使趙塽, 乘舡來赴, 慶徵喜曰：“此人所乘
來舡, 必是堅好, 吾家家屬, 可以乘此而濟矣。” 塽又有所帶挾舡, 余意以爲大
君所乘站舡, 板薄而體小, 不若此海舡之堅完, 故欲以移乘之意, 告于大君前,
趍往十餘步。慶徵大怒, 急使人呼余曰：“君何必奪吾家所乘之舡, 而欲納于
大君前乎?” 余曰：“吾之所欲告於大君者, 乃塽之挾舡, 固非令公家屬所乘之
舡。公何誤認而怒耶?” 慶徵怒猶未觧。其時右道判官尹塏, 在傍目余曰：
“兄可休矣。必生大事.” 余尤不勝忿忿, 卽與尹塏退, 卧沙上曰：“慶徵受國厚
恩, 身佩重任, 不念國家之急, 而只有保妻子之心。彼尙如此, 況微官乎?” 已
而, 顧見大君行次, 已發舡向海口, 余不忍安坐, 卽使人招舟子而言曰：“莫險
海路, 盡心護涉.” 厥後避亂之人, 一時爭渡海口, 諸舡無一空留者。回望後峴,
一馬驕行次來到, 乃嬪宮元孫行次也。馬轎無扶持軍, 不能踊峴, 余卽送下人
五六名, 護行以來, 承旨韓興一, 陪其後矣。

14

【규】此時, 只有站**船**一隻, 而滿載卜馬, 未及發**舡**, **余卽**向舡所, 揮而下之。兩行次皆得乘舡, 而陪從內人, 爭先者不知其數。余在傍見, 其舡小而所**載**之人極多, 言于韓公曰:"如此小舡, 若是多載, 莫險海路, 何以渡涉?"余又回看水勢, 則潮水已退, 而**船**在沙渚, 又言于韓曰:"令公試看水勢, 陸地行**舟**, 其可**以**爲之耶?"韓環舡而視之, 不覺頓足曰:"將奈何? 將奈何?"如此之際, 日已昏暮, 行次還爲下舡, 止宿于崖上村**舍**。

【충】其時, 只有站**舡**一隻, 而滿載卜馬, 未及發舡, **陪行之人直**向舡所, 揮而下之。兩行次皆得乘舡, 而陪從內人, 爭先者不知其數。余在傍見, 其舡小而所**乘**之人極多, 言于韓公曰:"如此小舡, 若是**其**多載, **則**莫險海路, 何以渡涉?"余又回看水勢, 則潮水已退, 而**舡**在沙渚, 又言于韓曰:"令公試看水勢, 陸地行**舡**, 其可爲之耶?"韓環舡而視之, 不覺頓足曰:"將奈何? 將奈何?"如此之際, 日已昏暮, 行次還爲下舡, 止宿于崖上村**家**。

15

【규】夜初更, 有**一人**, 自下**處來**, 急招余。余進往柴扉外, 有內官, 自持馬鞘而坐曰:"今夜當發舡。舡隻從速整齊。"云。余視內官, 寒甚不能自定, 問其夕食與否, 乃曰:"吾輩夕食, 非所敢望, 而嬪宮夕水刺, 亦云闕供。"余聞極驚**泣**, 而粮米進呈, 亦涉猥濫, 只將行中所齎薏苡數升送, 于內官曰:"令翁凍餒兼切, 以此救一時之急, 如何?"內官卽招宮人, 入送余, 仍往見韓興一及副察使李敏求曰:"俄見內官, 又使余整理舡隻, 而朝者所募**氏**民丁, 則已入於大君行次。今則, 非但夜深, 當此急難, 通津之民, **豈**肯再聽吾言? 否? 此後, 格軍一事, 專責**取**本官, 可也。"出來之際, 適逢一騎馬客, 乃通津縣監蔡忠元也。余執其手而言曰:"未知兄往何處而**今始來到也。大君行次, 吾雖已, 探得舡格, 艱卒渡海。而兄則, 胡不趁卽待令以盡己任耶?**"答**曰**:"下人欲置余於死地而然也。"因與相對, 略陳已往奔走之狀矣。有頃, 有人急呼通津下人曰:"宮人一行, 露處於海上, 凍寒方甚, 速取火來。"通津曰:"當此之際, 何由得炭?"余曰:"救急之火, 何必炭爲此處? 村落積草如山, 亦可以供火矣."

通津曰：“然矣.” 卽使厥下人, 取藁草數同, 而縱火於沙際, 一行寒戰之人, 一時屯聚, 而取煖焉。

【충】夜初更, 有人, 自下處, 急招余。余進往柴扉外, 有一內官, 自持馬靮而坐曰：“今夜當發舡。舡隻從速整齊.”云。余視內官, 寒甚不能自定, 問其夕食與否, 乃曰：“吾輩夕食, 非所敢望, 而嬪宮夕水剌, 亦云闕供.” 余聞極驚歎, 而粮米進呈, 亦涉猥濫, 只將行中所齎薏苡數升送, 于內官曰：“令翁凍餒兼切, 以此救一時之急, 如何?” 內官卽招宮人, 入送云余, 仍往見韓興一及副察使李敏求曰：“俄見內官, 又使余整理舡隻, 而朝者所募氏民丁, 則已入於大君行次。今則, 非但夜深, 當此急難, 通津之民, 其肯再聽吾言? 否? 此後, 格軍一事, 專責于本官, 可也.” 出來之際, 適逢一騎馬客, 乃通津縣監蔡忠元也。余執其手而言曰：“未知兄往何處而使余代行兄所當之任乎?” 答言：“下人欲置余於死地而然也.” 因與相對, 略陳已往奔走之狀矣。有頃, 有人急呼通津下人曰：“宮人一行, 露處於海上, 凍寒方甚, 速取火來.” 通津曰：“當此之際, 何由得炭?” 余曰：“救急之火, 何必炭爲此處? 村落積草如山, 亦可以供火矣.” 通津曰：“然.” 卽使厥下人, 取藁草數同, 而來縱火於沙際, 沙際寒戰之人, 一時屯聚, 而取煥焉。

16

【규】此時, 嬪宮下處待令者, 惟韓李兩公而已。慶徵, 則俄於嬪宮乘舡之際, 仍不知去處矣。追後聞之, 則慶徵, 見嬪宮乘舡, 先就其家屬所載之舡, 而無事渡海云矣。以此韓李, 深恨其所爲。

【충】此時, 嬪宮下處, 待令者惟韓李兩公而已。慶徵, 則自小間嬪宮乘舡之際, 仍不知去處。後聞慶徵, 見嬪宮乘舡, 先就其家屬所載之舡, 而渡海去矣。以此韓李, 深恨其所爲。

17

【규】夜將半, 余下人末報曰：“鷄旣鳴矣。潮水且至.” 余親往海邊見之, 使人急告于韓李兩公曰：“潮水正滿, 可及時渡矣.” 韓李卽偕來舡所, 則舡隻多

數掛置於沙渚, 而格軍無一人措備。兩宮行次, 亦自下處, 相繼**離發**。而通津
倅及右道判官, 俱未及待令。韓李罔知所爲, 但言于余曰：“何以爲之?” 余率
下人, 巡視海邊, 則有數三人, 潛伏于僻處。使人捉致, 果是村氓, 而操舟之役,
可以**罪**之云。余卽**捉**坐其人于韓李之傍曰：“公可看察此人, 使不得逃避。” 又
窮搜海上,　捉得數三人而來曰：“又加得一舡之格矣。”　韓李皆曰：“多幸多
幸。前後所得之人, 並八人, 一舡各分四人。” 韓公陪兩**宮**, 所乘之舡, 發向海
口。其時**風雪**正急, 雲靄接天渺渺, 兩舡撑入于萬頃流澌中, 佇立沙**除**, 慘不
忍見。

【충】夜將半, 余下人末報曰：“鷄旣鳴矣。潮水且至。” 余親往海邊見之, 使
人急告于韓李兩公曰：“潮水正滿, 可及時渡矣。” 韓李卽偕來舡所, 則舡隻多
數掛置於沙渚, 而格軍無一人措備。兩**殿**行次, 亦自下處, 相繼**來到**。而通津
倅及右道判官, 俱未及待令。韓李罔知所爲, 但言于余曰：“何以爲之?” 余率
下人, 巡視海邊, 則有數三人潛伏于僻處。使人捉致, 果是村氓, 而操舟之役,
可以**爲**之云。余卽**率來**坐其人于韓李之傍曰：“公可看察此人,　使不得逃避.”
又窮搜海上, 捉得數三人而來曰：“又加得一舡之格矣。” 韓李皆曰：“多幸多
幸。前後所得之人, 並八人, 一舡各分四人。” 韓公陪兩**殿**, 所乘之舡, 發向海
口。其時正急, 雲靄接天渺渺, 兩舡撑入于萬頃流澌中,　佇立沙**際**, 慘不忍
見。

18

【규】余亦達夜奔走, 飢寒並至, 若將**澌盡**, 仍欲退休, 來投寓所, 則夜已向
曙矣。頹然困**臥**, 不省人事, 因以入睡矣。

【충】余亦達夜奔走, 飢寒並至, 若將**氣盡**, 仍欲退休, 來投寓所, 則夜已向
曙矣。頹然困**倒**, 不省人事, 因以入睡矣。

19

【규】十六日朝, 又往見李副察於所住處, 問曰：“曉頭, 兩**宮**行次, **果**已無事
過涉**云**耶?” 李曰：“發行之**後**, 遇逆風, 幾**危**於流澌**中**, 堇能得脫, 回泊于孫梁

項矣." 余不勝驚駭, 卽趨往孫梁項, <u>審視之</u>。

【충】十六日朝, 又往見李副察於所住處, 問曰 : "曉頭, 兩殿行次, <u>旣</u>已無事過涉耶?" 李曰 : "發行之<u>際</u>, 遇逆風, 幾<u>沒</u>於流澌, 菫能得脫, 回泊于孫梁項矣." 不勝驚駭, 卽趨往孫梁項, <u>問之, 則果然矣</u>。

20

【규】<u>俄而, 風息利涉</u>時, 則尹相國昉, 陪廟社而至, 金慶徵亦自越邊還<u>渡</u>。江華留守張紳 · 通津縣監 · 右<u>水運</u>判官 · 德浦僉使等, 亦皆來, 會同時, 護涉焉。

【충】時則, 尹相昉, 陪廟社而至, 金慶徵亦自越邊還。江華留守張紳 · 通津縣監 · 右<u>道</u>判官 · 德浦僉使等, 亦皆來, 會同時, 護涉焉。

21

【규】余卽退還<u>舡</u>所, 而本曹卜物, 無一駄來到<u>者</u>, <u>卽</u>欲往赴江華, 則當初職掌, 專在<u>於</u>卜物之運涉, <u>恐</u>吾渡海之後, 卜駄或來, 則事極<u>良</u>貝, <u>故</u>留連數三日。而不知自處之<u>如何</u>, 乃招所率下人輩<u>謂</u>曰 : "汝<u>輩</u>皆<u>家</u>在露梁, 不可不看護汝父母妻子, <u>汝輩可俱去矣</u>." 下人輩, 皆泣且曰 : "當此急難之際, 置進賜於此處, 而身先散歸, 情所不忍." 余<u>仍</u>放歸七八人, 只留入番者三四人, <u>與之逐日, 往看海上, 以待卜物之來, 且欲觀勢渡海矣</u>。

【충】余卽退還<u>津</u>所, 而本曹卜物, 無一駄來到, 欲往赴江華, 則當初職掌, 專在卜物之運涉, <u>此</u>吾渡海之後, 卜駄或來, 則事極<u>狼</u>貝, 留連數三日。而不知自處之<u>何如</u>, 乃招所率下人輩曰 : "汝<u>等</u>皆在露梁, 不可不看護汝父母妻子, 可俱去矣." 下人輩, 皆泣且言曰 : "當此急難之際, 置進賜於此處, 而身先散歸, 情所不忍." 余放歸七八人, 只留入番者三四人, <u>以爲</u>欲觀勢渡海<u>之計</u>矣。

22

【규】十九日朝, 有荒唐人來于津頭, 問<u>宮殿</u>行次入海與否, 盖賊中偵探人也。居民大駭, 村落一空。檢察自江都令, 渡涉諸<u>舡</u>, 無遺移泊于越邊, <u>而掛</u>

置之舡, 一時放火燒盡。

【충】十九日朝, 有荒唐人來于津頭, 問嬪宮行次入海與否, 盖賊中偵探人也。居民大駭, 村落一空。檢察自江都令, 渡涉諸舡, 無遺移泊于越邊, 掛置之舡, 一時放火燒盡。

23

【규】余始以**判堂指揮**, 來此不得厦入於山城, 濡滯屢日。苦待卜物之來, 而又値路絶於江都, 此後形**勢**, 惟當歸往站。所以待山城解圍, 趁卽告由於判相, 則亦不失吾當已之責也。**遂於**二十日朝, 發行自通津海邊, 到富平某村而宿。

【충】余始以**堂上分付**, 來此不得厦入於山城, 濡滯**累**日。苦待卜物之來, 而又値路絶於江都, 此後形**便**, 惟當歸往站。所以待山城解圍, 趁卽告由於判相, 則亦不失吾當已之責也。**遂拾於置書再及仆物於主家**, 二十日**早**朝, 發行自通津海邊, 到富平某村而宿。

24

【규】二十一日朝, 來投衿川樂羊村。

有驅**從**大立者, 適逢其妻子於此地, 其妻則號泣而隨之, 其兒女牽衣而挽之。大立以鞭, 敺其妻子, 牽馬以從。其人之能斷於私情而有謙, 於官上如此。後到安山**風甲峴**, 以貿粮出去, 路逢敵致死。○ 又有馬頭愛**福**者, 自亂初, 從余往通津, 自通津到江川, 其間勤勞護行之功, 有不可膝言。賊騎交橫於道路, 而終始得脫於死亡者, 實賴此人之力也。及到江川, 以推見其家屬, 辭余而**去**, 後被虜見殺云。○ 又有通引莫**鸞**者, 亂初使之, 陪家兒行, 護送于半槿**桓**, 則渠以爲官主家屬, 不可棄諸中路, 遂扶護至陰城本家, 還到驪州。賊已充滿, 遲留不得進, 聞余到江川, 卽來現曰:"父母妻子, 旣不得推見, 寧從進賜主而同死生?" 其終始陪從之功, 實非尋常, 至今**向**余之誠不衰, 可謂下輩中難得者也。噫! 余與此三人, 同患難於萬死之中, 故迨不能忘, 幷錄于此。

【충】有驅**丘**大立者, 適逢其妻子於此地, 其妻則號泣而隨之, 其兒女牽衣而

挽之。大立以鞭, 敺其妻子, 而牽馬以從。其人之能斷於私情而有誠, 於官上
如此。後到安山, 以貿粮出去, 路逢敵致死。○ 又有馬頭爰卜者, 自亂初, 從
余往通津, 自通津到江川, 其間勤勞護行之功, 有不可騰言。賊騎交橫於道路,
而終始得脫於死亡者, 實賴此人之力也。及到江川, 以推見其家屬, 辭余而歸,
後被虜見殺云。○ 又有通引莫男者, 亂初使之, 陪兒行, 護送于半槿, 則渠以
爲官主家屬, 不可棄置諸中路, 遂扶護至陰城本家, 還到驪州。賊已充滿, 遲
留不得進, 聞余到江川, 卽來現曰: "父母妻子, 旣不得推見, 寧從進賜主而同
死生?" 其終始陪從之功, 實非尋常, 至今待余之誠不衰, 可謂下輩中難得者
也。噫! 余與此三人者, 同患難於萬死之中, 故迫不能忘, 幷錄于此。

25

【규】是日午後, 到安山奴子家。

奴子輩, 皆避入乭恾島穴。只恐兩奴在家, 遂使之指導而行。暮到風甲峴,
聞賊方鹵掠, 於洞口, 還投奴子家, 夜將半又發行欲向乭浦路。又聞賊在發路
坪, 乃從間道行, 又聞賊留屯富國倉, 不得已更還于奴子家。

【충】奴子輩, 皆避入乭恾島。只兩奴在家, 遂使之指導而行。暮到風甲峴,
聞賊方鹵掠, 於洞中, 還投奴子家, 夜將半又發行欲向乭浦路。又聞賊在發路
坪, 又從間道行, 又聞賊留屯富國倉, 不得已更還于奴子家。

26

【규】二十二日避入乭恾島能吉村。

留宿數日, 更詳審其形勢, 則此島乃連陸之地。賊若來犯, 無路可經, 故余
謂下人曰: "此處形勢如此, 死生間發程, 可也." 皆曰: "然."

【충】留宿數日, 更審其形勢, 則此島乃連陸之處。賊若來犯, 無路可避, 余
謂下人曰: "此處形勢如此, 死生間發程, 還站可也." 皆曰: "然."

27

【규】二十五日夜半發行。

【충】二十六日夜半發行。

28

【규】二十六日暮到水原山城下，止宿。
【충】暮到水原山城，止宿。

29

【규】二十七日朝發向靑灰，暮投竹山某村而宿。
二十八日凌晨發行，平明至太平院。

有一荒唐人，持弓矢，立於路左。視其形貌，似非我國人。余於馬上，呼而問之曰：“賊兵時在何處？” 其人不能言，但曰：“彼山多多有之.” 聽其言，決是可疑之人，無可奈何？ 卽回馬，從小路，著鞭而過。

【충】有一荒唐人，持弓矢，立於路左。視其形貌，非似我國人。余於馬上，呼而問之曰：“賊兵時在何處？” 其人不能言，但曰：“彼山多多有之.” 聽其言，決是可疑之人，無可奈何？ 卽回馬，從小路，著鞭而過。

暮到忠州秣馬村，金重吉家留宿。

30

【규】二十九日早朝發行，暮到興元倉江邊，招越邊站人。站人等見余，得生而來，驚喜不已，持舡來迎，遂抵忠原本站。翌日朝，卽丁丑元日也。余以此站卽吾信地，故出沒遲留，以待賊退，而日使人探候山城消息於道路矣。二月初，始聞解圍之報，卽以單騎發行，行歷諸站，招集散亡之格軍，收拾棄置之舡隻，二十二日午時後，始得入城。金判書已遞，而李景稷爲時任，不知余當初聽金判書指揮，而先往通津委拆。是日午前，徑先請罷，終無以自伸，豈非數耶？

【충】二十九日早朝發行，暮到興元倉江邊，招越店。站人等持舡來迎而見余，得生而來，驚喜不已。翌朝，卽丁丑元日也。余謂此站乃吾信地，出沒遲

留, 以待賊退, 而日使人探候山城消息於道路矣。二月初, 始聞解圍之報, 卽
以單騎發行, 行歷諸站, 招集散亡之格軍, 收拾棄置之舡隻, 二十日午後, 始得
入城。金判書已遞, 而李景稷爲時任, 不知余當初聽**分付**, 先往通津**曲折**。是
日午**後**, 徑先請罷, 終無以自伸, 豈非數耶?

31

【규-1】噫! 丙**子**之亂, 實我國無前之大變。而余以微官任事**津頭**, 適當諸行
次渡涉之日, 目覩蒼黃顚沛之狀, 自通津還站之際, 累逢賊兵, 幸而得全, 此**余**
平生所嘗艱險而不能忘者, **故**略記顚末, **以示兒輩云爾。**

【충】噫! 丙**丁**之亂, 實我國無前之大變。而余以微官任事**通津**, 適當諸行次
渡涉之日, 目覩蒼黃顚沛之狀, 自通津還站之際, 累逢賊兵, 幸而得全, 此**吾**平
生所嘗艱險而不能忘者, 略記顚末, 以示兒輩。

【규-2】右, 故運判魚公所記丙子時事, 公曾孫有鳳舜瑞以示余。余惟世敎
衰, 士大夫知利而不知義, 一遇變故, 各私其身。雖其職事所在, 亦且遷延觀
望, 不肯盡力, 甚或棄而去之, 如雉兎逃者多矣。況能於職事外, 出力效忠, 以
濟國家之急, 如公之爲者, 豈不尤難哉? 然而事定之日, 反以不赴行在獲罪, 而
忠勞之實, 沒世不白, 公雖不自怨悔, 亦何以勸世之爲忠者哉?

32

【규】竊聞公沒後, 孝宗大王嘗臨筵, 語及江都事而曰 : "其時賴一運判, 得
以利涉矣, 不知其姓名爲誰?" 筵臣皆莫對, 他日再問, 亦然云。昔唐宣宗, 問
白敏中 : "憲宗喪, 道遇風雨, 百官皆散, 唯山陵使, 長而多髯者, 攀靈駕不去,
不知誰也?" 敏中以令狐楚對。遂擢其子綯知制誥。公之效忠急難, 豈直風雨
攀駕之比? 而我聖祖, 垂問於**遠久**之後者, 其意亦豈偶然哉? 惜乎! 廷臣竟莫
有對揚者, 使聖祖不忘獎忠之意, 闕而不遂, 其尤可慨也已。丙戌至月上旬,
安東金昌協謹書。

【충】竊聞公沒後, 孝宗大王嘗臨筵, 語及江都事而曰 : "其時賴一運判, 得

以利涉矣, 不知其姓名爲誰?” 筵臣皆莫能對, 他日再問, 亦然云。昔唐宣宗,
問白敏中：“憲宗喪, 道遇風雨, 百官皆散, 唯山陵使, 長而多髯者, 攀靈駕不
去, 不知誰也?” 敏中以令狐楚對。宣宗遂擢其子綯知制誥。公之效忠急難,
豈直風雨攀駕之比? 而我聖祖, 垂問於久遠之後者, 其意亦豈偶然哉? 惜乎!
廷臣竟莫有對揚者, 使聖祖不忘獎忠之意, 闕而不遂, 其尤可慨也已。丙戌至
月上旬, 安東金昌協謹書。

33

【규】金慶徵事, 見於野史所記多矣。然或得於傳聞, 不無溢惡之疑, 獨公記
其所目覩, 最端的可信。未論其他, 只爭舟一事, 亦見其不忠無狀, 罪通於天
矣。其視公之傔隸三人, 冒危難以奉公, 終始不肯背去者, 豈直天壤之懸? 三
人中大立所爲尤奇, 是則雖士君子勇於義者, 亦或難之矣。余惜其人微而卒無
傳於世也, 遂劁取其事, 錄于簡末, 使後來者有考焉。又書。

公驅從大立, 路逢其妻子, 其妻則號泣而隨之, 兒女牽衣而挽之。大立以鞭
毆其妻子, 而牽馬以從云。

【충】金慶徵事, 見於野史所記多矣。然或得於傳聞, 不無溢惡之疑, 獨公記
其所目覩, 最端的可信。未論其他, 只爭舟一事, 亦見其不忠無狀, 罪通于天
矣。其視公之傔隸三人, 冒危難以奉公, 終始不肯背去者, 豈直天壤之懸? 三
人中大立所爲尤奇, 是則雖士君子勇於義者, 亦或難之矣。余惜其人微而卒無
傳於世也, 遂劁取其事, 錄于簡末, 使後來者有考焉。又書。

34

【규】余少從先輩, 聞仁廟初載, 多士思皇, 賢關執耳, 必極一時之選, 時則
判官魚公, 以名進士, 主張齋論, 聲望藹蔚。余嘗嚮風, 而恨未及一拜, 余因其
曾孫舜瑞, 得見公丙子江都日記, 益不覺欽歎。苟非平日素明於義利之分者,
臨難倉卒, 烏能出力效忠於職事之外若是哉? 是宜褒尙拔擢, 以興起忠義之士,
而公不自伐, 世無知者。至於聖祖臨筵屢問, 而莫有所對揚, 終使當日之忠勞,
闇昧而不章, 嗚呼! 其亦可慨也已。余故表而出之, 以示來後。甲午陽月上澣,

安東權尚夏謹書。

　【충】余少從先輩, 聞仁廟初載, 多士思皇, 賢關執耳, 必極一時之選, 時則
判官魚公, 以名進士, 主張齋論, 聲望藹蔚。余嘗嚮風, 而恨未及一拜, 余因其
孫舜瑞, 得見公丙子江都日記, 益不覺欽歎。苟非平日素明於義**理**之分者, 臨
亂倉卒, 烏能出力效忠於職事之外若是哉? 是宜褒**賞**拔擢, 以興起忠義之士,
而公不自伐, 世無知者。至於聖祖臨筵屢問, 而莫有所對揚, 終使當日之忠勞,
闇昧而不章, 嗚呼! 其亦可慨也已。余故表而出之, 以示來後。甲午陽月上澣,
安東權尚夏謹書。

　두 이본은 장면별 또는 날짜별로 나눈 34곳에서 서로 빠짐없이 정확
하게 대응하고 있다. 김창협(金昌協)의 <후기(後記)>와 권상하(權尚夏)의 발
문(跋文)까지 그 체제가 동일하다. 더군다나 고유지명 표기방식조차 동
일하다. 25번에서 보면, 두 이본은 조선시대 경기도 안산군의 마유면에
속해 있었던 '옥귀섬'을 공히 '㫌恠島'로 표기하고 있다. 이는『신증동국
여지승람』제9권「경기(京畿)·안산군(安山郡)」에서 '오질이도(吾叱耳島)'로
표기하고, '군의 서쪽 47리 되는 곳에 있다'고 설명하였다. 또『세종실
록』1448년 8월 27일조 1번째 기사에서도 '오질이도(吾叱耳島)'라는 기록
이 있다. 이때 질(叱)은 'ㅅ' 받침을 대신하는 것이다. 반면,『호구총수』
에서는 '오이도리(烏耳島里)'로 표기되어 있고,『조선지형도』에는 오이도
와 함께 '옥귀도(玉貴島)'가 표기되어 있다. 이처럼 '옥귀섬'을 한자로 차
자(借字) 표기하는 과정에서 서로 달리 표기하였음을 알 수 있다. 따라
서 두 이본은 전체적 틀이 조금도 빠짐없이 똑같은 데다 고유지명 표
기방식조차 동일한 것으로 나타난다는 점에서 같은 계열의 이본이라
하겠다.

2. 어느 이본이 먼저 필사되었는가

두 이본은 같은 계열의 이본이라 할지라도, 어느 이본이 먼저 필사되었는지 살펴볼 필요가 있다.

(7)번에서 (10)번에 이르기까지 글쓴이 '나'를 지칭하는 어휘가 '규장각본'에서는 하나같이 '모(某)'로 표기되어 있지만, '충남대본'은 '여(余)'로 되어 있다. 이는 필사 선후관계를 알 수 있는 실마리가 된다. 개인의 사사로운 기록물로서의 일기 형식을 취한 글이라는 점을 염두에 둔다면, 두 이본은 타인에게 공개되지 않을 글의 성격이었다. 그런데도 '규장각본'은 임금 앞에서 말할 때나 임금에게 올리는 글에서 자신을 일컬을 때 '신(臣)'이라 하는 것처럼 '모(某)'로 표기되어 있기 때문이다. 게다가 어한명의 몰년은 1648년인데, 이때는 봉림대군이 효종으로 등극하기 전이라는 점에서 더욱 문제적이다.

특히, '규장각본'은 (11)번에서 인조(仁祖)의 비(妃) 인열왕후(仁烈王后) 한씨(韓氏)의 혼전(魂殿)을 일컫는 숙녕전(肅寧殿)에 대해 협주(夾註)를 달고 있는데, 1636년 겨울 그 당시 소상(小祥)도 끝나지 않은 중궁의 혼전에 대해 굳이 협주를 달아야 할 하등의 이유가 없어 보인다. 그리고 (5)번에서 당시 소현세자(昭顯世子)를 '충남대본'에서는 '동전(東殿)'으로, '규장각본'에서는 '동궁(東宮)'으로 지칭하고 있는데, 이 용어가 그 시대적 상황과 부합하는지 여부를 짚어보기 위해서는 ≪인조실록≫ 1646년 2월 3일조 2번째 기사의 '사관(史官)은 세자가 심양에 있을 때 수종자들이 저들(彼人 : 청인)이 보고 들으라고 세자를 동전(東殿), 세자빈을 빈전(嬪殿)이라 칭한 것이지 세자와 빈이 자칭한 것은 아니다.'고 부기한 것을 고려하지 않을 수 없다. 소현세자가 1637년부터 9년간 심양에서 인질 생활을 하였음을 고려한다면, 그 시대의 특수한 상황에서 비롯된 용어인

'동전'을 '동궁'으로 대체할 것까지는 없었다고 하겠다.

결국 '규장각본'은 병자호란이 일어난 지 180년이 지난 1816년에 어한명의 시호(諡號)를 하사받기까지의 과정을 포함시켜 새롭게 부기하면서 1817년 7월 이후에 필사된 이본이다. 곧, '충남대본'과 같은 이본을 저본으로 삼아 꼼꼼하게 교열해가면서 필사한 것으로 보면 앞서의 문제점들이 하나같이 해결된다.

그리고 '규장각본'은 이 책에서 제시한 ≪승정원일기≫의 참고자료들 가운데 1827년의 사실을 포함하지 않고 있기 때문에, 그 필사시기를 좀 더 특정하자면, 1817년 7월 이후 1827년 5월 14일 이전 시기라고 할 수 있을 것이다. 어한명의 시호 '충경(忠景)'을 정식으로 하사받은 것은 1827년 10월 7일이고, 『함종어씨세보』에서도 1827년에 시호를 하사받은 것으로 기록되어 있다. 따라서 '충남대본'은 '규장각본'보다 앞선 형태의 필사본으로 볼 수 있다.

3. 어느 이본이 좋은 필사본인가

두 이본 가운데 어느 이본이 좋은 이본인가 살피는 것은 어찌 보면 무의미해진 것으로 여겨진다. '규장각본'은 '충남대본'과 같은 이본을 교열한다는 심정으로 꽤 공들여 필사한 것으로 보이기 때문이다. 그렇다면 어느 것을 어떤 방향으로 교열했는지 살피는 것이 보다 효율적일 것으로 생각한다.

• 오류 교정
  05 此何等事, 其敢妄傳?(충)

⇒ 此何等事, 爲敢妄傳?(규)

27, 28 二十六日夜半發行。暮到水原山城, 止宿。(충)

⇒ 二十五日夜半發行。二十六日暮到水原山城下, 止宿。(규)

34 余因其孫舜瑞 … 苟非平日素明於義理之分者 (충)

⇒ 余因其曾孫舜瑞 … 苟非平日素明於義利之分者 (규)

• 어순 교정

30 招越店。站人等持舡來迎而見余, 得生而來, 驚喜不已。(충)

⇒ 招越邊站人。站人等見余, 得生而來, 驚喜不已, 持舡來迎, 遂抵忠原本站。(규)

• 보다 정합한 어구로 대체

02 下帖于本站, 日:"站舡無遺, 移泊通津." … 本站依分付, … 而格軍皆是忠原等地人 (충)

⇒ 下帖于本站, 日:"站舡無遺, 移泊通津." … 本站依帖文, … 而格軍皆是忠原等地居民 (규)

23 余始以堂上分付, 來此不得厠入於山城, 濡滯累日 (충)

⇒ 余始以判堂指揮, 來此不得厠入於山城, 濡滯屢日 (규)

30 不知余當初聽分付, 先往通津曲折。是日午後, (충)

⇒ 不知余當初聽金判書指揮, 而先往通津委拆。是日午前, (규)

31 噫! 丙丁之亂 (충)

⇒ 噫! 丙子之亂 (규)

• 현장감 상실로의 어구 대체

05 唯嬪宮·元孫·兩大君行次, 僅得先出, 昨昏來宿通津地, 卽當到此津頭." (충)

⇒ 惟嬪宮·元孫·兩大君行次, 僅得先出, 昨昏來宿通津地, 今當到此津頭關." (규)

06 國家不幸, 敵兵猝至, 諸宮殿行次, 卽刻來到, 而地方諸官, 未及來侯,

　　魟格從何辦得? (충)

　⇒ 今國家不幸, 敵兵猝至, 諸宮殿行次, 卽刻當到此, 而地方諸官, 未及來
　　侯, 船格從何辦得耶? (규)

- **의미를 강화하기 위한 변화**

　06 進賜主言誠然。吾屬當任此役. (충)

　⇒ 進賜言誠然。吾屬敢不任此役乎? (규)

　08 "安有如此事?" 若是者再三。(충)

　⇒ "安有如此事? 安有如此事?" 若是者再三。(규)

　10 盖以其時, 避亂人, 如市, … 大君又下敎曰∶"吾一行, 人馬甚衆, 魟
　　三隻定送?" (충)

　⇒ 盖以其時, 避亂人, 如市紛集, … 大君又下敎曰∶"吾一行, 人馬甚衆,
　　魟二隻定送?" (규)

- **어구의 부연**

　단, 어조사의 부연은 일일이 예를 들지 않으나, '충남대본'은 어조
사가 거의 사용되지 않은 대신에 '규장각본'은 대부분 어조사를 보충
하고 있음을 밝혀 둔다.

　15 使余代行兄所當之任乎? (충)

　⇒ 今始來到也。大君行次, 吾雖已, 探得魟格, 艱卒渡海。而兄則, 胡不
　　趁卽待令以盡己任耶? (규)

　20 時則 (충)

　⇒ 俄而, 風息利涉時, 則 (규)

　21 以爲欲觀勢渡海之計矣。(충)

　⇒ 與之遂日, 往看海上, 以待卜物之來, 且欲觀勢渡海矣。(규)

- **어구의 축약**

　19 問之, 則果然矣。(충)

　⇒ 審視之。(규)

23 遂拾於置書再及仆物於主家, 二十日早朝, (충)

⇒ 遂於二十日朝, (규)

- 사실 왜곡

14 只有站舡一隻, 而滿載卜馬, 未及發舡, 陪行之人直向舡所, 揮而下
之。(충)

⇒ 只有站船一隻, 而滿載卜馬, 未及發舡, 余卽向舡所, 揮而下之。(규)
곧, 승지 한흥일이 한 행위를 어한명이 한 것처럼 왜곡되었다.

- 없던 것을 삽입

33 公驅從大立, 路逢其妻子, 其妻則號泣而隨之, 兒女牽衣而挽之。大立
以鞭毆其妻子, 而牽馬以從云。(규)

이 협주는 '충남대본'에 없는 것이다.

마지막으로 글 제목의 변화가 일어났다. 어한명이 손수 정리한 글
은 아마도 제목이 없었거나 있었더라도 충남대본처럼 "강도진두사기"
가 아니었을까 추측된다. 강도에서 일어난 사건의 기록이 아니고, 강
도로 들어가기 전에 통진 나루에서 일어난 사건에 대한 기록이라는 점
에서 그렇다. 1706년에 김창협이 쓴 <후기>에서도 '故運判魚公所記丙子
時事, 公曾孫有鳳舜瑞以示余.'라고 언급되어 있는데, 제목은 언급하지 않
은 채 글의 내용을 기술하고 있기 때문이다. 그러다가 1714년에 권상하
가 쓴 <발문>에는 '余因其曾孫舜瑞, 得見公丙子江都日記, 益不覺欽歎.'이
라고 언급되어 있는 것을 보면, 이때에 와서야 '병자강도일기'로 칭해
진 것 같다.

지금까지 살핀 것을 요약하면, '충남대본'과 '규장각본'은 동일계열의
이본이고, 충남대본은 규장각보다 선본(先本)이며, 규장각본은 충남대본
보다 선본(善本)이다. 좋은 이본으로서의 규장각본은 오류와 어순을 바

로잡았으며, 보다 정합한 어구로 대체하기도 하고 의미를 강화하거나 어구를 부연하기 위해 변화를 주었으며, 어구를 축약하기도 하였다. 그러나 현장감 상실로의 어구로 대체하기도 하고 사실을 왜곡하기도 하였으며, 없던 내용을 삽입하기도 하였다.

이 글은 『강도일기』(어한명 저, 신해진 역, 역락, 2012)의 129~157면에 수록된 것을 일정 정도 수정한 것이다.

≪남한일기≫의 체재와 이본 내의 위상

1. 구성 및 체재

≪남한일기(南漢日記)≫는 남급(南礏, 1592~1671)이 병자호란을 겪으며 보고 들은 것을 기록한 것이다. 이 글에서 주목하는 ≪남한일기≫는 하버드대학교 엔칭도서관 소장본으로 국립중앙도서관 마이크로필름본이다. 이 필사본은 크게 세 부분으로 이루어져 있다. 곧, '일기'와 '강도록' 그리고 '기타' 등이다.

제1부 '일기'는 1636년 12월 11일부터 1637년 4월 4일까지 기록한 것인데, 12월 11일부터 3월 6일까지는 매일 썼으나, 그 이후부터는 쓰지 않은 날이 있으니 3월에만 13일(7일, 8일, 11일, 12일, 13일, 17일, 21일, 23일, 24일, 25일, 26일, 27일, 30일)의 기록이 빠져 있다. 실제로 총 100일간 기록한 일기이다.

날짜별 일기에 이어서 이른바 '팔도번곤제신(八道藩閫諸臣)'에 대한 기록이 있다. 충청도의 병사(兵使) 이의배(李義培)와 감사(監司) 정세규(鄭世規), 원주의 영장(營將) 권정길(權正吉)과 강원도의 감사 조정호(趙廷虎), 전라도의 병사 김준룡(金俊龍)과 감사 이시방(李時昉) 그리고 우수사 성하종(成夏

宗)과 좌수사 안몽윤(安夢尹) 및 우후(虞侯) 황익(黃翼), 함경도의 감사 민성휘(閔聖徽), 평안도의 감사 홍명구(洪命耉)와 병사 류림(柳琳), 경상도의 좌병사 허완(許完)과 우병사 민영(閔栐) 그리고 감사 심연(沈演) 등이다. 또 이어서 이른바 '강도사적(江都事蹟)', '강화도 순절자 사적', '강화도 부녀자 순절 사적' 등의 기록이 있다. 끝으로 이른바 '후기'가 덧붙여 있는데, 이 '후기'는 상당히 주목할 만한 언급이다.

제2부 <강도록>은 1636년 12월 13일부터 시작하는 것으로 되어 있으나 날짜순으로 기록한 것은 아니다. 피란과정과 강화의 함락과정이 집중적으로 상세히 기술되어 있는데, 나만갑의 ≪병자록≫에 수록된 소위 <강도록>과는 다르다. 그 참상을 절실하게 묘사되어 있어 주목을 요한다.

제3부 '기타'는 다른 이본에는 수록되어 있지 않은 것이다. 아마도 후대에 어떤 필사자가 원래는 없던 것을 덧붙인 것으로 보이는데, 이 필사본에만 있는 독특한 면모이다. 장령(掌令) 홍익한(洪翼漢)이 죽음에 임하여 오랑캐를 훈계한 편지, 오달제(吳達濟)가 집으로 부치는 편지 속에 있던 시 4편, 윤집(尹集)의 형인 윤계(尹棨)에 대한 간단한 소개, 폐주(廢主) 광해군(光海君)을 몰래 없애려 했던 기도(企圖), 공유덕(孔有德)과 경중명(耿仲明)의 가도(椵島) 정벌 사건, 전라의 우수사 성하종과 좌수사 안몽윤 그리 통영 우후 황익에 대한 처벌 등 비교적 소략하게 기록되어 있다.

2. 이본의 현황

앞서 소개한 ≪남한일기≫의 1부와 2부는 우복 정경세의 손자인 정도응(鄭道應)의 ≪소대수언(昭代粹言)≫에는 '난리일기'와 '강도록'으로 수록되기도 하고, 이긍익(李肯翊, 1736~1806)의 ≪연려실기술(練藜室記述)≫ 권25와 권26 기사에는 '난리잡기'로 인용되기도 하다가, 1869년에 이르러서 영양남씨 문중문집 ≪신안세고(新安世稿)≫의 권3과 권4에는 1부만 '병정일기'라는 제명 하에 목판본으로 간행되어 전해져 오는 것으로 알려져 있다.

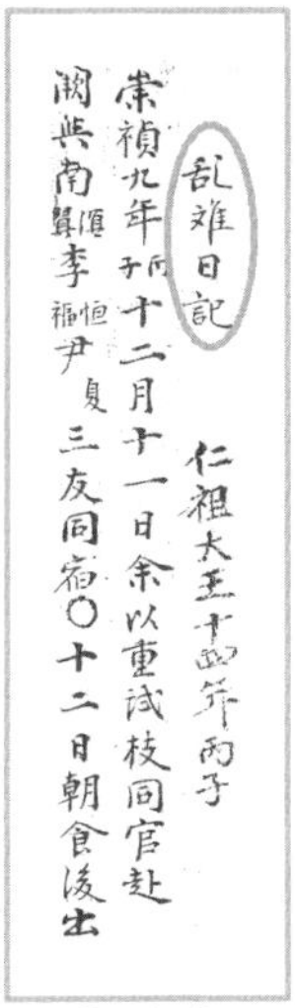
亂離日記
仁祖大王十四年丙子
崇禎九年丙子十二月十一日余以重試校同官赴
闕與南 李 尹 三友同宿〇十二日朝食後出

[그림 1]

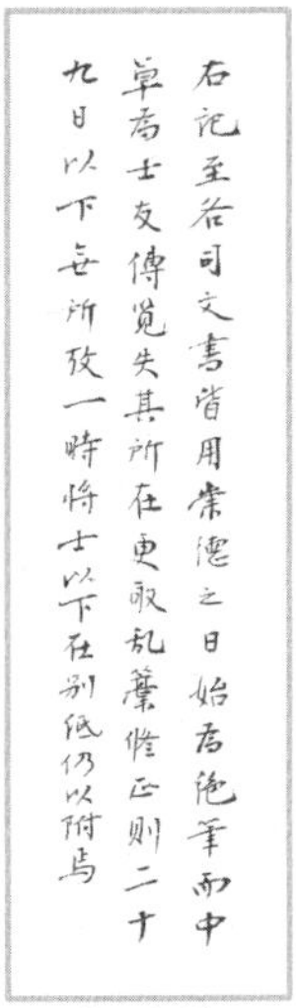
右記至各司文書皆用崇德之日始爲絶筆而中
草爲士友傳覧失其所在更取亂藁修正則二十
九日以下無所攷一時將士以下在別紙仍以附焉

[그림 2]

그 이본은 총 5종인데, 필사본 4종과 목판본 1종으로 ① 제주문화원 소장본, ② ≪소대수언≫ 권16 수록본, ③ ≪소대수언≫ 권10 수록본, ④ 국립중앙도서관 소장본, ⑤ ≪유유헌유고≫ 수록본이다.

① 제주문화원 소장본[1]은 원래 1695년 제주목사를 지냈던 이익태(李益泰)의 후손 이완희(李完熙) 씨가 소장했던 필사본이다. 표제는 '병자일록(丙子日錄)'으로 되어 있지만, [그림 1]에서 보듯 본문을 시작하면서 제명을 '난리일기(亂離日記)'라고 하였다. 그리고 작자는 밝히지 않은 채, 제명 밑에 '인조대왕 14년 병자'라고만 적어 놓았다. 1책 86면인데, 한 면에 12행, 매행 20자로 필사하였다.

이 필사본은 앞서 밝힌 ≪남한일기≫ 1부 '일기'의 틀 그대로이나, 다만 일기가 1636년 12월 11일부터 1637년 2월 28일까지인 점이 다르다. 일기 끝에 [그림 2]처럼 "앞의 기록은 각 관청의 문서에 이르기까지 모두 취해서 썼는데, 숭덕(崇德 : 청나라 태종의 연호)이 쓰이는 날이 시작될

1) 이 필사본은 金益洙 씨가 번역하고 원문 영인본을 첨부하여 제주문화원에서 1997년 간행하였다. 그런데 번역은 오역이 상당히 많다.

때에 비로소 더 이상 글을 쓰지 않았다. 중초(中草 : 보충하거나 수정하여 다시 쓴 원고)는 사우(士友)들에게 돌려보도록 했는데, 그것의 있는 곳을 알 수 없게 되었다. 다시 난고(亂藁 : 정리되지 않은 어지러운 원고의 초고)를 취하여 고치고 바로잡았지만, 29일 이하는 고증할 만한 것이 없다. '당시의 장수와 군사[一時將士]' 이하는 별지에 기록되어 있었기 때문에 이어서 덧붙인다.(右記, 至各司文書, 皆用, 崇德之日, 始爲絶筆。而中草, 爲士友傳覽, 失其所在。更取亂藁修正, 則二十九日以下, 無所攷。一時將士以下, 在別紙, 仍以附焉.)"라고 하여, 원래의 일기는 4월 4일까지였으나 지인들과 돌려보는 과정에서 없어지는 바람에 고증할 수 있는 데까지 작성한 것이 이 필사본임을 밝히고 있다.

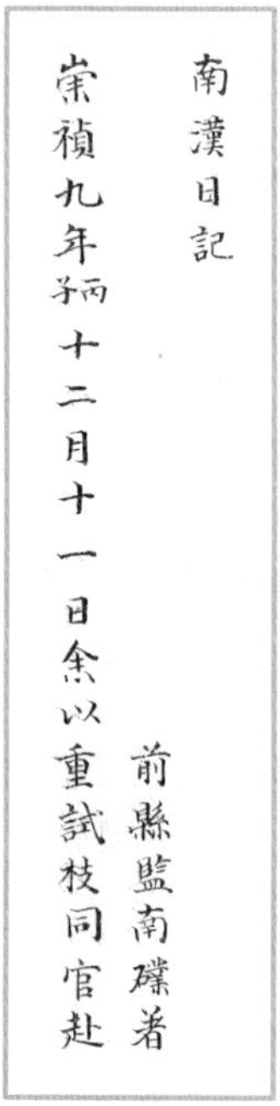
南漢日記
前縣監南礏著
崇禎九年丙子十二月十一日余以重試枝同官赴

[그림 3]

② ≪소대수언≫ 권16 수록본은 필사본으로 하버드대학교 엔칭도서관의 소장본이다. 표제는 '남한일기'로 되어 있으며, [그림 3]에서 보듯 본문을 시작하면서 제명도 '남한일기'라고 하였다. 그리고 작자 이름을 분명하게 '전 현감 남급 저(著)'이라고 밝혔다. 이는 남급이 중년에 아버지를 봉양하기 위해 의흥(義興) 현감이 되었다가 부친상을 당하자 곧바로 그만둔 사실에 근거한 것이다. 1책 141면인데, 한 면에 10행, 매행 20자로 필사하면서 나름대로 교정까지 한 흔적이 있다.

앞의 1장 '구성 및 체재'에서 밝힌 ≪남한일기≫의 체제(일기, 강도록, 기타)를 갖추었는데, 제주문화원 소장본에서 보았듯 1637년 2월 28일 일기 끝에 밝힌 부기에다 "잃어버린 본래의 기록은 공이 죽은 후에 비로소 찾을 수가 있었기 때문에 2월 29일 이하 부분을 아래에 덧붙인다.(闕失本記, 公下世, 後始得之, 故二月二十九日以下, 追附于左.)"고 밝히고, 1637년 4월

4일까지의 일기가 이어져 있다.

그런데 제2부 <강도록>을 필사하고 난 말미에 [그림 4]에서 보듯 '소대수언 권16'이라고 출전을 밝혀 놓았다. ≪소대수언≫은 정도응(1618~1667)이 편찬한 야사집(野史集)이므로 정도응의 생몰연간을 고려하면 적어도 1667년 이전에 편찬된 서적이다. 곧, 남급이 1671년에 세상을 떠난 것을 고려하면 남급이 생존했을 때에 만들어진 서적인 셈이다. 그렇다면 앞뒤가 맞지 않는다. 또한 학계에 알려진 12권 12책의 ≪소대수언≫과도 부합하지 않는다. 이에 대해서는 추후에 상술될 것이다.

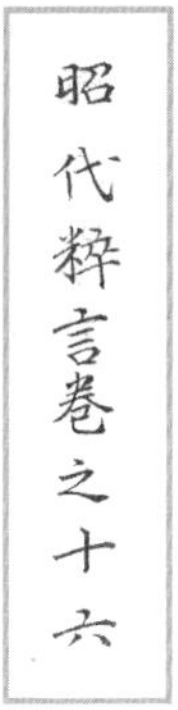

[그림 4]

③ ≪소대수언≫ 권10 수록본[2]은 표제를 알 수가 없는 필사본인데, [그림 5]에서 보듯 제명을 '난리일기'라고 하였다. 그리고 작자 이름을 분명하게 '현감 남급 기(記)'이라고 밝혔다. 1책 86면인데, 한 면에 12행, 매행 25자로 필사하였다. 한 가지 덧붙일 것은 권9에 수록된 ≪병자록(丙子錄)≫을 남급이 쓴 것으로 되어 있지만, 이는 오류로 나만갑(羅萬甲)의 저술이란 점이다.

이 필사본은 일기가 1636년 12월 11일부터 1637년 4월 4일까지 기술되어 있는 등 ≪남한일기≫의 체재와 비교하면 제3부 '기타' 부분이 필사되어 있지 않고 나머지는 그 체재를 그대로 따랐다. 다만 협주의 위치(1626년 1월 30일)를 문장 중간에서 문장 끝으로 옮기기기도 하고,

[그림 5]

---

2) 국립중앙도서관에 소대수언 권10 수록본과 같은 체제의 이본이 소장되어 있다. 청구기호가 한古朝93-105인 자료인데, 표제는 전혀 다른 글씨체로 '난리일기'로 되어 있고, 본문 시작하면서 제명을 '난리일기'이라 했다. 저자도 '현감 남급 기'라고 밝혔다. 1책 109면으로 한 면에 13행, 매행 18자로 필사된 점이 다르다. 물론 약간의 문자 교정이 있을 따름이지 대체로 동일하다. 그리하여 또 다른 이본으로 간주하지 않았다.

협주로 되어 있던 것을 본문으로 전환하기도 하고, 본문으로 되어 있던 것을 협주로 처리하기도 하고, 잘못된 글자를 바로잡기도 하였다. 그럼에도 잘못된 이름(權正吉, 李宜培, 李時裁, 閔成徵 등)들을 그대로 인용하기도 하였다. 전반적으로 보면 약간의 문자 출입이 있다고 해야 할 것이다.

④ 국립중앙도서관 소장본은 표제가 '잡록(雜錄)'으로 된 필사본인데, [그림 6]에서 보듯 본문을 시작하면서 제명을 '병자일기(丙子日記)'라고 하였다. 그리고 작자 이름을 분명하게 '현감 남급 기(記)'이라고 밝혔다. 1책 58면으로 한 면에 11행, 매행 32자로 필사하였다.

이 필사본은 일기가 1636년 12월 11일부터 1637년 4월 4일까지 기술되어 있는 등 ≪남한일기≫의 체제와 비교하면 제3부 '기타' 부분이 필사되어 있지 않고 나머지는 그 체제를 그대로 따랐다. 다만, 협주의 완전 생략3) 또는 일부 생략4), 특정 날짜 일기의 일부 생략5) 또는 전체 생략6) 등이 가해졌으며, 이른바 '강화도 사적'이 통째로 생략되었다.

[그림 6]

그리고 [그림 7]에서 보듯 1637년 1월 19일 일부 내용에 먹칠을 가한 부분도 있다. 곧, "전 대간(臺諫) 윤황(尹煌)이 병들어 문밖을 출입하지 못하면서도 매일 저녁에 그의 아들 윤문거(尹文擧)를 불

---

3) 1636년 12월 14일 2개, 16일 2개, 18일 1개, 29일 1개, 30일 2개, 1637년 1월 1일 1개, 3일 1개, 7일 1개, 12일 1개, 15일 1개, 19일 1개, 24일 1개, 26일 1개, 29일 1개, 30일 8개 등 25곳. 뿐만 아니라 이른바 '강화도 순절자 사적'에서도 4개가 생략되었다.
4) 1637년 1월 11일.
5) 1637년 1월 17일 맨 마지막 부분, 2월 2일, 3일, 4일, 5일, 7일, 10일, 11일, 15일, 29일, 4월 4일 등. 대체적으로 남급의 개인적인 내용이 언급된 부분을 생략한 것 같다.
6) 1637년 2월 14일, 16일부터 26일까지, 3월 4일부터 14일까지, 18일, 22일부터 28일까지, 4월 3일 등.

러 말하기를, '오늘 화친하는 일은 어떻게 되었느냐?' 하니, 윤문거가 대답하기를, '저들이 기꺼이 허락하지 않는다고 합니다.' 하자, 윤황이 말하기를, '사람들이 장차 죄다 죽을 것이다.' 하였다. 윤황은 본디 정묘호란 때 화친을 배척하던 사람이었는데도, 그의 소행이 이와 같으니 사람들은 비웃지 않는 자가 없었다.(前大諫尹煌, 病不出門, 每日夕呼其子文擧曰 : '今日和事何如?' 對曰 : '彼不肯許云.' 曰 : '人將盡死矣.' 煌本丁卯斥和之人, 而所爲如此, 人莫不笑之.)"는 내용이다. 또한 1월 28일 일부 내용에도 먹칠을 하였으니, 곧 "약속이 이미 이루어지자, 최명길과 용골대, 마부대는 모두 기쁜 얼굴로 즐겁게 한참 이야기하다가 물러나왔다.(約旣成, 鳴吉與龍馬, 俱有喜色款語, 移時而退.)"이다. 게다가 남급의 후기에 해당하는 부분은 완전히 생략되었다.

[그림 7]

⑤ ≪유유헌유고≫ 수록본은 목판본이다. ≪유유헌유고≫는 남급의 유고(遺稿)를 후손이 편찬한 것인데, 영양남씨 문중 문집인 ≪신안세고≫ 권2부터 권4까지에 수록되어 있다. '崇禎紀元後四龍集屠維大荒落'에 이 문집의 서문을 류주목(柳疇睦, 1813~1872)이 썼다고 되어 있는바, 도유대황락(屠維大荒落)은 기사년이니 1627년 이후 4번째 기사년은 곧 1869년이다. 일기는 1869년 편찬된 ≪신안세고≫의 권3과 권4 '잡저(雜著)'에 제명을 '병정일기(丙丁日記)'라 하여 수록되어 있다. 총 112면으로 한 면에 10행, 매행 21자가 판각되어 있다.

이 목판본은 일기가 1636년 12월 11일부터 1637년 4월 4일까지 기술되어 있는 등 ≪남한일기≫의 체제와 비교하면 제2부 '강도록'과 제3부 '기타' 부분이 필사되지 않고 나머지는 그 체제를 그대로 따랐다. 다만,

의미단락을 '○'로 표시하여 나누었다는 점이 다르고, 또한 1678년에 지은 이유장(李惟樟, 1624~1701)의 후기, 그리고 지은 연대를 알 수 없는 권유(權愈, 1633~1704)의 후기가 수록된 점이 다르다.

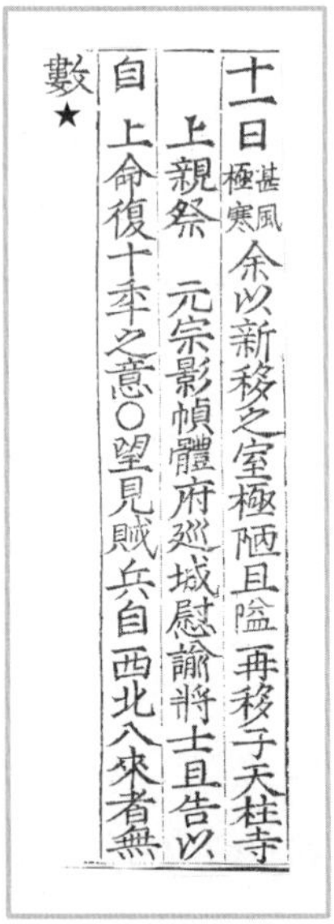
十一日甚風極寒余以新移之室極陋且隘再移于天柱寺
上親祭 元宗影幀體府巡城慰諭將士且告以
自上命復十年之意○望見賊兵自西北入來者無
數★

[그림 8]

그런데 이 목판본은 [그림 8]에서 보듯, 1637년 1월 11일 별표 부분에 있어야 할 일부 내용을 생략하였다. 곧, "포로로 잡혔다가 도망쳐 돌아온 사람이 전하기를, '남양수(南陽守)가 그의 할머니와 함께 모두 적의 칼날을 면치 못하였다.'고 하였다. 그러나 그의 동생 윤집(尹集)은 전한 사람이 잘못 전한 것이라고 핑계대며 화려한 옷을 입어 휘날리니, 사람들은 모두 의심하고 욕을 하였다.(협주 : 어떤 사람이 전하기를, '남양수 윤계(尹棨)는 일찍이 귀화한 오랑캐들을 단속한 일이 있었는데, 귀화한 오랑캐들이 적병에게 윤계를 해치도록 청했다.'고 하였다. 나는 애초에 윤집도 알지 못했고 또 남양수의 일도 듣지 못했는데, 개원사(開元寺)에 있을 때 행랑채에서 남색 옷을 입은 사람들이 친구들과 농지거리하는 것을 보노라니, 어떤 사람이 나를 위해 가리켜 보이며 말하기를, '저 사람이 윤집이오.' 하여, 내가 말하기를, '누구를 가리키는 것이오?' 하자, 이어서 남양수의 일을 말하였다. 내가 말하기를, '전하는 말이 비록 잘못되었을지라도 그러나 또한 옳지 못한 것이오.' 하니, 가리킨 자가 말하기를, '저 사람은 스스로 옳지 못하다고 여기지 않으니, 사람들은 또한 어찌할 수 있겠소?' 하였다.)(被虜逃還人傳, '南陽守與其祖母, 俱不免賊鋒.'云云。而其弟尹集, 諉以傳者之誤, 美服飛揚, 人皆怪罵。(或傳, '南陽守尹棨, 曾有向化胡禁戢之事, 向化等請兵相害.'云。余初不知尹集, 又不聞南陽之事, 在開元寺, 見元廊藍色衣人, 與朋友戲謔, 有爲余指示者曰 : '彼尹集也.' 余曰 : '何指者?' 仍擧南陽事言之。余曰 : '傳說雖誤, 然且不可矣.' 指者笑曰 : '彼自不以爲不可, 人且奈何也?')"이다.

3. 하바드대 엔칭도서관 소장본의 이본적 위상

≪남한일기≫의 이본 형성 경위는 ≪소대수언≫과 밀접한 관련을 맺는 것으로 보인다. 남급이 애초에 엮으려 했던 ≪남한일기≫는 소위 '제1부'이었던 것으로 보인다. 그런데 남급은 생전에 1637년 2월 28일 이후의 기록을 제외한 채 ≪남한일기≫를 펴냈다. 이를 '미완본'으로 칭할 수 있다면, 4월 4일까지의 일기가 남급 사후에 덧보태어진 것을 '완본'으로 칭할 수 있을 것이다. '미완본'이 결국 최선본(最先本)인 셈일 수밖에 없는데, 1667년 이전에 편찬된 정도응(1618~1667)의 ≪소대수언≫에 수록되었고, 그것은 제주문화원 소장본인 것으로 추측된다. 이때 ≪소대수언≫의 면모는 지금으로서 확인할 길이 없다.

그러다가 남급(1592~1671) 사후에 잃어버렸던 중초(中草)를 찾았던 것인데, 찾은 시기는 적어도 1678년 이전일 것으로 짐작된다. 왜냐하면 ≪유유헌유고≫에 이유장(李惟樟, 1624~1701)이 1678년 후기를 쓴 것으로 되어 있기 때문이다. 곧 "돌아보건대 그 책 중간에 생략되고 빠진 부분이 있어 완전하지 않았다. 선생이 일찍이 손수 제하여 짧은 서문을 썼고, 선생이 세상을 떠난 후에서야 출현하여 완서가 되니 천행이다.(顧其爲書中間, 略有放佚而未全。先生嘗手題小引以識之, 及先生下世後, 乃出而爲完書天也。)"고 하였다. 이 완본의 최초 모습은 ≪소대수언≫ 권16에 수록된 ≪남한일기≫일 것으로 파악된다.

≪소대수언≫의 이본 양상

편 찬 자		정도응	
판 사 항		필사본	
발행사항		필사지 미상, 필사자 미상, 필사년도 미상	
소 장 처 (청구기호)		고려대학교도서관 (만송 B8 A374)	서울대학교규장각 (12444) 한국학중앙연구원(K3-648)
내 용	권1	해동야언(海東野言)1/ 許筬	해동야언1/ 허봉
	권2	결	해동야언2
	권3	결	해동야언3
	권4	해동야언4 대동운옥(大東韻玉)/ 權文海	해동야언4
	권5	석담유사(石潭遺事)1/ 李珥	계미기사/ 우성전
	권6	석담유사2	시정록/ 우성전
	권7	석담유사3	동각잡기/ 이정형
	권8	석담유사4	동각잡기/ 이정형
내 용	권9	계갑일록(癸甲日錄)상/ 禹性傳	병자록(丙子錄)/ 南礏
	권10	계갑일록 하	난리일기(亂離日記)/ 남급
	권11	계미기사(癸未記事)/ 우성전 시정록(時政錄)/ 우성전 *議政鄭澈家藏	부계기문(涪溪記聞)/ 金時讓
	권12	동각잡기(東閣雜記)상/ 李廷馨	하담파적록(荷潭破寂錄)/ 김시양
	권13	동각잡기 하	없음
	권14	후청쇄언(鯸鯖瑣言)/ 李濟臣 지봉유설(芝峯類說)/ 李睟光 해동악부(海東樂府)	

　이 도표를 보면, 필자가 새로 찾아낸 고려대학교도서관 소장본 ≪소
대수언≫은 지금까지 알려진 12권 12책의 ≪소대수언≫ 면모가 아니다.
고려대학교도서관 소장본 ≪소대수언≫의 편제가 언제 갖추어졌는지
그 시기는 알 수 없지만, 1678년 이후의 어느 때에 ≪남한일기≫는 바
로 이 편제 하에 수록되었을 개연성이 농후하다. 12권 12책의 ≪소대수
언≫을 참고하면 권15에는 '병자록'이, 권16에는 '남한일기'가 수록되었

을 것으로 짐작되는바, 현재 고려대학교도서관 소장본도 완질본이 아님을 알 수 있다.

≪소대수언≫[7]은 애초의 편제는 알 수 없지만 적어도 16권 이상으로 편찬되었던 고려대학교도서관 소장본이 오늘날 익히 알려진 12권 12책 서울대학교 규장각한국학연구원 소장본과 한국학중앙연구원 장서각 소장본의 편제로 전환되는 과정에는 당파성이 개입된 것으로 보인다. 기존에 있던 저작물을 제외는 했지만 새로이 저작물을 편입한 경우는 없는데 그 제외된 저작물들을 보려니와, 동인과 남인 계열 인물들의 저작물들만 남겼기 때문이다. 애초에는 당파성에 개의치 않고 편찬되었던 것이 후인들에 의해 점점 당파성이 깃들여진 책으로 변모되었던 것이다. 이 12권 12책 편제의 ≪소대수언≫에 수록된 것이 권10 수록본 '난리일기'이다.

그리고 국립중앙도서관 소장본 '잡록(병자일기)'은 앞서 살펴본 필사본들 가운데 어느 한 이본을 저본으로 삼아 필사하는 과정에서 많은 부분을 생략한 것으로 파악된다. 지금으로서는 목판본과의 선후관계를 해명할 수가 없다. 목판본도 앞서 살핀 것처럼 원본의 일부를 생략한 결점을 지니고 있다. 그 생략한 부분이 서로 상이하기 때문이다.

요컨대, 이본의 선후관계는 제주문화원 소장본, 소대수언 권16 수록본, 소대수언 권10 수록본, 국립중앙도서관 소장본 또는 목판본 순이다. 따라서 하바드대 엔칭도서관 소장본 ≪남한일기≫는 '완본' 계열 가운데 제일 이른 이본인 셈이다.

---

7) ≪소대수언≫은 정도응과 정석교 부자에 의하여 편찬된 2권 2책도 있음. 권1에는 象村稿, 계곡만필, 난리일기, 강도록이, 권2에는 병자록이 수록되어 있다.

4. 기타

1) ≪강도록≫의 저자 여부

≪강도록≫은 16권 이상 체제든 12권 12책 체제든 ≪소대수언≫의 같은 권수(권16 또는 권10)에 모두 ≪남한일기≫(또는 난리일기)와 함께 수록되어 있다. 이 점은 세심하게 주목할 필요가 있다. 남급 집안과 정도응 집안 간의 교류는 남천한의 <가장>을 보면 무시할 수 없을 정도이다. 그렇다면 정도응은 틀림없이 ≪강도록≫이 남급의 저작물임을 알고서 일기와 함께 수록했을 가능성이 높다. 그럼에도 후손들은 1869년 남급의 ≪유유헌유고≫를 편찬하면서 ≪강도록≫을 제외하고 말았다. 그리하여 현재 학계에서는 ≪강도록≫을 남급의 저작물로 보는데 회의적인 시각이 있다.

그러나 다음과 같은 기록들을 보면, ≪강도록≫의 저작 논의에 대해 다시 한 번 되짚어보아야 하는 것이 아닐까 한다.

> "오랑캐들이 삼강(三江)에 집결하여 가옥을 헐은 재목으로 자피선(者皮船)을 만들기도 하고 동거(童車 : 짐을 싣는 수레)를 만들기도 하는데, 그 의도가 아마도 강화도에 있는 듯하다." 하였다. 김경징은 박장대소하며 말하기를, "강의 얼음은 아직도 단단하거늘, 어찌 능히 육지로 배를 저을 수 있단 말인가?" 하였다.
>
> 정월 21일 밤 초경에 통진(通津) 가수(假守 : 임시 수령) 김정(金頲)이 김경징에게 황급히 달려와 보고하기를, "오랑캐가 낙타에 배를 싣기도 하고 동거(童車)에 배를 싣기도 하여 갑곶 나루머리로 향하고 있으니, 밤에 물을 건너려는 것이다." 하니, 김경징이 비로소 두려워하는 기색을 띠고서, 이일상(李一相)과 박종부(朴宗阜)로 하여금 방어할 계책 마련하기를 분부하고는, 화약과 철환(鐵丸) 등을 나누어 주고, 돈의 액

수를 살펴 낱낱이 장부에 기록하였다. 또 호조 좌랑(戶曹佐郞 : 임선백)
으로 하여금 군사들에게 급료를 주게 하였는데, 갑곶에서는 창고에
비축된 곡식이 장부에만 기록되었지 그 군량을 운반하여 지급하지 아
니하고, 성안에서는 창고의 곡식을 조용히 월급으로 나누어 주니, 사
람들은 괴이하게 여기지 않은 이가 없었다.

다음날 아침에 해가 높이 뜨자 후군(後軍)이 느릿느릿 성을 나서는
데 군사들이 모두 맨 주먹이자, 사람들이 말하기를, "체부(體府)에 군
기(軍器)들이 산더미같이 쌓아놓고 오늘과 같은 때를 대비하여 쓰려고
했거늘, 오늘 만약 쓰지 않으면 다시 어느 때를 기다렸다가 쓰려고 한
단 말인가?" 하였다. 김경징이 말하기를, "이곳에 있는 군기(軍器)와
기계(機械)들은 모두 아버님께서 마련한 것인데, 내가 어찌 마음대로
쓴단 말이냐?" 하니, 사람들은 모두 기이하게 여기고 또 통탄스럽게
여겼다.

한흥일(韓興一)과 정백형(鄭百亨)으로 하여금 성 안의 피란민을 이끌
고 성첩(城堞 : 성 위에 낮게 쌓은 담)을 나누어 지키게 하고, 연미(燕尾)
서쪽은 풍덕 군수(豊德郡守) 이성연(李聖淵)이 지키게 하고, 연미 이북
은 개성 유수(開城留守) 한인급(韓仁及)과 도사(都事) 홍정(洪霆)이 지키
게 하고, 갑곶 아래는 첨사(僉使) 유성증(兪省曾)이 지키게 하고, 선원
(仙源) 아래는 전창군(全昌君) 류정량(柳廷亮)이 지키게 하고, 광성(廣城)
아래는 해숭위(海嵩尉) 윤신지(尹新之)가 지키게 하였다. 한흥일, 정백
형, 임선백 등은 각기 젊은 하인들을 이끌고 남문 위를 지켰고, 회은
군(懷恩君)은 종친(宗親)들을 거느리고 동문 위를 지켰고, 민광훈(閔光
勳)과 여이홍(呂爾弘) 등 두세 명의 조정 신하들은 서문 위를 지켰는데,
북문은 사람의 수가 부족하여 지키지 못하였으니, 사람들은 모두 분
개하였다. 일이 매우 급박한데다가 성첩이 헐고 성벽이 허물어져 사
방에 완전한 곳이라고는 없었는지라, 갑자기 장강(長江)이라는 하늘이
내린 요충지를 버리고 맨주먹으로 돌아와 허물어진 성을 지켰으니,
방어할 수가 있겠는가.

오랑캐 군대가 맞은편에 주둔하여 홍이대포(紅夷大砲)를 마구 쏘아 대니, 천둥 같은 그 소리가 천지를 진동하며 파괴하지 않는 것이 없었 다. 사람들은 감히 가까이 가지도 못하고, 김경징과 이민구도 겁에 질 려서 어찌할 바를 몰라 창고 밑으로 피하여 지키니, 온 군사가 동요하 여 어지러워져 대열이 정돈되지 않았다. 오랑캐가 자피선(者皮船) 몇 척에다 수십여 명을 태워 바다 가운데에 둥둥 떠 있자, 김경징이 정승 앞에 나아와 말하기를, "성 안의 일을 허술히 하였으니, 나는 부성(府 城)으로 되돌아가서 성을 지킬 계획을 세우겠다." 하니, 두 대군과 김 상용(金尙容)·박동선(朴東善)·조익(趙翼)·조경양(趙慶揚)·이탁(李擢) 형 제 등 여러 사람들도 함께 들어가려고 하였다.

이때 임선백은 호조 좌랑으로서 군사의 급료를 책임지고 있었는데, 이번 걸음에서 분발하여 한번 싸우려고 하였으나 할 수 있는 일이 없 자, 스스로 몸을 물에 던졌지만 뱃사람이 건져내어 살아나는 바람에 나루 창고가 있는 데로 와서, 대군 앞으로 나아가 말하기를, "장강은 하늘이 마련해준 요충지입니다. 이곳을 버리고 어디로 가려 하시나이 까? 국가의 존망이 이번 싸움에 달렸사오니 군사들을 정돈하여 진실 로 마땅히 사수해야 할 것인데, 대장이 되돌아 들어간다면 군사들의 마음을 꺾을 뿐만 아니라 군사들도 필시 무너져서 흩어질 것입니다. 검찰사가 결코 되돌아 들어가는 것은 옳지 못합니다." 하였다. 대군도 매우 옳다고 여겨서 김경징을 돌아보며 말하기를, "영공(令公)은 들어 갈 수 없다." 하니, 김경징은 물러나서 창고 담장 아래를 지켰다. 임선 백이 그제야 대군께 고하기를, "오랑캐의 배는 가볍고 빠르기가 나는 것 같지만, 우리의 전투선은 육중하고 느려서 썰물 때에 움직이기가 어렵기 때문에 전적으로 수군을 믿을 수가 없으니, 진해루(鎭海樓) 아 래의 좁고 험한 곳에 진(陣)을 치고 총과 활을 크게 배치하여 혈전(血 戰)을 기약하는 것 만한 것이 없습니다. 또 성을 지키는 것은 아이들 의 장난과 같으니 성안에 있는 군사들을 몰아내어 모두 체부(體府)의 군기(軍器)들을 가지고 나루터에서 오로지 힘쓰도록 하는 것이 타당할

듯합니다." 하니, 그 자리에 있던 장씨 성의 사람이 따라서 힘써 도왔
다. 대군이 말하기를, "좌랑의 말이 옳다. 내가 마땅히 말을 타고 달려
성에 들어가서 직접 군정(軍丁)을 거느리고 군기를 챙겨 오겠다. 그러
나 이러한 뜻을 대장에게 고하지 않을 수 없으니 급히 가서 아뢰라."
하였다. 임선백이 이를 김경징에 알리니, 김경징은 다만 '예, 예' 할 뿐
이었다. 얼마 되지 않아 오랑캐의 배가 갑자기 쳐들어오는데, 한 손으
로는 방패를 들고 또 다른 손으로는 노를 저었다.

　그때 유수(留守) 장신(張紳)은 주사(舟師 : 수군) 대장으로서 수군을
이끌고 광성(廣城)에서 새벽을 틈타 조수 따라 왔는데, 갑곶에 1마장쯤
미치지 못하여 썰물이 매우 급하게 나가는 바람에 전투선이 전혀 움
직일 수가 없게 되자, 장신은 배위에 앉아서 가슴만 칠뿐이었다. 충청
수사(忠情水使) 강진흔(姜晉昕)이 연미정(燕尾亭)으로부터 수군을 이끌
고 왔으나 오랑캐의 대포에 의해 격퇴되어 전진을 하지 못했다. 오랑
캐의 배 한 척이 나루터에 정박하려 할 즈음, 우리 관군이 대포를 쏘
려 했으나 화약에 습기가 차 마르지 않아서 대포의 화약이 폭발하지
않았다. 오랑캐는 이미 해안에 상륙했고, 중군(中軍) 황선신(黃善身)이
화살에 맞아 죽었으며, 관군은 싸우지도 않고 스스로 무너졌다.

　그리하여 오랑캐는 승승장구 40여 척의 배가 어지럽게 앞을 다투
어 건너오면서 부르고 떠드는 소리가 산을 울리고 바다를 흔들었다.
김경징과 이민구는 말을 버리고 먼저 달아났는데, 나룻배를 타고 장
신(張紳)에게 가서 함께 전투선을 타고 달아났던 것이다. 조익(趙翼)과
이행진(李行進)이 분연히 한번 싸우려 했으나 할 수 있는 일이 없자,
스스로 몸을 물에 던졌지만 뱃사람이 건져내어 살아났다. 오랑캐가
무인지경에 들어오듯 하여 둘씩 둘씩으로 편성한 대오가 성부(城府)로
향하는데, 머나먼 데서 바라보니 단지 칼 빛만 번개 같이 번쩍였다.(賊
屯聚三江, 撤屋材, 或造者皮船, 或造童車, 其意蓋在江都." 檢察使金慶徵聞之, 擊
掌大笑曰 : "江冰尙堅, 彼豈能陸地行船?" 丁丑正月二十一日初更, 通津假守金,
急奔告慶徵 : "賊或以橐馳, 或以童車載船, 已下甲串津頭, 待夜水將渡." 慶徵始

有懼色, 使李一相·朴宗阜, 分付把守之策。又使戶曹佐郞任善伯放料。翌朝日三丈, 後軍緩緩出城, 士皆空拳, 人言 : "體府軍器, 積如丘山, 今若不用, 更待何時?" 慶徵曰 : "此機械, 皆父親所辦, 吾何敢任意用之?" 聞者莫不怪且痛。慶徵使韓興一·鄭百亨率城中避亂人, 分守城堞, 燕尾之西, 豐德郡守李聖淵守之。其北, 開城留守韓仁及都事洪霆守之, 甲串以下, 僉知兪省曾守之, 仙源以下, 全昌君柳廷亮守之, 廣城以下, 海嵩尉尹新之守之, 韓興一·鄭百亨與任善伯各率家僮, 坐南門上, 懷恩君率諸宗親, 坐東門上, 閔光勳·呂爾弘二三朝士, 坐西門上, 北門則人數不足, 不得守。賊兵屯聚越邊, 以紅夷大砲亂放, 如雷聲震天地, 人莫敢近前。慶徵與副撿察李敏求, 惶惻莫措, 避坐倉舍底, 一軍撓亂, 不成行列。賊以者皮船數隻, 載數十餘人, 泛中流, 慶徵來言政丞前 : "城中事虛踈, 吾當還入, 爲守城計." 二大君及金尙容·朴東善·趙翼·趙慶揚·李擢諸人將隨入。任善伯以佐郞掌料, 見此奮欲進戰, 事無可爲, 自投水中, 船人拯之, 而來在津倉, 進言于大君曰 : "長江天設之險。舍此欲何之? 國之存亡, 在此一擧, 整勑軍伍, 固當死守, 大將還入, 不但衆心沮喪, 軍兵亦必潰散." 大君深以爲然, 顧謂慶徵 : "令公不可入." 慶徵不得已還坐倉底。善伯又告大君曰 : "賊船輕疾如飛, 我戰船則重遲, 難運於潮退之時, 今不可專恃舟師, 莫如布陣鎭海樓下狹隘之處, 大張砲矢, 期於血戰。且守城有同兒戲, 驅出城中軍卒, 皆用體府軍器, 專力於津頭爲宜." 座上張姓一人, 從以力贊之。大君曰 : "佐郞之言是矣。我當走馬入城, 軍丁器械, 躬自領來。此意不可不告于大將, 便急往告之." 善伯告于慶徵, 慶徵唯唯而已。俄而, 賊船忽前進, 一手持盾, 一手搖櫓。留守張紳, 以舟師大將, 自廣城乘曉, 潮上來, 未及甲串一馬場, 潮退急, 不能運動。忠淸水使姜晉昕, 自燕尾亭, 率舟師而來, 爲賊砲所敗, 不得進。賊一船, 泊津頭, 官軍欲放砲, 濕藥未燥, 火不發。賊登岸, 官軍不戰自潰。於是, 賊乘勝, 四十餘船, 亂渡爭先, 叫噪之聲, 動山掀海。慶徵·敏求棄馬, 與張紳同乘戰船而去。賊如入無人之境, 兩兩作隊向府, 自遠望之, 但見劒光如電而已.)[8]

이 인용문은 임선백의 5대손인 임희성(任希聖, 1712~1783)의 ≪재간집(在澗集)≫ 권2에 실린 <서강도일기후(書江都日記後)>의 일부이다. 이는 ≪남

8) 『남한일기』(남급 저, 신해진 역, 보고사, 2012)의 207~210면.

한일기≫ 제2부 <강도록>의 해당 부분과 동일하다. 두 글을 직접 비교해보면, 단지 몇 글자의 출입만 있을 뿐이지 동일한 글임을 알게 될 것이다.

임희성은 위의 인용문 뒤에 바로 이어서 다음과 같은 글을 써놓았다.

> 앞의 <강도일기>는 지은이의 성명을 잃어버려 전하지 않는데, 어떤 사람은 참의(參議) 나만갑(羅萬甲)이 지은 것이라 하고, 또 어떤 사람은 영남 사인(士人) 남급(南礏)이 지은 것이라 하니, 누가 맞는지 결정할 수가 없었다. 그것은 성을 함락시킨 전말을 기록한 것인데, 마치 눈앞의 일을 보듯 꽤 세밀하다.(右江都日記一編, 見軼作者姓名, 或云是羅參議萬甲所著, 或云是嶺南士人南礏所錄, 不知定誰是。其記錄陷城始末, 頗纖悉如目前事.)

이에 따르면, 임희성은 5대조 임선백의 사적을 인용하면서 그 출전의 지은이를 결정짓지 못하고 있었음을 알 수 있다. 그런데 나만갑이 지은 ≪병자록(丙子錄)≫ 내의 '當去邠之時, 金慶徵將入江都也'로 시작하는 '강도기사'를 지칭하는 것이라면, 이는 앞서 인용한 임선백의 사적의 글과 부합하지 않는다. 따라서 임희성이 <강도록>을 비록 '강도일기'라고 일컫고 있을망정, 그것은 바로 남급의 저작물인 <강도록>이었음이 분명하다. 남급은 분명 남한산성에서 인조를 호종하고 있었으므로, 강화도에서의 일기를 쓸 수 없는 입장이었다. 1637년 4월 4일 절필한 이후에 언제인지 알 수 없으나 강화도의 참상에 대한 전문(傳聞)한 바를 정리했던 것이 아닌가 한다.

남급의 ≪남한일기≫에 있는 <후기>는 유교적 명분론을 앞세우던 시대에 그것과 부합하지 않았음이 분명하다. 그래서 정도응이 애초에 편찬했던 ≪소대수언≫에는 ≪남한일기≫와 ≪강도록≫을 글쓴이의 이름을 밝히지 않은 채 수록했던 것 같다. 그런데다 병자호란 당시 강화도와 관련된 전문(傳聞) 기록은 수없이 많았다. 그러니 후대로 내려오며 자연스레 ≪강도록≫은 글쓴이의 이름을 찾지 못한 것으로 짐작된다. 그러다가 후손에게까지 제대로 대접받지 못한 것이 아닌가 한다. 이 추론이 옳다면 이제는 제 이름을 찾아주어야 할 것이다.

2) ≪석경선생문집≫<병자남한일기>와의 상관성

남급이 생존한 당시 관보(官報)나 조보(朝報)를 보고 중요한 사건을 그대로 인용하는 글쓰기 방식에 기인할 수 있다 하더라도, ≪남한일기≫와 너무나 같은 내용의 일기문이 많고, 그 날짜수도 많아서 소개하지 않을 수 없다. 곧, 이회보(李回寶, 1594~1669)의 ≪석경선생문집(石屛先生文集)≫ 권5 <병자남한일기(丙子南漢日記)>이다. 이 문집의 서문은 홍직필(洪直弼, 1776~1852)이 '崇禎紀元後四己酉乾之上澣'에 썼다고 되어 있는 바, 곧 문집은 1825년에 간행된 것이다. 그 실례를 보인다.

> 十三日。朝將往參承文褒貶, 而行到闕門外, 則褒貶已停, 備局之議方午。賊已到安州矣。城中洶洶, 出門者相繼, 午後狀啓, 又入來云, 賊已到平壤矣。蓋絶和之後(丁卯之亂, 上幸江都, 與之結和而還。至是, 汗使人來云, "吾卽皇帝位, 國號淸, 建元崇德, 兄弟之國, 義當相告, 故通之耳." 議者以爲善遇, 以觀其變, 洪翼漢等唱聲曰 : "彼旣稱帝建元, 則稱臣朝貢之賤, 非朝則夕, 不如先明大義, 斬使絶和之愈也."云云。) 人知其必被屠戮, 朝廷亦於江都, 多聚糧穀, 以爲奔避之計。而上下慌忙, 莫知所措。是日拜判尹金慶徵爲撿察使, 副提學李敏求爲副, 守江都。上問體察使金瑬曰 : "卿之子慶徵, 可堪此任否?" 對曰 : "雖無才能, 不及他人之事, 則未之有也."
> ○是夕。主人始掘地埋藏家財。

이는 <병자남한일기> 1636년 12월 13일의 일기이다. 물론 심한 경우 이기는 하지만, 밑줄 친 부분은 ≪남한일기≫의 내용과 비교하면 몇 글 자의 출입만 있을 뿐 마치 베낀 듯 동일하다. 하물며 협주(진한 글씨에 밑 줄친 부분)의 내용까지 똑같다. 도처에 이와 같은 방식의 동일한 문장들 로 된 일기문이 즐비하다.

이회보는 본관이 진보(眞寶), 자는 문상(文祥), 호는 석병(石屛)이다. 1636년 병자호란이 일어나자 인조를 남한산성에 호종(扈從)하였으며, 12 월 20일 척화(斥和)를 주장하는 상소를 올리기도 했다. 삼전도(三田渡)에 서 굴욕적인 강화가 체결되는 것을 보고 은거하였다가, 다시 관직에 나 가 병조좌랑·의정부사인(議政府舍人)·공조좌랑을 역임하였다. 이러한 그 가 1636년 12월 남한산성이 포위되었을 때의 동방록(同房錄)을 다음과 같 이 기록해 두었다.

博士　李回寶　文祥。甲午。十四日。與車達遠同行。宿于山下。十五日 曉。上山城。

主簿　車達遠　可近。壬寅。居松都。

通禮　李光春　晦元。戊寅。十五日午后。來此山房。居天安。

前遂安　姜信立　和叔。壬申。十六日。來此山房。居海州。

別提　柳允昌　伯郁。庚辰。十六日。來此山房。居京。

前察訪　李郶　子封。庚戌。二十二日。來此山房。居京。

奉事　南磼　卓夫。壬辰。丁丑正月十九日。來此山房。居安東。

이는 관직, 성명, 자, 생년, 동방한 날, 사는 곳을 간략하게 기록한 것 인데, 마지막 행에 남급이 언급되어 있다. 곧, 1637년 1월 19일에 남급과 동방했고, 남급은 안동에 산다고 했다. 그래서 <병자남한일기>와 ≪남 한일기≫에서 이를 확인하기 위해, 18일부터 20일까지 일기를 비교해보았다. 공교롭게도 3일간의 일기는 내용이 거의 똑같은데, 19일을 전후한 개인의 사적 일기 부분만 차이가 있으므로 그대로 인용한다.

十九日。南卓夫·李三俊直長及其姪避病來, 姑謹齋於風露地。
二十日。是日, 南卓夫入宿吾房。

十八日。余以天柱寺, 亦有癘氣, 又移于開元寺, 先入人等, 有不悅之語, 乃
宿于廡下。
二十日。余宿于李君鄒房。

앞의 인용문은 <병자남한일기>이고, 뒤의 인용문은 ≪남한일기≫이다. 이처럼 서로 어긋나게 진술되어 있으므로 한 번쯤 그 연유를 규명할 필요가 있다.

한편, ≪석경선생문집(石屛先生文集)≫ 권6의 '부록'을 보면, 남급이 자신보다 2년 먼저 죽은 이회보를 위해 만사(挽詞)9)를 지은 것으로 되어 있다. 그런데 남급의 ≪유유헌유고≫에는 이회보에 대한 언급이 없을 뿐만 아니라, ≪남한일기≫에도 그에 대한 언급을 찾아볼 수 없다. 이 ≪남한일기≫는 정도응, 이유장, 권유, 남천한 등 여러 사람들이 남급의 저작물임을 밝히고 있었음은 앞서 살펴본 바다.

그렇다면 ≪석경선생문집≫ 권5의 <병자남한일기>는 남급이 1637년 2월 28일의 부기(附記)를 통해 지인들에게 돌려보는 과정에서 소재를 알지 못하여 안타까워했던 그 ≪남한일기≫가 아닌지 한 번 정도는 짚어보아야 하지 않을까 한다. 아니면 그 ≪남한일기≫를 바탕으로 하여 새

_____
9) 그 만사는 다음과 같다.
質粹仍多藝, 英名士友前, 南城和議斥, 北塞政聲傳。
門對盈疇稼, 庭趨學禮賢, 悠然乘化逝, 人世護塵煙。

로운 기록물이 저작된 것은 아닌지 살펴보아야 하지 않을까 한다. 이렇게 하는 것이 두 사람의 명예를 살리는 길이 아닌가 한다.

❙ 참고문헌

장경남, 「남급의 <병자일록> 연구」, 『국제어문』 31, 국제어문학회, 2004.

이 글은 『남한일기』(남급 저, 신해진 역, 보고사, 2012)의 273~290면에
수록된 것을 어느 정도 수정한 것이다. 이 글에 이어서
가장(家狀)을 덧붙인다.

■ 남급의 <가장(家狀)>

부군(府君)의 성은 남씨(南氏), 이름은 급(礏), 자는 탁부(卓夫), 스스로
지어 부른 호는 유유헌(由由軒), 본관은 영양현(英陽縣)이다. 영양 남씨는
영의공(英毅公 : 南敏)에서 비롯되어 대대로 높은 벼슬을 지내는 후예들
이 있었다. 고조는 이름이 처곤(處崑)으로 참봉을 지냈고, 증조는 이름
이 건(健)으로 참봉을 지냈으며, 조부는 이름이 응원(應元)으로 효행이
있어 고을사람들이 거듭 조정에 들리게 아뢰니, 조정이 벼슬을 내리고
쌀과 베를 내린 후에 사복정(司僕正)을 추증하고 또 정려(旌閭)를 세우도
록 하였다.

아버지는 이름이 융달(隆達)로 부호군(副護軍)을 지냈고 좌승지(左承旨)
에 추증되었다. 가정에서 가르치고 이끄는 것을 전념하여 경전이나 제
자(諸子)의 문집을 모두 손수 베껴서 자손들에게 주었다. 성씨의 족보를
편수하여 선대의 800여 년 사적(事蹟)을 두루 실었다. 어머니 동래정씨
(東萊鄭氏)는 장사랑(將仕郞) 정원묵(鄭元默)의 딸이고, 부응교(副應教) 정환
(鄭渙)의 증손녀이다. 성품은 온화하였고, 근면하게 아내의 도리를 지켜
어긋남이 없었으며, 자손들을 가르칠 때면 의리에 입각하였다.

만력 임진년(1592) 7월 29일 부군을 낳았다. 어려서부터 특이한 자질
이 있어서 보통의 아이들과 같지 않았으니, 일찍이 큰 아버지[南興達]가
기특하게 여겨 말하기를, "우리 집안을 일으킬 사람은 반드시 이 아이
로다." 하였다. 이미 스스로 밥을 먹을 수 있었을 때는 간혹 아이들과
함께 장로(長老 : 나이가 많고 학문과 덕이 높은 사람)에게 은택을 받게 되면
그때마다 사양한 적이 많고 받은 적이 적었는데, 장로는 그 소행을 기
특하게 여겼다. 나이가 겨우 6세이었을 때 아이들과 물놀이를 하였는
데, 한 아이가 웅덩이 물에 빠지고 말았다. 다른 아이들은 모두 놀라 달

아났지만, 부군은 긴 장대를 끌고 와 웅덩이 속에 던져서 빠진 아이로 하여금 부여잡게 하고는 당겨 꺼냈다. 이 사실을 들은 사람들은 저 송(宋)나라 사마광(司馬光)이 큰 물독에 빠진 친구를 구하기 위해 돌로 그 물독을 깨뜨린 고사에 견주었다.

때가 큰 난리[임진왜란]를 겪은 뒤라서 서적들이 죄다 없어지고 말아서, 부군은 나이가 12세인데도 입학하지 못하였다. 다른 아이들이 배운 글을 그 곁에서 먼저 스스로 배우고 익히는 것이 매우 빨랐다. 할아버지가 그것을 기뻐하시고 널리 송기(宋記) 1권을 구하여 가르치니 문리(文理)가 날로 나아졌다. 19세 때 서울로 가서 시험에 우등한 성적으로 합격했으나, 그로부터 10여 년 동안 세상이 혼탁하고 어지러워 벼슬자리에 나아갈 뜻이 없었다. 계해년(1623)에 이르러 인조반정이 일어나 공도(公道)가 크게 행해지자, 부군은 비로소 과거를 보면서 2년간 8,9번이나 합격하였고 대부분 장원급제하였다. 우복(愚伏) 정경세(鄭經世) 선생이 그 문장을 보고 감탄하기를, "이 사람은 문사(文詞)에 능할 뿐만 아니라 성리학에 관한 공부도 적지 않다." 하면서 선생의 맏아들[鄭杺]로 하여금 함께 글을 짓도록 하여 서로 학문을 면려케 하였으니, 이로 인하여 이름이 온 나라에 알려졌다.

천계(天啓) 갑자년(1624) 사마시(司馬試)에 합격하였고, 경오년(1630)에는 이름난 선비들에 의해 효릉(孝陵 : 인종과 그의 비 능)의 참봉으로 천거 되었고, 갑술년(1634)에는 경기전(慶基殿) 참봉으로 바뀌었고, 5개월이 지난 뒤에 사옹원 봉사(司饔院奉事)로 옮겼다.

병자년(1636) 12월 청나라가 갑자기 쳐들어와서 대가(大駕)가 허둥지둥 남한산성으로 들어갈 때, 부군은 대가를 호종하여 남한산성으로 들어가 밤낮으로 성첩(城堞)을 지켰다. 그러면서 간신히 조각 종이를 구해 날마다 산성의 일을 기록하여 전후 사정이 매우 상세하였는데, 정축년(1637)

4월 4일에 이르러 비로소 숭덕(崇德 : 청나라 태종의 연호)이 사용되자 절필(絶筆 : 붓을 놓고 다시는 글을 쓰지 아니함)하였다. 남한산성을 나올 때에 여러 시종하는 신하들이 임금의 행차가 북쪽으로 잡혀가는 화가 있을까 염려하여 사람들이 모두 꺼려 피하자, 부군이 말하기를, "설령 그러한 일이 있을지라도 신하된 자는 마땅히 죽기로써 따라야 하는 것이거늘, 어찌 피할 수가 있단 말인가?" 하고는 곧 주상을 모시고 오랑캐 진영에 갔다. 이어서 주상을 따라 도성에 들어와 있을 때 욕되게도 종묘직장(宗廟直長)에 제수되었는데, 묘우(廟宇)를 수리하고 목주(木主 : 나무 神主)를 개조하여 봉안한 후에 사직하고 고향으로 돌아왔다. 이해 봄에 조정에서는 임금을 호종했던 사람들을 위하여 특별히 과거를 실시하였는데, 부군은 홀로 과거를 보지 않았다. 얼마 되지 않아 품계를 6품으로 올려 별제(別提)를 제수하였는데 또한 나아가지 않았다.

이로부터 벼슬할 뜻을 끊었다. 마침내 벼슬하지 않고 집에 있으면서 오로지 부모 모시고 처자 돌보았으니, ≪농잠요어(農蠶要語)≫를 지어 자신의 뜻을 나타냈다. 경진년(1640)에는 모친상을 당하여 상사(喪事)의 예와 슬픔을 지극히 하였다. 기축년(1649)에는 사림에서 학봉(鶴峯) 김성일(金誠一) 선생의 문집을 간행하려고 하였을 때, 교정(校正)과 정정(訂定) 등의 일을 모두 부군에게 맡겼다. 임진년(1652)에는 의흥 현감(義興縣監)에 제수되었는데, 부군은 비록 벼슬에 뜻이 없었지만 집에 계신 90세가 다 된 부친을 봉양할 날이 많지 않았기 때문에 억지로 부임하였다. 그러나 몇 달이 되지 않아 부친상을 당하여 돌아왔다. 신해년(1671)에 부군이 80세가 되었는데, 조정에서 노인을 우대하는 은전을 베푸시어 정3품직을 내렸다. 같은 해 8월에 우연히 몸이 편치 못하였고, 4일이 지나자 입으로 유서(遺書)를 불렀는데 매우 상세하였으며, 5일이 지나자 갑자기 세상을 버렸으니, 슬프고 슬프다. 신미년(1691) 남한산성에 호종한 공이 있다는 예조(禮曹)의 계사(啓辭)로 말미암아 호조 참판(戶曹參判)에 증직되었으니, 특별한 은혜이었다.

부군은 자질이 아름답고 맑았으며, 성품이 온순하고 단아하였으며, 기개와 도량이 너그럽고 시원하였다. 행실은 부모에게 효도하고 형제와 사랑하는 것을 근본으로 삼고, 마음가짐은 자신에게 엄격하며 남에게는 너그러운 것을 위주로 삼았다. 불의가 자신에게 가해지는 것을 원치 않고, 역시 자신이 원하지 않는 것을 남에게 지우지 않았다. 늘 말하기를, "사람의 마음가짐과 일처리는 험하고 괴상해서는 아니 된다. '평이하게 백성들을 가까이하면 백성들은 반드시 모여들 것이다.'고 한 주공(周公)이 어찌 우리를 속이겠느냐? 다른 사람을 접대할 때는 온화한 얼굴로 느긋하고 화기애애하면서 자기 자신을 잘 드러내지 아니하면, 좋아하지 않는 사람이 없을 것이다. 평온하고 고요한 가운데 자기 자신을 지키고 남과 다툼이 없으면, 밖에서 원하지 않을 것이고 어떠한 상황에도 편안하게 될 것이다." 하였다.

조상의 제사 받들기에 있어서는 한결같이 예법대로 하고 구차스럽지 않았다. 선대의 기일이 되면 3일 동안 고기반찬이 아닌 채소반찬만으로 밥을 먹었고, 부친과 모친의 기일이 되면 그 7일 전부터 마음을 깨끗이 하고 채소반찬만으로 밥을 먹었다. 제사를 올리려는 밤에는 제수 물품을 직접 살피고 정결하게 차려지도록 힘쓰면서, 살아계실 때와 같은 정성에 비하여 능히 다하지 못하는 바가 있을까 염려하였다. 팔순에 이르러서는 일어나 배례(拜禮)할 수가 없자, 손자들로 하여금 번갈아 업게 하여 사당(祠堂)의 뜰에 가서 엎드렸다가 제사가 끝나기를 기다려 돌아왔다. 또 집안이 대대로 청빈하고 자손들이 가난하면 제수(祭需)가 부족할까 늘 걱정하나, 고금의 마땅한 바를 참작하고 인정(人情)과 예문(禮文)의 절도에 맞도록 하기 위하여 하나의 탁상을 같이 사용하는 제도를 정한 것을 생각하고는 말하기를, "대개 제물(祭物)은 오로지 정성껏 정결하게 마련하기만 되는 것이고, 향긋한 기운이 있는 제물이면 가장 좋은 것이니, 가짓수가 많을 필요는 없다. 노선생(老先生 : 퇴계 이황)이 제례문답(祭禮問答)에서 일컬은 바, '제물을 단지 가짓수가 많은 것이 좋다고 하면, 결코 제례(祭禮)를 아는 사람이 아니다.'고 한 것은 한 세상을 인도하기에 폐단이 없는 가르침이 아니겠느냐? 무릇 내가 일컬은 것을 변함없는 하나의 법으로 삼자는 것은 아니다. 가난하면 이에 준하기를 생각하는 것이고, 부유해지면 비록 더 진설할 수 있을지라도 제물의 그릇 수를 쓸데없이 늘려 스스로 풍요하다고 여길 필요는 없다. 만약 아주 경사스러운 특별한 제사가 있다든가 자손 중에 두터운 복록을 누리는 자가 제사를 베풀어 행하고자 하면, 이 예(禮)에 구애될 필요가 없다." 하였다. 또 말하기를, "이는 마땅히 나부터 시작해야 할 것이니, 선대의 제사는 내 마음대로 제한할 수 있는 바가 아니다." 하였다.

상(喪) 치르기에 있어서는 할머니의 상을 당하자 빈소(殯所) 곁에서 잠을 자고 졸곡(卒哭)하기 전까지 내당으로 들어가 집안일을 물은 적이 없었고, 모친상을 당했을 때는 나이가 노쇠했음에도 죽 먹기를 젊은 사람들과 똑같이 했으니, 한결같이 문공가례(文公家禮)대로 따라 행했다. 부친상을 당했을 때는 나이가 더욱 노쇠했음에도 상제(喪制)를 지키는 것이 더욱 확고하여 모친상 때와 조금도 다름이 없었다.

효릉(孝陵)과 경기전(慶基殿)의 참봉으로 있을 때는 수호군(守護軍)으로 상장(喪杖 : 상주가 짚는 지팡이)을 받은 자들은 모두 그의 어짊에 탄복하여 다 함께 비석을 세워 그 은덕을 새겼다. 사옹원(司饔院)의 봉사로 있을 때는 상관이 부군을 분원(分院)에 파견하였는데, 분원에 고군(雇軍)을 대신하게 하는 값이 많게는 천여 필의 베[布]가 되었는데도 이전 관리들이 죄다 사용하여 남아 있지 않았다. 부군이 역사(役事)는 큰데 재정이 딸리는 것을 걱정하다가 장차 포기하고 돌아가려 하자, 하인배들은 모두 부군이 머물러 있기를 원하며 일제히 나아와 청하기를, "낡고 더러운 그릇들을 내다 팔면 어느 정도는 버틸 수 있을 것이다." 하였다. 부군도 역시 생각하기를 '인수인계할 때에 적발하면 될 것'으로 여기고서야 머물러 일을 보았다. 사옹원의 옛 법규에는 제조(提調) 및 낭료(郞僚 : 낭관)들이 원(院)에 모여 그 그릇을 살펴 맞추어 보고 받들어 올린 뒤에야 연례(宴禮)를 베풀 수 있었다. 그 유래가 이미 오래 되었는데, 도제조(都提調)가 분원에 재물이 없음을 듣고 연례를 파하게 하고, 기약한 날에 이르러서도 자기 집에서 마련하여 갖추게 하니, 대개 부군이 청렴하고 소탈한 것을 사랑했기 때문이었다. 분원도 또 비석을 세워 잊지 못할 은덕을 알게 했다.

의흥(義興)의 현감으로 있을 때는 10일마다 사람을 보내어 아버님 계신 곳에 문안하였고, 아버님의 생일을 맞이하여 관가에서 축수의 술잔을 올리는 대회(大會)를 베풀어 친척과 외척 및 친구들을 한껏 기쁘게 하였다. 다스림에 있어서는 오로지 아랫사람들을 잘 보살피는 것으로 위주하고 그 사이에 법률과 제도대로 수행하니, 백성들 모두가 사랑하면서도 한편으로는 두려워하였다. 흉년을 만나자, 이에 창고를 털어서 미곡과 염장(鹽醬 : 소금과 간장)으로 진휼했고, 백성들 중에 부모가 없는 고독한 자가 있으면 반드시 베를 사서 옷을 만들어 입혔다. 백성을 갓난아기 돌보듯 하는 어짊과 자식처럼 여겨 사랑하여 베푼 은덕이 이와 같으니, 온 고을 사람들이 한결같이 칭찬하였다. 부친상을 만나 집으로 돌아가자, 고을사람들이 대부분 쌀과 베를 내어 부의(賻儀)하니, 부군은 모두 사양하여 물리쳤다.

자손들을 은혜로이 어루만지면서 가르칠 때는 반드시 법도가 있었는데, 늘 말하기를, "정자(程子)가 말씀하신 '자기에게 이롭고자 하면 반드시 남에게 해로울 것이다.'는 지극한 가르침이다. 자기가 하고자 하는 바는 남도 반드시 하려고 하며, 자기가 이롭게 하려는 바는 남도 반드시 이롭게 하려고 하거늘, 한갓 자기에게 이로운 것만 알고 남에게 해로운 것을 알지 못한다면, 그것이 되겠는가? 나는 너희들에게 이러한 행실이 있을까 걱정이로구나." 하였다. 자제들과 학도들이 책을 읽는 겨를에 앞으로 오게 하여 옛사람들의 아름다운 말씀을 두루 거론하며 말하기를, "너희들은 이 말을 옛사람의 말로만 여기지 말고, 반드시 생각하여 너희들 입에서 나와야 한다." 하였고, 또 옛사람들의 선행을 두루 거론하며 말하기를, "너희들은 이 행실을 옛사람들의 행실로만 여기지 말고, 반드시 생각하여 너희들의 몸을 닦는다면 거의 될 것이다." 하였다. 관직에 있는 조카들에게 항상 이르기를, "수령(守令)은 의롭지 못한 일을 하지 않으면 쓸 수 있는 재물이 없을 것이고, 관가에서 식솔들을 거느리는데도 남은 물자가 있으면 이 또한 나라의 은혜이다. 그러니 너희들은 백번 삼가고, 재물이 딸리더라도 구차스럽게 구하지 말아야 한다." 하였다. 온순하고 돈독하였으며 차분하여 서두르지 않았으니, 자제들이 잘못을 저질러도 준엄하게 꾸짖은 적이 없고 순순하게 타일러서 스스로 고치도록 하였다. 항상 말하기를, "옛사람들이 견디고 참는다[進忍]는 글자를 쓴 것이 있는데, 이는 나의 스승이다. 한 집안 사이에도 간혹 왕래하면서 말과 행동을 할 때마다 와전된 것이라고 핑계대면 끝내 귀에 거슬릴 것이다." 하였다.

　형제의 사이는 아무도 이간질하는 말을 할 여지가 없었는데, 막내 동생[南磻]이 일찍 죽어 집이 스스로 생활해나갈 수 없게 되자 항상 조카와 질녀들을 불쌍히 여겨 돌보아 주었다. 시집간 누이가 일찍 지아비를 잃고 또 아들까지 잃고서 손자 하나를 안고 의지할 데가 없어 오래된 집으로 옮기게 되자, 새 사당을 지을 때 부군은 이미 예순을 넘어 칠십을 바라보는 나이였는데도 찬바람을 피하지 않고 오가며 감독하여 일을 끝마친 뒤에야 편안히 지냈다. 다른 사람들이 보낸 음식이나 물건들은 반드시 형제들의 집에 나누어 주어서 집에 남아있는 것이 없었다.

젊었을 때는 문장을 지은 것이 배우지 않고도 잘 했는데, 부(賦)·표(表)·논(論)·책(策) 및 잡저(雜著) 등에 대해서는 고문(古文)을 읽고 곧 신묘한 경지를 이루었다. 만년에 이르러서는 경전(經傳)에 침잠하여 자고 먹는 일마저 잊을 지경이었고, 새벽닭이 울면 일어나서 반드시 성현의 경전들을 서너 번씩 소리를 내어 읽고 난 후에라야 다른 일들을 했다. 후생(後生)들이 경모하여 배우기를 청해오는 자들이 많았는데, 가르치기를 게을리하지 않고 그 뜻을 자세히 분석하여 깨우쳐 주며 온 마음을 쏟아 간절하고 지극하였다. 어떤 사람이 묻기를, "늘그막에 이런 일을 하기가 너무 수고롭지 않은가?" 하니, 대답하기를, "내 스스로 이 일을 즐겨 피로하지 않다." 하였다.

집 앞에 반달 모양의 연못을 파고, 그 파낸 흙으로 대(臺)를 쌓았다. 연못 가운데는 삼산(三山 : 삼신산)을 본뜬 돌무더기를 만들었고, 대에는 한 칸의 집을 지어서 그 집의 이름을 '유유(由由)'라 하였다. 대개 제철을 만나 감동하여 깊이 닭 부르듯 더불어 같이 하면서도 그 올바름을 잃지 않는다는 뜻이다. 손수 화초와 대나무를 심고, 사이에는 소나무와 잣나무도 심었다. 밝은 창 아래 깨끗한 책상의 좌우에 쌓아놓은 도서(圖書)는 정신을 달래며 수양케 하니 세상일을 잊었다. 외부의 사물에 그 마음을 얽매지 않음으로써 태연히 스스로 깨친 정취(情趣)가 있었는데, 고시 육운(古詩六韻) 및 이십절(二十絶)을 읊으니 원근의 어진 사대부들도 역시 대부분 이어서 화운(和韻)하였다. 매일 새벽이면 스스로 일어나서 집안을 깨끗하게 청소하니, 한가히 수양하는 곳으로 여겼던 것이다.

어린 아이들로 하여금 흙을 운반하여 물가의 땅을 메우도록 하였다.

하루에 열 삼태기를 날라서 점차로 꽤 높아지게 되자, 그제야 학도(學徒)
들에게 일러 시키기를, "성현들이 쉬지 않고 공부하기를 이와 같이 하
였다. 만일 아주 조금씩 쌓아 가면서 조금도 그치거나 쉬지 않으면 오
래가고 징험되고 유원하여서, 넓고 두터워지며 높고 밝아지는 경지에
이를 수 있을 것이니, 배우는 자가 어찌 부지런히 힘쓰지 않겠는가?"
하였다.

반궁(泮宮 : 성균관)에 유학하였을 때에 동학(同學)들이 모두 사랑하고
사모하였다. 경오년(1630) 강경(講經 : 경서에 정통한 사람을 뽑는 과거에서 시
험관이 지정한 경서를 외는 일)할 때 장령(掌令) 이여익(李汝翊)과 함께 경전
을 외웠지만 이여익만 급제하여 대궐의 뜰에 들어가면서 전시(殿試 : 임
금이 친히 치르게 하던 과거)의 대책문(對策文)을 부군에 지어달라고 하자,
부군은 즉시 지어주는데 어려워하는 기색이 없으니, 이여익이 일어나
절하며 말하기를, "물아무간(物我無間 : 나와 남 사이의 구분이 없음)한 자가
아니고서는 누가 그렇게 할 수 있겠는가?" 하면서 깊이 탄복하였다.

우복 정경세 선생은 늘 말하기를, "남급은 경세제민(經世濟民 : 세상을
다스리고 백성을 구제함)의 재주가 있다." 하였고, 그의 손자 창녕(昌寧) 정
도응(鄭道應)은 사람들을 대할 때마다 칭송하여 말하였다. 참판(參判) 조
수익(趙壽益)은 성품이 간결하고 엄중하여 허여(許與)하는 사람이 적었다.
어느 날 이름난 선비들이 모두 모이게 되어 조수익도 그 자리에 있었는
데, 좌중의 한 사람이 말하기를, "오늘날 인재가 다하여 비록 나랏일을
맡기려고 해도 그만한 인재가 없다." 하자, 조수익이 말하기를, "남급과
같은 사람들은 그 일을 하기에 넉넉하다." 하였다. 판서(判書) 정세규(鄭
世規)는 이조판서로서 임금께 건의하며 말하기를, "남급은 남한산성으로
호종하였으니 훈구지신(勳舊之臣 : 대대로 나라나 군주를 위하여 드러나게 세운
공로가 있는 신하)이라 할 만하옵고, 또 재주와 학식이 있으니 전하께옵서

만약 이와 같은 사람을 등용하신다면 나랏일을 해볼 수 있을 것이옵니다." 하며 즉시 의망(擬望 : 후보자를 추천하는 일)을 꺼내 올렸다. 그리고 사람들에게 말하기를, "내가 매번 의망을 하여 이와 같은 사람만 얻게 되면 아마도 나라의 은혜에 보답하는 것이다." 하였다. 우윤(右尹) 학사(鶴沙) 김응조(金應祖) 공(公)도 부군이 남한산성에 호종한 사람들을 위한 과거에 치르지 않은 것을 사론이 장하게 여긴다고 하였다. 상사(上舍) 정유번(鄭維藩)이 일찍이 사람들에게 부군을 칭찬하며 말하기를, "이 사람의 늦게 시드는 자태는 증자(曾子)가 일컬은 '나라의 큰 사변에 임해도 그 마음을 빼앗기지 않은' 자에 거의 가깝도다." 하였다. 지평(持平) 수암(修巖) 류진(柳袗) 공(公)도 칭찬하기를, "유가(儒家)로 학업을 삼으면서 남급을 모르면 어찌 유자(儒者)라 할 수 있겠는가?" 하였다. 유현(儒賢 : 유학에 정통하고 언행이 바른 사람)으로부터 추중(推重 : 높이 받들어 귀히 여김)되고, 명류(名流 : 널리 세상에 알려진 사람들)로부터 숭모된 것이 이와 같았다.

임종할 때도 정신이 어지럽지 않아 손주들로 하여금 빗질하고 양치질하게 하고 손발을 씻도록 하였으니, 기상(氣像)이 단정하고 여유가 있음이 평소와 다르지 않았다. 유서(遺書)에 이르기를, 「내 나이 이미 여든이니 죽어서는 나는 편안할 것인데, 무슨 유감이 있겠는가? 억지로 쓴 약을 복용하고 시간 끌기를 바라는 것은 순순히 받아들이는 도리가 아니니, 지금부터 의원을 찾아 약을 지어오지 마라.」 하였고, 또 이르기를, 「친지나 친구가 병문안하러 오면 곧바로 마땅히 들여야 한다. 머뭇거리며 미루다가 생사를 결별하는 정을 저버리게 해서는 옳지 않다.」 하였고, 또 「만가(輓歌)는 전횡(田橫)의 빈객에서 시작하여 전횡의 죽음을 슬퍼하는 만사(輓詞)를 지어서 노래하여도 장사지내는 예법에 전혀 상관없을 것이다. 만약 시속(時俗)과 어긋나지 않으려면 만사 8,9장 사용하되 가장 가까운 사람에게 구하여 처리해도 무방하다.」 하였고, 또 「우리

집은 본디 빈한하니, 장사지내는 기구는 마땅히 있고 없음에 따라 맞도록 해야지, 쓸데없이 과하게 하여 남 보기에만 좋게 하려고 힘쓰는 것은 옳지 않다. 이것 외에 집안일을 조처할 때는 작은 일도 꼼꼼하게 잘 처리하되 빠뜨리는 것이 있지 않아야 하나, 여기에 죄다 기록할 수가 없다.」하였다. 스스로 명문(銘文)을 구술하고, 비석의 뒷면에 쓰도록 하였다. 임종하던 밤에 "밤이 어떠냐?" 물어서, 시중들던 사람이 대답하기를, "달이 이미 높이 솟았다." 하니, "오늘 밤에 달을 따라 응당 떠날 것이다." 하였다. 삼경 말(三更末)이 되자, 밤은 이미 깊었지만 정화수(井華水)를 가져오도록 하여 양치질을 끝낸 후에 초연히 죽었다. 일찍이 부모의 곁에 묻히기를 원하여, 그해 10월 승지공(承旨公 : 남융달) 묘의 서쪽 기슭 축좌(丑坐)의 언덕에 묻었으니, 유언을 따른 것이다.

부인은 증정부인(贈貞夫人) 예천권씨(醴泉權氏)인데, 아버지는 부호군(副護軍) 권문계(權文啓)요, 할아버지는 직장(直長) 권우(權佑)이고, 증조는 집의(執義) 권오기(權五紀)이며, 외할아버지는 광주(廣州) 이유일(李惟一)이다. 만력(萬曆) 무자년(1588)에 태어나서 신해년(1671)에 죽었으니, 향년 84세였다. 부군의 부인이 되어 집안을 화목하게 이끈 것이 59년이었고, 부군보다 79일 먼저 죽었다.

외아들을 두었으니 천노(天老)인데 생원이었으며, 좌랑(佐郎) 김시권(金是權)의 딸에게 장가를 들어 5남2녀를 낳았다. 장남 남금보(南金寶)는 2남1녀를 낳았는데 어리다. 차남 남금귀(南金貴)는 2남5녀를 낳았는데, 두 아들은 태명(泰明)·정명(鼎明)이고, 다섯 딸은 이석필(李碩弼)·고명림(高命霖)·이수기(李守紀)에게 시집가고 나머지는 어리다. 3남 남금상(南金相)은 네 아들을 낳았으니 이명(履明)·제명(濟明)·복명(復明)이고 막내는 어리다. 4남 남금미(南金美)는 외아들을 낳았는데 어리고, 세 딸은 김약추(金若秋)·하대림(河大臨)에게 시집가고 막내딸은 어리다. 5남 남금호(南金好)는 4남

1녀를 낳았는데, 아들은 익명(益明)이고 나머지는 어리다. 딸은 사인(士人) 이명전(李命全)에게 시집가서 외아들 이명(李蓂)을 낳았다. 안팎의 증손과 현손은 합하면 100여 명이다.

조카 남천한(南天漢) 삼가 쓰다.10)

---

10) 『남한일기』(남급 저, 신해진 역, 보고사, 2012)의 249~260면을 전재함.

17세기 실기 문헌

〈건주기정도기〉의 저술 경위와 이본 현황

1. 저술 경위

  임진왜란 중에 건주위(建州衛) 누르하치에게 답서를 전하고 그곳 정세를 정탐한 신충일(申忠一, 1554~1622)이 1596년에 장계(狀啓) 형식으로 보고한 것이 바로 <건주기정도기(建州紀程圖記)>이다.

  건주위도독(建州衛都督) 누르하치는 임진왜란이 발발하자 조선과 명나라를 위해 구원병을 보내겠다고 자청했다. 뿐만 아니라 1595년 7월 5일에는 90여 명의 부하를 만포(滿浦)로 보내어 그곳 첨사(僉使)에게 '앞서 4월에 건주여진 땅으로 들어와 사로잡은 조선인 14명과 물자를 돌려보낼 터이니, 두 나라가 서로 영구히 사이좋게 지내자.'는 서계(書契)를 보내면서 회답을 요구하였다.

  당시 조선은 이 서계를 거절하고 받지 않았지만 전란 중인 마당에 북방의 변경에서 소요가 일어날까 염려하여 7월 25일에 만포첨사로 하여금 답장하게 했는바, 그 대강의 뜻은 "쇄환한 사람이 14명이나 되니, 후의를 가상히 여긴다. 그러므로 나온 사람들에게 잔치를 베풀어 주고 또 상품을 주어 보낸다. 다만 명나라 조정에서 법으로 금지하여 우리나라가 그대들과 국경이 서로 가깝지만 사적으로 왕래하지 못한 지가 이미 오래되었다. 지금 만약 명나라의 법을 어기고 전에 없었던 준례를 만들어 국경을 넘어 마음대로 인삼을 캐도록 하면, 두 곳의 백성 간에 사사로운 틈이 생겨 호의(好意)를 잃게 될 뿐만 아니라, 명나라 조정에서도 반드시 옳지 않게 여길 것이다."는 내용이다. 이는 문서를 교환하며 서로 교섭하지 않던 때에 예기치 못한 상황의 전개이었던 것이라 하겠다.

바로 이러한 때, 건주여진인(建州女眞人) 28명이 평안도 위원군(渭原郡)에 인삼을 캐러 월경하자, 군수 김대축(金大畜)이 27명이나 되는 대부분을 죽이는 과정에서 동해로(童海老)만 겨우 살아간 사건이 발생했다. 이러한 사건이야 한두 번 일어난 것이 아니지만, 이번에는 누르하치가 복수하기 위해 많은 인마(人馬)를 모아서 압록강이 얼기를 기다려 서쪽 변경을 침입하리라는 풍문이 전해졌다. 당시 조선은 일본과 전쟁 중에 있던 터라, 그들의 침입을 방비할 만한 여력이 전혀 없었다. 그리하여 8월 13일 선조(宣祖)는 평양 부근에 주둔 중인 명나라 유격(遊擊) 호대수(胡大受)에게 그의 부하를 누르하치에게 보내어 "여진과 조선은 모두 천조(天朝)의 속국이라 그 영토가 분명할지니, 너희 여진은 압록강을 넘어서 사사로이 조선과 통하지 말 것이며, 조선도 천조의 명이 없는 한 사사로이 여진과 통할 수 없는 일이다."고 하면서 조선과 화평하게 지내도록 중재해 줄 것을 부탁하기로 하였다.

다행히도 호대수는 조선의 부탁을 받아들여 자신의 부하 여희원(余希元)을 만포로 보냈고, 만포에 도착한 여희원은 8월 18일 조선의 여진통사(女眞通事) 하세국(河世國)에게 유격 호대수의 선유문(宣諭文)을 주어 누르하치를 만나도록 하였다. 10월 18일에야 선유관 여희원의 가정(家丁) 양대조(楊大朝)와 함께 누르하치에게 호대수의 선유문을 전하러 갔던 하세국이 만포로 돌아올 때 누르하치는 그의 부장(副將)인 마신(馬臣) 등을

동행케 하였으니, 11월 2일 만포에 도착한 마신 등은 다시 만포첨사에
게 서계(書契)를 제출하였다. 또 하세국이 가지고 온 누르하치의 서간에
'조선과 평화롭게 지내기를 원한다.'는 내용이 있어 선조(宣祖)가 다행으
로 여겼다. 뿐만 아니라 마신 등은 여희원에게 직접 선유(宣諭)도 들었
는데, 이때 여희원은 마신 일행에게 다음해 정월에 상으로 많은 물품
을 가지고 직접 누르하치를 찾아가 만나겠다고 약속하였다. 이 약속을
지키기 위해 여희원이 방문할 때, 조선은 여진통사 하세국만 동행케
할 것이 아니라 그곳 정세를 제대로 탐문할 만한 인물도 더불어 동행
하게 하려 했으니, 이를 위해 선발된 이가 바로 남부주부(南部主簿) 신충
일이다.

그런데 유격 호대수가 여희원이 돌아오기를 기다리며 회첩(回帖)을 미
루자, 11월 18일 비변사(備邊司)에서 북방의 상황이 한창 급한 때이니 별
도의 계략이 있고 일을 아는 무신(武臣) 1인을 뽑아서 하세국과 함께 하
루라도 빨리 누르하치에게 달려가게 하여 한편으로는 개유(開諭)하고 또
한편으로는 정탐케 하자고 한다. 이에 여러 논란들이 있었지만, 11월 23
일 비변사에서는 "신충일·하세국 등을 만포첨사 류염(柳濂)의 답서만
가지고 급급히 먼저 들여보내어 형편을 살펴보고 알맞은 계책으로 응
하는 것이 시기에 합당할 듯하다. 여희원이 온 뒤에 유격의 답서가 있
으면 또 별도로 사람을 차임하여 보내는 것도 역시 해롭지 않다."고 하
였다. 그리하여 이 의견이 채용되자, 신충일이 여희원과는 별도로 즉시
서울을 출발해 만포로 가게 되었던 것이다.

2. 이본 현황

신충일은 1595년 12월 22일부터 1596년 1월 5일까지 만포첨사 류염(柳濂)의 군관으로서 답서를 가지고 가 전달하고 누르하치의 회첩을 받아 돌아왔는데, 그 일련의 과정에 대한 장계 형식의 보고서가 바로 <건주기정도기>이다. 1595년 12월 22일 만포진을 떠나 건주까지 가면서 경유한 산천과 지명, 촌락의 다소, 군비의 유무를 기록한 지도를 작성하고, 성내에 있는 누르하치 집의 약도와 외성(外城)에 있는 누르하치의 아우 슈르가치 집의 약도도 그렸다. 자신이 누르하치의 성에 머물면서 견문한 사항을 97개조로 나누어 아울러 기록했다. 곧 기정도(紀程圖)와 견문록으로 이루어진 문헌인데, 끝에는 그의 당숙 신숙(申熟)의 발문이 붙어 있다. 이 문헌의 저술경위를 알 수 있다.

이 <건주기정도기>는 ≪선조실록≫ 권71에 1596년 1월 30일 3번째 기사로 수록되어 있으나, 지도가 있다는 기록만 있고 실제 지도는 없다. 또 성해응(成海應, 1760~1839)의 ≪연경재전집(研經齋全集)≫ 외집(外集) 권50에 수록되었으나, 실록에 없던 지도가 있지만 신충일 보고서의 요약본이다. 그러다가 1939년 8월 하순에 신충일의 후손가에서 발견되어 이인영(李仁榮, 1911~?)이 『진단학보』 10호(진단학회, 1939.6)에 도면은 초서로 된 필사체로, 97개 조목은 활자체로 수록함으로써 그 전모가 비로소 공개되었다. 곧이어 1940년 8월에 조선인쇄주식회사가 출간한 『건주기정도기해설』의 <건주기정도기>는 진단학보 수록본과 동일하나 도면이 없는 대신 도면에 있던 초서의 글자들을 활자화한 것이 다른 점이라 하겠다. 또한 이인영이 진단학보 10호에 게재했던 「신충일의 건주기정도기에 대하야」라는 자신의 글을 한역(漢譯)하여 수록한 것도 다른 점이다.

한편, 후손가에서 발견된 소장본이 1940년 조선인쇄주식회사에서 활자화되어 출간될 때 원본 그대로 200부 한정판 두루마리가 영인된 것으로 확인되나 실체를 알 수가 없었다. 1970년 대만의 대련국풍출판사에서 간행한 『개국사료(開國史料)』 3에 수록된 〈건주기정도록〉은 초서로 된 필사체의 원전이 전반부에 첨부되어 있고 후반부에 그것을 활자화하였는지라, 비로소 원래의 모습이 어떠했는지 대강이라도 알 수 있게 되었다. 그럼에도 이 지도에 물은 청색, 길은 적색, 산은 묵으로 그렸다고 소개한 글이 있는 것을 보면, 영인 자료들이 컬러가 아닌 흑백의 평면지인데서 오는 한계로 말미암아 두루마리의 온전한 실체를 보지 못하고 있는 셈이다.

이 글은 『건주기정도기』(신충일 저, 신해진 역, 보고사, 2017)의 머리말에 수록된 것을 일부 수정한 것이다. 이 글에 이어서 이인영의 「신충일의 건주기정도기에 대하여」라는 글을 덧붙인다.

■ 신충일의 <건주기정도기>에 대하여
: 최근 발견 청초사료(淸初史料)

이인영(李仁榮)[1]

　　임진왜란이 일어난 지 3년만인 선조 28년(명나라 만력 23년) 을미년 12월에 남부주부(南部主簿) 신충일(申忠一)이 조정의 명을 받들어 당시 만주(滿洲) 소자하(蘇子河) 유역(流域)에서 흥기 중이던, 나중에 청태조가 된 누르하치(奴兒哈赤)가 살고 있는 지역에 이르러 그 실정을 정탐하고 돌아온 사실은 이미 널리 아는 바일 것이다. 당시의 견문을 기록한 신충일의 보고서는 소위 서계(書啓)라 하여 ≪선조실록≫ 71권 29년(병신) 12월 정유조(丁酉條)에 수록되어 있으나, 실록에는 '自二十二日, 至二十八日, 所經一路事, 載錄于圖'라는 문구가 있음에도 불구하고 도면 그것은 전혀 게재되지 않았다. 그런데 몇 해 전 진단학회(震檀學會) 소장 성해응(成海應)의 ≪연경재전집(研經齋全集)≫ 안에 <건주기정(建州紀程)>이라 제목을 붙

---

* 오늘날 독자들이 읽기 편하도록 고어투 글귀나 표기를 현대어로 바꾸고 또 불필요한 한자병기를 생략하면서 맞춤법과 띄어쓰기를 바로잡되 가급적 원문을 훼손하지 않고자 했다. 다만, 필요한 각주를 덧붙였다.

1) 李仁榮(이인영, 1911~?) : 역사학자이자 서지학자. 호는 鶴山. 휘문고등보통학교를 마치고 일본 마쓰모토 고등학교(松本高等學校)를 거쳐 1937년 경성제국대학 법문학부 사학과를 졸업하였다. 震檀學會에서 활동하면서, 1940년부터 1944년까지 연희전문학교의 강사로 있었다. 광복 이후 경성대학·연희대학교 교수로 재임했고, 정부수립 후에는 문교부 고등교육국장을 역임하였다. 1949년 이후 서울대학교 문리과대학과 연희대학교 교수를 겸임하다가 6·25 때 납북당해 생사를 알 수 없다. 實證史學에서 출발한 역사학자였으나, 광복 이후 孫晉泰와 더불어 新民族主義史學을 제창하였다. 1950년에 간행한 『國史要論』은 바로 신민족주의 사관의 입장에서 한국사의 체계화를 시도한 개설서였다. 주로 한국과 만주관계에 관심을 가져, 그 연구결과가 『한국만주관계사의 연구』라는 논문집으로 1954년에 출간되기도 하였다. 또한 서지학과 활자연구에도 일가를 이루었으니, 『淸芬室書目』이라는 목록과 해제는 그의 수장서적을 정리한 자필본 원고로 1968년에 영인되었다.

여 신충일의 보고서를 초록한 가운데 실록에서는 볼 수 없던 지도(地圖)가 들어있는 것이 판명되자, 이나바 이와키치(稻葉岩吉)2) 박사는 「申忠一書啓び圖記 : 淸初史料の解剖」라는 논문을 청구학총(靑丘學叢) 제29호(1937.8)에 발표하여 신충일의 보고서가 갖고 있는 청초사료(淸初史料)로서의 가치를 소개한 바 있었으니, 이 역시 우리 기억에 새로운 바이다.

지나간 8월 하순, 뜻밖에도 당시 조정에 바친 보고서 외에 신충일 자신이 보관한 문건 하나가 충청남도 청양군(靑陽郡)에 거주하는 그 후손가로부터 나오게 되었다. 본보(本報 : 진단학보)에 게재한 「자료(資料)」가 곧 그것으로, 원본은 세로(폭) 41cm, 가로(길이) 1127cm의 두루마리로 되어 있다. 여기에 '건주기정도기'라 하는 것은 이 두루마리를 가리키는 것이니, 이것은 외형으로 보나 내용으로 보나 신충일 자필의 보고서(書啓)의 초본(草本)이 아닌가 한다.

이 도기(圖記)에는 먼저 신충일 그가 11월 하순 경성을 떠나 12월 15일 강계(江界)에 도착, 12월 21일 만포진(滿浦鎭)에 이르러 안내자로 여진 추장(女眞酋長) 동여을고(童汝乙古)와 동퍅응고(童愎應古), 향통사(鄕通事) 나세홍(羅世弘)과 하세국(河世國), 그밖에 노비 2명을 데리고 일행 7명이 그날 오후 만포를 떠나 얼음이 언 압록강을 건너 건주(建州)의 노아합적(奴兒哈赤 : 누르하치) 성으로 향하게 된 것을 간단히 기록한 다음, 12월 22일부터 12월 28일 누르하치의 성에 이르기까지 경유한 산천과 지명, 부락의 수, 군비(軍備)의 유무를 기입한 지도를 붙였다. 이 지도에는 물은 청색, 길은 적색, 산은 흑색으로 그리고, 그들 일행이 매일 숙박한 곳과 부락

---

2) 稻葉岩吉(1876~1940) : 일본의 동양사학자. 히토쓰바시 외어학교[一橋外語學校]에서 중국어를 배우고, 화베이[華北] 지방에 유학했다. 러일전쟁 때에는 통역으로 종군했다. 朝鮮史編修會의 주무자로서 滿鮮史觀을 전개했다. 만선사관은 만주사를 중국사에서 분리시켜 한국사와 더불어 한 체계 속에 묶어 대륙사에 부속시키는 것으로 한국사의 주체적인 발전을 부정하고 타율성을 강조하는 데 그 목적이 있다.

추장의 이름과 도중의 견문까지도 기입하였다. 그 다음에 누르하치의 성에 들어가 내성(內城)의 중앙 목책(木柵) 안에 있는 누르하치 집의 약도와 외성(外城) 안에 있는 누르하치의 동생 소아합적(小兒哈赤 : 슈르가치) 집의 약도를 그리고, 이어서 신충일 자신이 성내에 머무는 동안 친히 견문한 97개조의 기사를 첨부하였다. 그리고 그 끝에는 신충일의 당숙인 신숙(申熟)의 도기제발(圖記題跋)이 있어, 거기에는(이것도 또한 신숙 자필이 아닌가 생각된다.) '歲萬曆二十四年丙申四月燈夕後三日 西峯申熟仁仲題'라고 씌어 있다.

그러면 이 도기(圖記)와 선조실록(宣祖實錄) 및 연경재전집(研經齋全集)에 수록된 그것과의 관계는 어떠하며 또 내용에 있어서 어떠한 차이가 있는가 하면, 먼저 우리는 누르하치 집 및 슈르가치 집의 약도가 이번 도기에만 보이는 것을 지적하지 않을 수 없다. 다시 말하면 누르하치 집의 약도와 슈르가치 집의 약도는 실록에는 물론, 연경전집에도 보이지 않는 새로운 사료(史料)라는 점이다. 그리고 실록과 연경재전집에 오른 것으로 이 도기에 보이지 않는 조목(條目)은 하나도 없고, 또 끝에 첨부되어 있는 신숙(申熟)의 제발(題跋)도 실록이나 연경재전집에서는 그 전문(全文)을 볼 수 없었던 것이다.[3]

도기(圖記)의 유래에 관하여는 신숙의 제발에 다음과 같이 설명되어 있다.

> 歲乙未(협주 : 선조 28년, 명나라 만력 23년)秋九月, 遼東鎭守官, 走驛書言 : '奴酋(협주 : 奴兒哈赤), 聚人馬浩大, 候氷合渡江(협주 : 鴨綠江), 隳突我西疆.' 廷臣上言 : "此不可以爲信, 急之, 亦不可以爲不信, 緩之, 其備之之策,

---

3) 『건주기정도기』(신충일 저, 신해진 역, 보고사, 2017)에 <건주기정도기>와 관련 현전하는 자료 모두 수집·정리되어 있음.

則自當豫圖之矣。須遣有智有才, 能審事機者一人, 往奴酋所, 察虛實以來."
上(협주 : 宣祖)可之。吾族子申忠一, 字恕甫, 實膺其選, 及其還也, 圖其山川
·道里·城柵·屋廬于前, 錄其士馬·耕農·問答·事爲于後, <u>爲二通, 其一上
進, 其一自藏。一日, 袖其自藏者, 來示余, 屬余題其末。</u>余披而閱之。

신숙은 평산신씨계보(平山申氏系譜)에 의하면 신충일의 오촌숙(五寸叔 :
당숙)이어니와, 이글을 쓴 만력이십사년병신사월(萬曆二十四年丙申四月)은
충일이 귀국한 지 겨우 3개월이 경과하였을 뿐이다. '요동진수관 주역
서언(遼東鎭守官 走驛書言)'이라고 운운한 구절은 신숙이 오해한 것이라는
것을 후에 말하고자 하는 바이다. 우리는 이글에 의하여 두 가지 중요
한 사실을 알 수 있을 것이다. 즉 첫째로는 신충일이 만주에서 귀국하
자, 곧 보고서 두 벌을 작성하여 한 벌은 조정에 바치고 다른 한 벌은
자신이 보관하였었다는 것이니, 이로써 보면 이번에 발견된 신숙의 발
(跋)이 있는 도기(圖記)는 신충일 자신이 보관하였던 것임을 짐작할 수
있다. 그뿐만 아니라 이번 발견된 도기(圖記)는 해서(楷書)로 쓴 것이 아
니고 초서체(草書體)로 씌어 있는 것과 또 곳곳에 가필하거나 정정한 것
이 있는 점으로 보아 이것은 당시 조정에 바친 보고서(書啓)의 초고(草稿)
인 것 같기도 하며, 또한 신충일 자필이 아닌가도 생각된다. 둘째로는
연경재전집에 들어있는 〈건주기정(建州紀程)〉은 틀림없이 이 신씨가장본
(申氏家藏本)에 의하여 초록(抄錄)한 것임을 짐작할 수 있는 것이다. 왜 그
런가 하면 〈건주기정〉에는 첫머리에 다음과 같이 설명되어 있기 때문
이다.

만력 을미년(1595) 9월 요동도사가 급히 보낸 역서(驛書 : 역에서 띄
운 공문)에 이르기를, 「누르하치가 사람과 말을 모아서 강물이 얼기를
기다리니, 우리의 서쪽 변경을 침범할 것이다.」라고 하자, 조정에서는

무과 급제자 신충일을 파견해 정탐하도록 하였다. 신충일은 11월 22일 호인향도(胡人鄉導 : 호인 안내자)를 기다려서 향통사 나세홍과 하세국, 만포진의 노비 강수 등과 함께 점심 때 만포진을 떠나서 압록강을 건 넜다. 명나라 장관 여희윤(余希允 : 여희원의 오기)과 더불어 28일 누르 하치의 집에 이르렀다. 지나간 곳의 산천, 도리(道里 : 거리), 성책, 살림 집을 기록하여 2개의 두루마리를 만들었는데, 그 하나는 조정에 바치 고 다른 하나는 집에 보관하였다.(萬曆乙未秋九月, 遼東都司走驛言 : '奴酋 聚人馬, 候氷合, 寇我西疆.' 朝廷遣武出身申忠一偵之。忠一以十一月二十二日, 待胡人鄉導, 從鄉通事羅世弘 · 河世國 , 鎭奴姜守等, 午離滿浦鎭。渡鴨綠江。與 中朝將官余希允行, 二十八日, 而至奴酋家。以所經山川 · 道里 · 城柵 · 屋廬, 錄之 爲二軸, 以其一進于朝, 以其一藏之家.)

이 가운데 '朝廷遣武出身申忠一偵之'와 '與中朝將官余希允行'이란 구절 은 ≪고사촬요(攷事撮要)≫ 권상 <대명기년만력이십삼년을미조(大明紀年萬 曆二十三年乙未條)>에 '건주동노아합적부중점성, 청중조장관여희원 여아 국무관신충일왕점, 잉유조지.(建州佟奴兒哈赤部衆漸盛, 請中朝將官余希元 與我國 武官申忠一往覘, 仍諭朝旨.)'라 한 것에 따른 것으로 생각되나, 그 밖의 글은 확실히 앞서 게재한 신숙의 발문(跋文)에 따른 것이 틀림없을 것이다. 더 구나 신숙의 발문에 '위이통(爲二通)'이라 한 것을 <건주기정>에는 '위이 축(爲二軸)'이라 하였으니, 이것은 또한 권축(卷軸)으로 된 도기(圖記)를 실 제로 보았다는 증거가 될 줄로 안다.

그러면 성 연경재(成研經齋 : 성해응)는 어느 때 어떠한 동기로 신씨가 장본(申氏家藏本) 도기(圖記)를 보게 되었던 것인가. 여기에는 역시 이유가 있었던 것이니, 그것은 다름 아니라 정조(正祖) 20년 병조참의(兵曹參議) 이의준(李義駿), 전 부사(前府使) 성대중(成大中) 등이 왕명을 받들어서 ≪존 주휘편(尊周彙編)≫4) 편찬에 착수한 사실이 있다. 다시 말할 것도 없이

≪존주휘편≫ 15권은 인조(仁祖)의 병자호란[丙子丁丑役] 때 만주군(滿洲軍)과의 강화(講和)에 반대한 이들의 대의명분을 표창하기 위해 만든 것인데 만주 관계의 사료를 공적으로 사적으로 널리 수집하였다. 이 ≪존주휘편≫ 편찬에는 청성(靑城) 성대중이 참가하였고, 청성의 아들 연경재(硏經齋) 성해응(成海應)도 또한 규장각 검서관(奎章閣檢書官)의 한 사람으로써 나중에 참가하게 되었던 것이니, ≪연경재전집(硏經齋全集)≫ 속에 수록된 북방 관계의 많은 사료는 곧 이때 수집되었던 것이 아닌가 생각된다. 신충일의 보고서도 또한 ≪존주휘편≫ 편찬할 때에 연경재의 주의를 이끌었던 것 같으니, ≪존주휘편≫ 권1 〈황조기년(皇朝紀年)〉 제1 첫머리의 만력 23년 12월조와 다음의 만력 24년 정월조에 신충일 도기(圖記)의 한 구절이 게재되어 있다. 이로써 보면 신충일의 〈건주기정도기〉는 ≪존주휘편≫ 편찬을 계기로 연경재의 주의를 끌어서 드디어 그의 문집에까지 초록(抄錄)되어 현재까지 전하게 되었다고 볼 수 있을 것이다.

그러면 먼저 신충일은 어떤 인물인가. 평산신씨계보에 의하면 신충일의 자는 서보(恕甫)요, 명종(明宗) 9년(명나라 嘉靖33년) 갑인년(1554)에 면천군수(沔川郡守) 신묵(申黙)의 셋째아들로 태어나 선조 16년 계미년(1583) 무과(武科)에 급제하고 관직은 부총관(副摠管)에 이르렀으며, 광해군 14년 임술년(1622) 향년 69세로 죽었는데, 뒷날 영의정을 추증하였다고 한다.

---

4) 尊周彙編(존주휘편) : 1595년(선조 28)부터 正祖 연간까지 대후금·대청 교섭사와 이에 관련된 인물들의 사적을 모은 15권 7책의 필사본. 〈本書紀年〉 끝에 기록한 정조 유언에 의거하여 1800년경에 편찬한 것으로 추정된다. 정조가 존명배청을 위해 李義駿·成大中에게 명하여 편찬했고, 李書九·成海應의 윤삭을 거쳐 완성했다. ≪弘齋全書≫에는 20권으로 기록되어 있으나 현재 전하는 것은 15권이다. 구성은 〈皇朝紀年〉·〈本國紀年〉·〈皇壇志〉·〈皇壇年表〉·〈諸臣事實〉 등으로 되었다. 〈제신사실〉은 연대순이 아니라 사실의 성격에 따라 분류했고, 대표 인물을 설정하고 부수되는 인물을 부기했는데, 대체로 척화파와 문신 위주로 수록했다.

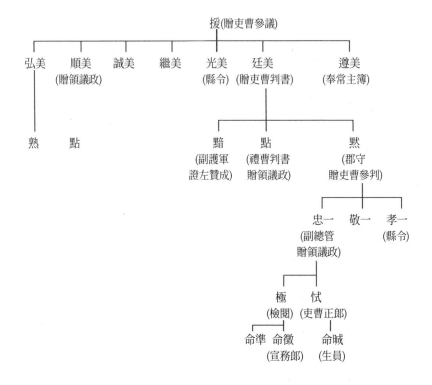

援(贈吏曹參議)

弘美 順美 誠美 繼美 光美 廷美 遵美
(贈領議政) (縣令) (贈吏曹判書) (奉常主簿)

熟 點

黯 點 默
(副護軍 (禮曹判書 (郡守
證左贊成) 贈領議政) 贈吏曹參判)

忠一 敬一 孝一
(副總管 (縣令)
贈領議政)

極 怤
(檢閱) (吏曹正郎)

命準 命徵 命馘
(宣務郎) (生員)

관리로서의 자세한 경력 등에 관해서는 그의 종제(從弟) 신민일(申敏一) 5)의 ≪화당집(化堂集)≫, ≪선조실록≫ 및 ≪광해군일기≫에 산견(散見) 되는 것을 종합하여 간단히 적어 보면, 그는 선조(宣祖) 임진왜란 초에 전라도(全羅道) 강진현감(康津縣監)으로 있었으며, 만주(滿洲)에 갔을 때는

---

5) 申敏一(신민일, 1576~1650) : 본관은 平山, 자는 功甫, 호는 化堂. 할아버지는 申廷美이고, 아버지는 申黯이며, 어머니는 金墀의 딸이다. 1624년 예조정랑으로 宣陵(성종과 계비 정현왕후의 능) 단오제 典祀官이었는데, 환관 羅業이 불경스런 행동을 취한 것을 구실로 환관들의 폐를 상소하였다. 1627년 정묘호란 때에는 왕을 호종, 강화도로 피난하였고 청나라와의 화의에 반대하였다. 1631년 보덕으로 인조의 아버지 定遠君을 元宗으로 추숭하려는 의논이 일어나자 이를 반대하여 강계로 유배되었다. 1636년 병자호란 때에는 왕을 호종하여 남한산성에 들어갔다. 화의가 성립된 뒤에는 영남에 내려가 있다가 1640년 동부승지가 되고 이어 우승지에 임명되었으며, 1650년 대사성에 이르렀다.

앞에서 말한 바와 같이 남부주부(南部主簿, 종6품)이었다. 만주에서 귀국
하여 얼마 되지 않아 그는 함흥판관(咸興判官)이 되었으나, 그해(협주 : 선
조 28년, 역주자 : 선조 29년의 오류) 4월 초순에는 사헌부의 공격을 받아 파
직되었다. 당시 파직의 이유를 살펴보면, 첫째로는 그가 임진왜란 초 강
진현감으로 있을 적에 남해현감(南海縣監 : 해남현감의 오류) 변응정(邊應井)
6)과 협력하여 금산(錦山)에서 적병과 싸우게 되었을 때 그는 처음에 변
응정과 생사를 같이하기를 약속하였음에도 불구하고 변응정은 전사하
였으나 신충일은 퇴주하고 말았다는 것이며, 둘째로는 지난번 그가 건
주 누르하치의 성에 갔을 때 그는 누르하치가 준 의복을 입고 오배삼고
두(五拜三叩頭)의 예를 행하여 도리어 그들의 웃음 샀다는 것이다. 과연
신충일의 행동이 그와 같았는지는 지금 확인할 사료가 없으므로 어떻
다고 평가할 수는 없으나, 생각건대 사헌부의 신충일 파직 이유와 같은
것은 당시 동서분당의 한 현상으로 볼 수 있지 않은가 한다. 여하한 그
는 함흥판관을 그만두게 되었는데, 그가 당숙 신숙(申熟)에게 도기(圖記)
의 발문을 부탁한 때는 곧 그가 함흥에서 경성으로 돌아왔으리라고 생
각되는 4월 18일이었던 것이다. 그러나 그는 얼마 되지 않아 다시 등용
되어 혹은 호남독포사(湖南督捕使)도 되고 혹은 명사접반관(明使接伴官)도
되고 혹은 김해부사(金海府使) 혹은 수군절도사(水軍節度使) 혹은 부총관(副
摠管)이 되었으니 무인(武人)으로서는 상당한 관직을 역임하였다고 할 수
있을 것이다. 또 광해군 14년 임술년(1622) 4월 그가 죽기 얼마 전에 그
는 안악군수(安岳郡守) 겸 방어사(防禦使)에 천거된 일이 있으나, 이는 당
시 신충일의 장자 신칙(申恞)이 이조좌랑(吏曹佐郎)의 관직에 있었던 관계

---

6) 邊應井(변응정, 1557~1592) : 본관은 原州, 자는 文叔, 시호는 忠壯이다. 宣祖 때 무과에 급
제하여 越松萬戶·선전관 등을 거쳐서 1592년 임진왜란이 일어나자 海南縣監으로서 전공
을 세우고 수군절도사가 되었다. 錦山에 포진한 적군을 金堤군수 鄭湛과 공동작전으로
쳐서 큰 전과를 올렸으나 적의 夜襲을 만나 분전 중 전사하였다.

상 문제를 일으키게 되어 결국 임명을 보지 못하고 말았는데, 이 문제의 진상과 시비는 확실하지 않다.

임진왜란이 일어나자 건주위도독(建州衛都督) 누르하치가 조선과 명나라 양국 군대를 위하여 원병을 보내겠다고 자청한 것은 주지의 사실이거니와, 전운(戰雲)이 아직 암담하던 만력 23년(1595) 7월에 누르하치는 부하 여진인(女眞人) 90여 명을 만포(滿浦)로 보내어 그곳 첨사(僉使)에게 서계(書契)를 제출한 일이 있었다. 임진왜란 이전에 있어서 여진추장(女眞酋長)들은 함경도(咸鏡道)를 경유하여 매년 경성(京城)에 올라와 약간의 토산품을 진상하고 그 보상으로 조정으로부터 여러 가지 물품을 하사받아 가지고 귀향하였다. 그것은 물론 조선의 직첩(職帖)을 가진 여진인에게 한한 것이었다. 압록강 외에 거주하는 건주위 여진인들은 세조(世祖) 6년 경진년(天順 4년, 1460)에 소위 건주좌위도독(建州左衛都督) 동창(童倉)의 직첩 문제로 인하여 명나라 조정의 간섭이 있었으므로 그 이후 조선의 관직을 얻지 못하게 되었으며, 따라서 경성에 왕래하는 것도 금지되고 말았던 것이다. 그러나 그들은 다만 만포진(滿浦鎭)에 와서 소위 조선의 접대를 받을 수는 있었다. 그들과 우리 조선의 교섭은 대개 구두와 물물교환의 방식으로 취하여 왔을 뿐, 서로 문서를 교환하여 교섭한 적은 없었다. 그런데 이때 누르하치가 전례 없는 서계(書契 : 그 내용은 앞서 여진인에게 약탈된 조선 사람과 가축들을 돌려보내고 이후로는 양국이 서로 영구히 화평하자는 의미)를 제출하는 동시에 90여 명의 다수를 만포로 보내어 이에 대한 회답까지 요구하였다. 이것은 요컨대 조선의 그들에 대한 태도와 처치를 엿보고자 시험하는데 불과하였다고 생각되는 것이다.

또 이와 거의 때를 같이하여 다른 한 가지 사건이 발생하였으니, 그것은 여진인 10여 명이 몰래 평안도(平安道) 위원군(渭原郡)에 월경하여 인삼을 채취하던 중 그곳 사람들에게 발각되어 그 중 여러 명이 체포되어 죽임을 당한 일이다. 이러한 사건은 한두 번이 아니었으나, 이때에는 그들이 이를 복수하기 위하여 많은 사람과 말을 모아 장차 압록강을 건너 침입하리라는 풍문이 전해졌다. 당시 조선은 아직 임진왜란이 계속되고 있었으므로 북방 여진인에 대한 방비에까지 힘을 쓸 여지가 전혀 없었다. 그러므로 조정에서는 여기에 대한 의논이 비등하게 되었다. 이때 병조(兵曹)에서 한 가지 방책을 생각하여 아뢰었으니, 그것은 곧 당시 평양(平壤) 부근에 주둔하고 있던 명나라 유격(遊擊) 호대수(胡大受)에게 청하여 그 부하 한 사람을 누르하치에게 보내 조선과의 화평(和平)을 말로 타이르도록 하여 일시 시국의 안정을 도모하자는 것이었다. 다시 말하자면, 조선은 호대수에게 '여진과 조선이 다 같이 천조(天朝)의 속국(屬國)이니 각각 그 영토를 보존하되, 여진은 압록강을 넘어서 사사로이 조선과 교섭하여 왕래치 말 것이며 조선도 또한 천조의 명이 없는 한 너희 여진과 교섭하여 왕래치 못하리라.'는 의미의 선유(宣諭)를 해달라는 것이었다. 다행히 호대수는 이러한 조선의 부탁을 들어주었다. 그래서 호대수는 조선이 역시 희망하는 그 부하의 여희원(余希元)이라는 사람을 만포로 보냈다. 여희원은 8월 중순 호대수의 선유문(宣諭文)을 휴대하고 만포에 도착하여 그곳에 머물면서 조선의 여진통사(女眞通事) 하세국(河世國)에게 선유문을 주어 누르하치에게 보내 수교케 하였다. 그래서 하세국은 선유문을 누르하치에게 주고 돌아오게 되었는데, 그때 누르하치는 그 부장(副將) 마신(馬臣) 등을 하세국과 함께 만포로 보내어 다시 서계(書契)를 만포첨사에게 제출하였다. 마신은 11월 2일 만포에 도착하여 직접 여희원의 선유(宣諭)도 듣게 되었던 것이다. 이것이 즉 여희원의 제1회 선유이니, 이때 여희원은 마신에게 약속한 것이 있었다. 그것은 다름이 아니라 다음해 정월에 여희원 자신이 많은 상품을 가지고 친히 누르하치의 성에 가서 그들에게 나누어 주겠다는 것이었다. 이러한 약속은 그들을 회유함에 있어서 언제나 불가결의 조건이었던 것이다.

이때를 당하여 조선에서는 다시 다음해 정월 여희원의 제2회 선유, 즉 여희원이 상으로 줄 물품을 가지고 누르하치의 성에 갈 때 다만 통사 하세국만을 그와 동행케 할 뿐 아니라 계략 있고 사태를 잘 파악할 만한 무사(武士) 한 명을 선택하여 하세국과 같이 누르하치에게 파견하여 한편으로는 논의의 길을 트고 다른 한편으로는 직접 정세를 정탐할 방침을 세우게 되었으니, 여기에 선발된 이가 곧 남부주부 신충일이었던 것이다. 앞서 살펴본 신숙(申熟)의 제발(題跋)에 '遼東鎭守官 走驛書言' 운운의 한 구절은 신숙의 오해에 불과하다. 그러면 특히 남부주부 신충일이 선발된 이유는 어디에 있었던가. 이에 대해서는 신숙의 제발 중에 '其未往也 吾見之李學士好閔家 往萬里胡地 其逆順未可知也 而憂愁畏憚之意 無一毫形於言面.'이라는 것이 보인다. 이것으로써 보면 신충일과 오봉(五峯) 이호민(李好閔)과는 당시 상당한 친교가 있었던 것을 짐작할 수 있는데, 이호민이 그때 어떠한 지위에 있었던가 하면 그는 병조참지(兵曹參知)이었던 것이다. 이러한 점으로 추측한다면 신충일을 직접 추천한 사람은 이호민이 아닌가 한다. 여하간 다음해 정월에는 신충일을 누르하치의 성에 파견키로 결정되었다.

그런데 얼마 되지 않아 11월 23일에 비변사(備邊司)는 아뢰되, '북방의 사태가 한창 급한 이때 하루라도 빨리 누르하치에 대한 만포첨사 유렴(柳濂)의 답서를 신충일에게 주고 들여보내어서 그곳 정세를 살펴 후일의 참고를 삼으면 좋겠다.'고 하였다. 이 비변사의 의견이 곧 채용되어 신충일은 (여희원과는 따로) 즉시 서울을 출발하여 만포로 향하게 되었던 것이다. 도기(圖記) 두루마리 첫머리에 '臣於上年十一月二十□□, □朝'는 11월 24일이나 25일 사조(辭朝 : 부임인사)일 것이다. 신충일의 파견은 요컨대 표면상 명목은 누르하치 서계에 대한 답서를 지참한 만포첨사의

사자(使者)에 불과하나, 사실은 누르하치의 실력을 정찰할 임무를 가졌
던 것이다. 경성 출발 후에 신충일의 행동은 도기(圖記)에 보이는 바와
같았다. 즉 그는 선조 28년 12월 23일에 만포를 출발하여 12월 28일에
건주 누르하치의 성에 도착하고, 성내에 머무르기 일주일(다음해 정월 5
일)만에 누르하치의 성을 출발해 갈 때의 길을 거의 그대로 밟아서 만
포에 도착, 1월 하순에 경성에 귀환하였던 것이다.

　이상과 같이 신충일은 호 유격(胡遊擊)의 부하 여희원과는 한 번도 동
행한 일이 없으니, 여희원의 제2회 선유(宣諭)는 신충일이 경성에 돌아
온 다음 달 즉 선조 29년(만력 24년, 1596) 2월에 있었다. 즉 여희원은 지
난번 약속보다 한 달 늦게 누르하치의 성에 도착하였거니와, 조선측 수
행원은 역관(譯官) 김억례(金億禮), 만포첨사 군관(軍官) 안충성(安忠誠) 등
이었다. 청조태조실록(淸朝太祖實錄) 병신년 2월조에 '明遣官一員, 同朝鮮官
二員, 從者二百人來, 太祖令我軍盡甲, 觀兵于外, 遇于妙洪科地, 迎入大城, 優
禮答送之.'라 한 것이 그것이다. 여희원의 두 차례 선유(宣諭)에 관해서는
선조실록에 상세히 나타나 있으나 여기서는 논급하지 않기로 한다. 신
충일 내방에 관한 만주측 사료는 전혀 찾아볼 수 없으나, 다만 신충일
과 여희원과는 한 번도 행동을 같이하지 않았다는 것만은 기억하여 둘
필요가 있다. 그런데 성 연경재(成研經齋)는 바로 앞서 살핀 청조실록과
거의 같은 문장인 ≪대청개국방략(大淸開國方略)≫의 기사를 인용하여 신
충일이 여희원과 더불어 동행하였다 하고, 최근 조선사편수회 편 ≪조
선사(朝鮮史)≫ 제4편 제10권에도 여희원의 선유와 신충일의 파견을 혼
동하고, 또 몇 해 전에 이나바 이와키치(稻葉岩吉) 박사도 청조실록(淸朝實
錄)의 기사를 인용하여 대명국 관원이라 한 것은 여희원을 가리키는 것
이며 고려국 관원이라 함은 신충일 등을 가리킴이니, 청실록이 이러한
명나라와 조선 양국 사람의 동행을 서술하였음에 대하여 신충일의 보

고서가 여희원과 동행하였음을 언급하지 않음은 알 수 없는 일이라고
하였다. 이러한 오해는 선조실록의 전후관계 기사를 자세히 검토한다면
명확히 해결할 수 있을 것이다. 그러나 이러한 오해가 또한 연경재로부
터 처음 생긴 것이 아니라는 것을 기억하지 않으면 안 된다. 즉 인조조
(仁祖朝)에 편찬된 ≪선조수정실록(宣祖修正實錄)≫(권29, 28년 12월 기해조)이
벌써 그와 같은 오해를 하고 있으며, 최명길(崔鳴吉) 등의 증수본(增修本)
≪고사촬요(攷事撮要)≫(권상, 만력 23년 을미조)에도 이와 동일하다. 연경재
가 관계한 ≪존주휘편≫(권1, 만력 23년 을미조)이 또한 이러한 오류에 빠
졌음은 두말할 것도 없는 것이다.

　신충일의 왕복로(往復路)에 관해서는 도기(圖記)에 따라 대략을 짐작할
수 있거니와, 지명(地名)은 물론 한자로 기입되어 있으나 이것은 한자의
조선음(朝鮮音)으로 읽은 것은 다시 말할 것도 없으며 또 언문(諺文)으로
발음을 명시한 곳도 보인다. 도기(圖記)에 보이는 지명으로 지금의 지명
에 일치하는 것은 거의 찾아볼 수 없으니, 도기(圖記)에 보이는 지명 고
증만도 확실히 우리 연구의 대상이 될 것이다. 신충일의 왕복로(往復路)
는 대체로 지금의 만포진에서 압록강을 건너 고구려시대의 서울인 집
안현(輯安縣)을 지나 북상하여 판차령(板岔嶺)을 넘어 신개하(新開河) 상류
로 나와 신개하를 따라 하류에 이르러 거기서 다시 혼하(渾河)의 지류인
부이강(富爾江)의 유역을 거슬러 올라가 지금의 소자하(蘇子河) 유역인 흥
경노성(興京老城) 부근에 있는 누르하치의 성에 도착하였던 것이다. 신충
일이 도착한 누르하치의 거성(居城 : 평소에 거처하는 성)은 만력 15년에 축
조한 소위 호란합달(虎欄哈達 : 산 이름) 아래 동남방에 있는 무명성(無名城)
인데, 이 성의 구조에 관한 만주측 기록으로서는 겨우 ≪성경통지(盛京
通志)≫[7]에 약간 보일 뿐이나 신충일의 도기(圖記)에는 가장 세밀한 설명
이 있다. 특히 청태조 누르하치의 건국 이전, 그들의 생활 상태를 고찰

함에 있어서 가장 흥미 있는 것은 누르하치 집과 그의 동생 슈르가치 집의 약도일 것이다. 이 약도는 상술한 바와 같이 이번 발견된 도기(圖記)에서 처음 볼 수 있는 것으로 만주측 사료에서는 말할 것도 없이 전혀 찾아볼 수 없는 새로운 사료이다. 이에 의하면 그들이 거주하는 가옥은 개와(蓋瓦) 단청(丹靑)한 건물이며 객청(客廳)과 삼층고루(三層鼓樓)도 있어 현재 우리가 그것을 방불히 목격하고 있는 느낌이 있다. 그밖에 무릇 97개조의 설명문이 있으니, 이는 그가 1주일 동안 성내에서 직접 보고들은 견문록(見聞錄)이다. 이 중에는 성곽 구조에 관한 설명을 비롯하여 성내와 성외에 거주하는 인민의 다소(多少), 군비(軍備)의 강약, 그들의 생활 상태, 정월 1일 누르하치가 베푼 연회의 광경, 누르하치가의 세계(世系), 누르하치와 그의 동생 슈르가치와의 관계, 누르하치 형제의 용모, 누르하치와 올라(兀剌)·여허(如許) 및 몽골과의 관계, 그들에게 사역되어 있는 조선인 노예 이야기, 만포첨사에게 보내는 누르하치의 회첩(回帖) 문필(文筆)을 맡은 유일의 한인(漢人) 왜내(歪乃)에 관한 일, 기타 여진인(女眞人)과의 문답, 특히 일본 소식과 조총(鳥銃)에 관한 기사 등이 들어 있다.

도기(圖記)의 내용 가치에 관해 하나하나의 비판과 검토는 장차 청조사(淸朝史) 연구자의 새로운 과제의 하나일 줄로 믿는 바이어니와, 신충일의 이상과 같은 보고는 당시에 있어서도 상당한 주목을 이끌었던 것이다. 즉 신충일의 도기(圖記)를 본 선조대왕(宣祖大王)은 "노을가치의 일이 극히 우려된다. 예로부터 오랑캐는 수초만 따라 사는데, 지금 누르하치가 진보(鎭堡)와 성지(城池)를 많이 설치하고 무기도 구비하여 제조하지 않은 것이 없으며, 몽골의 삼위도 모두 귀순하였다고 하니 그 조짐

---

7) 盛京通志(성경통지) : 중국 遼寧省(瀋陽)의 지리지. 1736년에 발간된 것이다.

을 알 수가 없다.(老乙可赤事, 極可憂慮。自古胡虜, 只逐水草而居, 今老酋多設鎭堡
·城池·器械, 無不備造, 而蒙古三衛, 亦皆歸順云, 其漸不可說也.)"8)라 하고 혹은
"끝내는 필시 큰 걱정이 있을 것 같다.(終必有大可憂者.)"9)라 하여 우리나
라도 고식지책(姑息之策)을 버리고 반드시 산성을 수축하며 변장(邊將)을
매우 잘 골라 양식을 저축하고 군사를 훈련시켜야만 되리라 하면서, 신
충일의 보고서를 당시 겸 경기·황해·평안·함경도도체찰사(兼京畿黃海平
安咸鏡道都體察使)인 서애(西厓) 류성룡(柳成龍)에게 보인 바 있었다. 그러나
이에 대한 적극적인 방비책은 아무 것도 실현된 것이 없었던 것이다.
그 후 다만 신충일의 건주 정찰은 광해군시대에 이르러 만주의 풍운(風
雲)이 급박하자 만포첨사 정충신(鄭忠信)의 건주 정찰을 비롯하여 누차에
걸쳐 누르하치의 내정 정탐의 선례가 되었던 것이다. 그러나 지금에 있
어서 신충일의 ≪건주기정도기≫는 당시와 다른 의미에서 중요성을 가
지고 있으니, 다시 말하면 가장 풍부한 내용을 가진 청조(淸朝) 개국기
(開國期) 신사료(新史料)로서 새로 우리의 주목을 이끌게 된 것이다.(소화
14년 2월 稿)

■ 부기(附記)

　지나간 늦은 가을 어느 일요일이었다. 나는 평산신씨계보에 신충일
그의 무덤에 대해 '재광진선영내(在廣津先塋內)'라 한 것만을 보고 한
조각 비(碑)라도 찾아볼까 하여 두셋 학우와 더불어 서울 교외 광나루
(廣壯里)로 나아갔었다. 다행히 우리는 곧 아차산(峨嵯山) 남쪽 기슭에
서 그의 조부 증이조판서(贈吏曹判書) 정미(廷美)의 묘비를 찾게 되었
다. 이 비는 그리 크지는 않으나 이끼가 껴서 겨우 '정미' 두 글자를
판독할 수 있었다. 이 비가 서 있는 묘역 내에는 상중하 3단에 도합

8) ≪선조실록≫ 72권 1596년 2월 2일조 1번째 기사.
9) ≪선조실록≫ 71권 1596년 1월 30일조 4번째 기사.

4기의 분묘가 있으니 상단 1기에 비가 있어 그것이 그의 조부 무덤임을 알 수 있었고 중단 2기와 하단 1기에는 아무 표시도 찾아볼 수 없었다. 그러나 앞서 말한 계보에 의하면 광진 선영 내에는 신충일 그와 그 아버지 묵(黙)과 그 조부 정미(夫人完山李氏墓祔)의 무덤만이 있으니, 이로써 추측건대 중단의 2기는 그 부친 묵과 그 모친(安氏인지 金氏인지 미상)의 분묘일 것이며, 하단의 1기가 곧 신충일 그의 무덤임이 틀림없을 것이다. 우리는 잠시 감개무량하여 이에 경의를 표하였다. 또 위창(葦滄) 오세창(吳世昌) 씨의 ≪근역서화징(槿域書畫徵)≫에는 〈잠영보(簪纓譜)〉와 〈진휘속고(震彙續攷)〉에 의거하여 '신충일. 평산인. 척재(惕齋) 신점(申點) 종자(從子). 관지수사(官至水使). 화죽(畵竹). 여탄은제명(與灘隱齊名).'이라 하였다. 그의 묘지명(墓誌銘)과 아울러 그의 화죽(畵竹)의 출현은 최근 나의 가장 큰 관심의 하나이다.[10]

---

10) 『진단학보』 10(진단학회, 1939.6)의 168~178면에 게재되고, 『건주기정도기』(신충일 저, 신해진 역, 보고사, 2017)의 136~151면에 수록된 것을 약간 수정하여 전재함.

≪광산거의록≫의 특징과 의의

1. 양호(兩湖) 의진(義陣)의 구축 배경

　임진왜란으로 인하여 풍전등화와 같은 위기를 맞은 조선에 구원병을 보낸 명나라는 국력을 소모하게 되었고, 전쟁터였던 조선은 피폐해졌다. 이 틈바구니에서 1616년 누르하치가 여러 부족을 통합하여 후금을 세웠다. 후금은 강성해지면서 1618년 명나라의 무순(撫順)을 공격하자, 명나라는 후금의 본거지를 공격하기 위하여 조선에 원병을 요구하였다. 강홍립을 도원수로 삼아 1만여 구원병을 보냈으면서도, 광해군이 중립 외교 차원에서 밀지를 내려 강홍립은 후금에 투항하고 만다. 광해군이 임진왜란 때 위기에서 구해준 명나라의 재조지은(再造之恩)을 저버리고 오랑캐에게 성의를 베푼 것을 반정명분으로 삼아, 인조(仁祖)가 1623년 임금의 자리에 올랐다. 따라서 인조의 정권은 주자학적 명분론과 의리론에 입각한 화이론(華夷論)이 태생적 조건이 되고 말았다. 곧, 중원의 새로운 세력으로 떠오르고 있는 후금에 대하여 적절히 대처할 수 없는 족쇄가 되었던 것이다.

　한편, 인조반정의 공적 평가에 대한 불만을 품은 이괄(李适)이 한명련

(韓明璉)과 함께 1624년 반란을 일으켰다가 실패하자, 한명련의 아들 한윤(韓潤)이 후금으로 도망가서 광해군 폐위와 인조 즉위의 부당성을 이야기하며, 조선의 병력이 오합지졸이니 조선을 칠 것을 종용한다. 게다가 1625년 누르하치가 요서지역을 확보하기 위해 영원성을 공격하다가 부상을 입고 결국 사망하여, 대조선 강경론자인 청태종이 집권하게 되었다. 또한 이때 후금에 닥친 대기근으로 식량 확보가 초미의 관심사로 떠올랐다.

그래서 후금은 명나라를 치기 위해 중국 본토로 진입하려면 배후를 위협하는 조선을 정복하여 후환을 없앨 필요가 생기자, 1627년 1월 3만의 정예병을 이끌고 소위 정묘호란(丁卯胡亂)을 일으켜 압록강을 넘어서 순식간에 평안도의 정주, 곽산, 안주, 평양을 함락시키고, 급기야 황해도의 황주, 평산까지 무너뜨려 한양을 위협하였다.

이에 조선은 장만을 4도체찰사, 이원익을 하삼도 및 경기체찰사, 김류를 부체찰사, 심기원을 도순검사, 이정구를 병조판서, 김자점을 구관강도사, 김상용을 유도대장에 각각 임명하는 전시 진용을 갖추었다. 국토를 방어하기 위한 전체적인 전략은 경기도 병력은 남한산성에 주둔하여 거점으로 활용하고, 삼남지역의 병력을 총동원하여 한강을 차단하여 지키게 함으로써 후금군의 남하를 저지하고, 서북지역의 군사들은 적의 후방을 노리는 전략이었다. 그리고 얼마 뒤 인조는 강화도로, 소현세자는 분조하여 전주로 향하면서 결전 태세를 갖추었다.

이 전략에 따라 하삼도 지역은 난국을 극복하고 국가를 회복하는 근본적인 지역으로 중시되어 의병과 의곡(義穀)을 확보해야 했다. 인조는 사계(沙溪) 김장생(金長生, 1548~1631)을 양호호소사에 임명하여 호서와 호남 두 지역을 담당케 하였으며, 여헌(旅軒) 장현광(張顯光, 1554~1637)과 우복(愚伏) 정경세(鄭經世, 1563~1633)를 영남호소사에 임명하여 경상도를 두 사람에게 맡겼다. 이들로 하여금 해당 지역의 의병을 조직하여 통솔하고 군량·군기 등을 수집하는 책임자로 삼았다.

2. 양호(兩湖)의 의병 진용

충청도 연산(連山)에 있다가 양호호소사로 임명받은 김장생(金長生)은 막부(幕府)를 설치하고 양호지역에 격문을 보내면서 각 면마다 유사(有司) 2명을 정하여 한 사람은 모군(募軍)을 담당하고, 또 한 사람은 모속(募粟)을 담당케 하였다. 차차 인원을 늘려 20여 명을 각각 부사(副使), 종사관(從事官), 참모(參謀), 의병장(義兵將), 각종 유사 등을 임명하여 막부의 진용을 갖추었다. 그 막부 편성은 다음과 같았다.

직임	성명	거주지	직임	성명	거주지
호소사	김장생	연산	양향유사	박충렴	광주
부사	송흥주	전주		기의헌	광주
종사관	윤 전	이성		고부립	광주
참모	송이창	회덕	군기유사	고부민	광주
	송국택	회덕		류 술	광주
	유 집	김제		고부필	광주
의병장	안방준	보성	문서유사	윤 경	광주
	고순후	광주		박 종	광주
소모유사	기정헌	광주		이 도	광주
모병유사	박지효	광주		이정태	광주
	정민구	광주	유사	구 형	고산
	신 필	광주		김해수	보령
	이덕양	광주		이부길	연산
	이성춘	광주		김준업	전주
	방명달	광주		이용빈	광주
양향유사	류 평	광주			

출처 : 우인수의 「정묘호란시 삼남지역 호소사의 활동과 그 의미」

3. 양호 의진 관련 문헌의 체재와 특징

1) 광산거의록

정묘호란 당시 양호지역의 의병활동에 대한 최초의 기록물은 ≪광산 거의록(光山擧義錄)≫이다. 이 거의록은 1760년에 김시찬(金時粲)에 의해 서문이 지어지고 1761년 겨울에 출간되었다. 서문은 목판본이고 본문은 목활자본이다. 1책으로 엮었는데, 서문은 5행 9자로 13면이고, 본문은 10행 20자로 31면이다. 현재 조선대학교 도서관에 소장되어 있다. 그 체 제는 다음과 같다.

광산거의록 서 : 김시찬
범례 : 6항목
광산거의록
    강로입구시 기사(姜虜入寇時記事)
천계정묘 광산거의 사적(天啓丁卯光山擧義事蹟)
    교문(敎文)
    호소사 김장생 장계
    호소사 격문
    의병장 차첩(差帖)
    의병장 보장(報狀)
    호소사 관문(關文)
    검찰사(檢察使) 관문
    의병장 보장
거의제공(擧義諸公) 사실(事實)
    전 감찰   고순후   전 현감 정민구
    전 별제   신 필   전 현감 박지효

충의위	이덕양	충의위	이성춘
진사	류 평	진사	박충렴
전 현감	기정헌	유학	고부립
유학	고부민	유학	류 술
유학	기의헌	유학	고부필
진사	박 종	유학	윤 경
유학	방명달	유학	이 도
유학	이정태	유학	이용빈

서문을 쓴 김시찬(1700~1767)은 정묘호란 당시 유도대장이었던 김상용 (金尙容, 1561~1637)의 고손자이다. 그는 1759년 부제학을 사양하는 글을 올렸을 때 불경스러운 내용이 있다 하여 흑산도로 유배되었다가 1764 년에 풀려났는데, 광산거의록의 서문은 바로 이 시기에 지어진 것으로 보인다. 호남은 이전부터 의병들이 많았고 특히 광산은 더욱 두드러졌 다면서, 후세에 충의지심을 고취하기 위하여 의병을 일으켰던 자들의 후손들이 가지고 있는 자료를 모아 편찬했다고 그 편찬 동기를 기술하 였다.

범례에 따르면, 첫째는 호소사의 격문에 따라 의청(義廳)을 설치하여 의병을 일으킨 제공(諸公)들이 모두 광산 출신이었고, 군사를 모집하고 군량을 거두었으며, 또한 동궁(소현세자)을 전주에서 호종하였기 때문에 '광산거의록'이라 이른다고 하여, 제명을 짓게 된 내력을 밝히고 있다. 둘째는 강홍립이 반역을 저지른 전말을 대략 책머리에 붙여서 참고하 도록 한다고 하여, 정묘호란이 일어나게 된 까닭과 경과를 간략히 밝히 고 있다. 셋째는 거의록에 수록해야 할 문적(文蹟)들이 일실되어 많지 않 음을 언급하면서 소략함에 대한 양해를 구하고 있다. 넷째와 다섯째는 의병을 일으킨 제공들의 사실(事實)을 기록함에 있어서 열전(列傳)의 전

례에 따라 수록하되, 세덕(世德)과 관작(官爵) 그리고 행실 등을 간략히
기록할 뿐 정묘호란 때의 사적은 따로 기록하지 않는다고 하여, 사적의
서술범위를 밝히고 있다. 여섯째는 나이는 고려하지 않고 정묘호란 때
의 분담한 유사(有司)의 차례에 따라 기록한다고 하여, 수록의 순서에 대
한 원칙을 밝히고 있다.

이러한 규례(規例)에 따라 앞서 언급한 광산거의록의 체제를 이루었던
것이다. 광산거의록을 보면, 1627년 1월 19일 김장생이 양호호소사로 임
명되었고, 김장생은 곧바로 격문을 돌리면서 광산의 의병장으로 고순후
를 임명하였음을 알 수 있다. 그런데 <호소사 격문>에 따르면, 소모유
사로 류평, 고부민, 류슬, 박충렴, 기정헌, 윤경, 박지효, 신필, 정민구 등
이었다. 반면 <의병장 보장>에 따르면, 모병유사로는 정민구, 신필, 박
지효, 이덕양, 이성춘 등으로, 군량유사로는 류평, 박충렴, 기의헌, 고부
립 등으로, 군기유사로는 고부민, 류슬, 고부필 등으로, 문서유사로는
박종, 윤경, 방명달, 이도, 이정태, 이용빈 등으로 임명한 것 같다. 앞서
살펴본 막부편제의 표와도 약간 상위점이 있는 바, 방명달과 이용빈의
직함이다. 이는 다른 자료들을 참고하여 바로잡아야 할 것이다.

끝으로 제공들의 사실은 정묘호란 때의 사적은 언급하지 않은 채 범
례에서 제시한 대로 간략하게 서술되고 있는데, 그렇지만 병자호란 때
의 사적만은 20명 가운데 11명에 걸쳐 언급되고 있다.

2) <천계정묘양호거의록>

≪천계정묘양호거의록(天啓丁卯兩湖擧義錄 : 약칭 양호거의록)≫은 1798년
5월 송환기(宋煥箕)에 의해 서문이 씌어지고, 같은 해 7월 8일 김희(金憙,
1729~1800)에 의해 발문이 씌어져 출간되었다. 송환기는 송시열의 5대손

이고, 김희는 김장생의 7대손이다. 이 거의록은 2권 1책의 고활자본(古活字本)인데, 운각인 서체자(芸閣印書體字) 10행 20자로 68면이다. 현재 계명대학교, 고려대학교, 국립중앙도서관, 서울대학교 규장각, 연세대학교, 이화여자대학교, 충남대학교, 한국학중앙연구원 장서각 등에 소장되어 있다. 아마도 가장 널리 알려진 판본인 것으로 보이는데, 주목되는 것은 판심제(版心題)가 '정묘거의록'으로 되어 있다는 점이다. 그 체제는 다음과 같다.

　　양호거의록 서 : 송환기
　　광산거의록 서 : 김시찬
　　범례 : 6항목
　　천계정묘양호거의록 권1
　　강로입구시기사(姜虜入寇時記事)
　　양호거의 사적(事蹟)
　　　　교문(敎文)
　　　　호소사 김장생 장계
　　　　호소사 격문
　　　　의병장 차첩(差帖)*
　　　　의병장 보장(報狀)
　　　　호소사 관문(關文)
　　　　검찰사(檢察使) 관문*
　　　　의병장 보장
　　천계정묘양호거의록 권2
　　호소사 사계 김선생 사실(事實)
　　　　호소사
　　거의제공(擧義諸公) 사실
　　　부　사 : 송흥주(보성)　　　　종사관 : 윤전(尼城)

참모관 : 송이창(회덕)·송국택(회덕)·유집(김제)

의병장 : 안방준(보성), 고순후(광주)

유 사 : 기정헌(광주), 박지효(광주), 정민구(광주), 신필(광주)

류평(광주), 박충렴(광주), 구형(고산), 고부민(광주)

류술(광주), 윤경(광주), 김해수(보령), 이부길(연산)

김준업(전주)*, 이덕양(광주), 이성춘(광주), 기의헌(광주)

고부립(광주), 고부필(광주), 박종(광주), 방명달(광주)

이도(광주), 이정태(광주), 이용빈(광주)*, 김성하(전주)

범례의 첫째에서 "경진년(1760)에 간행된 거의록은 이름을 '광산거의록'이라 하였는데, 그것은 단지 광산 제공들만 기록하였을 따름이라서 지금 양호 제공들을 합하여 기록하였기 때문에 '양호거의록'이라 이름하였다.(庚辰所刊擧義錄, 名以光山擧義錄者, 以其只錄光山諸公也, 今則合錄兩湖諸公, 故以兩湖擧義錄名之.)"고 밝히고 있듯이, ≪양호거의록≫은 ≪광산거의록≫에서 비롯되었음을 알려준다. 이는 송환기의 서문 다음에 김시찬이 지은 <광산거의록 서>이란 제명을 수정하지 않고 그대로 수록한 데서도 확인할 수 있다. 따라서 그 체제가 큰 틀에서 두 거의록은 대동소이하다.

그러나 ≪양호거의록≫은 ≪광산거의록≫의 체제를 그대로 가져오면서도, 정묘호란 당시의 막부편제를 가미하여 양호거의록만의 체제를 만들고 2권 1책으로 성책했다는 점이 다르다. 다시 말해, 권1은 '강로입구시기사(姜虜入寇時記事)'를 포함하여 ≪광산거의록≫의 해당부분과 자구하나 다르지 않는 똑같은 내용으로 수록순서까지 동일하나, 권2에서는 '호소사 사계김선생 사실' 항목을 별단(別段)으로 만들고, 막부편제의 '호소사' 직함을 가져와서 행적을 기록한 것이 다른 점이다. 이는 범례의 다섯째에서 '호소사의 사실은 제공들의 사실을 기록한 것의 앞에다 특별히 실었다.(號召使事實, 特揭于諸公事實列錄之上.)'고 밝힌 것이다. 호소사 김장생을 받들어 높이기 위함이기도 하겠지만, 김장생의 7대손 김희가 편찬하는 일에 간여했던 결과가 아닌가 한다. 또한 '거의제공 사실'에서도 부사(副使), 종사관, 참모관, 의병장, 유사라는 막부편제를 따름으로써 광산거의록에 수록된 인물들을 포괄하면서도 제명이 내포한 지역[兩湖]의 인물들을 포함할 수 있었던 것이 다르다. 결국 앞서 밑줄친 12명의 인물을 더 수록할 수 있었다.

그 거의제공들의 수록 서차(序次)가 ≪광산거의록≫과 다른데, ≪광산거의록≫은 정묘호란 때의 분담한 유사(有司)의 차례에 따라 기록한 반면, ≪양호거의록≫은 범례의 여섯째 "제공들의 서차는 한결같이 사계 연보와 의병장 보첩에 따라 기록하였다.(諸公序次, 一依沙溪年譜義兵將報牒而錄之.)"에서 밝혔듯 사계 연보의 의병장의 보첩에 따른 것에 기인한다. 그런데 양호거의록의 이러한 서차는, 양호거의록의 체제가 막부편제에 따라 갖춘 것임을 고려한다면, 일관되지 못함을 지적할 수 있을 것이다. 물론 자료적 출처의 신빙성을 고려한 것이겠지만, 그래도 여전히 그러한 비판으로부터 자유로울 수는 없을 것 같다.

한편, ≪양호거의록≫만의 특징도 있다. 권1의 '의병장 차첩'과 '검찰사 관문'에서 사용한 협주(* 표시한 곳)를 그 특징으로 지적할 수 있다. 고순후의 의병장 차첩에서 사용한 "안공의 차첩은 잃고 전해지지 않는다.(安公帖文逸而不傳)"라는 협주는 안방준에 대한 의병장 임명장이 산실되었음을 밝히고 있으며, 검찰사 관문에서 사용한 "검찰사의 성명은 전해지지 않는다.(檢察使姓名未傳)"라는 협주는 검찰사의 성명을 확인할 수 없다는 정보를 제공하고 있다.

또한 '거의제공사실'의 의병장 가운데 김준업의 사실을 기록한 말미에 사용한 "이상 20인은 사계 연보에 수록되어 있다."는 협주, 그리고 이용빈의 사실을 기록한 말미에 사용한 "이상 10인은 전편 의병장 보첩에 수록되어 있다."는 협주는 바로 범례의 넷째를 확인하는 것이다. 곧, "양호 제공들은 사계 연보와 의병장의 보첩 가운데 기재된 바에 따라 기록하였다.(兩湖諸公謹依沙溪年譜義兵將報牒中所載入錄.)"이다. 이처럼 협주의 기능을 다양하게 사용하고 있는 점이다.

또 하나의 특징은 문적의 신빙성을 꽤 엄격한 잣대를 적용하여 인물들의 사적을 기록하였다는 점이다. 이는 범례의 넷째에서 "그 밖에 징험할 만한 문적이 없는 자는 감히 추가해 덧붙이지 않아서 신중한 사체를 보존하였는데, 김수우(金守愚)의 사실은 우암이 지은 묘갈명에 보였기 때문에 특별히 추가해 덧붙였다.(此外無可徵文蹟者, 不敢追附, 以存愼重之體, 而 守愚金公事實, 見於尤庵所撰墓碣, 故特爲附錄.)"고 밝히고 있는 데서 확인할 수가 있고, 실제로 거의제공사실의 말미에 김수우(김성하)를 수록하고 있다. 가급적이면 ≪광산거의록≫에서 기술되지 않았던 정묘호란과 병자호란 시의 사적을 부연하여 기록하는 추세에서, 이성춘에 대해서는 ≪광산거의록≫의 기록 일부 중 확인할 수 없는 것을 삭제해버린 것으로 보인다. 이를 통해 인물의 사실을 기록할 때 근거하는 문적에 대해 꽤 엄격한 잣대를 적용하였음을 알 수 있다.

그리고 거주했던 지역을 일일이 밝히고 있는 점은 또 하나의 특징이다. 아마도 이는 ≪양호거의록≫이 양호지역 전체를 아우르고 있다는 것을 널리 알리려는 의도였던 것으로 파악된다.

3) 정묘거의록

≪정묘거의록(丁卯擧義錄)≫은 1798년 5월 송환기(宋煥箕)에 의해 서문이 씌어져 출간되었다. 3권 1책의 금속활자본(金屬活字本)인데, 정리자(整

理字) 10행 20자로 136면이다. 현재 국립중앙도서관, 성균관대학교, 일본 동양문고, 전북대학교 등에 소장되어 있다. 주목되는 것은 발문은 없으나, 수정 도유사(修正都有司) 유흥리(柳興履), 별유사(別有司) 김광우(金光遇)· 황일한(黃一漢)·이준석(李濬錫), 개간(開刊) 별유사 김광직(金光直)·김성은 (金性溵) 등의 개간 담당자가 밝혀져 있다는 점이다.

우선 범례를 통해 ≪정묘거의록≫의 특징을 살피기로 한다. 첫째, 먼저 사략을 서술하고 다음으로 교문과 공문을 기록하고, 그 다음으로 호소사 이하 막부소모인원의 성명과 사실을 기록하되 모양을 달리하였다.(先敍事略, 次錄敎文若公文, 次錄號召使以下, 幕府召募人員, 姓名事實, 以別體段.)

이에 따른 체제를 살펴보면 서문, 범례, 막부사략, 양호호소사 막부와 관련된 문서, 거의제공들의 사실 등으로 되어 있는데, 큰 틀에서는 앞서 살핀 두 이본과 대동소이하나 미세한 부분에서 ≪광산거의록≫보다는 ≪양호거의록≫과 친연성이 더 있다. 그 일례로 서문은 송환기와 김시찬이 각각 쓴 것을 그대로 수록하였다는 점에서 ≪양호거의록≫의 체제를 본받은 것이기 때문이다.

그렇지만 ≪양호거의록≫은 ≪광산거의록≫에서 비롯되었음을 범례에서 밝히고 김시찬의 '광산거의록 서'를 그대로 수록한 반면, ≪정묘거의록≫은 범례에서든 그 어디서든 출처를 밝히지 않은 가운데 '정묘거의록 서'라고 제명을 고쳐 수록하고 있다. 조금도 수정되지 않은 내용을 그대로 수록하며 제명을 고쳤다는 점에서 문제적이다. 송환기의 서문만은 전혀 자구의 출입도 없고 제명을 고치지도 않은 채 그대로 수록하고 있는데, 이와 대조적이다.

또 ≪광산거의록≫의 <강로입구시 기사(姜虜入寇時記事)>가 ≪양호거의록≫에는 수정되지 않은 채 그대로 실렸으나, ≪정묘거의록≫에는 양호호소사 막부와 관련된 내용을 덧붙이고 <천계정묘 강로입구시 호소막

부 사략(天啓丁卯姜虜入寇時號召幕府事略)>으로 제명을 고쳐 수록하고 있다. 이 글에서 '동궁이 남쪽으로 피란하였다'까지는 바로 <강로입구시 기사>의 전문과 글자 하나 다르지 않다.

반면, ≪광산거의록≫과 ≪양호거의록≫에서는 있던 내용 가운데 일부를 ≪정묘거의록≫에서 뺀 경우가 있다. <호소사 격문>에서의 소모유사 명단, <호소사 관문>에서의 지역 이름, <의병장 차첩>에서의 의병장 이름을 빼버린 것이 그것이다. 소모유사와 지역에 대한 이름을 뺀 것은 활동지역을 보다 광범위하게 잡으려는 편찬의도에 부합하지 않았기 때문에 그랬던 것으로 짐작된다.

그리고 의병장의 임명장인 <의병장 차첩>에서 그 대상자였던 '고순후'의 이름을 빼버림으로써 임명장의 일반적인 형식의 본보기로 만들었다. 이것은 ≪양호거의록≫에서처럼 <의병장 차첩> 밑에 '안방준의 임명장은 잃어버려 전해지지 않는다.'는 옹색한 협주를 달지 않아도 되게 하였던 것 같다. 이는 의병장의 행적을 기술하는 중에 ≪양호거의록≫에 비해 안방준의 행적은 확대하였지만 고순후의 행적에 대해서는 축소시켰다는 점에서 시사하는 바가 있기 때문이다. 그에 따라 ≪광산거의록≫과 ≪양호거의록≫에는 보이지 않았던 '의병장 고순후 보장' 형태의 문건명이 등장한다. 내용은 똑같은데도 문건명에 구태여 '고순후'라는 이름을 넣어야 했다. 뿐만 아니라 그와 같은 형식적 본보기를 만듦으로써, <소모유사 차첩>을 새로 만들 수 있게 되지 않았을까 조심스럽게 추론해본다. 이 소모유사의 차첩은 ≪광산거의록≫과 ≪양호거의록≫에는 보이지 않았던 전혀 새로운 것인데다, 의병장 차첩과는 너무나 유사하기 때문이다.

또 주목 사항은 ≪양호거의록≫에서 <검찰사 관문> 밑에 단 '검찰사의 성명은 전해지지 않는다'는 협주에 대해 ≪정묘거의록≫에서는 검찰사를 '이원익'이라고 분명하게 밝혀 놓았다는 점이다.

둘째, 문건이 산실되어 전해지지 않음이 매우 많아서 다만 참으로 근거할 만한 것을 따라 편차를 하였다.(文字之逸而不傳甚多, 只從眞的可據者, 編次如左.) 셋째, 이름을 올리는 규례는 막부에 소속한 순서나 전해오는 문적의 차례를 따랐지만, 나이와 덕망의 높고 낮음에 따라 순서로 삼지 않았다.(錄名之規, 或從幕府入屬之先後, 或依傳來文蹟之次第, 不以年德之尊卑爲序.) 넷째, 비록 당시에 공적이 있는 특출한 자라도 호소사와 관련되지 않았으면 감히 병서하지 않았다.(雖有當時功烈之卓異者, 非關於號召使, 則不敢幷書.) 다섯째, 각 인원의 세계와 덕행은 삼가 ≪사기≫ 열전(列傳)의 규례를 본받아 요점만 간추려 기록하였다.(各人員世系德行, 謹倣史氏列傳之規, 撮要入錄.) 여섯째, 막부 이하의 인원들은 연보나 비장, 읍지나 관문을 참고하였고, 사적이 아주 명백한 자를 제외하고는 한결같이 삭제하여서 근엄한 사체를 보존하였다.(幕府以下諸員, 或參年譜碑狀, 或考邑誌官文, 事蹟之十分明白者外, 一幷刪改以存謹嚴之體.)

이 둘째에서 여섯째까지의 범례를 요약하면, 호소사와 관련된 인물들의 행적을 ≪사기≫ 열전(列傳)의 규례에 따라 요점만 간추려 기술할 때 신빙성 있는 자료에 근거하고, 막부에 소속한 순서나 전해오는 문적의 차례를 따랐다는 것이다. 신빙성 있는 자료의 범주가 연보(年譜)나 비장(碑狀), 읍지(邑誌)나 관문(關文) 등으로, ≪광산거의록≫이나 ≪양호거의록≫에 비해 꽤 넓은 편이라 하겠다.

그리하여 <호소사 종사관 김광석 효유문(號召使從事官金光奭曉諭文)>, <수찬 이상형 통유본도문(修撰李尙馨通諭本道文)>, <의곡장 김덕우 보장(義穀將金德宇報狀)>, <고창 소모유사 류철견 보장(高敞召募有司柳鐵堅報狀)>, <흥덕현 관문서(興德縣官文書)> 등 새로운 자료가 발굴되었다. 의곡장이라는 직함도 새롭게 등장하고 있다.

아마도 《양호거의록》이 나온 이후 여기에 누락된 주로 호남지역을 중심으로 한 의병장들을 추가하려는 의도였던 것 같은데, 호소사 김장생의 막부 일원 명단만을 먼저 양호지역 각 군현별로 제시하는 중에 많은 새로운 인물이 역시 나온다. 《정묘거의록》은 이 명단을 일괄적으로 먼저 제시한 후에 구체적인 행적을 나중에 다시 서술하는 방식을 택하고 있다.

> 호소사 : 김장생
> 부 사 : 송흥주
> 종 사 : 윤전
> 참 모 : 송이창, 송국택, 류집
> 의병장 : 안방준, 고순후
> 의곡장 : 김덕우, 김준업
> 소모유사
> 광 주 : 기정헌, 정민구, 신필, 박지효, 이덕양, 이성춘, 류평, 박충
>   렴, 기의헌, 고부립, 고부민, 류술, 고부필, 박종, 윤경, 방명
>   달, 이도, 이정태, 이용빈
> 무 장 : 오익창, 강시언
> 고 창 : 류철견, 김여성, 안진, 서일남
> 홍 덕 : 이기문, 이원남, 황이후, 송정렴, 송정속, 정호례
> 태 인 : 김관
> 전 주 : 양몽열, 김성하
> 남 원 : 방원진
> 나 주 : 나해봉, 양만용
> 김 제 : 류태형, 조필달, 류도, 고봉익
> 영 광 : 신유일, 신응순, 김여경, 정익, 강환, 정제원, 김진, 이홍기
> 고 산 : 구형

　장　성 : 김숙명
　부　안 : 김해, 김이겸
　남　평 : 최신헌
　보　령 : 김해수
　연　산 : 이부길
　발격제원 : 이상형, 오섬, 김여각, 신응망

　위의 표에서 보듯, 1798년 같은 해 7월 이후에 출간된 ≪양호거의록≫
에 비하여 12개 지역에 걸쳐 39명이 더 새롭게 등재되었다. ≪정묘거의
록≫은 지역명을 앞세우고 인물들을 배치했기 때문에 ≪양호거의록≫
처럼 각 인물의 행적 끝에 거주 지명을 밝히지 않을 수 있었다. 물론
호소사 막부에 참여하고도 누락된 인물이 있을 수 있었겠지만, 같은 해
에 출간된 문건상의 차이가 극심한 것에 대한 규명은 반드시 있어야 할
것으로 생각된다.

4. ≪광산거의록≫의 의의

　≪광산거의록≫의 발굴로 인하여 정묘호란 당시 양호지역의 의병활
동에 대한 기록인 '거의록'의 계통을 지을 수 있게 되었다. 그 당시 의
병활동의 핵심 주근거지가 광산이었던 것에 대해 자부심을 가지고 문
헌으로 최초 정착시킨 것이 ≪광산거의록≫이라면, 호소사의 역할과 그
막부편제를 중심으로 하여 기록한 문헌은 바로 ≪양호거의록≫이며, 이
들 문헌에서 누락된 주로 호남지역을 중심으로 의병장들을 추가하려는
의도 하에서 기록한 문헌은 ≪정묘거의록≫이라 할 수 있다. 그런데 이

≪정묘거의록≫은 수록된 공문서에 약간의 차이가 있을 뿐만 아니라, 일부 공문서에는 첨삭을 가하고 있다는 점에서 각별한 주목을 요한다. 이들 거의록의 최초 토대와 뼈대를 ≪광산거의록≫에서 확인할 수 있다는 점에서 그 의의를 발견할 수 있으리라 생각한다.

▌참고문헌

우인수, 「정묘호란시 삼남지역 호소사의 활동과 그 의미」, 『조선사연구』 20, 조선사연구회, 2011.

이 글은 『광산거의록』(광주유림 편, 신해진 역, 경인문화사, 2012)의 120~134면에 수록된 것을 일부 수정한 것이다.

척화파 입장에서 본 병자호란의 기록 ≪남한기략≫

1. 대의명분과 김상헌

인조(仁祖)는 광해군의 외교에 있어 오랑캐에게 성의를 베푼 배은망덕을 반정 명분의 하나로 삼았다. 명(明)과 후금(後金) 사이에서 광해군이 취한 '등거리 외교'를 문제 삼은 것인데, 임진란 때 풍전등화 같은 위기에서 구해준 명나라의 재조지은(再造之恩)을 저버렸다는 것이 그 이유이다. 이처럼 주자학적 명분론과 의리론을 반정의 명분으로 내세우면서 성립된 인조 정권은 화이론(華夷論)에 입각하여 만주족을 오랑캐로 규정하고 적대시하지 않을 수 없었다. 그렇기 때문에 중원의 새로운 세력으로 떠오르고 있을지라도, 만주족에 항복하고 청나라의 국제질서에 편입된다는 것은 정권의 존립 기반 중 하나를 위태롭게 만드는 행위로 여길 수밖에 없었던 것이다. 그래서 당시 후금이 조선과 화친을 맺기 위해 여러 번 사신을 보내는 등 노력하였지만, 조선은 청의 사신이 올 때마다 오랑캐라고 무시해버렸다.

결국 후금은 1627년 1월 3만의 정예병을 이끌고 소위 정묘호란을 일으켰으며, 압록강을 넘어 순식간에 평양을 함락시키고 한양을 위협하였

다. 그러자 인조를 비롯한 조정의 신하들은 강화도로 피하고, 소현세자
(昭顯世子)는 전주(全州)로 피란하였다. 이때 전쟁이 계속 되는 것을 원치
않았던 후금이 먼저 화의를 제의하자, 조선의 조정은 어찌할 도리 없이
오랑캐 후금과 형제의 의를 맺고 서로 국경을 침범하지 않는다는 화약
(和約)을 맺게 되었다. 이 과정을 통해, 조선인들은 저 중원에서 새로이
떠오르는 후금 세력의 실체를 인정하지 않을 수 없음을 자각해야 했다.
게다가 왜란 이후 황폐화된 농경지는 아직 복구되지 못하였고, 농업 생
산력도 채 회복되지 않았던 데다, 권문세가의 대토지소유는 확대일로에
있었기 때문에 민심회복을 통한 정권 안정은 난망한 과제였던 것이다.
이에서 인조와 그 집정자(執政者)들은 반정의 명분과 현실의 괴리에 직
면하지 않을 수 없었던 것이다.

17세기의 국제정세 속에서 대명의리를 내세워 만주족과 맞서기에는
국내 현실의 제반여건이 너무나 허약한 데서 기인한 '명분과 현실의 괴
리'를 두고, 인조와 그 집정자들은 서로 다른 견해와 입장을 가질 수밖
에 없었다. 주자학적 명분론과 의리론에 따른 대명의리를 앞세울 것이
냐, 후금의 실체를 인정하고 실리적 관계를 유지하여 국가의 존립을 우
선시할 것이냐, 물론 또 다른 견해와 입장도 있었지만 크게는 이 두 가
지의 유형에 귀속되어 팽팽히 맞섰다. 특히, 병자호란 당시 유교적 국제
질서나 사회질서를 따르지 않는 만주족 오랑캐의 힘에 굴복할 수 없다
는 척화론과, 종묘사직과 생민의 보호를 위해 화친을 맺자는 주화론이
일어나 서로 강하게 대립하였다. 척화파는 한족(漢族)이 지배하는 중국
중심의 국제질서에 맹종하고, 존주론(尊周論)이나 중화주의적(中華主義的)
이념체계에 충실하고자 하여 대명의리를 강조하였다. 반면에, 주화파는
국가의 존립보다 우월한 명분은 존재할 수 없다면서, 국력이 약할 때는
일시적인 굴욕을 참고 상대를 자극하지 않는 등 실리적 관계를 유지하

며 국력을 신장해 후일을 도모할 것을 주장하는 실용적 입장을 고수하
였다. 이 가운데 척화파의 가장 상징적 인물 중 하나가 김상헌(金尙憲,
1570~1652)이다.

2. 김상헌은 누구인가

김상헌의 본관은 안동(安東), 자는 숙도(叔度), 호는 청음(淸陰)·서간노인
(西礀老人)·석실산인(石室山人)이다. '서간노인'은 병자호란 직후 안동에 은
거하면서 사용했으며, '석실산인'은 중년 이후 경기도 남양주 석실(石室)
에 은거하면서 사용하였다.

윤근수(尹根壽) 문하에서 수학하였으며, 1590년 진사시에 합격하고,
1596년 임진란 중에 실시된 정시문과에 급제하여 승문원부정자가 되고
이어 예조좌랑·이조좌랑·홍문관 부수찬 겸 지제교, 정언 등을 역임하
였다. 1601년 32세의 나이로 안무어사(按撫御史)가 되어 제주도에서 길운
절(吉雲節) 등이 일으킨 반란의 진상을 파악하고 왕명을 전하였는데, 그
6개월간의 경과를 기록한 ≪남사록(南槎錄)≫이 전한다. 광해군 때에는
북인들과의 관계가 원만하지 못했는데, 이황(李滉) 배척에 앞장선 정인
홍(鄭仁弘)을 탄핵하다 광주부사(廣州府使)로 밀려났으며, 1613년 국구(國
舅) 김제남(金悌男)의 모역사건(謀逆事件)이 일어났고 김제남의 딸이 며느
리였기 때문에 파직되어 안동으로 은거하였다.

인조반정 이후 다시 조정에 나가 승문원 부제조·이조참의·대사간·
도승지·대사헌·부제학 등을 역임하였다. 반정 이후에도 강직한 성격
으로 인해 국사(國事)나 시사(時事)를 여러 차례 비판하다가 벼슬을 내놓
고 향리로 귀향해야 했다. 1626년 명나라 장수 모문룡(毛文龍)의 무고를

해명하기 위해 성절사(聖節使) 겸 진주사(陳奏使)로 명나라에 갔다가 1627
년 정묘호란이 일어나자 구원병을 청하였고, 돌아와서는 후금(後金)과의
화의(和議)를 끊을 것과 강홍립(姜弘立)의 관작을 복구하지 말 것을 강력
히 주장하였다. 당시 사행(使行) 중의 견문을 기록한 ≪조천록(朝天錄)≫
이 전한다. 또한 그는 인조의 부친에 대한 추숭을 반대하면서 반정공신
이귀(李貴)와 의견 충돌을 빚고 낙향하였다. 1633년부터 2년 동안은 5차
례나 대사헌에 임명되었으나, 출사와 사직을 반복하였다.

   1636년 예조판서 재임 중 병자호란이 일어나자 남한산성으로 인조를
호종하여 '선전후화론(先戰後和論)'을 강력히 주장하였는데, 남한산성에
서 열린 어전회의에서도 항복을 강경하게 반대하면서 최명길과 충돌했
다. 심지어 최명길이 작성한 항복 국서를 손으로 찢고 통곡하기도 했다.
대세가 기울어 항복하는 쪽으로 굳어지자 식음을 전폐하고 자결을 기
도하다가 실패하였다. 1637년 인조가 삼전도(三田渡)에서 청 태종에게 삼
배구고두(三拜九叩頭)의 치욕을 당하자, 곧바로 학가산(鶴駕山)에 들어갔는
데 선영이 있는 현재의 경상북도 안동시 풍산읍 소산리로 내려와 1년
동안 지내다가 이듬해 현재의 풍산읍 서미리로 들어가 목석거(木石居)라
는 산방을 짓고 두문불출하였다.

   1639년 명(明)을 치기 위한 출병(出兵)을 청이 요구하자, 이에 반대하는
상소를 올린 혐의로 심양(瀋陽)에 잡혀갔다. 이때 남긴 시조 <가노라 삼
각산아>가 그의 애국충절을 말해 준다. 1642년에 돌아왔으나, 선천 부
사(宣川府使) 이계(李烓)의 국비(國秘) 밀고사건으로 다음해 다시 청나라로
압송되어 최명길(崔鳴吉)과 함께 북관(北館)에 억류되었다. 이때의 상황을
기록한 ≪설교집(雪窖集)≫이 있다. 1645년 소현세자와 함께 귀국했지만,
여전히 척화신(斥和臣)을 탐탁지 않게 여기는 인조와의 관계가 원만하지
못하자, 좌의정에 제수되었지만 32차례나 상소하여 벼슬을 단념하고 은

거하였다. 1649년 효종이 즉위하여 북벌을 추진할 때 그 이념적 상징으로 '대노(大老)'라고 칭해지며 좌의정에 임명되었다. 죽은 뒤 대표적인 척화신으로서 추앙받았고, 1661년 효종의 묘정에 배향되었다. 그의 문집으로 시문(詩文)을 비롯하여 ≪조천록(朝天錄)≫, ≪청평록(淸平錄)≫, ≪설교집(雪窖集)≫, ≪설교후집(雪窖後集)≫, ≪설교별집(雪窖別集)≫ 등을 수록한 ≪청음집(淸陰集)≫ 40권이 전하는데, 이는 목판본으로 1671년경 김상헌이 직접 편집한 초고에 의하여 간행되었다고 한다. 이 속에는 ≪남한기략≫에 보이는 김상헌의 상소문, 김류와 김염조에게 보낸 그의 편지 2통만 수록되어 있을 뿐 나머지는 수록되어 있지 않다.

3. ≪남한기략≫의 구성과 체재

≪남한기략(南漢紀略)≫은 일기문과 상소문, 문답체와 서간체, 장수들의 활약상 및 명단, 호종신의 명단 등을 수록한 책이다. 이 가운데 일기문은 1636년 12월 12일 향리인 석실(石室)에서 변란을 들은 후부터 1637년 2월 2일까지 체험한 사실을 날짜별로 기록한 것인데 매일 매일의 일기는 아니며, 2월 2일 서울로 돌아온 것에서 끝난다. 일기 다음에는 따로 제목을 두고, 상소 및 서간 등이 이어진다. 즉 저자가 파직되고 난 후인 1637년 5월 호종공신(扈從功臣)의 명단에 자신이 끼어 있자 그 사면(辭免)을 청하는 <호종상가사면상소(扈從賞加辭免上疏)>, 문답체로 자신의 주장과 행동을 기록한 <풍악문답(豐岳問答)>, 그리고 <의여인서(擬與人書)>·<여북저김영상서(與北渚金領相書)>·<답김과천효수서(答金果川孝脩書)> 등 편지 3통이다. 또 강도(江都)에서 순절한 김상용(金尙容) 등을 기록한 <강도순의(江都殉義)>, 감사·병사·수사 등의 활약과 비행을 기록한 <팔로번

곤제신(八路藩閫諸臣)>, 남한산성을 지킨 여러 장수의 명단을 기록한 <남한수성제장(南漢守城諸將)>, 남한산성에 왕을 호종한 중신의 명단을 기록한 <호종제신(扈從諸臣)>, 역시 왕을 호종한 부마와 문신 그리고 경기수령을 기록한 <호종종실(扈從宗室)>·<부마(駙馬)>·<문신(文臣)>·<경기수령(京畿守令)> 등이 수록되어 있다.

4. 이본 현황

이 ≪남한기략≫은 현재 국립중앙도서관, 서울대학교규장각한국학연구원, 충남대학교도서관에 소장된 3종의 한문필사본이 있는데, 3장에서 살펴본 체재로 구성된 것은 '국립중앙도서관본'이다. 이는 18장본이다.

반면, '충남대학교도서관본'은 '국립중앙도서관본'의 축약본이라 할 수 있는 11장본이다. '남한병자록(南漢丙子錄)'이라는 표지 속에 신익성(申翊聖)의 <운길산인대(雲吉山人對)>, 이식(李植)의 <남한위성중일기(南漢圍城中日記)>, 신익전(申翊全)의 <병정지(丙丁志)>, 원두표(元斗杓)의 <경인사행문견사건(庚寅使行聞見事件)>, 어한명(魚漢明)의 <강도진두사기(江都津頭私記)>, 석지형(石之珩)의 <남한해위록(南漢解圍錄)>, 서종급(徐宗伋)의 <김충선전(金忠善傳)> 등과 합철되어 있다. 이 필사본은 일기를 '남한기략'이라 명명하여 수록하고, 이어서 <풍악문답>과 <의여인서>만 수록한 것이다. 축약되어 실린 글의 내용은 출입이 없고 한두 글자의 출입만 있을 뿐이다.

한편, '서울대학교규장각한국학연구원본(약칭 규장각본)'은 '국립중앙도서관본'의 증보본이라 할 수 있는 2권 1책의 55장본이며, 표지에 "淸陰 文正公記 南漢紀略 全"이라 쓰여 있다.

이 필사본의 1권은 '국립중앙도서관본'과 정확히 일치하되 《충효록
(忠孝錄)》에서 초록한 글이 마지막 부분에 덧붙여져 있는 점이 다르다.
초록한 글에는 주로 주화파의 행동이 비판적으로 기술되어 있다.

2권은 먼저, 남한산성 당시와 그 이후 심양에 잡혀갔다가 돌아오기까
지 김상헌의 행적과 처신에 대해서 비난하거나 논죄하는 글 또는 두둔
하거나 변호하는 글, 그리고 김상헌 스스로 올린 상소문이나 그에 관련
된 일화 등이 1637년 4월 4일부터 1645년 3월 15일까지 23차례에 걸쳐
날짜별(실록의 날짜와 서로 어긋나는 경우도 있음)로 정리되어 있다. 곧 김상
헌의 공과(功過)에 대한 발언, 기군(欺君)·망사(罔赦)의 죄에 대한 파직·유
배의 상소, 심양에 잡혀갈 때의 일화, 잠시 풀려났다가 이계(李烓)의 밀
고에 의해 최명길·이경여(李敬輿)와 함께 다시 심양으로 잡혀가게 된 경
위 등이 실렸기 때문에, 왕의 교유(敎諭) 및 각사(各司)의 계(啓)·차자(箚
子)들이 상당수 포함되었다. 이런 까닭으로 말미암아 외현으로는 일기
문인 것 같은데도 김상헌을 지칭할 때 '여(余)'로 표현된 곳이 없이 '공
(公)또는 신(臣)'으로 표현되었던 것이다.

다음으로, 1646년 좌의정의 직첩(職帖)이 내려졌을 때 김상헌은 노구
(老軀)인데다 병까지 들었고 게다가 볼모로 잡혀갔던 죄인이라는 이유로
이를 사양하는 세 차례의 상소문과 이에 대한 비변사회계(備邊司回啓)가
실려 있고, 그럼에도 그는 출사(出仕)를 했었으나 그 후에 이를 사직하는
상소를 무려 32번을 올려 마침내 사직하였는데 이에 대한 전말과 왕의
교유(敎諭)가 실려 있다.

끝으로, 김상헌이 그의 향리 석실로 돌아와서 벼슬을 고사한 죄를 비
는 <퇴귀석실후대죄소(退歸石室後待罪疏)>와 <병중걸퇴겸진소회차(病重乞
退兼陳所懷箚)>이 있다. 책의 마지막에는 1688년에 쓴 송시열(宋時烈)의 발
문이 있다. 이 발문을 보면 '규장각본'은 김상헌의 손자 김수증과 증손

자 김창직이 편차한 것으로 나타나 있다.

지금까지 살핀 것을 요약하자면, 1권은 어느 누구에 의해 편차되었는지 그 간행과정이 분명하지 않으나, 2권은 김수증과 김창직 부자가 김상헌의 저술을 보태고 또한 김상헌의 행적을 드러내기 위해 타인의 글도 상당수 모아 덧보태서 증보했던 것임을 알 수 있다. 그래서 2권은 남한산성 당시의 상황과 직접적이고 밀접한 관련을 맺는다고 보기 어려움을 역시 알 수 있다. 결국 2권은 '남한기략'의 일부라기보다는 '청음문정공기(淸陰文正公記)'에 귀속되는 것이 아닌가 한다. 따라서 '남한기략'이라고 일컫기에 적합하고 합당한 필사본은 현재 '국립중앙도서관본'이라 할 수 있을 것이다.

5. ≪남한기략≫의 한계와 의의

그러면 ≪남한기략≫은 어떤 한계와 의의를 갖고 있는 것일까. 일기는 매일의 기록이 아니고 중요한 사건이 있었던 날만의 기록인데, 날짜가 분명치 못한 것이 있고 또 물론 저자 스스로가 말했지만 전후 과정의 앞뒤가 바뀐 부분도 있다. 그리고 척화론자의 입장에서만 주화론자들을 강하게 비판하면서 주화론자들의 명단과 함께 그들의 개인적 부도덕성까지 지적한 면이 있다. 대체로 남한산성 안에서 일어난 중요한 사건들을 거의 기록했으나 자세하지 못하여 불충분하고 미진한 곳이 상당히 눈에 띈다. 그리고 병자호란의 진행과 강화과정을 기록하면서 자기 주변만을 중심으로 자신의 심정이나 입장만을 자세히 기록한 측면이 있다. 요컨대, 전체적으로 강경한 척화론의 입장에서 사실을 편파적으로 기술했고, 주화론자들에 대한 맹렬한 비판으로 일관되어 있다.

즉, 주화의 논의가 있을 때마다 그 가담자들의 명단을 기록한 외에 그들의 개인적 비위와 부도덕성을 자세히 밝히고 자신에 대한 비난을 첨부하였다.

그리고 장경남 교수의 지적대로 김상헌은 자신의 척화론이 한갓 명분과 공담(空談)으로 주장된 것이 아니라 당시 적군의 형세를 파악해 싸워볼 만한 현실적 승산 위에서 제기된 것임을 강조하고 있다. 병자호란 초기 적군의 무리한 진격에 따른 피폐상, 말기에 청나라 군대가 처했던 다급한 회군(回軍)압박, 즉 본토에서의 곤란한 상황을 들어 척화의 현실성을 말하고, 승산의 기회를 무산시킨 주화파의 실책을 지적하였다. 여기서 그의 척화론이 유교적 명분만을 주장한 다른 사람들의 척화론과 큰 차이가 있었음을 볼 수 있다.

따라서 ≪남한기략≫은 공평한 역사 기록이라고는 할 수 없으나, 병자호란 당시 조정의 동향, 척화파와 주화파의 주장과 명분, 핵심인물들의 행적 등을 파악할 수 있는 기록이라는 점에서 병자호란 연구에 참고가 되는 자료 중의 하나라 할 것이다.

▌참고문헌

서울대학교규장각한국학연구원, 奎章閣韓國本圖書 해제 및 어학해제.
김병륜, 「척화파 입장서 본 병자호란」, 『국방일보』, 2009.7.28.
장경남, 「병자호란 실기와 저작자 의식 연구」, 『숭실어문』 17, 숭실어문학회, 2001.

이 글은 『남한기략』(김상헌 저, 신해진 역, 박이정, 2012)의
96~103면에 수록된 것을 수정한 것이다.

창의록 문헌의 변개 양상

– ≪우산선생병자창의록≫과 ≪은봉선생창의록≫ 비교를 중심으로

1. 들어가며

창의록(또는 모의록, 거의록)은 국난에 처하여 의병을 일으키고 활동했던 전말을 기록한 글이다. 주로 17세기 전후의 전란과 관련된 문헌이라 할 수 있다. 그 중 호남의 창의록 문헌들은 당시 비록 전쟁을 수행하지 못했을지라도 '의리(義理)'에 기초하여 구국의 깃발을 내세운 의병 활동과 그 조직 및 주요 참여 인물 등을 일차적으로 기록하였다. 그래서 국난에 처했던 당시 호남 사족의 동향 및 대응방식을 살피는 데 중요한 사료적 가치를 지닌다고 할 것이다. 전란으로부터 100여 년이 지난 시점에서 후손들의 입장으로는 그 의리가 공자의 역사철학인 '춘추의리'에 기반을 둔 것이었고, 병자호란 이후로 전개된 '소중화(小中華)' 사상의 뿌리를 이루는 것이었기 때문에, 선조들이 실천한 충절의 발자취를 모아 기록하고 그것을 문헌으로 발간하려고 했던 것 같다. 청나라의 군사적 강압 앞에서 현실적으로는 비록 패배했지만, '존명(尊明)'이라는 명분 아래 우리 민족 나름의 문화적 우월의식이 잠재된 유림의 정신을

드러내는데 있어서는 창의(倡義) 활동이 무엇보다도 소중했을 것으로 판단된다.

후손들의 호남창의록 문헌 발간은 효종조에서 시작되어 숙종조와 영조조를 거쳐 정조조에 이르기까지 왜란과 호란 때 순절한 충신열사에 대한 현창(顯彰)이 서서히 이루어졌고 또 절의지사에게도 확대되어 갔던 시대적 상황과 무관하지 않았던 것으로 보인다. 효종 때는 송시열의 북벌론이 대두되었으며, 그것이 현실화될 수 없게 되자 숙종조 1704년에는 송시열(宋時烈)의 제자 권상하(權尙夏)가 숙종의 뜻을 받들어 대보단(大報壇)을 설치하여 성리학적 세계의 적통 국가임을 자처하면서 소중화(小中華)를 드러내었으며, 영조조 1749년에 이르러는 그 대보단에 3명의 명나라 황제(만력제 神宗, 홍무제 太祖, 숭정제 毅宗)를 제향(祭享)하고 동시에 왜란과 호란의 충신열사도 배향(配享)하기에 이르렀다. 이 충신열사는 조선의 충신열사이자 중화질서의 수호자로서 현창되었던 것이다. 또 영조 40년(1764)에는 충량과(忠良科)라는 충신열사 후손만이 응시할 수 있는 과거가 시행되기도 하였다. 그리고 정조는 1800년 ≪존주휘편(尊周彙編)≫을 편찬함으로써 북벌론과 대명의리론을 통해 발전된 화이론(華夷論)을 강조하였다. 이러한 시대적 분위기는 참혹한 국난을 구하기 위하여 창의한 사실에 대한 기록물들이 엮어지게 되는 배경이었을 것이다.

그런데 창의록 문헌들은 전란일기와는 다른 성격을 지니고 있다. 전란일기는 전란이 일어났던 당시에 자신이 겪은 사실을 기록하려는 시선이 중심을 이루고 있다. 하지만 창의록 문헌은 전란이 끝난 뒤 한동안 입으로만 전해오던 것이 18세기 중엽 이후에 이르러서야 비로소 정리되고 기록화 되었기 때문에 의병을 일으켰던 선조들을 선양(宣揚)하려는 후손들의 시선이 보다 더 중심을 이루고 있다. 물론 창의록의 초간본은 중간본에 비해 상대적으로 창의사실을 비교적 적확하게 드러내려

는데 주안점을 두었지만, 그 초간본도 전란일기에 비해서는 창의한 선
조들을 선양하려는 데에 주안점을 두었던 것이 또한 사실이다. 따라서
현전하는 창의록의 문헌들은 후손들이 국난을 구하고자 의병을 일으켰
던 선조들을 선양하기 위해 최소 100여 년이 지난 시점에서 기억이나
영성(零星)하게 남은 자료를 통하여 편찬한 것이고, 시간이 흐르면 흐를
수록 그러한 선양 의식이 심화되는 경향을 보인다.

　오늘날 연구자들이 창의록 문헌의 이러한 성격을 도외시하고 창의록
을 곧바로 완전한 사실성을 담지한 자료로 보고 있다. 그리고 창의록의
뼈대와 토대가 된 초간본 자료의 영성함만을 탓하고 자료가 풍성한 중
간본을 흔히 주목하고 있다. 풍성하게 된 과정에 대해 정밀한 조사와
검토를 하고 그에 관한 정치한 이해 없이 곧, 원전자료의 비평 없이 풍
성한 자료라고 해서 마치 역사적 사실과 한 점 어그러짐이 없는 것인
양 간주해도 되는 것인지 생각해 볼 일이다. 물론 영성한 것은 문제이
더라도, 영성한 자료일지언정 정확하다면 자료적 가치는 합당한 평가를
받아야 하리라 본다. 또한 편찬자의 의도 속에 기록들의 변개와 변모
여부를 살피지 않은 채 초간본, 중간본, 삼간본 등의 기록들에서 연구자
의 구미에 맞게 마구잡이 인용하는 것도 금도의 하나일 것이다. 연구자
들이 이러한 태도를 보이게 된 까닭은 창의록이 충절을 실천한 선조들
을 선양하여 향촌사회에서 가문의 사회적 위상을 높인데 기여한 문헌
일 뿐만 아니라, 그 후손들의 족보 등에 기록된 성가(聲價)를 지닌 문헌
이기 때문에 가급적이면 그 가치를 훼손시키지 않으려 한 데서 기인한
것인지도 모르겠다. 그러나 선조들의 발자취를 올바르게 계승하는 것은
왜곡이나 훼손 없이 있는 그대로 이어받는 것이리라. 100여 년이 지난
시점에서 기억 및 영성하게 남은 자료를 통해 편찬하게 된 과정, 편찬
당대의 사회적 분위기 등을 고려하면서 다른 역사적 자료들과 면밀히

견주어 보는 것이 바람직한 태도라 할 것이다.[1]

이를 환기시키기 위하여 본고에서는 창의록 문헌의 초간본과 중간본에 수록된 기록 내용의 변개 양상을 살피고자 한다. 창의록 문헌 그 자체도 시대를 달리하여 재편찬하면서 변개되고 있음을 보여주기 위함이다. 곧 그 변모의 양상(과장 왜곡 또는 보강 정확)이 어떠한지 살펴보아야만 원전자료 인용의 적절성과 가치성을 담보할 수 있을 것이고, 그것을 바탕으로 한 논의야말로 호남 사림의 정통성을 올바르게 확립하는데 기여할 것으로 보기 때문이다. 이에, 그 일환으로 초간본 ≪우산선생병자창의록≫과 중간본 ≪은봉선생창의록≫을 두고 그 변개 양상을 살펴서 원전자료를 이해하는 잣대로 가늠하고자 한다.

2. 호남 창의록 문헌의 현황 및 특징

의향(義鄕)이라 일컬어지는 호남의 창의록 문헌에 대해 그 현황을 먼저 살피기로 한다.[2] 반정주체세력 간의 권력다툼이라 할 1624년 이괄(李适)의 난과 관련된 ≪호남모의록(湖南募義錄)≫은 1760년 5월에 초간본이 전남 영광 불갑사에서 목판본으로 간행되었고, 1961년 9월 중간본이 부안에서 연활자본으로 간행되었는데, 편제상의 변개 양상은 보이지 않으나 개인 사실에 대한 기록문자는 꽤 많이 보충되어 있다.[3] 초간본에는

---

1) 다른 역사적 자료들도 그 출간 시기 등을 고려하면서 아울러 살펴야 할 것이다.
2) 호남의 최초 의록인 ≪호남의록≫은 안방준에 의해 1618년 정리되었고, 1626년 간행되었다. 이 의록은 호남 출신 인물(관군 혹은 의병)들이 전쟁을 직접 수행한 사실들을 기록한 것으로 이 글에서 다루고자 하는 성격(전쟁을 수행하지 않은 의병)과는 달리하는 문헌이다. 『호남의록·삼원기사』(신해진 역주, 안방준 저, 역락, 2013) 참조 바람.
3) 김경숙, 「李适의 난과 ≪호남모의록≫」, 『숭실사학』 28, 숭실사학회, 2012 : 63~66쪽. 그리고 이 글의 82쪽에 의하면, ≪호남모의록≫이 분명 1624년 이괄의 난 때 의병활동의 기

권상하(權尙夏)[4]의 문인 윤봉구(尹鳳九, 1681~1768), 김상헌(金尙憲)의 5세손 김원행(金元行, 1702~1772)이 쓴 각각의 서문이 있고, 유최기(兪最基, 1689~1768)·윤일복(尹一復, 1715~?)이 쓴 각각의 발문이 있으며[5], 수정도유사(修正都有司) 이국좌, 공사원(公事員) 류정신, 편차(編次) 류민적 등의 간행 담당자가 밝혀져 있다. 중간본에는 초간본에 수록되었던 윤봉구와 김원행의 서문이 그대로 전재되면서 송시열의 11세손 송재성(宋在晟, 1902~1972)의 서문이 보태어져 있고, 또한 류석승(柳石承)의 발문이 새로 보태어져 초간본에 실렸던 유최기·윤일복의 발문과 함께 있다.

1627년 정묘호란과 관련된 ≪광산거의록(光山擧義錄)≫은 1761년에 초간본이 광주(光州)에서 목활자본으로 간행되었고, 1798년 중간본 ≪천계정묘양호거의록(天啓丁卯兩湖擧義錄 : 약칭 양호거의록)≫과 ≪정묘거의록(丁卯擧義錄)≫이 간행되었는데, 변개 양상이 꽤 심하다.[6] ≪광산거의록≫에는 병자호란 당시 순절한 김상용(金尙容)의 고손자 김시찬(金時粲, 1700~1767)의 서문이 있다. ≪양호거의록≫에는 송시열(宋時烈)의 5세손 송환기(宋煥箕, 1728~1807)의 서문이 보태어져 ≪광산거의록≫에 수록했던 김시찬의 서문과 함께 실려 있고 김장생의 7세손인 김희(金憙, 1729~1800)

록인데, 142명의 참여 인물 행적 가운데 이괄의 난 이후에 발생한 1627년 정묘호란과 1636년 병자호란 때의 사적이 기술된 인물이 54명이나 된다고 한다. 이러한 현상은 1624년 당시의 모의사실보다는 참여 인물의 선양에 주목한 결과라 할 것이다. 이 점은 다른 창의록 문헌도 마찬가지 현상이다.

4) 권상하(1641~1721)는 (魚漢明이 쓴 ≪강도일기≫의 발문을 썼고, 김상헌의 증손자 金昌協 (1651~1708)은 이 일기의 후기를 썼다. 권상하와 김창협은 송시열의 문인으로 서로 교유 한 인물이다. 이 일기에 대해서는 『강도일기』(신해진 역주, 어한명 저, 역락, 2012) 참조 바람.

5) 중간본을 보면 윤일복의 서문이 초간본에 있어서 그대로 옮긴 것으로 되어 있는데, 초간 본은 국립중앙도서관과 고려대학교도서관에 소장되어 있다. 윤일복의 서문이 국립중앙 도서관 소장본(청구기호 : 古2513-409)에는 수록되어 있지 않은 반면, 고려대학교 소장본 (분류기호 : 대학원B8 A93)에는 수록되어 있다.

6) 보다 구체적인 것은 『광산거의록』(신해진 역주, 광주유림 편, 경인문화사, 2012)의 120~134쪽 참조 바람.

의 발문이 새롭게 수록된 반면, ≪정묘거의록≫에도 ≪양호거의록≫의
방식대로 송환기의 서문이 먼저 수록되고 김시찬의 서문이 그 다음에
수록되어 있으나 김희의 발문을 없애는 대신에 수정 도유사(修正都有司)
유홍리, 별유사(別有司) 김광우·황일한·이준석, 개간(開刊) 별유사 김광
직·김성은 등의 개간 담당자가 밝혀져 있다.

　1636년 병자호란과 관련된 ≪호남병자창의록(湖南丙子倡義錄)≫은 1762
년 초간본이 광주(光州)에서 목활자본으로 간행되었고, 1798년에 중간본
이 금속활자본[芸閣活印]으로, 1932년에 삼간본이 목활자본으로 간행되었
는데, 후대로 간행될수록 인물에 대한 기록문자의 변개가 꽤 심하다. 초
간본에는 김원행의 서문이 있고, 개간도유사(開刊都有司) 박기상·이만영,
별유사 정이찬·박일진, 수정별유사(修正別有司) 박중항·이상곤 등의 개
간 담당자가 밝혀져 있다.7) 중간본에는 송환기의 서문이 새로 보태어져
있고 그 다음으로 초간본에 있던 김원행의 서문이 수록되어 있는 반면,
새로 쓴 발문도 없고 초간본에 있던 발간 담당자도 밝혀져 있지 않다.
삼간본에는 김상헌의 12세손 김영한(金甯漢)의 서문이 보태어져 있고 그
다음으로 중간본에 있던 송환기·김원행의 서문들이 함께 수록되어 있
으며, 이승의(李升儀)의 발문과 106명의 임원록이 새롭게 수록되어 있다.

　이러한 문헌에 수록된 인물들은 ≪호남절의록(湖南節義錄)≫에 어느
정도 수렴된 듯하다. 이 절의록은 1799년 고경명의 7세손 고정헌(高廷憲)
에 의해 완성되었는데, 1592년 임진왜란, 1624년 이괄의 난, 1627년 정묘
호란, 1636년 병자호란, 1728년 이인좌의 난 등이 일어났을 때 활약한
호남 의병들의 행적을 기록한 책이다. 앞에 언급된 문헌의 인물들이 약
60%정도만 수렴되고 모두 다 수렴되지는 않았다고 한다. 이로써 호남

---

7)　신해진 역주, 『호남병자창의록』, 태학사, 2013.

의 창의록 문헌으로는 개인의 문헌기록을 제외하고 더 이상 새로운 자료가 없는 것으로 파악된다.

지금까지 호남창의록 문헌들을 살핀 것의 그 특징을 요약하면 다음과 같다.

첫째, 호남 창의록(또는 모의록, 거의록)의 문헌들이 대부분 18세기 중엽부터 말엽에 정착되었다는 점이다. 대개 초간본은 1760년대에 간행되었고[8], 중간본은 모두 1798년에 간행되었던 것이다. 즉 영정조(英正祖) 시대이다. 다만 예외적으로 ≪호남병자창의록≫ 삼간본이 1932년에, ≪호남모의록≫ 중간본이 1961년에 간행되었다.

둘째, 호남 창의록(또는 모의록, 거의록)의 서발문을 쓴 사람들이 일정한 성향을 드러낸다는 점이다. 1760년 ≪호남모의록≫의 초간본에 서문을 쓴 윤봉구와 김원행, 발문을 쓴 유최기와 윤일복, 1961년 그 중간본에 서문을 쓴 송재성, 1761년 ≪광산거의록≫의 초간본에 서문을 쓴 김시찬, 1798년 그 중간본인 ≪천계정묘양호거의록≫과 ≪정묘거의록≫에 서문을 보탠 송환기와 ≪천계정묘양호거의록≫에만 발문을 보탠 김희, 1762년 ≪호남병자창의록≫의 초간본에 서문을 쓴 김원행, 1798년 그 중간본에 서문을 보탠 송환기, 1932년 그 삼간본에 서문을 보탠 김영한 등이다. 이들을 좀 더 구체적으로 살피면, 김희는 정묘호란 때 호남 호소사였던 김장생의 7세손이다. 김원행은 병자호란 때 대표적인 척화파였던 김상헌의 5세손이요, 김영한은 김상헌의 12세손이이며, 또한 김시찬은 병자호란 때 강화도에서 순절한 김상용의 고손자이다. 김상용은 김상헌의 형이다. 송환기와 송재성은 송시열의 5세손과 11세손이요,

---

8) 1760년 ≪호남모의록≫이, 1761년 ≪광산거의록≫이, 1762년 ≪호남병자창의록≫이 묵은 종이 더미 속에서 그것과 관련된 자료를 우연히 발견하여 편찬된 것이라 밝히고 있지만, 공교롭게도 정확히 사건이 일어난 연대순으로 편찬되고, 또한 3년 사이에 집중적으로 편찬되었다는 점에서 저간의 사정을 한번 정도 짚어볼 필요가 있을 것 같다.

윤봉구는 송시열의 수제자 권상하의 문인이다. 유최기는 송시열의 노론
계를 이어서 영조 때 활약하며 소론의 거두 이광좌(李光佐)를 탄핵한 인
물이고, 윤일복은 신임사화 때 피화된 윤지술(尹志述, 1697~1721)의 아들로
서 역시 영조 때 활약한 노론계 인물이다. 요컨대 이들은 병자호란 때
순절자 또는 척화파였던 인물들의 후손이거나, 아니면 김장생과 송시열
로 이어지는 서인 노론계 인물들이라는 특징을 지니고 있다.

이름	생몰년	관계 및 활동	글
윤봉구	1683~1767	권상하 문인	호남모의록 초간본(1760) 서문
김원행	1702~1772	김상헌 5세손	호남모의록 초간본(1760) 서문 호남병자창의록 초간본(1762) 서문
유최기	1689~1768	소론 이광좌 탄핵	호남모의록 초간본(1760) 발문
윤일복	1715~1767	노론 윤지술 아들	호남모의록 초간본(1760) 발문
송재성	1902~1972	송시열 11세손	호남모의록 중간본(1961) 서문
김시찬	1700~1767	김상용 현손	광산거의록 초간본(1761) 서문
송환기	1728~1807	송시열 5세손	천계정묘양호거의록(1798) 서문 정묘거의록(1798) 서문 호남병자창의록 중간본(1798) 서문
김희	1729~1800	김장생 7세손	천계정묘양호거의록(1798) 발문
김영한	1878~1950	김상헌 12세손	호남병자창의록 삼간본(1932) 서문

셋째, 호남 창의록의 문헌들이 중간되면서 이전의 판본에 있던 서문
을 전재할 때 전혀 변개하지 않고 그대로 옮겼다는 점이다. ≪호남모의
록≫의 경우는 윤봉구와 김원행의 서문들과 유최기와 윤일복의 발문들
을 그대로 전재(轉載)한 채 새로 서문(송재성)과 발문(류석승)을 추렸으며,
≪광산거의록≫의 경우도 김시찬의 서문을 그대로 전재한 채 새로 서
문(송환기)을 추가하였고, 없던 발문은 새로 발문(김희)을 써서 추가하였
으며, ≪호남병자창의록≫의 경우도 역시 김원행의 서문을 그대로 전재

한 채 새로 서문(송환기)을 추가하였고, 삼간본에도 또 새로 서문(김영한)을 추가하였으며 없던 발문은 새로운 발문(이승희)으로 추가되었다. 다시 말해, 기존의 서문은 한 글자도 변개하지 않은 상태로 전재하고 새로운 서문을 작성하여 함께 수록했던 것이다.

한편, 호남창의록 문헌 중에 ≪우산선생병자창의록≫이 있는데, 제명에서 알 수 있듯이 1636년 병자호란과 관련된 문헌이다. 이 문헌 역시 1780년에 초간본이 간행되었고, 서문은 노론의 벽파(僻派)이었던 김종후(金鍾厚, ?~1780)가 썼다. 김종후는 좌의정을 지낸 벽파의 영수 김종수(金鍾秀)의 형인데 혼란한 정국에 일관성이 부족한 처신을 보인 것으로 평가받는 인물이다. 어찌되었든 ≪우산선생병자창의록≫의 이러한 특징은 앞에서 살핀 호남 창의록 문헌의 세 가지 특징 가운데 첫 번째와 두 번째 것과는 동궤의 양상을 보인 것이다. 하지만 초간본에 실렸던 김종후의 서문은 다른 창의록들과는 달리 1864년 ≪은봉선생창의록≫으로 중간되면서 그대로 온전히 실리는 것이 아니라 첨삭되는 등 변개되어 실리고 있다. 이는 초간본을 근간으로 하여 중간본을 펴내는 가운데 일어난 변개의 주요한 지침 역할을 한 것으로 생각되어 구체적으로 짚어볼 필요가 있다.

3. 초간본 ≪우산선생병자창의록≫과 중간본 ≪은봉선생창의록≫의 편제 비교

우산(牛山) 안방준(安邦俊, 1573~1654)은 박광전(朴光前)·박종정(朴宗挺)에게서 수학하고, 1591년 파산(坡山)에 가서 우계(牛溪) 성혼(成渾)의 문인이 되었는데, 1592년 임진왜란이 일어나자 박광전과 함께 의병을 일으켰고, 그 뒤에도 정묘호란과 병자호란 등 국난을 당할 때마다 의병을 일으켰던 인물이다. 1596년 <진주서사(晉州敍事)>을 필두로 1618년 <호남의록(湖南義錄)>·<임정충절사적(壬丁忠節事蹟)>·<삼원기사(三寃記事)>9) 등 주로 호남의 의병에 관한 많은 글을 저술한 데서 알 수 있듯 절의를 숭상하였는데, 포은(圃隱) 정몽주(鄭夢周)·중봉(重峯) 조헌(趙憲)을 가장 숭배하여 이들의 호를 한자씩 빌어 자기의 호를 은봉(隱峰)이라 하기도 하였다.

병자호란 때 이 안방준을 중심으로 의병을 일으켰던 당시의 조직과 구성원들을 처음으로 엮은 문헌이 바로 1780년 초간본 ≪우산선생병자창의록(牛山先生丙子倡義錄)≫이며, 80여 년이 지난 뒤에 중간(重刊)한 것이 바로 1864년 중간본 ≪은봉선생창의록(隱峯先生倡義錄)≫이다. 초간본은 목활자본으로 10행 23자 1책으로 구성되어 있고, 표제와 판심제 모두 '병자창의록'으로 되어 있으며10), 영남대학교 도서관과 안세열11)씨가 소장하고 있다. 중간본은 목활자본으로 10행 20자 1책으로 구성되어 있고, 표제는 '은봉선생창의록'12)으로 판심제는 '은봉창의록'으로 되어 있으며, 비교적 많은 곳에 소장되어 있다.

두 이본의 구체적인 편제는 다음의 표를 통해 비교하고자 한다.

---

9) 이에 대해서는 『국역 은봉전서(Ⅰ)』(안동교 역, 안방준 저, 신조사, 2002)과 『호남의록·삼원기사』(신해진 역주, 안방준 저, 역락, 2013) 참조 바람.

10) '병자창의록'이라 하면 혼란스러움이 야기되는데, 초간본의 서문에 '우산선생병자창의록'이라 하였다는 언급이 있기 때문에 이를 책명으로 지칭하는 것이 보다 효과적일 것이다.

11) 안세열씨는 안방준의 후손으로 고서를 많이 소장하고 있는 분으로, 이번에 학술적 연구 자료로 활용하도록 해주신 바, 감사의 마음을 전한다.

12) 성암고서박물관, 연세대학교 학술정보원, 전남대학교도서관, 전북대학교도서관 등의 소장본은 '은봉선생창의록'으로, 국립중앙도서관본(청구기호 : 무구재古2105-24)은 '병자창의록'으로, 국립중앙도서관본(청구기호 : 古2513-218)은 '은봉창의록'으로 되어 있는 바, 다수가 '은봉선생창의록'으로 되어 있어 이를 따른다.

	초간본			중간본			내용 변개
서문	김종후			김종후			○
범례	4항목			5항목			○
창의시사적	1			1			○
교문(敎文)	1			1			×
완의(完議)	1			1			×
문서*	2			2			×
의병진*(義兵陣)	대장진	33		대장진	35(군관1, 서기1)		○
	부장진	15		부장진	15		○
	종사관진	6		종사관진	6(종사관1, 서기-1)		○
열읍의인총록(列邑義人摠錄)	보성(중복1)	유사	70	보성(5)	유사	96	○
		무사	47		무사	26	
	능주	유사	13	능주(1)	유사	22	
		무사	14		무사	6	
	화순	유사	0	나주	유사	1	
		무사	1		무사	0	
	낙안	유사	0	장흥(-1)	유사	12	
		무사	9		무사	4	
	나주	유사	1	흥양(3)	유사	21	
		무사	0		무사	6	
	장흥(중복1)	유사	10	강진	유사	1	
		무사	7		무사	0	
	흥양(중복1)	유사	7	화순	유사	0	
		무사	17		무사	1	
				낙안(1)	유사	0	
					무사	10	
	합계	196(101/95)		합계	206(153/53)		
발문	안창익			오현주, 안창익, 안성			×

* : 원전에는 없는 항목명이나 내용에 부합되게 필자가 작명한 항목임을 나타내는 표시.
유사(有事) : 사실(事實)이 있음을 나타냄.
무사(無事) : 사실이 없음을 나타냄.
중복 : 동일한 사람을 2번 등재한 것을 나타냄.
중간본에서 지역명 아래의 괄호 안 숫자는 등재 인원의 증감을 나타냄.

위의 표를 올바르게 이해하기 위한 설명이 필요할 것 같다. 우선, 초간본이든 중간본이든 편차 항목(編次項目 : 서문 / 범례 / 창의시 사적 / 교문 / 완의 / 문서 / 의병진 / 열읍의인총록 / 발문)은 7개로 고정되어 일치한다. 곧, 기본틀은 전혀 변화가 없이 그대로 유지되었음을 나타내고 있다. 단지, '열읍의인총록'에서만 지역의 수록 순서가 '보성 / 능주 / 화순 / 낙안 / 나주 / 장흥 / 흥양'에서 '보성 / 능주 / 나주 / 장흥 / 흥양 / 강진 / 화순 / 낙안' 순으로 바뀌었고, 중간본에서 강진 지역이 추가되었다.

그리고 세부적으로 살피면 다음과 같다. '서문'은 중간되었으면 기존의 서문을 그대로 가져오더라도 새로 써서 보충해야 하는데, 다른 호남 창의록 문헌들과 달리 새로 서문을 쓰지 않은 데다 기존의 서문을 그대로 가져오지도 않고 변개시켰다. 또한 '창의시 사적'도 변개시켰다. 반면, '교문', '완의', '문서(2개)' 등은 초간본에서 자구 하나 수정하지 않고 그대로 전재(轉載)되었다.

'의병진'의 구성에서 '대장진 / 부장진 / 종사관진'의 편제는 초간본이든 중간본이든 동일하나, 중간본은 '대장진'의 보좌관 중에서 군관과 서기가 각 1명씩 보충되었으며, '종사관진'에서 종사관의 이름이 없었던 것이 새로이 기록되어 있고 그의 보좌관 중에서 서기 1명이 줄었다. 그리고 대장, 부장, 종사관의 각 사실에 대해서 중간본에서는 모두 변개시키고 있다.

'열읍의인총록'은 초간본에서 등재된 총원이 199명이나 중복 등재된 사람이 3명이어서 실제로는 196명인 셈이다. 그 중에서 사실(事實)이 있는 사람이 101명이고, 이름만 있고 사실이 없는 사람이 95명이다. 반면, 중간본에서는 등재된 총원이 206명인데, 사실이 있는 사람이 153명이고, 이름만 있고 사실이 없는 사람이 53명이다. 따라서 중간본은 초간본에 비해 10명을 더 등재하였고, 약 42명에 대해서 기록문자를 찾아 사실을 새로 작성한 것이다. 그리고 초간본에서 사실이 있었던 101명에 대해서도 중간본에서는 모두 변개가 있었음을 나타내고 있다.

'발문'은 초간본에 수록되었던 안창익의 것이 중간본에서 그대로 전재되었고 오현주(吳鉉冑)와 안성(安檉)의 발문이 각각 추가되었다.

요컨대, 초간본은 중복으로 이름을 올린 사람 3명이 있는가 하면 이름만 있고 사실이 없는 사람이 48.5%(95/196)에 해당하는 등 그 이유는 알 수 없지만 상당히 서두르며 간행하였음을 알 수 있다. 그리고 중간본은 사실이 있는 사람에 대해 많은 변모를 야기하면서 이름만 있고 사실이 없는 사람에 대해 사실을 보충하는데 치중하였음을 알 수 있다. 따라서 초간본이 마련한 토대와 뼈대가 중간본에서 그대로 전승 유지되었고, 개인별 사실에 대한 변개가 중간본에서 꽤 심하게 일어났음을 알 수 있다.

4. 1780년 초간본에서 1864년 중간본으로의 변개 양상

앞장에서 살핀 것 가운데 변개의 양상으로서 주목되는 큰 흐름은 두 가지이다. 하나는 서문의 변개이고, 다른 하나는 개인별 사실에 대한 변개이다. 후자는 초간본에서 있었던 101명의 사실이 중간본에서 어떻게 변모되었는지, 그 변개 양상을 살펴볼 것이다.

1) 서문의 변개 양상과 그 영향

우산 선생 안방준(安邦俊)은 정묘년(1627)과 병자년(1636)에 오랑캐

가 쳐들어왔을 때 모두 의병을 일으켜서 국난에 나아갔지만, 다 화의
(和議)가 이루어져 곧 해산해야 했다. 지금 그 병자년에 창의할 때의
서약한 글 및 부서와 인원 등을 기록한 책이 어떤 집안에 보관되어
있었으니, 이 책의 이름은 '우산선생병자창의록(牛山先生丙子倡義錄)'이
었다. 선생의 후손과 거의자(擧義者)들의 자손이 판각(板刻)하여 간행
하기로 하고, 나 김종후(金鍾厚)에게 서문을 부탁하였다. 나 김종후는
삼가 펼쳐 읽어보노라니 마치 당시의 일을 목격이나 하듯이 두려운
마음을 품었는데, 한결같은 충성과 장한 마음은 천년이 지난 뒷날에
도 사람들을 감동케 할 만한 것이 있었기에, 의거를 여러 번 떨쳤을
때마다 화의로 말미암아 실패하고 이에 수천 리나 되는 우리의 강토
가 오랑캐 원수에게 짓밟혔던 것은 애통하였다. 지금 백여 년이 되었
어도 이 창의록은 어찌 뜻있는 선비들의 눈을 거듭 부릅뜨게 하지 않
을 수 있으랴. 또한 선생의 훌륭한 공업(功業)과 의로운 풍채는 후학들
이 잊지 않고 칭송하며 우러르는 바이니, 비록 보잘것없는 글이고 격
식 없는 글일지라도 차마 민멸케 할 수는 없는 것이거늘, 하물며 이
창의록임에랴. 이로써 서문을 삼는다. 숭정 세 번째 기해년(1779) 11월,
청풍 김종후가 삼가 서문을 짓다.(牛山安先生, ①當丁卯·丙子虜寇, 皆倡義
兵, 以赴國難, ②而皆遇媾成而旋罷。今其錄丙子倡義約誓文及部署員額一冊, 藏
于家, 是名③牛山先生丙子倡義錄。後孫與諸義家子孫, 謀鋟板以行, 問序於鍾厚。
鍾厚謹披而讀之, 凜凜如目擊當時事, 精忠氣意, 有足以感動人於千載之下者, 因
以痛夫義擧屢奮, 輒爲和事所敗, 而我乃以數千里爲讐虜役者。于今百有餘年, 則
是錄也, 豈不爲重裂志士之眦也哉? 且夫以先生德業風義, 爲後學所誦慕, 雖零辭
漫筆, 有不忍泯滅者, 況此錄哉? 是爲序。崇禎三己亥仲冬 淸風金鍾厚謹序.)

위의 인용문은 초간본의 서문을 그대로 옮긴 것이다. 이 서문과 중간
본의 서문을 비교해 보면, ① ⇒ 當壬辰·丁卯·丙子虜寇, ② ⇒ 而或因朝
命而罷, 或遇媾成而還, ③ ⇒ 隱峯先生倡義錄 등 3곳이 변개되었다. 1779년
김종후가 지은 서문을 1864년 다시 인용하면서 변개시킨 것이다. 김종

후는 1773년 안방준의 문집인 ≪우산집(牛山集)≫을 후손 안창현(安昌賢)
이 간행할 때 이기경(李基敬)과 더불어 교정보았던 인물로 1780년에 세
상을 떠난 사람이다. 결국 글쓴이의 사후에 후인들이 자의적으로 가필
을 하여 변개시킨 것이다.

이처럼 변개시키게 된 동인은 ①의 변개에서 보듯 우산 안방준이 정
묘호란과 병자호란뿐만 아니라 임진왜란 때에도 의병을 일으켰던 것을
알리려고 했던 후손의 선양이다. 그리하여 정묘호란이나 병자호란은 모
두 화의가 이루어졌었지만 임진왜란은 그렇지가 않았기 때문에, ②에서
'조정의 명에 의하여 의병을 해산하기도 했다.(或因朝命而罷)'는 어구를 삽
입하지 않을 수 없었던 것이다. 또한 '왜란'과 '호란'을 함께 칭해야 했
기 때문에 결국 '병자'를 삭제하지 않을 수 없었던 것이다. 따라서 '안방
준 중심의 병자년 의병활동에 대한 기록서'라는 의미가 변개되어 단순
히 '안방준의 의병활동 기록물'이라는 애매한 의미로 왜곡되고 말았다.
곧, 병자년 창의에 대한 기록물이라는 실상과 부합했던 제명이 변질되
는 결과를 낳았다.

이러한 시선은 '창의시 사적(倡義時事蹟)'과 '대장 안방준의 사실'에도
여실히 드러난다.

숭정 병자년(1636) 12월 청나라 오랑캐가 곧바로 서울을 침범하자,
인조대왕께서는 남한산성으로 거동하시며 창덕궁에서 세자를 거느리
셨고, 세자빈은 강도(江都 : 강화도)로 들어가기에 이르렀다. 오랑캐 기
마병이 남한산성을 겹겹으로 포위하여 위태롭고도 급박한 형세가 바
로 코앞에 닥치자, 부윤 황일호가 사람을 모집하기 위해 몰래 나가기
를 청하니, 여러 도의 의병을 독려케 하였다. 그래서 통지하여 깨우치
시는 교서[通諭敎書]가 포위된 속에서 나오게 되었다. 우산 안방준은
이에 우리 고을의 동지 100여 명과 함께 의논하여 전원이 맹약(盟約)

하고 격문을 도내(道內)에 보내어 여러 고을로 하여금 군사를 모집하고 양식을 모으도록 하였다. 각 고을의 제공(諸公)들은 일제히 메아리처럼 응하여 모두 여산에 모였다. 청주에 도착하였으나, 강도(江都)가 함락되었고 남한산성에서 나와 항복 조약을 이미 맺었다는 것을 듣고서, 제공들은 북쪽을 향하여 통곡하다가 돌아왔다.(崇禎丙子十二月日, 奴賊直犯京城, 仁祖大王入南漢, 中殿攣世子, 及嬪宮在江都。虜騎圍南漢數重, 危急之勢, 迫在朝夕, 府尹黃公一皓, 請募人潛出, 使督諸道兵。於是, 通諭敎書, 自圍中出來。牛山④安公, 乃與本邑同志⑤百餘人, 完議約誓, 發檄道內, ⑥列邑募義聚糧。各邑諸公, 一齊響應, 都會于礪山。到淸州, 聞江都失守, 已成城下之盟, 諸公北向慟哭而歸。)

위의 인용문은 '창의시 사적'인데, 중간본에서 ④ ⇒ 安先生, ⑤ ⇒ 數百餘人, ⑥ ⇒ 各邑 등 3곳이 변개가 일어났다. ④의 변개는 칭호의 변개를 보여주는 것이다. 안방준을 가리켜 일반적인 높임말로 '공(公)'이라 하던 것을 '학예가 뛰어난 사람을 높여 일컫는 말'인 '선생(先生)'으로 바꾸어 칭하였다. 조선조 당시에는 '공'보다 '선생'이 더 높임말로 쓰였다. 이에 따른 숭모로 말미암아, 보성의 동지는 100명이 조금 넘는 인원임에도 불구하고 ⑤의 변개에서 보듯 '수백 명'으로 과장되게 변개시켰다. '수백 명'은 '각 읍의 제공(各邑諸公)'까지 합한 수치이다. 그 결과, 초간본의 글이 지닌 뜻은 훼손되어 중간본에서는 미덥지 못하게 되었다.13)

'대장 안방준의 사실'을 보면, 그에 대한 숭앙의 시선이 보다 확연해진다.

---

13) 한편, 장황한 감을 무릅쓰고 전문을 인용한 것은 이 '창의시 사적'이 공교롭게도 "牛山安公, 乃與本邑同志百餘人, 完議約誓, 發檄道內, 列邑募義聚糧." 부분을 제외하고 나면, 1762년 간행된 ≪호남병자창의록≫의 '창의시 사적'을 그대로 전재한 것이기 때문이다. 곧, ≪호남병자창의록≫이 간행되는 것에 자극되어 상당히 서두르며 간행한 것이 ≪우산선생병자창의록≫임을 보여주는 징표의 하나라 할 것이다.

안방준의 자는 사언, 본관은 죽산이다. 호는 우산이다. 평소에 의를 실천한 도덕[行義道德]은 문집에 실려 있다. 관직은 참의에 이르렀다. 보성의 대계에 사우(祠宇)를 세웠고, 사액되었다.(⑦安公邦俊, 字士彦, 竹山人。⑧號牛山。平生行義道德, 載在文集中。⑨官至參議。⑩建祠寶城大溪, 賜額.)

이 인용문은 안방준에 대한 개인 사실인데, 중간본에서 ⑦ ⟹ 文康公隱峯安先生名邦俊, ⑧⑨ ⟹ 생략, ⑩ ⟹ 建書院于寶城之大溪·綾州之道山·同福之道源 등 4곳이 변개가 생겼다. 안방준은 효종 9년(1658) 송준길(宋浚吉)의 상소로 가선대부 이조참판에 추증되었고, 1813년 6월 영의정 김재찬(金載瓚)의 건의로 자헌대부 이조판서에 추증되었으며, 1821년 '문강(文康)'이란 시호가 내려졌다. 시호는 1817년 예조판서 김희순(金羲淳)이 시장(諡狀)을 지어 올리고 1820년 응교 이로(李潞)가 시망(諡望)을 논의하여 1821년에 비로소 내려졌던 것이다. 이러한 사실을 1780년에는 반영할 수 없었으나 1864년에는 그것을 반영하려다 보니, 자연스레 ⑦에서부터 ⑨에 이르기까지의 변개가 수반되었던 것이다. 후손의 입장에서 증직과 시호는 가문의 영광이었고, 또한 여러 서원에서 배향되는 것도 자랑스러웠기 때문에 ⑩의 변개처럼 사실을 첨언하였던 것이다. 곧 숭조(崇祖)의 일환이었다. 따라서 중간본은 병자호란 당시의 창의 사실을 증보하기보다는 숭조 차원에서 병자년 이후 이루어진 포장(襃獎) 사실을 집록(集錄)하는 데에 주목하였던 셈이다.

요컨대, 안방준에 대한 숭조의 시선은 중간본의 변화를 일으키는 주요한 요인 가운데 하나였음을 보여주는 징표라 하겠다.

2) 개인 사실의 변개 양상

이제, 앞 절에서 살핀 안방준에 대해 집중하거나 그를 숭앙하는 시선이 야기하는 변모의 양상을 짚어보아야 하리라 본다. 이를 위해, 기본틀에서는 변개가 없었기 때문에 각 고을의 인물에 대한 사실의 기록 형태를 면밀히 살펴야 할 것이다. 그렇게 하면 초간본의 실상도 정확히 가늠할 수 있을 것이고, 중간본에서의 변개 양상도 아울러 살펴볼 수 있을 것이다.

다음의 자료는 '열읍의인총록'에 포함되지 않은 부장(副將)의 사실이다. 중간본의 범례를 보면 초간본의 범례에 비하여 1항목이 추가되었는데, 곧 "대장·부장·종사관의 사실은 부열(部列)의 명첩 아래에 실었으므로 열읍의사총록에는 다시 게재하지 않는다.(大將·副將·從事官事實, 載於部列名帖下, 故更不揭於列邑義士摠錄.)"로, 이에 해당하는 자료이다.

㉠민대승의 자는 승여, 본관은 여흥이다. ㉡여산부원군 민근(閔瑾)의 8대손이고, 현감 민회삼(閔懷參)의 현손이다. ㉢공(公)은 용력이 남보다 뛰어났고, 무예도 보통사람들 보다 훨씬 뛰어났다. 뜻이 크고 기개와 지조가 있었으며, 성의를 다해 보살펴 효행을 떨쳤다. 일찍이 무과에 급제하였으나 권세를 가진 간사한 신하들[權奸]로부터 미움을 받아, 훈련원 봉사이었던 벼슬을 버리고 고향으로 돌아왔다. ㉣병자호란을 당하여 우산 선생 안방준과 의병을 일으켰는데, 부장(副將)으로서의병군을 거느리고 행군하여 여산에 이르렀으나 화의(和議)가 이루어졌음을 듣고는 의려(義旅 : 의병)를 해산하고 돌아왔다. ㉤후손으로는민후천, 민우신, 민백렬이 있다.

①閔公大昇, 字昇汝, ②驪興人。③驪山府院君瑾八代孫, 縣監懷參玄孫。公勇力絶人, 武技超類。偶儻有氣節, ④誠拯闈孝行。早登武科, ⑤見忤權奸, 以訓練院奉事, 退臥田里。⑥ ⑦當丙子, 與牛山安先生倡義, 領軍副將, 行到礪山,

<u>卽聞和成, 退旅而還。</u> ㉯⑧ ⑨有孫後天·佑臣·百烈。

이 민대승(閔大昇, 1573~1664)의 개인 사실이 중간본에서 일어난 변개 양상을 살피면 다음과 같다.

① 閔公大昇 ⇒ 奉事閔大昇

② 驪興人 ⇒ 號農隱, 驪興人

③ 驪山府院君瑾八代孫 ⇒ 文仁公漬九世孫, 驪山府院君瑾七世孫

④ 誠拯闡孝行 ⇒ 孝行卓異, 智略恢確

⑤ 見忤權奸, 以訓練院奉事 ⇒ 以訓練院奉事, 見忤權

⑥ 추가 ⇒ 謹修學業, 敎子以忠孝, 齊家以節儉

⑦ 當丙子, 與牛山安先生倡義, 領軍副將, 行到礪山, 卽聞和成, 退旅而還。
⇒ 當丙子亂, 聞大駕播越, 不勝奮慨, 招長子誠曰 : "汝則奉先祠守家業." 招次子諫曰 : "汝則隨我赴亂, 募聚列邑同志義士." 卽赴安先生[14] 義廳, 署爲部將, 領軍到礪山, 聞南漢解圍, 痛哭而還。

⑧ 추가 ⇒ 日夜所詠者, 願將腰下劒直斬單于頭之句。杜門謝世。

⑨ 有孫後天·佑臣·百烈 ⇒ 後孫京顯·致琮·景鎬

①과 ②의 변개는 인물(人物)의 기본적인 정보에 대한 변개이다. 초간본에서 이름과 자(字) 그리고 본관만 있던 것을 중간본에서 관직, 호를 보충하여 더욱 풍부히 구체화하였다. 이는 긍정적인 변개라 하겠다.

③의 변개는 세계(世系)에 대한 변개이다. 곧 가문의 내력을 알려주는 항목인데, 초간본에서의 오류를 바로잡으면서 아울러 새로운 사실을 추가한 것으로, 인물이 속한 '가문의 명망'을 드러내는데 치중한 것이다. 하지만 이 문헌이 창의록임을 감안하면 그보다는 의병활동을 한 내력

---

14) 중간본에서 유일하게 안방준을 '先生'이라 일컫지 않고 '安先生'이라 일컫은 곳이다.

을 드러내는 방향으로 잡는 것이 바람직하지 않았을까 한다. 혹여 그렇게 하는 것이 형평성에 위배되었다면, 일괄적으로 부친, 조부, 증조부까지의 세계만 동일하게 기록했어도 되지 않았을까 한다. 이렇게 하지 않은 것은 창의사실보다는 '가문의 명망'을 드러내는데 의도를 가졌기 때문이리라.

④에서 ⑥까지의 변개는 행의(行誼)에 대한 변개이다. 사람이 마땅히 지키고 행하여야 할 행실 및 도의 등을 기술한 항목이다. 중간본에서는 민대승이 평소 효행뿐만 아니라 지략 및 충성 그리고 절약정신도 지녔음을 보충하였다. 특히, ⑤의 변개는 문맥을 바로잡은 것인데, 과거에 급제한 사실과 벼슬살이에 대한 언급은 일반적인 것이 아니고 특수한 사례이다.15) 초간본 101명의 사실을 살펴보면 3명만이 언급되어 있기 때문이다. 그리하여 이를 개인 사실의 독자적 항목으로 설정하지 않았다.

⑦의 변개는 창의사실(倡義事實)에 대한 변개이다. 창의록 문헌임을 감안하면 '창의사실'은 핵심 항목이라 할 수 있을 것이다. 그리고 무엇보다도 사실에 근거한 적확성을 지녀야 할 부분이다. 중간본의 변개시킨 부분을 보면, 민대승이 대가가 남한산성으로 피란하였다는 소식을 듣고는 분개심을 참지 못하고 자식들에게 말하는 대목이 있다. 민대승에게 민성(閔誠, 1593~1665), 민간(閔諫), 민계(閔誡) 등 세 아들이 있었는데, 민대승이 장남에게는 "너는 선조들의 사당을 받들고 가업을 지키라."는 당부의 말을 하고, 차남에게는 "너는 나를 따라 난리에 달려가되, 여러 고을의 뜻을 같이하는 의로운 선비들을 모집하라."는 명을 한 것으로 서술된 것이 바로 그 대목이다. 물론 그러한 말이 전승되어 왔을 수도 있

---

15) 권수용, 「≪병자창의록≫ 연구」, 『지방사와 지방문화』 14권 2호, 역사문화학회, 2011, 217면.

겠지만, 144년이 지난 초간본에는 기록되지 않았던 대화의 내용을, 228년이 지난 중간본을 보면 마치 곁에서 들은 것처럼 구체적으로 서술되어 있다. 이는 쉽게 받아들이기가 석연치 않다. 그렇더라도 중간본에서의 변개 의도에 충분히 공감해보자면, 의병활동을 장남이 하지 않고 차남이 하게 된 것을 변호하려는 의도였다고 할 수 있을 것이다.16)

⑧의 변개는 '창의 후 행적'이라 하겠는데, 초간본에서 기록되어 있지 않았던 것을 중간본에서 보충한 것이다. 이 '창의 후 행적'은 초간본에서 무시할 수 없는 숫자로 기록되어 있을 뿐만 아니라, 창의의 진정성을 뒷받침할 수 있다는 측면에서 개인 사실의 독자적 항목으로 설정할 필요가 있다.

⑨의 변개는 '후손'에 대한 변개이다. 초간본이든 중간본이든 이 항목이 존재하는 것은 창의록 발간 취지를 근본적으로 회의케 하는 것이 아닌가 한다. ≪호남모의록≫, ≪광산거의록≫, ≪호남병자창의록≫ 등에는 전혀 보이지 않은 현상이다.17)

---

16) 『驪興閔氏世系譜』(1973)에 의하면, 둘째아들 '민간'에 대해서는 생몰년을 알 수가 없고 단지 '국좌(國佐)'라는 자(字)만 알 수 있으며 병자호란의 사실이 아울러 적혀 있을 뿐인데, 그 둘째아들의 부인이 바로 죽산안씨(竹山安氏)로 되어 있다. 지금으로서는 더 이상의 자료를 찾을 수가 없기 때문에 누구의 딸인지 확인할 수가 없다. 여기서 죽산안씨를 부인으로 둔 민간이 안방준 주도의 의병진에 참전하게 되었다고 설명하는 것이 보다 합리적일 것이다. 이를 받아들일 수 있다면, 1864년 당시 장자 중심의 사회가 보다 강화되었던 것임을 감안하여 장자와 차자의 체면을 모두 살리는 방향으로 기록문자를 변개한 것이라고 보아도 별무리가 없을 듯하다. 말 그대로 개연성 있는, 다시 말해 있을 법한 이야기이지 사실에 부합하는 기록은 아닌 것이다. 한편, 이로써 대장 안방준과 부장 민대승은 '사돈지간'임이 밝혀지게 되었다. 현재 어떤 형태의 사돈간인지 구체적으로 알 수가 없다. 하지만 보성지역에 있어서 의병 활동을 한 인물들 사이에서 '혼인에 의한 관계'가 중요한 고리로 작용했음을 파악할 수 있는 단초라 하겠다.

17) 다만 각주 16)에서 얼핏 언급했듯, 무엇보다도 이 창의록에 등장하는 죽산안씨를 비롯하여 진원박씨, 광주이씨, 보성선씨, 진주정씨 등 참여 인물들을 살피면 서로 婚脈으로 맺어져 겹사돈인 인물이 수십 명에 이르는데, 창의록을 발간한 목적이 충절을 실천한 선조를 단순히 선양하려는 데만 그치지 않고 각 가문의 사회적 위상을 높이면서 후손들 간의 유대 도모 및 정치적 결속을 강화하려 했던 것이 아닌가 한다. 그래서 창의 사실

이와 같은 민대승의 개인 사실을 통해, '열읍의인총록'의 개인 사실이 ㉮ 인물(人物 : 이름, 자, 호, 본관, 관직 등), ㉯세계(世系), ㉰행의(行誼), ㉱창의 사실(倡義事實), ㉲창의 후 행적(倡義後行蹟), ㉳ 후손(後孫) 등으로 구성되어 있음을 확인할 수 있다.

이러한 구성 요소를 갖춘 '개인 사실'이 초간본과 중간본에서는 어떻게 기록되었고 변개되어 있는지 구체적으로 조사한 것을 수치화하여 나타낸 표가 다음과 같다.

	㉮ 인물	㉯ 세계	㉰ 행의	㉱ 창의사실	㉲ 창의 후 행적	㉳ 후손
초간본	101	96	81	83	22	97
중간본	90	69	62	83	18	101

앞장에서 이미 살핀 바 있듯 초간본은 '열읍의인총록'에 196명의 등재 인원 가운데 이름만 있고 사실이 없는 사람이 95명이었고 사실이 있는 사람이 101명이었음을 감안하건대, 위의 표는 초간본이 창의록 문헌이었음에도 창의사실이 있는 사람이 83명에 불과함을 보여주는 것이다. 등재 인물의 절반(42.3%, 83/196)에도 미치지 못하는 사람들만이 창의사실이 있을 뿐, 나머지는 창의사실이 없이 기록되어 있음을 알 수 있다.

실상이 이러함에도 위의 표를 보면 사실이 있는 101명 가운데 창의(倡義)와는 무관한 '후손의 이름'을 기록해둔 개인 사실이 무려 97건이다. 뿐만 아니라, 후손에 대한 관심에 이어 두 번째로 관심이 높았던 '세계(世系)'도 96건이 기술되어 있지만 선조나 친인척에게 의병을 일으켰던 내력이 있음을 밝힌 것은 19건(19.8%, 19/96)에 불과하다. 대부분은 앞에

과는 무관한 후손들의 성명이 기록된 것으로 보인다. 이렇게 될 수밖에 없었던 요인은 또 다른 시각으로 접근할 필요가 있고, 이에 대해서는 다른 연구자들의 후고를 기다릴 수밖에 없다.

서도 언급했듯 가문의 선조들 가운데 명망가들을 밝혀 채워놓았다.

이렇게 볼 때, 초간본 ≪우산선생병자창의록≫은 창의록이라는 형태
를 갖추기는 했지만 그것보다는 국난에 처하여 의병을 일으켰던 창의
자들의 후손에게 빛나고 아름다운 영예를 주기 위한 기록물이었다는
혐의에서 벗어나기가 어렵다 할 것이다.

중간본에서의 변개 양상을 살피려고 하건대, 우선 주목되는 것은 25
명의 개인 사실에 기록되어 있던 생년 또는 몰년을 하나도 남기지 않고
빠짐없이 지워버렸다는 점이다. 둘째, '인물'은 관직, 자나 호, 그리고 본
관 등을 보충하여 더욱 풍부히 하였고, 셋째, '세계'는 오류를 바로잡거
나 가문의 새로운 명망가를 추가 하였는데, 이것들은 앞서 민대승의 개
인 사실을 살펴보았던 것과 같은 양상이다. 단지 5명[18] 정도가 선조들
의 창의사실을 간략하게나마 덧보태어져 있다. 넷째, '창의사실'은 박진
흥, 이장원, 이시원 등 20여 명이 새로운 창의사실을 보태는 방향으로
변개되었다.[19] 이 새로운 창의사실도 안방준과 연관된 내용이 많았는
데, 새로운 창의사실을 보태는 것으로 보지 않고 단순히 연관된 것으로
처리한 숫자가 45명이나 되었다. 그 구체적인 사례를 들면 다음과 같다.

> ㉠ 參畫安先生幕下 ⇒ 參畫先生幕下
>
> ㉡ 至丙子, 奮然挺身, 與牛山先生, 倡起義旅 ⇒ 至丙子, 奮然挺身, 與先
> 生, 倡起義旅
>
> ㉢ 當丙子, 與安先生 ⇒ 聞先生擧義
>
> ㉣ 當丙子亂, 同郡安先生, 相應倡義 ⇒ 奮慨赴先生義旅

---

18) 정영철, 김종원, 김취지, 최강, 정문웅 등 5명 정도가 의병을 일으켰던 선조의 내력이 덧
보태어져 있다.

19) 박진흥, 이장원, 이시원, 정영신, 김종혁, 조정현, 조흥국, 염득순, 황유중, 안일지, 이성
신, 이옥신, 박안인, 손각, 손후윤, 김취지, 손석윤, 최계헌, 장운식, 정염, 김여용, 양지남,
양주남 등이다.

ⓓ 丙子, 與同志諸賢, 齊聲倡義 ⇒ 丙子, 與同志諸賢, 齊聲倡義, 赴先生
義旅

ⓔ 南漢危急, 奮起從義 ⇒ 聞南漢危急, 奮赴先生義旅

ⓕ 當丙子, 奮發殉國之心, 與從弟惟忠, 從戚叔安先生擧義, 盖其志氣相符
也。和成而退 ⇒ 與從弟惟忠, 從先生擧義, 公之於先生爲外從侄。行
到礪山, 聞和成慟哭而歸

위의 사례를 보면, 철저히 성씨 안(安)과 호(號)는 쓰지 않고 오로지
'선생'으로만 통일시켰다는 점이다.(ⓐⓒⓕ) 이는 몇 안 되는 사승관계를
언급한 대목에서도 동일하였다. 안방준과 대등하게 인식될 여지가 있는
대목은 철저히 그의 휘하로 달려간 것으로 변개되어 있었으며(ⓒⓓ), 문
면에 안방준과의 관련이 언급되어 있지 않으면 이 역시 그의 휘하에서
의병활동을 한 것으로 변개되었다(ⓓⓔ). 따라서 중간본의 서문을 변개
시켰던 그 시선이 바로 개인 사실에도 철저히 적용되고 있음을 확인할
수 있는 것이다. 다섯째, 초간본의 양상과 마찬가지로 역시 후손에 대한
관심은 똑같음을 위의 표는 보여준다. 초간본에 기록되어 있던 후손의
이름을 그대로 둔 것은 26건이고, 지워버리기만 한 것은 4건이며, 지워
버리고 새로운 후손의 이름을 넣은 것은 71건인 데서 확인된다.

요컨대, 중간본의 변개 양상은 안방준을 철저히 높이는 가운데 그를
중심으로 하는 '구심력'을 강화하는 것에 초점을 맞추었고, 또한 그 후
광 아래 창의자 후손들의 영예를 고향시키는 방향으로 초점을 맞추는
것이었다. 특히, 최계헌의 사실을 보면, 초간본에서는 '壬辰繼義兵將慶長
孫'이라 되어 있던 것이 중간본에서는 '贈吏曹判書慶長孫'으로 변개되어
기록된 데서, 창의록 발간의 근본 취지가 훼손되었음을 엿볼 수 있다.
초간본은 이 후자의 양상이 마찬가지였지만, 안방준 중심의 구심력에는

비교적 자유로웠음을 알 수 있다.

5. 결론을 대신하여

이 글에서는 호남창의록의 문헌들과 초간본 ≪우산선생병자창의록≫·중간본 ≪은봉선생창의록≫을 관련지어 서로 지니고 있는 동일한 면과 변별되는 면을 살펴서 논의의 기반을 삼았다. 게다가 초간본과 중간본 사이의 기본적인 편제를 비교하여 초간본의 토대와 뼈대가 중간본에도 그대로 영향을 미치고 있음을 나타내어 중간본의 연원처(淵源處)를 규명하고자 했다. 또한 이에 근거하여 서문 및 개인 사실의 변개 등을 통해 초간본에서 중간본에 이르는 과정의 변개 양상을 살펴보고자 하였다.

그 결과, 호남창의록 문헌들은 17세기 이후 18, 9세기에 이르기까지 전개되었던 북벌론과 소중화 사상의 근간을 이루었던 의리(義理)에 기초한 의병활동을 기록한 것으로서, 주로 18세기 중엽 이후에 이르러서야 병자호란 때 순절자 또는 척화파였던 인물들의 후손이거나 그들의 정신을 이어받은 서인 노론계 인물들의 후광 속에서 정착하여, 간행되고 있었다. ≪우산선생병자창의록≫도 역시 노론계 벽파 인물의 후광 속에서 거의 같은 시기에 간행되었지만, 호남 창의에 관한 다른 문헌들과는 달리 동일한 인물이 지은 서문의 변개가 중간본 ≪은봉선생창의록≫에서 지은이의 사후에 일어났다. 그 변개 양상을 살폈더니, 안방준을 숭앙하는 시선에 기인한 것이었다. 그로 말미암아 제명이 '안방준 중심의 병자년 의병활동에 대한 기록서'라는 의미에서 '안방준의 의병활동 기록물'이라는 의미로 전이되어, 실상과 어긋나는 모호한 제명으로 바뀌고 말았다. 또한 '창의시 사적'의 내용이 과장되기도 했다. 뿐만 아니라 안방준의 '개인 사실'에 있어서는 창의사실과는 무관한 증직, 시호, 배향하는 서원 등을 숭조(崇祖) 차원에서 증보하여 기록되기도 하였다.

초간본과 중간본에 대한 두 이본간의 기본적인 편제를 비교하였더니 초간본의 토대와 뼈대가 그대로 중간본에 영향을 미쳐 큰 차이가 없었고, 단지 개인 사실들만의 변개가 대부분이었다. '개인 사실'은 '인물 / 세계 / 행의 / 창의사실 / 창의 후 행적 / 후손'들로 구성 요소를 갖추었는데, 이 구성 요소들의 변개 가운데 주목되는 것은 '창의사실'과 '후손'의 변개이었다. 중간본에서 일어난 '창의사실'에 대한 변개는 새로운 창의사실을 추가한 것도 물론 있었지만 극소수에 불과했고, 주로 안방준과의 구심적 관련성을 강화하는 방향으로 이루어졌다. 곧, 의병활동을 했던 것으로 막연히 기록되어 있으면 안방준 휘하에서 의병활동을 했던 것으로 수정되거나 보충되었다. 이는 서문에서 안방준을 숭앙하는 시선으로 변개했던 것과 동궤의 시선이라 할 만한 것이고, 그 영향 때문이었다 할 것이다.

'후손들의 변개'는 다른 창의록에서 볼 수 없는 특징인데, 초간본은 196명의 등재 인원 가운데 창의사실이 있는 사람이 83명으로 42.3%에 불과한데도, 창의사실이 있는 101명 가운데 후손들의 이름이 기록된 것이 97명이나 되었다. 이 후손들의 이름은 어떤 의미로든 창의와는 무관한 것이다. 결국 창의록이라는 형태를 갖추기는 했지만, 국가의 위급한 상황에서 일으켰던 창의자(倡義者)들의 후손들에게 빛나고 아름다운 영예를 주기 위한 기록물이었다고 할 수밖에 없을 것이다. 이 현상은 중간본에서도 여전하였으니, 초간본에서 있었던 후손들의 이름을 지우고 새로운 후손들의 이름으로 대체하고 있었다. 결국 선조들이 실천한 충의의 발자취를 드러내어 향촌사회에서 가문의 사회적 위상을 높이고 아울러 그 후손들의 영예도 드높이고자 했던 것이라 하겠다. 이러한 양상은 초간본이든 중간본이든 동일한 것이었지만, 초간본은 그래도 '창의사실'에 주목하고 안방준 중심의 구심력에는 비교적 자유로웠다고 할 수 있겠다. 따라서 초간본은 그래도 창의사실을 주목하였다면, 중간본은 후손들의 숭조정신과 자부심을 드러내는 데에 더 주목하였다고 하겠다.

오늘날 ≪우산선생병자창의록≫ 원전 자료의 소장 상황을 살펴보면, 초간본은 소장처가 극히 제한적이나 중간본은 소장처가 비교적 많다. 그래서 흔히들 중간본을 원전자료로 거리낌 없이 이용하는 경우가 많다. 그러나 이 글에서 지금까지 아무도 주목하지 않았던 창의록 문헌의 변개 양상을 살펴서 드러낸 바, 무엇보다도 원전자료를 이용할 때는 초간본과 중간본이 지니고 있는 특성을 고려하여 인용하여야만 인용의 적절성과 가치성을 담보할 수 있을 것이다. 이는 또 최근 학계의 관심이 되고 있는 실기문학(實記文學)을 살피면서 당대성 내지 당대적 맥락 등을 규명할 때 이본들이 존재한다면 반드시 이본간의 변이양상을 세밀하게 더욱 유념해야 한다는 것을 일깨워준다.

초간본에서 후손들의 이름을 등재하였고, 중간본에서 초간본의 등재된 그 이름을 지우고 새로운 후손의 이름을 등재하게 된 원인 및 그러한 양상이 지니고 있는 의미를 파악하는 글은 별개의 후고로 미룰 수밖에 없다. 후손들 간의 유대 도모 및 정치적 결속을 강화하려 했던 것 같은데, 중간본은 특히 한 인물을 구심점으로 하여 집단적인 영예를 도모한 것으로 보이기 때문이다.

▌참고문헌

≪우산선생병자창의록≫(일명 병자창의록), 안세열 소장본.
≪은봉선생창의록≫, 국립중앙도서관 소장본.
≪호남병자창의록≫, 국립중앙도서관 소장본.
『여흥민씨세계보(驪興閔氏世系譜)』, 1973.

신해진 역주, 『강도일기』(어한명 원저), 역락, 2012.
신해진 역주, 『광산거의록』(광주유림 편), 경인문화사, 2012.
신해진 역주, 『호남의록·삼원기사』(안방준 원저), 역락, 2013.
신해진 역주, 『호남병자창의록』(박기상·이덕양 편), 태학사, 2013.
안동교 역, 『국역 은봉전서(Ⅰ)』(안방준 저), 신조사, 2002.

권수용, 「≪병자창의록≫ 연구」, 『지방사와 지방문화』 14권 2호, 역사문화학회, 2011.
김경숙, 「이괄의 난과 ≪호남모의록≫」, 『숭실사학』 28, 숭실사학회, 2012.

이 글은 국어국문학회 제56회 전국학술대회(2013.5.25.)에서 발표한 글을 보충하여
『국어국문학』 164(국어국문학회, 2013)의 333~360면에 게재되고,
『우산선생병자창의록』(안창익 편, 신해진 역, 보고사, 2014)의 316~343면에 수록된
것을 많이 수정한 것이다.

≪호남병자창의록≫ 초간본의 실상

1. 창의록 편찬 배경 및 간기의 내포 정보

효종조에서 시작되어 숙종조와 영조조를 거쳐 정조조에 이르기까지 병자호란 때 순절한 충신열사에 대한 현창이 서서히 이루어졌고 또 절의지사에게도 확대되어 갔다. 효종 때는 북벌론이 대두되었으며, 그것이 현실화될 수 없게 되자 숙종조 1704년에 대보단(大報壇)을 설치하여 성리학적 세계의 적통 국가임을 자처하면서 소중화(小中華)를 드러내었으며, 영조조에 이르러 그 대보단에 3명의 명나라 황제를 제향(祭享)하고 동시에 왜란과 호란의 충신열사도 배향(配享)하기에 이르렀다. 이 충신열사는 조선의 충신열사이자 중화질서의 수호자로서 현창되었던 것이다. 또 영조 40년(1764)에는 충량과(忠良科)라는 충신열사 후손만이 응시할 수 있는 과거가 시행되기도 하였다.

이러한 시대적 분위기는 병자호란 때의 참혹한 국난을 구하기 위하여 창의한 사실에 대한 기록물들이 엮어지게 되는 배경이었다. 호남지역의 창의자(倡義者) 후손들도 자신의 선조들이 창의한 사적을 현창하려는 의도로 창의록을 발간하였으니, 바로 정묘호란 때의 ≪광산거의

록(光山擧義錄)≫과 병자호란 때의 ≪호남병자창의록(湖南丙子倡義錄)≫ 등
이다.

　≪호남병자창의록≫은 초간본이 1762년에, 중간본이 1798년에, 삼간
본이 1932년에 간행되었다. 이흥발 등 이른바 5현이 일으켰던 창의사적
을 중심으로 하여, 후대로 오면서 새로이 밝혀진 사실(事實)들을 계속 증
보하는 양상이었다. 곧, 1762년의 초간본은 기본적인 뼈대와 토대를 만
든 모본인 셈이다. 그리고 후대의 증보가 지니는 의의에 대해 정치하고
도 합당한 평가를 하기 위해서는 초간본의 실상을 정밀하게 살필 필요
가 있다.

　다음은 ≪호남병자창의록≫ 초간본의 맨 뒤에 있는 간기(刊記)의 원전
그림이다.

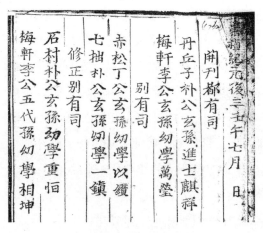

≪호남병자창의록≫ 초간본 간기

　이를 풀이하면 다음과 같다.

숭정(崇禎) 후 3번째 임오년(1762) 7월

개간 도유사(開刊都有司)

　단구자(丹丘子) 박공(朴公 : 朴琮)의 현손 진사 박기상(朴麒祥)

　매헌(梅軒) 이공(李公 : 李德養)의 현손 유학(幼學) 이만영(李萬瑩)

별유사(別有司)

　적송(赤松) 정공(丁公 : 丁之雋)의 현손 유학 정이찬(丁以纘)

　칠졸(七拙) 박공(朴公 : 朴昌禹)의 현손 유학 박일진(朴一鎭)

수정 별유사(修正別有司)

　석촌(石村) 박공(朴公 : 朴忠挺)의 현손 유학 박중항(朴重恒)

　매헌(梅軒) 이공(李公 : 李德養)의 5대손 유학 이상곤(李相坤)

　이 간기는 간행년도와 더불어 간행에 참여한 사람들의 이름을 알려 주고 있다. 먼저, "崇禎紀元後三壬午七月"이라 했으니 손쉽게 '1762년 7월에 간행한 것'이 파악된다. 둘째, 창의록을 간행하는데 있어서 2명의 공동 총책임자와 2명의 상임유사를 두었을 뿐만 아니라 수정하는데 있어서도 2명의 상임유사를 두었다는 것이 파악된다. 셋째, 정지준만 동복 도유사이었고 나머지 네 사람은 모두 광주도유사이었기 때문에, 광주사람들이 중심이 되어 간행하였다는 것도 파악된다. 이 정도의 파악은 그간의 연구자들이 이미 살펴본 바이나, 더 이상의 진전된 파악은 아직 없는 것 같다.

　과연 위의 간기가 이 정도의 정보만 제공하는 것으로 이해하고 말아야 되는 것일까. 이른바 총책임자인 개간도유사 박기상(1693~?)과 이만영(李萬瑩 : 세보에는 李萬榮, 1686~1734)을 살폈더니, 새로운 사실이 발견된다. 박기상은 『죽산박씨연흥군파세보』(2012)에 이름만 있어서 아무런 정보를 얻을 수 없으나 ≪사마방목≫을 보면 1727년 증광시(增廣試)에 급제하여 진사가 된 인물이고, 이만영은 ≪전주이씨효령대군정효공파세보≫

를 보면 1734년에 죽은 인물이다. 진사시의 급제는 나이가 7살이나 적은 박기상의 이름이 같은 총책임자이면서도 연장자인 이덕양의 이름 앞에 표기된 연유가 아닐까 짐작해 본다. 물론 창의록을 개간하는데 더 많은 역할을 했기 때문에 그러했을 수도 있다. 하여튼 적어도 1727년부터 1734년 사이에 이미 ≪호남병자창의록≫ 간행을 위한 사전 준비가 시작되었음을 의미하는 것인 바, 그렇다면 상당히 오랜 기간 동안 준비 과정을 거쳐 1762년에 간행된 것임을 짐작할 수 있다. 특히 이만영의 아들인 이상곤(1728~1795)은 아버지의 뜻을 이어받아 수정별유사로서 참여하여 끝내 간행의 결실을 거두었던 것이다.

한편, 박일진(1715~1779)은 박창우의 직계 현손이 아니다. 박창우의 고조부는 박의손(朴義孫)이다. 박창우는 박의손의 둘째아들인 박형수(朴亨壽)의 증손이었으나, 할아버지 박언침(朴彦琛)이 박의손의 첫째아들인 박원수(朴元壽)에게 양자로 가서 그의 후손이 되었다. 박일진은 박의손의 셋째아들인 박이수(朴利壽)의 7세손이다. 그러므로 박일진은 박창우에게 12촌간의 방계 현손이다. 그리고 박충정은 박의손의 넷째아들 박정수(朴貞壽)의 손자이고, 박창우의 7촌 재당숙이다. 따라서 박충정의 현손 박중항(1712~1795)은 박일진과 15촌간의 족숙과 족질 사이이다. 이들은 순천박씨인데, 박의손의 후손가들이 가문의 돈목적(敦睦的) 차원에서 창의록의 간행과 수정을 하는 일에 곧 박일진은 개간별유사로서 박중항은 수정별유사로서 심혈을 기울였던 것으로 짐작된다.

이 간기는 보다시피 그리 간단한 정보만을 제공하는 것이 아니라 꽤 다양한 정보를 제공하고 있었다. 창의록의 간행이라는 결실을 거두기 위해서 30여 년간 집요하게 노력했지만, 그들은 <범례>에서 "이것들에 근거하여 고치고 바로잡은 것이 자못 몹시 거칠고 소략하겠지만, 보는 이가 자세히 살필 일이다.(依此修正, 頗甚草略, 觀者詳之.)"라고 밝힌 것을 보면, 아직도 무언가 부족하다는 것을 느끼고 있었던 듯하다.

그런데 그토록 오랜 시간 동안 자료를 찾고 준비했음에도 이 시기에 없던 자료들이 뒷날에 갑자기 풍성하게 나타났다면 어떻게 이해해야 할까. 초간본의 부족한 점을 메우고 잘못된 것을 바로잡아서 1798년 간행한 중간본의 범례에서도 "창의록의 구본은 1762년 간행한 것으로 의례(義例 : 편찬의 주제와 방침)가 자못 정밀하지 못하여 인물전의 서술[紀傳]에 착오가 많아서, 뜻을 같이한 여러 사람들이 중간하기로 논의하였지만, 문헌은 모두 일실되고 단지 교문 1편, 통문 1편, 종사관의 공문서와 목록[回移書目] 각 1편, 15고을의 보고서[報牒] 약간 등이 있을 뿐이었다. 그리하여 여러 집안의 문적을 두루 찾아 약간의 인물 사적을 보태어 이와 같이 편찬한다.(倡義錄有舊本, 崇禎後三壬午所刊, 義例頗草率, 紀傳多差誤, 同志諸人, 方議重刊, 而文獻皆逸, 只有敎文一, 通文一, 從事官回移書目各一, 十五州報牒若干編. 仍又傍搜諸家文字, 加得若干人事蹟, 編纂如左.)"고 하면서 여전히 자료 발굴의 어려움을 토로하고 있다. 어느 정도 겸양의 말일 수 있겠지만 그 속에서 중간본의 편찬의도도 아울러 간취해 낼 수 있는 바, 그 이유야 어떠하든 의병활동에 관한 자료를 보충하는 것보다는 인물 개인의 사적에 대한 착오를 바로잡는 데에 주안점을 두었던 것으로 보인다. 곧 대대로 쌓아 내려오는 미덕 그리고 벼슬과 행실 등의 내력에 관한 관심이었던 셈이다. 이는 병자호란 당시의 의병활동에 대한 관심이 아니라, 그 의병활동 자체는 뒷전으로 밀려난 채 인물의 집안내력에 대한 관심으로 초점이 이동한 것이다. 달리 말하면, 의병활동의 자료에 대한 관심이 있었다 해도 그것은 각 집안의 명성을 선양하기 위한 의도에 귀속될 가능성이 높아졌음을 일컫는다.

2. 초간본 격문의 자료적 가치

병자호란은 1636년 12월 2일 청나라가 12만의 대군을 이끌고 압록강을 건너 조선을 쳐들어옴으로써 시작된 전란이다. 침공한 것조차도 몰랐던 조선은 청나라 군대가 개성을 지나고서야 사태의 심각성을 파악하게 되었다. 그리하여 인조(仁祖)와 조정의 신료들은 14일 밤에 대궐을 떠나 강화도로 피난하려 했으나 청군에 의해 길목이 봉쇄되어서 여의치 못했다. 인조는 소현세자(昭顯世子)와 신료를 거느리고 겨우 남한산성(南漢山城)으로 파천하였지만, 이틀 뒤 남한산성은 청나라 군대에 의해 포위되었고 그곳에는 50여 일분의 식량밖에 없었다. 그래서 12월 19일 청군을 물리치기 위하여 각도에 교서(敎書)를 내려 의병을 일으키도록 효유하였다.

이에, 호남지역에서도 인조의 교문(敎文)을 읽고 12월 25일 의병을 모집하려는 움직임이 시작되었다. ≪호남병자창의록≫ 초간본의 <창의시사적(倡義時事蹟)>에 따르면 옥과 현감 이흥발, 대동 찰방 이기발, 순창 현감 최온, 전 한림 양만용, 전 찰방 류집 등 다섯 사람이 도내(道內)에 격문을 보내어 각 고을에 모의도유사를 나누어 배정하였다고 한다. 이를 염두에 두고, 의병활동이 조직적으로 구성된 곳은 호남지역이라고 하는 것이다.

국난을 구하기 위하여 거의할 것을 호소하는 격문은 12월 25일 이흥발에 의해 지어졌는데, 27일에야 5현 명의의 격문이 옥과를 출발하였다. 이에서, 물론 추론에 불과하지만 25일 옥과 현감 이흥발이 작성한 뒤, 26일과 27일 오전까지 네 사람에게 회람케 한 것이 아닌가 한다. 그렇지 않고서는 25일에 작성된 격문이 27일 신시(오후 3~5시)에 옥과를 출발했을 리가 만무하기 때문이다. 여하튼 격문의 파발마가 지나간 곳을 순서대로 표를 작성하면 다음과 같다.

지명	출발 또는 도착 시간	서명자
옥과	12월 27일 신시 출발	좌수 허섭
창평	12월 27일 해시 도착	도유사 오이두
광주	12월 27일 자시 도착	좌수 김
남평	12월 28일 사시 도착	분의유사 류
능주	12월 28일 유시 도착	좌수 문
화순	12월 28일 해시 도착	도유사 조
동복	12월 29일 신시 도착	도유사 정지준
낙안	기록 없음	기록 없음
흥양	기록 없음	기록 없음
보성	12월 30일 도착	기록 없음
장흥	기록 없음	기록 없음
해남	기록 없음	기록 없음
진도	기록 없음	기록 없음

이 경유 순서가 얼마나 효율적이었는지 알아보기 위해 경유지를 그려본 것이 다음의 지도이다.

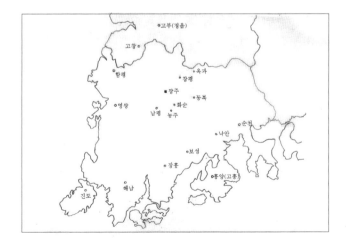

서북부(영광, 함평, 고창, 고부)와 남동부(순천)를 제외하면, 전남지역의 전역 곧, 옥과에서 해남에 이르기까지 격문을 보내는 데 있어서 이보다 더 효율적일 수가 없을 만큼 동선을 정확하게 가늠하여 파발마가 지나 갔음을 알 수 있다.

1798년 중간본 통문

그런데 다음의 그림들을 보면, 이 격문의 경유지를 1798년 중간본과 1932년 삼간본에서는 축약하거나 생략하고 있다.

중간본을 보면, 물론 권1에는 초간본의 '격문'을 '통문'이라고 제명만 고쳐서 그대로 옮겨 수록해 놓았다. 그런데 좌측 그림은 권5 말미에 첨부된 '통문(通文)'인데, 명신의 유묵(遺墨)이라며 새로 발굴한 자료라고 밝히고 있다. 중간본 편찬자들은 둘중에서 택일하지 못하고 모두를 수록한것 같다. 권5 말미에 첨부된 통문은 양만용이 손수 쓴 필체라고 하는데, 통문의 최종 도착지가 동복이다. 이는 고도로 계산된 축약인 것으로 의심할 정도이다. 앞의 지도를 보면, 이흥발 등 5현 명의의 격문이 지녔던 영향권을 전남지역의 북동부지역으로 한정짓는 결과가 되기 때문이다. 그렇지가 않다면, 격문의 실제 경유지가 이와 같았는지 한번 규명할 필요가 있다.

한편, 우측 그림은 삼간본 권1에 실린 '오현격문(五賢檄文)'이다. 우측 그림에서 보듯이, 격문의 경유지가 아예 생략되어 있다. 중간본에서의 혼란스러움을 생략하는 것으로 일단락을 지었던 것이라 할 수도 있다. 그렇지만 이렇게 됨으로써 단지 격문이 작성되었다는 것만 알려주는 결과를 낳았다. 그것이 어떤 경로를 통해 각 지방으로 보내졌는지

1932년 삼간본 격문

전혀 알 수 없게 된 것이다.

요컨대, 초간본의 격문 자료가 없었다면 얼마나 조직적이었는지, 그 구체적 양상은 어떠한지, 그 구성원은 누구였는지, 어떤 경로를 통해 전달되었는지, 이 모든 것을 알 수 없었을 것인바, 초간본의 격문은 자료적 가치가 상당한 것임이 드러난다.

그 격문에는 "이때에 밤낮없이 차례대로 전령(傳令)을 띄우며 일각(一刻)을 지체하지 말되, 해당 고을의 도유사가 혹 먼 곳에 있어서 만약 기어이 통지한 뒤에 다른 고을로 보내야 한다면, 반드시 시각을 지체하는 염려가 있어도 각 고을의 향소(鄕所)는 시각을 써넣고 성(姓)을 써서 서명하여 부리나케 보내고, 한편으로는 온 고을사람들에게 알려서 일제히 모이도록 할 것이며, 마지막에 다다른 고을에서는 원래의 통문을 밤낮 가리지 않고 돌려보내어서 태만했던 곳을 살필 수 있도록 하라."고 하면서 "향교(鄕校)·서원(書院)·사마재(司馬齋)의 유사(有司)는 비록 통문에 적힌 사람이 아닐지라도 또한 의당 빠짐없이 일제히 모이도록 조처하고 힘쓸 일이다."고 하였다.

3. 초간본에 기술된 호남 의병의 진용과 활동

초간본의 범례에는 "고부(古阜), 고창(高敞), 순천(順天), 영광(靈光), 함평(咸平) 등의 고을들은 비록 격문에서 상고할 수 없었지만, 이 다섯 고을의 유사(有司)들이 모의청(募義廳)에 보첩(報牒 : 공문)을 보낸 것들이 열두 고을 도유사(都有司)들의 거행한 현황과 서로 어긋나지 않았으므로 함께 입록(入錄)하였다."는 항목이 있다.

이 항목은 초간본의 편집방향이 일관성을 지니지 못하고 혼란스러웠음을 보여주는 대목이라 하겠다. 이흥발 등 5현 중심의 창의록을 엮을 것인지, 아니면 여산 모의청 막부편제 중심의 창의록을 엮을 것인지, 그 방향성을 정하지 못한 결과이다. 예컨대, 정묘호란 때 광주 중심의 거의록을 엮고자 하여 ≪광산거의록≫이 간행되었고, 김장생 호소사 막부편제 중심의 거의록을 엮고자 하여 ≪양호거의록≫이 간행되었던 것처럼 방향성이 확고했어야 했다. 그러나 초간본은 그 어느 것도 충족시키지 못한 채로 편찬되고 말았다. 이렇게 될 수밖에 없었던 것은 병자호란 당시 호남지역에서의 의병활동이 지역별 또는 개인별로 차이가 있었고, 그 활동 반경도 달랐기 때문이다. 달리 말하자면, 이런 부분을 조정할 수 있는 막부의 지휘권이 제대로 실행되었었다면, 그에 근거한 의병활동 양상을 제대로 드러내는 창의록이 편찬되지 않았을까 한다.

고창, 고부, 순천, 영광, 함평 등 5개 고을은 이흥발 등 5현의 의진(義陣)에 속했던 것은 아닌 것 같으나, ≪호남병자창의록≫ 초간본에 수록되어 있어서 어찌할 수 없는 까닭에 5개 고을까지 포함하여 살펴보면, 병자호란 당시 호남지역의 고을 책임자는 다음과 같다.

- 지휘부 : 이흥발(37), 이기발(35), 최온(54), 양만용(39), 류집(52).
- 옥과도유사 : 양산익(44), 허섬(48), 허정량(46), 김홍서(37), 정운붕(22).
- 창평도유사 : 남수(62), 조수(50), 류동기(47), 현적(23), 양천운(69), 이중겸(64), 안처공(61), 남이녕(51), 오이두(31).
- 광주도유사 : 류평(60), 신필(미상), 정민구(72), 이덕양(58), 고부립(50), 고부민(60), 박종(59), 박충렴(58), 박충정(29), 박창우(37), 이정태(42), 이정신(44), 박진빈(36), 기의헌(50).

- 남평도유사 : 최신헌(47), 서진명(46), 서행(44), 윤검(53), 홍남갑(56).
- 능주도유사 : 양제용(48), 주엽(41), 문인극(49), 위홍원(21).
- 화순도유사 : 조수성(67), 조황(37), 임시태(47), 최명해(30).
- 동복도유사 : 김종지(54), 정지준(45), 하윤구(67), 정호민(39).
- 낙안도유사 : 이순(사실), 류악(사실), 이순일(51).
- 흥양도유사 : 정운룡(62), 송유문(미상), 정환(미상).
- 보성도유사 : 박춘수(47), 박현인(사실), 임황(사실), 김선(44), 안후지(사실), 이종신(사실), 이민신(사실), 염성립(사실).
- 장흥도유사 : 정남일(49), 김확(58), 위정명(48).
- 해남도유사 : 백상빈(45), 백상현(42), 윤유익(사실), 윤선계(40), 윤인미(사실), 윤적(59), 김연지(60).
- 고부도유사 : 조극눌(66), 최경행(사실), 김지문(54), 김지영(45), 박광형(사실), 김지서(35).
- 고창도유사 : 류동휘(62), 류철견(54), 박기호(39), 조첨(37), 류여해(사실), 류지태(미상).
- 순천도유사 : 안용(사적), 조시일(31), 조시술(29), 김정두(47).
- 순천영군유사 : 조원겸(26).
- 영광도유사 : 이희태(75), 이민겸(미상), 이구(54), 송식(39), 이장(43), 김담(38), 강시억(37), 정명국(32), 김상경(36), 강시만(34), 강시건(31), 이휘(40), 김경백(29).
- 함평도유사 : 정색(47), 정적(30).

* 참고 : 괄호 속의 '숫자' 표기는 나이를 나타내며, '사실' 표기는 원문에 사적이 없음을 나타내고, '미상'은 원문에 사적은 있으나 생몰년을 확인할 수 없는 것을 나타냄. 나이는 호남병자창의록 원전뿐만 아니라 인터넷, 대동보, 파보, 세보 등을 통해 확인한 것임.

위의 106명 도유사에 대한 지역별 연령층 분포를 살피기 위하여 표로 나타내면 다음과 같다. 실제로 싸워보지도 못한 의병이라고는 하지만, 사전에 결성한 의진(義陣)의 면모를 가늠하기 위한 잣대가 필요하기 때문이다.

	연 령 대								계
	20대	30대	40대	50대	60대	70대	미상	사실	
지휘		3		2					5
옥과	1	1	3						5
창평	1	1	1	2	4				9
광주	1	2	2	5	2	1	1		14
남평			3	2					5
능주	1		3						4
화순		2	1		1				4
동복		1	1	1	1				4
낙안				1				2	3
흥양					1		2		3
보성			2					6	8
장흥			2	1					3
해남			3	1	1			2	7
고부		1	1	1	1			2	6
고창		2		1	1		1	1	6
순천	2	1	1					1	5
영광	1	7	2	1		1	1		13
함평		1	1						2
합계	7	22	26	18	12	2	5	14	106

모두 106명 가운데 사실(事實)이 없이 이름만 등재된 인물이 14명이고, 사실과 이름이 함께 등재되어 있지만 생몰년이 확인되지 않는 인물이 5명이다. 이들을 제외한 87명을 연령별로 분석해보면, 20대가 7명(8%), 30대가 22명(25%), 40대가 26명(30%), 50대가 18명(21%), 60대가 12명(14%), 70대가 2명(2%)이다. 무엇보다도 40대와 30대가 주축을 이루고

있음을 확인할 수 있다. 또한 21살의 청년(위홍원)부터 75살의 노인(이희태)에 이르기까지 근왕(勤王)의 깃발 아래 참전 가능한 모든 연령대가 참전하였음을 알 수가 있다. 호남의 전역이 충의보국의 일념으로 가득했음을 나타내는 것이리라. 그러나 창평·광주·영광을 제외하고 각 고을 차원에서는 도유사가 연령대별로 골고루 분포되지 못했던 것 같다. 특히, 영광 같은 지역은 다른 지역과 달리 30대가 압도적인 비율을 나타내는 특징을 지니고 있다.

이 도유사들은 각 지방에 통문을 보내어 주로 의병을 모집하고 군수물품을 조달하는 역할을 수행하였다. 모집한 의병을 한 곳에 집결하여 싸움터로 나가서 관군의 무력함을 대체하자는 것이 그 취지였다. 각 고을에 하달된 통문을 보면 "지금 더 이상 다른 방법이 없으니, 군대에 들어가 전쟁터로 나아가는 길에 전직 관원(前職官員), 진사(進士), 충의(忠義 : 공신의 자손으로서 忠義衛에 소속된 사람), 교생(校生 : 향교에 다니는 생도), 품관(品官 : 향소의 좌수나 별감 같은 지방의 유력자) 중에서 합당한 젊은이는 스스로 마땅히 행장을 꾸려 달려가고, 그 나머지 늙고 잔약하여 군대를 따라 전쟁터로 나가기에 합당하지 못한 사람은 노비로 대신하든 군량을 운반하든 군기(軍器)나 전마(戰馬)로써 내든 스스로 원하는 대로 모으고 거둘 일이다."고 하였으며, 또 "모집한 군병(軍兵)과 군량, 군기, 전마(戰馬) 등은 많고 적은 것에 얽매이지 말고 그 얻은 바에 따라서, 도유사 한 사람으로 하여금 일일이 모두 거느리고 올라와서 본청(本廳)에 넘겨줄 일이다."고 하였다.

이러한 방침 하에 각 고을의 도유사들이 모병 및 모곡에 있어서 활약한 실적을 표로 나타내면 다음과 같다.

구분 지역	모병 (명)	모속 (석)	의포 (필)	군기류		
				전마 (필)	장전 (부)	장창 (병)
광 주					여전 16	
동 복	6		40			
고 부	6	20				
순 천	30	100		1		
해 남		40			20	20
영 광	12	100				
함 평	12	37				
계	66	297	40	1	36	20

　　17개 고을 가운데 7개 고을의 실적이라고는 하지만, 의병조직에 비해 실적이 너무 저조하다. 동복현의 모의도유사는 "우리 고을은 쇠잔하고 피폐하여 고을의 모양을 제대로 이루지 못해서 백성들이 극히 적은데다 물자까지 결딴났는지라, 의병은 불러 모아도 겨우 유생 6인을 모집하였고, 의포(義布) 40필을 거두었다."고 하였으며, 고부 도유사는 "비루한 우리 고을은 유사 4인을 정하여 갖은 방법으로 불러 모았지만 모집에 응하는 자가 별로 없었기 때문에 겨우 6인을 모집하였고 군량 20여 석을 거두었다."고 하였으며, 심지어 순천 도유사는 "우리 순천부는 본디 호남에서 아주 큰 고을로 이 망극한 때를 당하여 싸움터에 달려갈 군사를 모집한 것이 겨우 30명에만 이르렀으니, 도유사가 마음을 다하지 못한 정상이 되고 말아 진실로·매우 편치 못하다."고까지 하였다. 이러한 정황을 고려할 때, 각 고을에 있어서 모병(募兵)과 모곡(募穀)의 실적은 기대할 만한 것이 못되었던 것 같다.

4. 초간본에 나타난 의병들의 집안 내력

　≪호남병자창의록≫ 초간본의 기록을 보면, 병자호란 때 의병에 참여한 인물들은 관군이 국난을 구하지 못하여 나라의 운명이 풍전등화와 같게 되자, 쓰러져 가는 국가를 수호하고 생령들을 구하기 위해 자발적으로 일어난 인물들이었다. 대개 전직 관원이거나 문반 출신이었고 무인은 그리 많지 않았으며, 덕망이 있어 지방에서 추앙을 받는 인물이었다. 그 가운데는 선대가 임진왜란, 정유재란, 이괄의 난 등에 직접 참여하여 의병활동을 했던 집안의 후손들도 있고, 본인이 이전의 임진왜란, 정유재란, 이괄의 난, 정묘호란 등에 직접 참여하여 의병활동을 했던 인물들도 있다. 또한 선대와 본인이 모두 의병활동을 경험했던 인물들도 있는데, 양만용, 고부립, 고부민, 최신헌 등이다. 이처럼, 경험을 물려받거나 직접 해본 사실은 상대적일망정 그만큼 의병활동을 조직적으로 전개할 수 있는 요인의 하나라 할 것이다.

	총원	집안내력	본인경험	명(%)
지휘	5	1	2	2(40)
옥과	5			
창평	9	2		2(22)
광주	14	3	11	12(86)
남평	5	2	1	2(40)
능주	4			
화순	4			
동복	4	2		2(50)
낙안	3		1	1(33)
흥양	3	1	2	3(100)
보성	8	1		1(13)
장흥	3	1	1	2(67)

해남	7	1	1	2(29)
고부	6	3	1	4(67)
고창	6		1	1(17)
순천	5			
영광	13	2	3	5(38)
함평	2	2		2(100)
합계	106	21	24	41(39)

집안의 의병활동에 대한 내력을 살펴보면, 임진왜란을 언급한 것이 16건이고, 정유재란을 언급한 것이 6건이며, 이괄의 난을 언급한 것이 3건이다. 호남이 임진왜란 때보다는 정유재란 때에 상당한 피해를 입었던 사실을 염두에 두면, 정유재란 때의 의병활동 경험이 더 많았을 것으로 생각되었으나 그렇지 않았다. 한편, 본인의 의병활동 경험은 정묘호란 때가 15건이고, 이괄의 난 때가 12건이며, 임진왜란과 정유재란 때가 각각 2건씩이었다. 의병의 주된 연령층이 40대와 30대였음을 고려하면, 당연한 결과로 여겨진다.

위의 표는 각 고을별로 도유사의 의병활동에 대한 집안 내력과 본인 경험을 숫자로 나타낸 것이다. 중복 경험자가 있어 실제 인원수보다 수치가 높지만, 오른쪽 인원수에서는 중복 경험 건수를 계산하지 않고 그것을 가진 사람만 계산한 것이다. 모집단이 작은 흥양과 함평은 사전 경험자가 100%를 차지했다. 그리고 광주는 고을의 모집단이 큼에도 불구하고 사전 경험자가 86%(12/14)를 차지한데다, 호남지역 41명 가운데서 12명으로 약 30%를 차지함으로써, 호남 의병활동의 본거지임을 나타내었다. 요컨대 106명 가운데 41명이 병자호란 이전에 이미 의병활동 경험이 있었던 것으로 나타났으니, 약 40%나 되는 꽤 높은 비율이다.

이 수치는 뒷날 자료 발굴로 인하여 더욱 올라가게 된다. 이러한 현상은 충신열사의 집안가가 많음을, 호남이 의향임을 나타내는 굳건한 징표의 하나라 할 것이다.

5. 초간본에 실린 의병들의 시문

≪호남병자창의록≫ 초간본에는 이흥발, 이기발, 양만용, 정운붕, 이중겸, 기의헌, 서진명, 조황, 조시일, 송식 등 10명의 시 11편이 실려 있다. 이 시들은 인조가 남한산성에서 청나라에게 항복하여 화의가 이루어졌다는 소식을 듣게 되자 의병을 해산하고 고향으로 돌아온 뒤에 지은 것들이 대부분이다.

예외적으로 8명의 장사(壯士)를 이끌고 전북 태인(泰仁)에 이르렀다가 감회가 일어 지은 시가 있으니, 바로 양만용의 시이다.

오랑캐 평정할 계책 없으나 긴 밧줄 있어	平戎無策有長纓
한밤중 칼 두드리니 울분에 평안치 못해라.	擊劍中宵氣不平
멀리서 그리워하는 남한산성 꼭대기 달이여,	遙憐南漢山頭月
외로운 신하의 한 조각 정성스런 마음을 살피라.	照得孤臣一片誠

한(漢)나라 종군(終軍)의 고사를 활용한 시이다. 한무제(漢武帝)가 종군을 발탁해 간대부(諫大夫)로 삼아 남월(南越)에 사신으로 보내려 하자, 종군도 자청하면서 "긴 밧줄(長纓)을 받아 반드시 남월왕을 묶어 대궐 아래 바치겠다."고 하였다. 종군이 드디어 가서 남월왕을 설득하여 한나라의 속국이 되게 하였다는 고사이다. 시적 화자는 오랑캐를 평정할 만한

책략은 없지만 그 옛날 종군처럼 긴 밧줄을 얻어서 오랑캐를 쳐부수겠다는 결기 어린 마음에 칼날 두드리며 잠 못 이루는 충군지정(忠君之情)을, 남한산성 꼭대기의 달로 비유된 임금께서 알아달라는 마음을 표현한 것이다.

그러나 대부분의 시는 화의가 이루어져 의병을 해산하고 고향에 돌아온 뒤에 지은 것으로 울분과 체념의 정조(情調)를 담은 것들이다.

나그네 바람 앞에서 울분으로 평안치 못하거늘	有客臨風氣不平
변방의 구름 속 가을빛은 하늘 너머로 저무는구나.	塞雲秋色晩層城
청사검 칼집 속에서 울부짖다 시퍼런 날 드러내나	靑蛇吼匣霜鋩露
곰곰이 생각노니 음산에 눈 내린 뒤의 일일러라.	細想陰山雪後程

이 시는 화의가 이루어져 의병을 해산하고 고향으로 돌아와 지은 정운붕의 시이다. 중원과 북쪽 오랑캐 흉노의 경계를 짓는 곤륜산(崑崙山)과 관련된 어휘들인 층성(層城)과 음산(陰山)으로 시상을 전개하였다. 오랑캐의 침략을 막아내지 못하고 뿔뿔이 흩어져 객이 되고만 울분으로 마음이 편치 않은데, 명나라를 상징하는 추색(秋色)이 곤륜산의 가장 높은 층성 너머로 기울어가는 것까지 보노라니, 절로 칼집 속에 있던 청사검(靑蛇劍)을 꺼내들었지만 곤륜산 북쪽의 음산에 눈이 이미 내린 뒤라 쳐들어갈 수가 없음을 안타까이 읊은 것이다. 멸망해가는 명나라에 대한 안타까운 심회를 담고 있는 것으로 보인다.

다음은 이 쇠망해가는 명나라에 대한 소회를 읊은 시들이다.

명나라는 우리의 선조와 같으니,	天朝猶我祖
성스러운 임금은 나의 어버이일러라.	聖主卽吾親
이미 인륜에 정한 바가 있으니	已有人倫定

어찌 내가 처신하기 어려울 것이랴.	何難處此身
중원 대륙에 본래의 주인 없으니	中原自無主
어느 곳에서 황제의 위엄 보려나.	何處見皇威
하북에선 전쟁 티끌만이 자욱했건만	河北風塵暗
강남에는 급한 격서조차 드물었구나.	江南羽檄稀
지난날 문물이 번성했던 곳에선	當年文物地
오늘날 전쟁이 일어난 터가 되어	此日戰爭畿
영원히 존주하는 의리를 저버렸으니	永負尊周義
서쪽에 돌아가도 눈물이 옷깃 적시리라.	西歸淚滿衣

　앞의 시는 이흥발의 시이고, 뒤의 시는 이흥발의 동생 이기발의 시이다. 앞의 시는 명나라가 임진왜란 때 풍전등화와 같이 위급한 조선을 구해주어 재조지은(再造之恩)을 입었으니 우리의 선조이고 또한 어버이이라는 것이며, 그렇다면 부모와 자식 사이에 마땅히 지켜야 할 도리가 이미 있거늘 어찌 달리 처신할 수가 있겠느냐고 한 것이다. 뒤의 시는 저 중원의 명나라가 청나라와 격렬히 전쟁할 때에 중원의 남쪽 지역에서 호응과 지원이 없었던 것에 안타까워하면서, 조선도 결국 청나라에게 굴복하여 이제는 존주(尊周) 곧 존명(尊明)의 의리를 저버릴 수밖에 없게 되었음을 비통히 여기는 것이다. 이에, 서진명은 "동해에 빠져 죽지 못하는 것이 부끄러우니 / 억지로 술잔 들고 쇠잔한 이의 목구멍 달래노라.(東海愧無蹈死者 / 强携盃酒慰殘喉.)"고 읊으며 술로 자신의 울분을 달랬고, 송식(宋軾)도 끓어오르는 충분(忠憤)을 비슷한 시구절로서 읊으며 슬피 통곡하였던 것이다.

　삼전도(三田渡)에서 청나라에게 항복한 이후에도 여전히 왕실을 걱정하는 시가 있으니, 바로 조시일의 시이다. 1638년 정월 보름날에 지은 시이다.

> 애석해라 새해는 이르렀거늘 　　　　　 可惜新年至
> 언제나 왕손은 돌아올런고. 　　　　　 王孫幾日廻
> 하늘 끝엔 풀이 또다시 푸르니 　　　　 天涯草又綠
> 술동이 열고픈 마음 견딜 수 없네. 　　 尊酒不堪開

　이 시의 왕손(王孫)은 바로 소현세자(昭顯世子)를 가리킨다. 1637년 항복
후, 아우 봉림대군(鳳林大君)과 함께 청나라에 인질로 끌려가 9년간 심양
(瀋陽)의 세자관에 머물면서 많은 고초를 겪었다. 시적 화자는 1637년 1
월 30일 치욕을 겪고 1년이 지난 시점에 정월 대보름날의 둥근 달을 보
면서, 또 한 해가 지나 새해는 돌아왔으나 왕손은 돌아오지 않았건만
무심하게도 자연은 아무런 일 없었다는 듯이 그대로 순환되자 술 마시
고픈 갈증을 느꼈던 것이다.
　이러한 절망 속에서도 다시 일어서려는 의지를 다지는 시가 있으니,
바로 기의헌이 꿈에서 지었다고 하는 시이다.

> 병자년 정축년에 걸쳐 큰 난리가 일어나니 　 子丑年間時大亂
> 거룩한 임금님의 수레가 어디로 향해 가랴. 　 聖君車駕向何之
> 오늘날 자신이 쓸모없다고 말일랑 마라 　　　 莫言今日身無用
> 백발백중 오호궁 손수 잡으면 되리로다. 　　　 百發烏號手自持

　병자년(1636) 12월부터 정축년(1637) 1월에 걸쳐 일어난 병자호란 때 대
가(大駕)가 남한산성으로 파천하는 수모를 겪었다고 해서, 백성들 모두
가 자신은 쓸모없는 존재라고 말하지 말고, 활이라도 손수 잡는 심정이
면 언젠가 그 수치를 씻을 날이 있으리라는 가냘픈 희망의 끈을 잡는

시이다.

　요컨대, 이 시들은 '존명(尊明)'과 '근왕(勤王)'의 기치로 의병을 일으켰지만 실제로 싸우지도 못한 채 항복한 현실을 받아들여야 하는 데서 느껴야 했던 여러 결의 정조가 표출된 시들이다.

6. 초간본의 의의 및 제언

　≪호남병자창의록≫ 초간본은 1764년 12월 13일에 쓴 김원행(金元行)의 서문, 6항목의 범례, 의병을 일으켰을 때의 사적(事蹟), 1636년 12월 19일의 교문(敎文), 1636년 12월 25일의 격문(檄文), 9통의 공문서, 106명의 창의제공사실(倡義諸公事實), 1762년 간행연도 및 간행 참여인의 이름 등이 차례로 실려 있다. 표제에는 '창의록', 서문에는 '호남병자창의록', 판심제에는 '호남창의록'이라고 칭해져 있다. 목활자본으로, 매장 10행 20자이며, 1책 47장이다.

　≪호남병자창의록≫은 호남의 유림들이 병자호란 당시 '의리(義理)'에 기초하여 구국의 깃발을 내세운 의병활동의 기록물을 모아 편찬한 책이다. 이 유림들의 의리는 공자의 역사철학인 '춘추의리'에 기반을 두었던 것이며, 병자호란 이후에는 조선중화주의 곧 '소중화(小中華)' 사상의 뿌리를 이루는 것이었다. 청나라의 군사적 강압 앞에서 현실적으로는 비록 패배했지만, '존명(尊明)'이라는 명분 아래 우리 민족 나름의 문화적 우월의식이 잠재된 유림의 정신을 드러낸 문헌이라 할 것이다.

　오늘날의 연구자들이 ≪호남병자창의록≫의 뼈대와 토대가 된 초간본을 만든 이들의 집요한 노력을 간과한 채 자료의 영성함만을 탓하고 풍성한 자료만 주목하는데, 풍성하게 된 과정에 대해 정밀한 조사와 검토를 하고 그에 관한 정치한 이해 없이, 곧 원전자료의 비평 없이 풍성한 자료라고 해서 마치 역사적 사실과 한 점 어그러짐이 없는 것인 양 간주해도 되는 것인지 생각해 볼 일이다. 물론 영성한 것은 문제이더라도, 영성한 자료일지언정 적확하다면 자료적 가치는 합당한 평가를 받아야 하리라 본다. 또한 편찬자의 의도 속에 기록들의 변개와 변모 여부를 살피지 않은 채 초간본, 중간본, 삼간본의 기록들에서 연구자의 구미에 맞게 마구잡이 인용하는 것도 금도의 하나일 것이다.1)

1798년 ≪호남병자창의록≫ 중간본에 있는 <범례>의 항목5를 보면, "오현의 격문은 한림 양만용이 손수 쓴 필체이다.(五賢檄文, 出自翰林梁公手筆.)"고 되어 있는 바, 초간본과 삼간본 어디에도 언급되어 있지 않은 것이므로 그것을 증빙할 만한 구체적 자료가 뒷받침되어야만 한다. 그 항목5에는 또 앞서 살핀 바 있는 중간본 권5의 '통문(원본)'이 명신의 유묵으로 진귀한 것이라 첨부한다고 되어 있다. 중간본의 '양만용 사실'에도 "격문은 양만용이 직접 초를 잡은 것이다.(檄文公之手草也.)"라는 구절이 있다. 하지만 초간본의 '이흥발의 사실'에 언급된 "남한산성이 포위되어 위급함을 듣고는, 아우 서귀공 이기발 및 동지 몇 사람과 함께 의병을 일으키기로 모의하고 직접 격문을 써 도내에 두루 알리면서, 여러 고을들의 유사에게 여산에서 의병을 모이게 하였다.(聞南漢圍急, 與弟西歸公起浡, 及同志數三公, 共謀擧義, 手草檄文, 徧諭道內, 與諸邑有司, 會兵于礪山.)"는 기록과 전혀 다른 것이며, 삼간본의 '범례'와 '양만용 사실'에는 그러한 구절이 전혀 없다. 여기서, 중간본에서 '범례'의 '수필(手筆)'과 '양만용의 사실'에 쓰인 '수초(手草)' 사이에는 미묘한 어감 차이가 없는지 살펴볼 일이

---

1) 신해진, 「창의록 문헌의 변개양상 : ≪우산선생병자창의록≫과 ≪은봉선생창의록≫ 비교를 중심으로」, 『세대 간 소통을 위한 국어국문학』(제56회 국어국문학회 전국 학술대회 발표집), 국어국문학회, 2013, 186면.

다. 편찬자들은 양만용이 격문을 직접 짓지는 않았더라도 손수 쓴 필체의 유묵(遺墨)을 찾아서 첨부한다는 의도를 보인 반면, 1798년 중간본을 편찬할 당시 양만용의 사실을 제공한 측은 격문을 직접 지은 것으로 보려한 것이 아닌가 하는 것이다. 공교롭게도 정묘호란 때의 양만용 사적이 1761년의 ≪광산거의록≫과 1798년 7월의 ≪천계정묘양호거의록≫에는 나오지 않다가, 1798년의 ≪정묘거의록≫에서야 비로소 나주 소모유사로 나온다. 그렇지만 1762년 ≪호남병자창의록」≫ 초간본의 '양만용의 사실'을 보면, 이괄의 난」 때 의곡도유사로 활약한 기록은 나오지만 정묘호란과 관련하여 활약한 기록은 없다. ≪광산거의록≫에는 양만용이 나주 출신이기 때문에 원천적으로 나올 수가 없기는 하다. 이처럼, 한 구절을 인용하기 위해서는 살피고 고려해야 할 것들이 참으로 많다.

이제, 중간본과 삼간본에 대한 역주 작업도 이루어져 초간본에 비해 그 변모의 양상(과장 또는 왜곡)은 어떠한지 살펴보기를 제안하는 바이다. 그래야만 원전자료 인용의 적절성과 가치성을 담보할 수 있기 때문이다. 한 가지 첨언하자면, 의병 핵심 인물들 사이의 연계는 '사승관계'도 중요한 고리였겠지만 '혈연과 혼인'에 의한 관계도 그에 못지않은 중요한 고리였을 것으로 짐작되는 바, 이후의 역주 작업에 있어서는 각 인물들의 처가나 외가까지도 조사해 보기를 희망한다.

이 글은 『호남병자창의록』(박기상·이덕양 편, 신해진 역, 태학사, 2013)의 251~273면에 수록된 것을 일부 수정한 것이다

■ 부록 : 17세기의 기록문헌 및 필자의 역주서

왜란과 관련된 기록물을 보면, 대략 다음과 같다.

전란일기

이순신(李舜臣, 1545~1598), <난중일기(亂中日記)>(1592.5.1~1598.1.4)

이　로(李魯, 1544~1598), <용사일기(龍蛇日記)>(1590~1593)

정　탁(鄭琢, 1526~1605), <용사일기(龍蛇日記)>(1592.7.17~1593.1.12)

정경달(丁景達, 1542~1602), <반곡난중일기(盤谷亂中日記)>(상 : 1592.4.15~1595.11.25 ;
　　　하 : 1597.1.1~1602.12.17)

곽수지(郭守智, 1555~1598), <호재진사일록(浩齋辰巳日錄)>[1](1592.4.17~1598.9.3)

미　상, <향병일기(鄕兵日記)>(1592.4.14~1593.5.7) : 의병장 김해(金垓, 1555~1593)의
　　　활동을 기록한 일기.

안방준(安邦俊, 1573~1654), <호남의록(湖南義錄)>

순수 피란기(피란록)

도세순(都世純, 1574~1653), <용사난중일기(龍蛇亂中日記)>

이정암(李廷馣, 1541~1600), <서정일록(西征日錄)>

류　진(柳珍, 1582~1635), <임진록(壬辰錄)>

왜란이 끝난 뒤 기록한 문헌

류성룡(柳成龍, 1542~1607), <징비록(懲毖錄)>

전란의 전 과정에 대한 기록물

조경남(趙慶男, 1570~1641), <난중잡록(亂中雜錄)>

안방준(安邦俊, 1573~1654), <은봉야사별록(隱鋒野史別錄)>

전후 참상 조사보고서

신　흘(申仡, 1550~1614), <난적휘찬(亂蹟彙撰)> : 전란을 겪은 지 5년이 지난 시점에서
　　　당시의 기록물들을 참고하고 견문한 바를 보태어 찬진한 일종의 전후 보고서

잔혹한 침략 당시 수많은 조선인이 이민족의 포로가 되어 자신의 의

---

1) 이영삼 역주, 『호재진사일록』, 역락, 2017.

지와는 상관없이 이국땅으로 끌려가 온갖 수모와 고초를 겪었던 피로자(被虜者)의 일부가 고국으로 돌아오기까지 적국의 실태와 자신들의 간고한 생활상을 낱낱이 기록한 것을 이른바 '포로실기(捕虜實記)'라 한다. 그 가운데 정유재란기의 포로실기로 현전하는 것이 있다.

> 강항(姜沆, 1567~1618), <간양록(看羊錄)>
> 노인(魯認, 1566~1622), <금계일기(錦溪日記)>
> 정경득(鄭慶得, 1569~1630), <만사록(萬死錄)>
> 정희득(鄭希得, 1575~1640), <월봉해상록(月峯海上錄)>
> 정호인(鄭好仁, 1579~?), <정유피란기(丁酉避亂記)>

개인의 신변잡기적인 일기의 수준을 뛰어넘는 것으로, 조선 포로들의 실상을 상세히 술회하고 있다는 점에서 귀중한 문헌적 가치를 지닌 기록물이다. 또한 전쟁포로로서 억류생활을 하며 당시 일본의 정세와 풍속을 상세히 기록했다는 점에서 귀중한 사료가 되고 있다. 기록자들은 모두 호남의 문인으로 일본의 2차 침입이 있었던 정유년에 잡혀 가, 비슷한 시기에 고국으로 돌아온 특징이 있다.

다음으로 호란과 관련된 실기는 다음과 같다.

> 김상헌(金尙憲, 1570~1652), <남한기략(南漢紀略)>
> 나만갑(羅萬甲, 1592~1642), <병자록(丙子錄)>
> 남급(南礏, 1592~1671), <남한일기(南漢日記)>
> 석지형(石之珩, 1610~?), <남한해위록(南漢解圍錄)>[2]
> 소현세자의 <소현심양일기(昭顯瀋陽日記)>
> 신달도(申達道, 1576~1631), <강화도일록(江華島日錄)>
> 어한명(魚漢明, 1592~1648), <강도일기(江都日記)>
> 윤선거(尹宣擧, 1610~1669), <기강도사(記江都事)>

---

2) 이영삼, 「역주 <남한해위록>」, 전남대학교 한문고전번역협동과정 석사학위논문, 2013.

정양(鄭瀁, 1600~1668), <강도피화기사(江都被禍記事)>
최명길(崔鳴吉, 1586~1647), <병자봉사(丙子封事)>
작자 미상의 <산성일기(산셩일긔 병ㅈ)>
신적도(申適道, 1574~1663), <창의록(倡義錄)> : 정묘호란과 병자호란 때 경상도 의
　　병장으로서의 활동을 기록한 문헌

　이것들은 문학적인 비유나 수사 없이 질박하게 서술한 것으로 참혹
한 참화의 양상과 무책임한 지배층의 슬픈 자화상 등을 살피면서 국난
에 온몸으로 맞섰던 민초들의 모습을 상상해볼 수 있는 기록물이다.

17세기 심양 사행일기

신충일(申忠一, 1554~1622), <건주기정도기(建州紀程圖記)>(1595.12.22.~1596.1.5.)
선약해(宜若海, 1579~1643), <심양사행일기(瀋陽使行日記)>(1630.4.3.~5.23)
위정철(魏廷喆, 1583~1657), ≪심양왕환일기(瀋陽往還日記)≫(1631.3.19.~4.30)
이준(李浚, 1579~1645), ≪심행일기(瀋行日記)≫(1635.1.20.~4.15)
나덕헌(羅德憲(1573~1640), ≪북행일기(北行日記)≫(1636.2.9.~4.29)

　이러한 실기문학이 발흥하는 한편에서는 서사문학도 다양한 방식으
로 전개하였다.

몽유록

윤계선(尹繼善, 1577~1604)의 <달천몽유록(㺚川夢遊錄)>
작자 미상의 <피생명몽록(皮生冥夢錄)>, <강도몽유록(江都夢遊錄)>

영웅소설

작자 미상의 <임진록>, <박씨전>, <임경업전>

전기소설(傳奇小說)

조위한(趙緯韓, 1567~1649)의 <최척전(崔陟傳)>
권　필(權韠, 1569~1612)의 <주생전(周生傳)>

　요컨대, 실기문학은 전란의 참상을 직시할 수 있었고, 서사문학은 허구적 상상을 통해 기억해야 할 것들을 재구성하여 새로운 의미망을 구현하고 있었다.

▎17세기 실기 관련 필자의 역주서(연도순)

『역주 창의록』(신적도 저), 역락, 2009.
『역주 난적휘찬』(신흘 저), 역락, 2010.
『남한기략』(김상헌 저), 박이정, 2012.
『병자봉사』(최명길 저), 역락, 2012.
『강도일기』(어한명 저), 역락, 2012.
『광산거의록』(광주유림 편), 경인문화사, 2012.
『남한일기』(남급 저), 보고사, 2012.
『17세기 호란과 강화도』(신적도 외), 역락, 2012.
『심양사행일기』(선약해 저), 보고사, 2013.
『호남의록·삼원기사』(안방준 저), 역락, 2013.
『호남병자창의록』(박기상·이덕양 편), 태학사, 2013.
『강도충렬록』(김창협 편), 역락, 2013.(공역)
『우산선생병자창의록』(안창익 편), 보고사, 2014.
『심양왕환일기』(위정철 저), 보고사, 2014.
『향병일기』(저자 미상), 역락, 2014.
『쌍령순절록』(윤경환 편), 역락, 2015.
『호산만사록』(정경득 저), 보고사, 2015.
『반곡난중일기(상)』(정경달 저), 보고사, 2016.
『반곡난중일기(하)』(정경달 저), 보고사, 2016.
『건주기정도기』(신충일 저), 보고사, 2017.
『무요부초건주이추왕고소략』(장학안 저), 역락, 2018.
『요해단충록(1)』(육인룡 저), 보고사, 2019.
『요해단충록(2)』(육인룡 저), 보고사, 2019.
『요해단충록(3)』(육인룡 저), 보고사, 2019.
『요해단충록(4)』(육인룡 저), 보고사, 2019.
『요해단충록(5)』(육인룡 저), 보고사, 2019.
『요해단충록(6)』(육인룡 저), 보고사, 2019.

찾아보기